HEYNE <

PIERRE GRIMBERT

DIE KRIEGER

DAS ERBE DER MAGIER

ROMAN

Aus dem Französischen
von Sonja Finck
und Nadine Püschel

WILHELM HEYNE VERLAG
MÜNCHEN

Titel der französischen Originalausgabe
Les enfants de Ji: Le Testament Oublié

Deutsche Übersetzung von Sonja Finck und Nadine Püschel

FSC
Mix
Produktgruppe aus vorbildlich bewirtschafteten Wäldern und anderen kontrollierten Herkünften
Zert.-Nr. SGS-COC-1940
www.fsc.org
© 1996 Forest Stewardship Council

Verlagsgruppe Random House FSC-DEU-0100
Das für dieses Buch verwendete FSC-zertifizierte Papier
Super Snowbright liefert Hellefoss AS, Hokksund, Norwegen.

Deutsche Erstausgabe 07/2009
Redaktion: Catherine Beck

Printed in Germany 2009
Umschlaggestaltung: Nele Schütz Design, München
Umschlagillustration: Lee Gibbons / Paolo Barbieri
Karte: Andreas Hancock
Satz: Buch-Werkstatt GmbH, Bad Aibling
Druck und Bindung: GGP Media GmbH, Pößneck

ISBN: 978-3-453-52545-0

www.heyne-magische-bestseller.de
www.heyne.de

Meinem Klan.
Noch einmal, für immer.

Mein Name lautet Corenn. Die Zeit lastet noch nicht so schwer auf meinen Schultern, dass ich mich als alte Frau bezeichnen würde, doch die Wahrheitsliebe gebietet mir, meine zweiundsechzig Lenze einzugestehen.

Seit fast zwei Jahrzehnten bin ich im Ständigen Rat des Matriarchats von Kaul mit der Außenpolitik betraut. Mein Amt stellt mich häufig vor schwierige Entscheidungen. Obwohl die bekannte Welt einigermaßen in Frieden lebt, verfolgt jedes Königreich andere Interessen. Die Kunst der Diplomatie ist der einzige Weg, die guten Beziehungen zwischen den Ländern aufrechtzuerhalten. Doch wer nehmen will, der muss auch geben, und so ist Kaul manchmal zu Opfern gezwungen, um seine Unabhängigkeit zu wahren.

Diese Opfer können auch Menschenleben sein. Immer wieder sterben Agentinnen, die jenseits unserer Grenzen tätig sind – zumeist als Botschafterinnen, bisweilen aber auch als Spioninnen. Obwohl sie wissen, welche Gefahren sie auf sich nehmen, ist der Tod dieser Freiwilligen stets eine Tragödie, für die allein ich verantwortlich bin. Meine Entscheidungen führten dazu, dass unsere Diplomatinnen von jezebischen Stammesanführern enthauptet oder von jerusnischen Rebellen an einen Baum geknüpft wurden. Auf meine Bitte hin versuchte eine Gesandtschaft, beim neuen König der Thalitten vorzusprechen, und kehrte von dieser Mission nie wieder zurück. Solcherart sind die Beschlüsse, die ich Dekade um Dekade treffen muss.

Doch diese Bürde ist nichts im Vergleich zu dem grausamen Streich, den das Schicksal einer Handvoll Männern und

Frauen gespielt hat. Einer Gemeinschaft, zu der auch ich gehöre.

Alles begann vor einhunderteinundvierzig Jahren, als ein Fremder namens Nol einige Gesandte aus verschiedenen Ländern der bekannten Welt auf einem Fleckchen Land nahe der lorelischen Küste versammelte: der Insel Ji. Zu den Weisen, die dort zusammenkamen, zählten auch meine Vorfahren. Sie alle verschwanden auf rätselhafte Weise und kehrten erst zwei Monde später zurück, schwer gezeichnet von einem Abenteuer, dessen Geheimnis sie mit ins Grab nehmen würden. Nol wurde nie wieder gesehen, und die Geschichte geriet bald in Vergessenheit.

Vier Generationen später begannen die fanatischen Priester Zuïas, die Nachkommen der Gesandten zu ermorden. Nur acht von uns entkamen der tödlichen Hetzjagd der Züu: ich selbst, meine Nichte Léti, Bowbaq vom Vogelklan und seine beiden Kinder, Reyan von Kercyan, Maz Lana und nicht zu vergessen der Mann, mit dem ich später den Bund schloss, der tapfere Grigán aus Griteh. Auch ein Außenstehender stieß zu uns: Yan, ein treuer Freund Létis, der ihr bis ans Ende der Welt folgte.

Nachdem bald nicht nur die Mörder im roten Gewand hinter uns her waren, sondern auch die Banditen der Großen Gilde, flohen wir von Land zu Land, um dem Tod zu entrinnen und dem Geheimnis unserer Vorfahren auf die Spur zu kommen. Wie sich herausstellte, war das die schwierigste Aufgabe, die ich je zu meistern hatte. Doch wir fanden die Antworten, die wir suchten, mag es nun Glück, eine Laune des Schicksals oder höherer Wille gewesen sein.

Nol ist ein Unsterblicher: Hüter des Jal'dara, eines wundersamen Tals, in dem die künftigen Götter der Menschheit heranwachsen. An diesen Ort hatte er unsere Ahnen geführt, indem er ihnen die verborgene magische Pforte von Ji öffnete – so wie er es immer dann tut, wenn zehn Menschengenerationen verstrichen sind.

Das Jal'dara ist die Kinderstube der Götter. Der Glaube der Menschen lässt die Unsterblichen dort langsam heranreifen, bis sie genug gelernt haben und den Gärten des Jal für immer den Rücken kehren. Dann lassen sie sich in ihrem neuen Reich nieder, um dort für alle Ewigkeit zu herrschen.

Die Gesandten der Sterblichen müssen nach jeder Reise entscheiden, wie sie mit dem Geheimnis umgehen, in das sie Nol eingeweiht hat. Sollen sie die Menschen warnen? Sich in Schweigen hüllen? Die Folgen einer solchen Offenbarung sind unabsehbar. Bislang entschieden alle Weisen, dass die Welt noch nicht bereit für dieses Wissen war. Aber ihr Leben war von Grund auf verändert. Manche wandten sich der Religion zu, andere zogen sich in die Einsamkeit zurück – und einige wenige verloren den Verstand.

Dazu gehörte auch Saat, ein Mann, der vor zwei Jahrhunderten geboren wurde und sich als größter Widersacher der Erben und ärgster Feind der Menschen erweisen sollte.

Usul erbebt in seiner Höhle. Nie zuvor hat er solche Verwirrung empfunden. Es ist wie ein Fieber. Trotz seines unergründlich tiefen Geistes vermag der Gott kaum noch zu erkennen, was die Zukunft birgt, und zum ersten Mal hat er das Gefühl, dass ihm der Lauf der Welt entgleitet. Doch ihm bleibt nichts anderes übrig, als alle denkbaren Entwicklungen zu beobachten. Das ist seine einzige Fähigkeit, seine einzige Zerstreuung. Er ist der Wissende.

Kraft des menschlichen Willens ist er Usul, der Gott, der die Gestalt von Wassertieren annimmt. Seit Jahrtausenden fristet er sein Dasein als Gefangener einer unterirdischen Höhle auf einer kleinen Insel. Nur äußerst selten verirrt sich jemand dorthin. Den meisten Besuchern ist nichts Bedeutendes vorherbestimmt. Usul verachtet sie und setzt ihrem unwürdigen Dasein ein Ende. Einige hingegen haben einen gewissen Einfluss auf den Lauf der Welt. Ihnen gewährt der Unsterbliche einen Einblick in sein Wissen. Sein übermenschliches Wissen.

Seit Urzeiten weiß er, was Dingen und Menschen vorherbestimmt ist. Er kann nur über das nachsinnen, was ohnehin geschehen wird. Deshalb langweilt sich der Gott. Zumindest langweilte er sich bis zu dem Augenblick, in dem ein Sterblicher namens Yan zu ihm kam – vor dreiundzwanzig Jahren.

Diese Begegnung hat die Zukunft entscheidend verändert. Indem er einem Jungen einige künftige Ereignisse offenbarte, hat der Gott alles ausgelöscht, was für die kommenden Jahrhunderte geschrieben stand. Denn die Zukunft kann nur verändert werden, wenn sie jemandem enthüllt wird, der darin eine Rolle spielt. Usul platzt fast vor Stolz, dass er die Welt derart beeinflusst hat. Er hat es seinen Brüdern und Schwestern, die viel mächtiger sind als er, endlich einmal so richtig zeigen können.

Und doch fürchtet sich der Gott vor dem, was er selbst herbeigeführt hat. Der Weg, den die Geschichte einschlagen wird, mag noch unendlich viele Windungen nehmen, aber letzten Endes gibt es nur zwei Möglichkeiten, wie alles ausgehen wird.

Eine davon schließt seinen eigenen Tod mit ein.

Also lauscht der Gott den Menschen, grübelt über die Welt nach und versucht, die Zukunft zu enträtseln. Jeden Augenblick geschieht etwas Unerwartetes, das seine Überlegungen zunichtemacht. Und seit jenem grauenvollen Tag, an dem die Karten völlig neu gemischt wurden, überstürzen sich die Ereignisse.

Das Schicksal der Welt wird nicht in vierzig oder sechzig Jahren besiegelt werden, wie er ursprünglich gedacht hat. Schon in wenigen Monden entscheidet sich alles.

Und Usul wird dabei noch einmal die Hände im Spiel haben.

Saat gehörte zu der Gesandtschaft, zu der auch meine Ahnen zählten, lange vor unserer Geburt. Er war der Begleiter des goronischen Prinzen Vanamel, der die Reise nicht überleben sollte. Außerdem war er Magier, und durch die übernatürlichen Kräfte, die im Jal'dara wirken, stieg ihm seine Macht zu Kopf.

Obwohl ihn Nol und die anderen Gesandten warnten, manipulierte der Hexer die Gedanken eines der Götterkinder, das unbekümmert durch das Tal streifte. Die Gärten des Jal selbst sind unveränderlich, aber die Persönlichkeit des Gottes war für immer verdorben. Durch diesen ungeheuerlichen Eingriff, den er mehrmals wiederholte, lockte Saat das Kind in die Welt der Dämonen.

Das Jal'dara ist nicht der einzige Ort, an dem die Unsterblichen heranwachsen. Finster und modrig ist das andere Reich, ein wucherndes, sich ständig veränderndes Labyrinth unmittelbar unter den blühenden, friedlichen Gärten des Jal: Karu, die Unterwelt.

Durch einen dummen Fehler Vanamels sahen sich unsere Vorfahren gezwungen, in die dunklen Höhlen hinabzusteigen. Saat und der kleine Junge, dessen Wesen sich bereits zu verändern begann, sollten nie wieder in das Tal zurückkehren. Ihren schwarzen Seelen war der Zugang zur Welt des Dara für immer verschlossen.

Dem Hexer gelang es, seinem jungen Dämon Lebenskraft zu entziehen und dadurch mehr als ein Jahrhundert in dem gespenstischen Labyrinth zu überleben. Während dieser Zeit formte er den Unsterblichen nach seinem Ebenbild und gab ihm schließlich auch einen Namen: Sombre. Der Bezwinger.

Ich weiß nicht, wie Saat es schaffte, aus dem Jal'karu zu fliehen. Jedenfalls kannte er, nachdem er in die Welt der Menschen zurückgekehrt war, nur noch ein Ziel: die Oberen Königreiche zu erobern. Mit seinen magischen Fähigkeiten, seiner göttlichen Lebensquelle und dem grausamsten aller Dämonen an seiner Seite schien seinem Ehrgeiz nichts mehr im Wege zu stehen. Er hatte sich einen Verbündeten herangezogen, ihm Mordlust und Blutgier eingeflößt und einen Unsterblichen in der Gestalt eines jungen Mannes erschaffen, der mit dem arglosen Kind aus dem Jal'dara nichts mehr gemein hatte.

Mit seiner Hilfe konnte Saat in den Ländern des Ostens mühelos Anhänger um sich scharen und ein gewaltiges, vierzigtausend Mann starkes Heer aufstellen. Während er sich auf seinen Eroberungsfeldzug vorbereitete, setzte er die grausamen Züu-Mörder auf die Nachkommen seiner einstigen Reisegefährten an. Damit zwang er meine Freunde und mich zu einer verzweifelten Flucht, auf der wir tagtäglich dem Tod ins Auge blickten.

Um zu verstehen, warum er uns nach dem Leben trachtete, mussten wir selbst in die Unterwelt hinabsteigen. Wir dran-

gen bis zum Flüstersee vor und stellten uns den Undinen, den Hüterinnen der unumstößlichen Wahrheiten, die uns eine Prophezeiung machten.

Aus der Nachkommenschaft der Gesandten würde der Erzfeind hervorgehen. Derjenige, der für alle Zeiten eine Chance, eine einzige Chance haben würde, Sombre zu besiegen.

Im Herzen der Finsternis des Karu erfuhren wir außerdem, dass keiner von uns der Erzfeind war. Doch er würde in eine unserer Familien hineingeboren werden.

Nach acht langen Tagen auf See kam endlich die lorelische Küste in Sicht. Die Mörderin konnte die Erleichterung der Matrosen aus Yérim förmlich spüren. Die Söldner hätten wohl um kein Gold der Welt auf dem Schiff angeheuert, wenn sie geahnt hätten, dass acht Todespriester Zuïas mit an Bord gehen würden.

Ganz zu schweigen von einer weiteren Passagierin: der Göttin höchstpersönlich.

Wie gewohnt vergewisserte sich die Mörderin, dass es ihrer Gebieterin an nichts fehlte. Die Unsterbliche stand würdevoll am Bug, dort, wo sie sich am liebsten aufhielt. Ihr von leichten Falten überzogenes Gesicht war Lorelien zugewandt, dem reichsten Land der Oberen Königreiche. Schweigend musterte sie die noch fernen Gestade. Jeder an Bord hätte viel darum gegeben, ihre Gedanken lesen zu können, doch wer ihrem Blick auch nur flüchtig begegnete, hatte zumeist das Gefühl, selbst bloßgestellt zu werden. Kein Fremder konnte das unheimliche Starren der Göttin lange ertragen.

Davon abgesehen hätte ihre Leibgarde ohnehin niemandem erlaubt, auch nur in ihre Nähe zu kommen. An diesem Abend waren drei Bewacher bei ihr, Priester in roten Gewändern, die sich wie vermeintlich schläfrige Raubkatzen in der Nähe ihrer Gebieterin an Deck niedergelassen hatten. Unter Hunderten Anwärtern wurden nur die Besten für diese ehrenvolle Aufgabe ausgewählt. Auch der Mörderin waren zwei Leibwächter zugewiesen, obwohl sie jeden beliebigen Gegner mit Leichtigkeit bezwingen konnte. Ihr Hati, der heilige Dolch mit der vergifteten Klinge, war bereits mit elf Kerben versehen: die Zahl der Todesurteile, die sie im Auftrag Zuïas der Strafenden vollstreckt hatte.

Die drei übrigen Züu aus dem Gefolge der Göttin hatten die Aufgabe, die Besatzung zu bewachen. Gleich am ersten Tag hatten sie einen Yérimer erdolcht, dessen neugieriger Blick sich ein wenig zu oft in Richtung der Göttin verirrt hatte. Seither hielten die anderen gebührenden Abstand zu den Mördern im roten Gewand. So hatten, während der gesamten Fahrt über das Mittelmeer, Furcht und Misstrauen an Bord geherrscht. Selbst die Mörderin, die sich sonst so gleichmütig gab, konnte ihre Ungeduld kaum noch verbergen und war froh, dass sich die nervenaufreibende Reise dem Ende zuneigte.

Sie alle waren Zeugen eines unglaublichen Geschehnisses. Bis zur vergangenen Dekade hatte Zuïa ihre Insel noch nie verlassen. Nur äußerst selten war sie überhaupt außerhalb des Lus'an anzutreffen, jener sagenumwobenen Provinz, in der die ranghöchsten ihrer Priester lebten. Zuïas Ankündigung, eine Reise unternehmen zu wollen, hatte die Judikatoren zwar in helle Aufregung versetzt, aber niemand wagte es, ihre Entscheidung infrage zu stellen, selbst dann nicht, als sie ein schäbiges Schiff wählte und sich nur von der *Kahati* und einer achtköpfigen Leibgarde begleiten ließ.

Nachdem der Mörderin das Warten beinahe unerträglich geworden war und die Sonne schon ihre letzten Strahlen über das spiegelglatte Meer schickte, wurde sie endlich erlöst. Auf einen Wink der Göttin hin trat sie näher und verneigte sich ehrerbietig.

»Es ist so weit, Zejabel«, verkündete die Unsterbliche mit schroffer Stimme. »Hol unsere Sachen. Wir verlassen das Schiff.«

Die Mörderin nickte knapp und eilte unter Deck, um den Befehl auszuführen. Als Erstes griff sie nach dem Bogen, ihrer Lieblingswaffe, die während der Überfahrt nutzlos gewesen war. Da sie ihre Bündel schon am Mit-Tag geschnürt hatte, brauchte sie sich nur noch die Riemen über die Schulter zu werfen. Zuletzt nahm sie mit gebotener Achtung die Zaya'nat an sich, die heilige Lanze der Göttin.

Zurück an Deck stellte sie fest, dass die Unsterbliche bereits in das Beiboot gestiegen war, das noch über dem Wasser in der Aufhängung schwankte. Alle Priester hatten sich vor ihr versammelt, während sich die Yérimer so weit wie möglich zurückzogen und einige Laternen in der Takelage entzündeten. Die Mörderin warf das Gepäck rasch ins Boot und wandte sich dann den Männern zu. Nun war es so weit.

Die Hinrichtungen konnten beginnen.

Auf ihr Zeichen hin blitzten neun vergiftete Dolche auf und bohrten sich in die Leiber der vor Überraschung und Entsetzen aufschreienden Seeleute. Einige versuchten sich zu wehren oder über Bord zu springen, doch dazu ließen es die Mörder nicht kommen. Nach kaum einer Dezille war keiner der vierzehn Yérimer mehr am Leben. Die Kahati selbst rammte dem letzten von ihnen kaltblütig den Dolch ins Auge. Der Todeskampf des Mannes dauerte nur wenige Momente, dann setzte die Wirkung des Gifts ein. Die Züu hatten das Schiff für sich.

Ohne ein Wort oder auch nur ein zufriedenes Grinsen begannen die Priester, die Leichen über Bord zu werfen. Zu dieser unwürdigen Aufgabe ließ sich die Mörderin nicht herab. Sie trat vor die Göttin und verbeugte sich.

»Komm zu mir«, verlangte Zuïa mit gesenkter Stimme.

Überrascht gehorchte die Kahati und kletterte in das Beiboot. Eigentlich hatten sie nicht vorgehabt, es zu benutzen, bevor die Göttin und ihr Gefolge einen unbewohnten Küstenstrich erreichten, wo sie an Land rudern konnten. Zuïa hatte sich doch nur in das Boot zurückgezogen, um abzuwarten, bis ihre Leibwache alle Zeugen ihrer Reise in die Oberen Königreiche beseitigt hatte – oder etwa nicht?

»Wir machen uns jetzt gleich auf den Weg«, flüsterte die Unsterbliche. »Lass das Boot zu Wasser.«

»Aber die Männer haben noch nicht alle …«

»Ich bin nicht blind!«, fuhr sie die Göttin an. »Für sie ist die Reise hier zu Ende. Niemand darf wissen, was ich vorhabe. Außer dir brauche ich keine Helfer.«

Die Mörderin nickte gehorsam, konnte ihre Verwirrung aber nicht verbergen. Offenbar hatte Zuïa diese Entscheidung längst getroffen und lediglich bis zum letzten Augenblick gewartet, um sie ihr mitzuteilen. Das war umso rätselhafter, da sie ihre Dienerin für gewöhnlich in all ihre Geheimnisse einweihte.

Nun ja, *fast* alle. Nicht einmal die Kahati wusste, warum die Göttin ihre Insel verlassen hatte.

»Verlier nicht so viel Zeit, Zejabel!«, mahnte ihre Gebieterin.

Seit ihrer frühesten Kindheit war die Mörderin daran gewöhnt, dieser Stimme zu dienen, und so verscheuchte sie ihre Zweifel sofort. Sie löste das Seil, das durch einen Flaschenzug lief, und ließ das Boot zu Wasser. Über ihnen versammelten sich die Priester an der Reling und starrten verblüfft zu ihnen herunter. Erst nachdem sie alle Taue aufgeknüpft hatte und das Boot auf dem Wasser schaukelte, kamen die ersten Fragen.

»Sie dürfen uns auf keinen Fall folgen«, sagte Zuïa streng. »Und wir müssen sie daran hindern, darüber zu berichten. Niemand darf wissen, wohin wir gehen.«

Sie deutete mit dem Kopf auf eine der beiden Laternen, die den Kahn beleuchteten. Mehr musste sie der Mörderin nicht sagen. Mit unbewegtem Gesicht nahm Zejabel die Öllampe und schleuderte sie in hohem Bogen an Deck des Schiffs, wo sie in einem gewaltigen Feuerball aufging.

Augenblicklich schlugen die neugierigen Rufe der Priester in Flüche und Angstschreie um. In ihrer Verzweiflung sprangen einige ins Wasser, um zum Boot zu schwimmen, und gaben so eine leichte Zielscheibe für die Pfeile der Mörderin ab. An Bord versuchten die Übrigen vergeblich, das Feuer zu löschen, das rasend schnell um sich griff. Segel, Planken und Taue boten den gierigen Flammen viel Nahrung, und bald brannte das ganze Schiff lichterloh.

Mit kräftigen Ruderschlägen brachte die Mörderin das Boot in sichere Entfernung. Die Göttin wandte sich nicht um, als das brennende Schiff im nachtschwarzen Wasser versank. Die Kahati war noch nie länger mit der Unsterblichen allein gewesen, und sie fragte sich, was die kommenden Tage bringen mochten.

In dieser Nacht hatte sie jedenfalls genug Zeit, darüber nachzudenken. Die Küste war noch fern, und sie wusste nicht, wo sie an Land gehen würden und welcher Auftrag sie dort erwartete.

Die unheilvolle Prophezeiung der Undinen brachte den Zerfall unserer Gemeinschaft mit sich. Wir konnten weder Saat noch seinen Dämon bezwingen. Die Zukunft erschien uns so düster, dass wir getrennte Wege einschlugen, um uns in einen aussichtslosen Kampf zu stürzen.

Grigán und Yan brachen in die Unteren Königreiche auf, wo einer der Vasallen des Hexers, König Aleb der Einäugige, eine Kriegsflotte aufstellte, um Lorelia vom Meer aus zu überfallen. Nach einer erbitterten Schlacht im Hafen von Mythr, in der ramgrithische Rebellen unter Grigáns Führung gegen Alebs Söldner kämpften, wurde die Rote Armada vernichtet.

Doch damit war die Gefahr längst nicht gebannt. Saats Pläne zur Eroberung der Oberen Königreiche waren so maßlos wie sein Ehrgeiz.

Er setzte Zehntausende Sklaven ein, um einen gewaltigen Tunnel quer durch den Rideau zu graben, eine Gebirgskette, deren Gipfel so hoch in den Himmel ragen, dass viele von ihnen noch nie erklommen wurden. Das Netz aus neu geschaffenen Stollen und natürlichen Gängen führte das Barbarenheer aus dem Osten geradewegs unter die Heilige Stadt Ith mit ihren friedliebenden und völlig wehrlosen Bewohnern. Von dort aus wollte Saat Goran und Lorelien angreifen.

Wir allein wussten von diesem Vorhaben. Zu unserem Leidwesen konnten wir die Heerführer der bedrohten Königreiche nicht warnen, denn Sombre las in ihren Gedanken. Mit dem Mut der Verzweiflung begab sich Reyan mitten ins Reich unseres Feindes und schaffte es, bis in Saats Palast vorzudringen. Aber er scheiterte bei dem Versuch, ihn zu ermorden.

Maz Lana und ich baten zunächst die Arkarier um Hilfe, doch als es uns nicht gelang, sie zu den Waffen zu rufen, brachen wir ebenfalls zu Saats Palast auf. Uns blieb keine andere Wahl, als das Gespräch mit ihm zu suchen, um ihn davon zu überzeugen, seine Pläne aufzugeben. Aber die dunkle Macht des Jal'karu hatte jedes Mitgefühl und jede Reue in dem zweihundertjährigen Greis ausgelöscht. Wie Reyan sollte ich in der Arena des Tyrannen hingerichtet werden, während Lana in seinen Harem geworfen wurde.

Noch in derselben Nacht krochen die Barbaren aus den Katakomben der Heiligen Stadt und rückten in die Straßen vor. Dort überrumpelten sie Yan, Grigán und einige Krieger, die das Meer überquert hatten, um den fliehenden Aleb einzufangen. Die tapferen Ramgrith versuchten, den Angriff abzuwehren, doch sie waren zu wenige und zu erschöpft, um den unzähligen Barbaren lange standzuhalten.

Die Heilige Stadt und die Oberen Königreiche schienen verloren, als plötzlich ein Heer arkischer Kämpfer in die Stadt strömte. Die Männer aus dem Norden, die sich Bowbaq und Léti doch noch angeschlossen hatten, waren in höchster Eile über den halben Kontinent marschiert, um die Invasion der Barbaren zu verhindern. Dank dieser unverhofften Verstär-

kung konnten die Angreifer in den Tunnel und sogar bis auf die andere Seite des Gebirges zurückgedrängt werden.

Unterdessen hatten Reyan und ich unsere Freiheit wiedererlangt und schafften es, die überlebenden Sklaven aus der Gefangenschaft zu befreien. Die Arkarier nutzten die Panik ihrer Gegner und das Gemetzel, das die einstigen Sklaven unter ihren Unterdrückern anrichteten. Vor ihren Verteidigungsposten fanden wir endlich wieder zueinander: Yan, Grigán, Léti, Bowbaq, Reyan und ich. Nur Lana fehlte. Um sie zu retten, wagten wir uns in Saats Palast vor, wohl ahnend, dass uns ein letzter Kampf bevorstand.

Die Priesterin hatte ebenfalls einige Abenteuer erlebt. Es war ihr gelungen zu fliehen, als Königin Che'b'ree, die Lieblingskonkubine des Hexers, Hohepriesterin Sombres und direkte Nachfahrin des wallattischen Gesandten Pal'b'ree, sie in rasender Eifersucht töten wollte. Die wallattische Königin konnte ihren Mordplan glücklicherweise nicht ausführen, lieferte Lana jedoch eine wertvolle Auskunft: Saat wollte der Vater des Erzfeinds werden! Insgeheim trachtete er danach, Sombres Widersacher zu zeugen, ihm seinen Körper zu stehlen und den Dämon zu besiegen, um endgültig unsterblich zu werden.

Daraufhin fiel Lana dem Hexer ein zweites Mal in die Hände und wurde von ihm als Geisel benutzt, um uns zur Herausgabe der Steine zu zwingen, die wir aus dem Jal'dara mitgenommen hatten. Dank ihnen waren wir vor seiner Magie und damit vor dem sicheren Tod geschützt. Natürlich trotzten wir ihm, so lange wir konnten, und versuchten ihn immer wieder in Zweikämpfe zu verwickeln, doch Saat verfügte über eine unerschöpfliche Kraftreserve: die Macht seines Dämons.

Während wir uns, verwundet und zu Tode erschöpft, nur noch mit Mühe und Not wehren konnten, brachte Yan den

Mut auf, dem schwarzen Gott gegenüberzutreten. Als sein Leben schon verloren schien, gelang es ihm im letzten Augenblick, dem Dämon Saats heimliche Pläne zu verraten. Mit einem Wutschrei, der lange von den Hängen des Rideau widerhallte, entzog Sombre dem Hexer seine Lebenskraft.

Damit war der einstige Gesandte wieder sterblich und erlag dem Todesstoß, den Léti ihm versetzt hatte. Endlich waren wir erlöst von jenem Mann, der einen Dämon geschaffen und ein Geheimnis mit uns geteilt hatte, das schwerer auf uns lastet als jede Bürde, die je ein Mensch getragen hat: das Wissen um die Herkunft der Götter.

In den offiziellen Chroniken, die in den Archiven der Paläste ruhen, wird die Geschichte sehr viel einfacher dargestellt. Die Herrscherhäuser Gorans und Loreliens sind begreiflicherweise nicht gerade stolz auf diese Zeit. So haben die Geschichtsschreiber aus Saat einen gewöhnlichen Barbarenfürsten gemacht, dessen Ehrgeiz etwas größer war als der seiner Vorgänger. Das Eingreifen der ramgrithischen Krieger wird nur beiläufig erwähnt. Den Beistand der Arkarier wiederum verdanken die Oberen Königreiche den Chronisten zufolge einzig und allein Herzog Reyan von Kercyan, einem heldenhaften Spion im Auftrag des lorelischen Königshauses, dessen Verlobte den Anführern der Klans des Weißen Landes die entscheidende Nachricht zukommen ließ. Rey hatte natürlich nichts dagegen, derart mit Ruhm und Ehre überschüttet zu werden! Sein Vorfahr hatte nach der Rückkehr von der Insel Ji besonders gelitten, und so erschien ihm dieser späte Ausgleich nur gerecht.

Unser aller Leben war mit diesem Abenteuer von Grund auf verändert. Wer könnte dies besser bezeugen als ich? In der Nacht, in der Saat starb, liebten Grigán und ich uns mit der ganzen Leidenschaft, derer zwei Menschen fähig sind. Einige

Wochen später stellte ich fest, dass ich trotz meines fortgeschrittenen Alters ein Kind erwartete. Unseren Sohn, Amanón.

In derselben Nacht offenbarte Lana Reyan, dass er Vater werden würde. Weitere Geburten sollten folgen … Der gute Bowbaq ist mittlerweile sogar mehrfacher Großvater! Ich hoffe, dass auch mir dieses Glück beschieden sein wird. Doch trotz der unermesslichen Freude, mit der wir jedes neue Kind begrüßen, lastet die Schuld schwer auf uns. Mit dem Leben, das wir schenken, geben wir auch unsere Verantwortung und unseren Fluch an die nächsten Generationen weiter.

Unsere Kinder wissen nicht, was wirklich geschehen ist. Wir haben es nie über uns gebracht, ihnen diese Bürde aufzuladen. Doch eines Tages werden wir sie einweihen müssen.

Einer von ihnen wird der Erzfeind sein.

Wir haben nie erfahren, was aus Sombre geworden ist. Niemand weiß, wann er sich wieder zeigen wird.

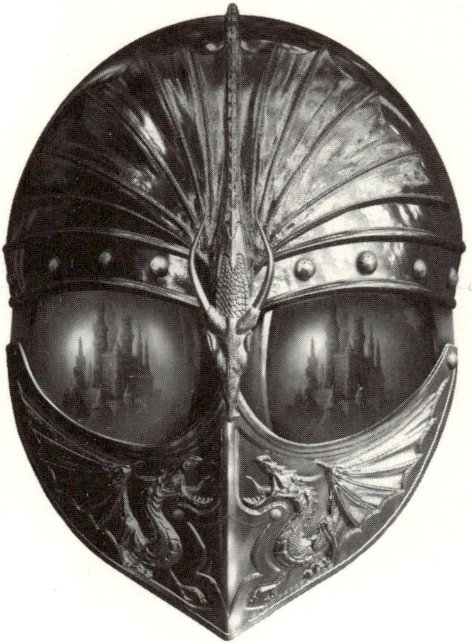

ERSTES BUCH

DIE NÄCHSTE GENERATION

Die Abendgesellschaft des Grafen von Kolimine war einfach traumhaft gewesen. Ein so rauschendes Fest hatte Eryne schon lange nicht mehr erlebt. Wie immer hatte sich der Graf nicht lumpen lassen und seinen Gästen die erlesensten Speisen, köstlichsten Weine, virtuosesten Musiker und besten Gaukler geboten. Die Edelleute der oberen Kreise von Lorelia konnten sich glücklich schätzen, der Einladung des Cousins des Königs gefolgt zu sein. Um nichts in der Welt hätte Eryne diesen Abend versäumen wollen!

Es blieb nur ein einziger Wermutstropfen: Niemand hatte dieses Erlebnis mit ihr geteilt. Gewiss konnte sie sich nicht über mangelnde Aufmerksamkeit beklagen, zumal sie stets von jungen Männern umringt war. Barone, in den Adelsstand erhobene Hauptmänner, Künstler im Dienste des Königs, sie alle warfen ihr glühende Blicke zu, auch wenn nur wenige jemals in den Genuss eines Kusses kamen. Für jeden Verehrer, den sie verschmähte, versuchten zehn neue ihr Glück.

Wer so umschwärmt wurde, zog natürlich auch Missgunst auf sich. Mit ihren kaum dreiundzwanzig Jahren hatte Eryne nicht nur ein ebenmäßiges Gesicht, sondern auch eine natürliche Anmut und eine Figur, die selbst die besonnensten Gemüter um den Verstand brachte. Außerdem hatte sie die Schlagfertigkeit ihres Vaters geerbt und sparte nicht mit spöttischen Bemerkungen, sobald sich ihr die Gelegenheit bot. Es verstand sich von selbst, dass die Damen des lorelischen Hofs, allesamt neidische, klatschsüchtige und boshafte Rivalinnen, sie nicht leiden konnten.

Begehrliche oder vernichtende Blicke war Eryne gewohnt, nur richtige Freunde hatte sie noch nie gehabt. Bislang hatte sie das auch nicht vermisst. Man las ihr jeden Wunsch von den Augen ab, die Männer buhlten um ihre Aufmerksamkeit, und die schnippischen Wortgefechte, die sie sich mit den anderen Edelfräulein lieferte, waren ihr für gewöhnlich Kurzweil genug. Ein anderes Leben konnte sie sich nicht vorstellen.

Aber heute Abend … Zwar war der Ball prächtig gewesen, ihre Verehrer hatten sie mit charmanten Geschenken überhäuft, und ihr Schlagabtausch mit der Prinzessin von Semilia war mit vielen Lachern quittiert worden. Trotzdem hatte ihr die Geborgenheit gefehlt, die sie im Kreis ihrer Familie empfand. In der leeren Kutsche, in der sie nun in das großbürgerliche Viertel von Lorelia zurückfuhr, wurde ihr Heimweh noch stärker. Ihre Eltern benutzten die Karosse fast nie, schließlich begleiteten sie ihre Tochter nur selten auf festliche Empfänge. Dabei hätte sich Eryne so sehr gewünscht, dass sie ihr zuliebe mitkamen, wenigstens dieses eine Mal. Warum war sie immer die Einzige, die die Familie von Kercyan vertrat?

Ihrem Vater Reyan war nach der Schlacht am Blumenberg wieder der Herzogtitel seiner Vorfahren zugesprochen worden. König Bondrian und die lorelischen Edelleute hatten ihn wie einen Helden empfangen und ihm die Ländereien zurückgegeben, die seinem Urgroßvater abgenommen worden waren. Auch seiner Frau, Erynes Mutter Emaz Lana, war große Ehre zuteilgeworden, weil sie das arkische Heer zu Hilfe gerufen hatte. Wie es schien, hatten die beiden zusammen mit einer Handvoll Freunde die Oberen Königreiche vor der Eroberung bewahrt. Aber das begannen die Leute bereits zu vergessen.

Besonders gehässige Höflinge pflegten mit einem gewissen Vergnügen darauf hinzuweisen, dass Herzog Reyan die Hälfte seines Lebens in der Gosse gelebt hatte und als fahrender Schauspieler auf Marktplätzen aufgetreten war. Einige wussten sogar von einem dreisten Diebstahl im Kleinen Palast zu berichten. Bei diesen Lästermäulern kannte Eryne keine Gnade. Ihrer spitzen Zunge entging niemand.

Doch mittlerweile hatte die junge Frau es satt, ganz allein dafür zu sorgen, dass der gute Name der Familie nicht in den Schmutz gezogen wurde. Wenn es nach ihr gegangen wäre, hätten sich ihre Eltern häufiger in die Angelegenheiten des Königreichs einmischen sollen. Würden sie sich nur öfter zu Wort melden, sich in der Gesellschaft zeigen und ihren Einfluss geltend machen, bevor er gänzlich verloren ging! Aber Lana und Reyan verhielten sich nie wie alle anderen. Sie kümmerten sich noch nicht einmal um ihr Herzogtum, dessen Verwaltung sie einem Vogt überlassen hatten. Während die anderen Edelleute rauschende Feste gaben, begnügte sich das Paar damit, mit Freunden bescheidener Herkunft im kleinen Kreis zu feiern. Während die Reichsten der Reichen ihr Geld horteten und nach immer neuen Geschäften Ausschau hielten, griffen die Kercyans den eurydischen Priestern unter die Arme, ließen Tempel instand setzen und förderten die Verbreitung der größten Religionen. Und während sich die Mitglieder des Hofstaats mit immer neuen Liebschaften brüsteten, blieben sich die beiden Jahr um Jahr treu verbunden. Darauf wiederum war Eryne sehr stolz.

Ihre liebevolle Art hätte ihr heute Abend gutgetan, und sie hatte sich mehr als je zuvor die Begleitung und Unterstützung ihrer Eltern gewünscht. Wie konnte sie hoffen, weiter bei Hofe empfangen zu werden, wenn ihre Eltern darauf beharrten, den Umgang mit der feinen Gesellschaft zu meiden und sich stattdessen mit gemeinem Volk abzugeben? Dass sie die meisten Einladungen ablehnten, löste großen Unmut aus, selbst im engsten Umfeld des alten Königs, wo diese Zurückhaltung schon fast als Beleidigung angesehen wurde.

Über diese beunruhigenden Gedanken beschloss Eryne, dass es höchste Zeit wurde, ein ernstes Wörtchen mit ihren Eltern zu reden. Das letzte Stück der Fahrt verbrachte sie damit, sich eine wohlformulierte Ermahnung zurechtzulegen. Beim nächsten Mal durften sich Reyan und Lana nicht drücken! Wenn sie ihrer Tochter helfen wollten, ein ihrem Stand entsprechendes Leben zu führen, mussten sie gefälligst etwas mehr ausgehen!

Endlich rollte die Kutsche unter dem Steinbogen hindurch, der in den Innenhof des elterlichen Anwesens führte. Der achte Dekant neigte sich seinem Ende zu: Die Nacht war schon weit fortgeschritten. Dennoch war Eryne sicher, ihre Eltern noch wach anzutreffen. Ihre Mutter würde im eurydischen Buch der Weisen lesen und ihr Vater an einer neuen Komödie schreiben, ein Glas juneeischen Grünwein neben sich. Es war schon rührend, wie sie sich um sie sorgten und bis spät in die Nacht aufblieben, als wäre sie noch ein kleines Mädchen. Trotzdem würde sie ihnen gründlich ins Gewissen reden müssen. So ging es jedenfalls nicht weiter!

Als sie ausstieg, schlug ihr die kühle Nachtluft entgegen. Mit einem Wink entließ sie den Kutscher, der ihr einen Abschiedsgruß zurief und die Pferde in den Stall brachte. Eryne trat an die Tür, die von einer Laterne beleuchtet wurde, und ließ den Klopfer dreimal fallen. Kurz darauf hörte sie eilige Trippelschritte, und in der winzigen Fensteröffnung erschien ein runzeliges Gesicht.

»Ah, Ihr seid es, Fräulein Eryne!«, erklang eine zittrige Stimme.

Ein Schlüssel drehte sich zweimal im Schloss, dann wurde die Tür aufgerissen. Eryne wunderte sich über diesen merkwürdigen Empfang. Beate, ihre alte Dienerin, schien völlig außer sich. Was war geschehen?

»Ich habe mir solche Sorgen gemacht!«, rief die Haushälterin, während sie die Tür hastig wieder verschloss. »Ich hatte Angst, dass Ihr nicht zurückkommt!«, fügte sie in einem fast hysterischen Ton hinzu.

»So beruhigt Euch doch, Beate«, sagte Eryne, obwohl ihr mulmig zumute wurde. »Jetzt bin ich ja ...«

»Eure Eltern sind verschwunden!«, unterbrach sie die alte Frau. »Im ganzen Haus finde ich keine Spur von ihnen!«

Eryne war wie vom Donner gerührt. Plötzlich erinnerte sie sich an die vielen Schauergeschichten, die sie als Kind gehört hatte. Darin war immer wieder von fanatischen Mördern die Rede gewesen, von Priestern mit kahlgeschorenem Schädel und rotem Gewand, die eines Tages zurückkehren könnten, um Rache zu nehmen.

»Wie meint Ihr das, sie sind verschwunden? Vielleicht sind sie ausgegangen?«, hörte sie sich fragen.

»Nein, Fräulein Eryne, nein!«, wimmerte die Dienerin. »Ich habe sie heute Abend gesehen! In der Bibliothek! Der gnädige Herr hat der gnädigen Frau einige Stellen aus seinem Stück vorgelesen, sie haben beide laut gelacht – und als ich wieder an der Tür vorbeikam, waren sie nicht mehr da! Weise Eurydis, sie sind *verschwunden*!«

»Aber … Vielleicht sind sie einfach zu Bett gegangen«, sagte Eryne.

Beate schüttelte energisch den Kopf.

Eryne glaubte selbst nicht daran. Die Haushälterin hatte das ganze Haus durchkämmt und niemanden gefunden. Aber es gab ein Zimmer, von dem Beate nichts wusste. Bevor sie dort nachsah, wollte sich Eryne lieber noch einmal selbst vergewissern. Sie ging auf die Bibliothek zu, hielt plötzlich inne und machte einen Abstecher in die Schreibstube ihres Vaters, wo sie den Dolch einsteckte, den er in einer Schublade aufbewahrte. Mit zitternden Händen, die Dienerin dicht auf den Fersen, durchquerte sie das Haus und betrat schließlich das Lieblingszimmer ihrer Eltern.

Es sah aus, als hätten die beiden den Raum soeben erst verlassen. Einige in zierlicher Handschrift beschriebene Bögen Papier waren auf dem Teppich verstreut. Auf einem Tischchen stand ein Tablett mit zwei halbvollen Weingläsern. Lanas Parfum, das nach Manive-Rosen duftete, hing noch in der Luft.

»Ihr habt nichts angerührt?«

Der tonlose Klang ihrer eigenen Stimme überraschte sie selbst. Beates Kopfschütteln half ihr auch nicht, das Geschehene zu begreifen. Wo konnten ihre Eltern nur stecken? Sie hätten sich niemals einfach so auf den Weg gemacht, ohne wenigstens eine Nachricht zu hinterlassen. Und der Gedanke, sie könnten entführt worden sein, ergab auch keinen Sinn. Die Villa glich einer Festung! Die Fenster waren vergittert, die Mauern mit Stacheln besetzt und die Türen mit doppelten Schlössern gesichert, die ein romischer Meisterschmied angefertigt hatte. Reyan und Lana hatten sich schon immer vor der Rückkehr ihrer einstigen Feinde gefürchtet und ihr kleines Liebesnest mit eisernen Schutzvorrichtungen versehen. Doch wer hätte nach so vielen Jahren des Friedens noch geglaubt, dass die Schatten der Vergangenheit sie einholen würden?

Es gab nur eine Erklärung: Wenn sie weder im Haus waren noch das Anwesen verlassen hatten, mussten sie sich in der geheimen Kammer versteckt haben. In dem Raum, den ihr Vater gebaut und den er nur seiner Familie gezeigt hatte. Dorthin, so hatten sie vereinbart, würden sie sich zurückziehen, wenn Gefahr drohte. Ja, dort waren sie *ganz bestimmt*, versuchte sich Eryne einzureden.

Leider musste sie allein sein, um sich davon zu überzeugen. Der Kutscher war bereits in seine Wohnung zurückgekehrt, und die anderen Diener würden nicht vor dem zweiten Dekant eintreffen, wenn der Morgen graute. Sie musste also nur Beate nach Hause schicken, obwohl es ihr bei diesem Gedanken angst und bange wurde.

»Wahrscheinlich sind sie ausgegangen, ohne dass Ihr es bemerkt habt«, sagte sie mit starrem Lächeln. »Heute ist Vollmond, da hat mein Vater es sich wohl nicht nehmen lassen, einen Spaziergang zu machen!«

»Aber … Ohne mir etwas zu sagen? Ohne auf Euch zu warten?«

»Es wäre ja nicht das erste Mal, dass sie einer verrückten Eingebung folgen! Ihr wisst doch, wie sie sind. Na kommt, Beate, geht nach Hause und legt Euch schlafen. Seid unbesorgt, ich bin sicher, dass sie uns morgen früh alles ganz genau erzählen werden.«

»Aber, Fräulein Eryne … Wäre es Euch nicht lieber, wenn ich bei Euch bleibe und auf sie warte?«

Eryne biss sich auf die Lippen, um nicht laut zu rufen: *»Doch, Beate, ich habe solche Angst! Lasst uns zusammen in den Keller gehen und nachsehen, ob sich meine Eltern dort versteckt haben! Und sagt mir vor allen Dingen, dass mir hier im Haus keine Gefahr droht!«*

»Macht Euch keine Sorgen«, sagte sie stattdessen. »Ich komme zurecht.«

Obwohl Beate beharrlich protestierte, schob Eryne sie zur Tür und drängte sie, in ihre Strickjacke zu schlüpfen. Das Wohnhaus der Diener befand sich nur eine Straße weiter, aber es hätte genauso gut am anderen Ende der Stadt liegen können: Sobald die Haushälterin das eiserne Tor unter dem Steinbogen hinter sich zugezogen hatte, war Eryne auf sich allein gestellt.

Sie versuchte, nicht daran zu denken, während Beates Schritte leiser wurden und schließlich in der Nacht verklangen. Sie durfte sich jetzt nicht vor Angst verrückt machen. Tapfer schloss Eryne die Tür und drehte den Schlüssel zweimal um. Plötzlich fiel ihr auf, dass sie nicht einmal ihren Umhang abgelegt hatte, seit sie nach Hause gekommen war. Trotzdem fröstelte sie …

Mit einer Hand hielt sie den Dolch umklammert, mit der anderen nahm sie einen Kerzenleuchter und ging langsam in Richtung Küche. Obwohl sie sich zur Vernunft mahnte, fürchtete sie bei jeder dunklen Nische, dass sich gleich ein Mörder auf sie stürzen würde. Als sie endlich ins Speisezimmer gelangte, sah sie das Geschirr vom Abendessen noch auf dem Tisch stehen und hatte plötzlich das entsetzliche Gefühl, sie könnte ihre Eltern vielleicht nie wiedersehen. Es war nur ein flüchtiger Gedanke, aber er jagte ihr eine solche Angst ein, dass sie sofort auf die Tür zurannte, die in den Keller führte.

Sie hasste diesen Ort, der staubig und dunkel war, wie jeder Keller, den sie kannte. Obwohl sie seit Jahren nicht mehr dort gewesen war, schien sich nichts verändert zu haben. Die Regale bogen sich unter dem Gewicht von Töpfen und Terrinen, in einigen Körben wurde Gemüse gelagert, und mehrere Fässer warteten auf den Anstich. Dazu kamen Tausende Flaschen mit Wein und anderen edlen Tropfen. Selbst wenn sie einige Monde lang belagert würden, hätten sie genug zu essen – und zu trinken.

Wie die oberen Stockwerke war auch das riesige Kellergewölbe in mehrere Räume unterteilt. Eryne musste es in seiner gesamten Länge durchqueren, bis sie ihr Ziel erreichte. Die hintersten Kammern enthielten nurmehr altgediente Kochtöpfe, die kaum noch benutzt wurden, einige Stühle, die seit über einem Jahrhundert auf eine Reparatur warteten, und allerhand andere aussortierte Gegenstände.

Im letzten Raum war das Durcheinander besonders groß. Die bis an die Decke reichenden Stapel aus altem Plunder sahen aus, als könnten sie jeden Moment in sich zusammenstürzen, weshalb es wohl niemand wagen würde, hier aufzuräumen. Und genau das war die Absicht. Hinter all dem Wirrwarr verbarg sich ein Wandschrank, den Eryne nun vorsichtig öffnete.

Das Knarzen der großen Holztüren ließ sie erschauern, und der Tanz der Staubkörner im Kerzenlicht machte ihre letzte Hoffnung zunichte. Der Durchgang war seit langem nicht mehr benutzt worden.

Aber so schnell wollte sie nicht aufgeben. Sie stieg in den Schrank, zog die Türen hinter sich zu und betätigte einen geheimen Mechanismus in der Rückwand. In diese Richtung gingen die Türen etwas leiser auf und gaben den Weg in einen schmalen, leeren Gang frei. Der Saum ihres Ballkleids fegte durch eine dicke Staubschicht, als sie auf die Mauer am anderen Ende zueilte und fieberhaft nach der Öffnung suchte.

Schließlich stieß sie auf das Holzbrett, mit dem der Durchgang kaschiert war. Eryne klopfte zweimal kurz dagegen und betete darum, eine Antwort zu erhalten. Doch eine ganze Dezille verstrich, ohne dass das geringste Geräusch zu hören war. Dort waren ihre Eltern also auch nicht. Sie waren tatsächlich verschwunden.

Der jungen Frau stiegen Tränen in die Augen, obwohl sie verzweifelt versuchte, sich Mut zu machen. *Sie können sich nicht einfach in Luft aufgelöst haben, ohne erkennbaren Grund und ohne jede Spur. Sie kommen bestimmt zurück. Noch heute Nacht, oder eben morgen. Ja, morgen.*

Nun würde sie allein nach oben in ihr Zimmer zurückkehren müssen, und diese Vorstellung jagte ihr einen Schauer über den Rücken. So sicher, wie sie immer geglaubt hatte, war das Haus vielleicht doch nicht. Kurzentschlossen schob sie das Brett beiseite und kletterte durch die Öffnung in die geheime Kammer. Sie hätte nie gedacht, sie jemals benutzen zu müssen …

Auf engstem Raum hatte Reyan alles gelagert, was man

für einen Aufenthalt von mehreren Tagen brauchte: eine Matratze, Decken, eine Öllampe und Vorräte, die hin und wieder erneuert wurden. Außerdem hatte er in dem Versteck mehrere Waffen und eine kleine Schatulle voller Goldterzen verstaut.

An der gegenüberliegenden Wand befand sich eine riesige Tür, die mit mehreren schweren Schlössern gesichert war und Rey zufolge in ein Netz unterirdischer Gänge führte, das früher von Schmugglern benutzt worden war. Eryne hatte ihren Vater den Durchgang noch nie öffnen sehen, und sie stellte zu ihrem Bedauern fest, dass die Riegel allesamt verschlossen waren. Diesen Fluchtweg konnten ihre Eltern also auch nicht genommen haben.

Mit tränennassem Gesicht zog sie das Holzbrett wieder vor die Öffnung und kauerte sich auf die Matratze, die nach Moder roch. Schnell kroch ihr die Kälte durch den Mantel und das Ballkleid bis in die Glieder. Sie zog einige Decken heran, aber als sie Mäusekot auf ihnen entdeckte, ließ sie sie schluchzend fallen. So verbrachte sie einige Dekanten in unruhigem Halbschlaf, während ihr immer wieder dieselben Fragen durch den Kopf gingen: Was war ihren Eltern zugestoßen? Waren sie überhaupt noch am Leben?

Sie hätte nicht sagen können, wie viel Zeit vergangen war, als sie plötzlich von einem Knarzen aus dem Schlummer gerissen wurde. Bis sie das Geräusch mit den Schranktüren in Verbindung gebracht hatte, zerrte bereits jemand an dem Holzbrett, das ihr Versteck verbarg, und kam dann langsam auf sie zu.

Voller Entsetzen erblickte Eryne einen Mann mit kahlgeschorenem Schädel und Priestergewand.

»Cael! Wach auf, es geht los!«

Mit einer Grimasse zerrte der Junge an der Decke, die ihm sein Stubenkamerad weggezogen hatte. Beim Abendessen im Speisesaal des Großen Hauses war er von ihrer Idee begeistert gewesen, aber jetzt, da er tatsächlich mitten in der Nacht aufstehen sollte, fand er sie sehr viel weniger aufregend.

»Beeil dich«, drängte Janlin. »Komm schon! So eine Gelegenheit bekommen wir nicht noch mal!«

Widerwillig rang sich Cael dazu durch, sein warmes Bett zu verlassen. Der Boden des Schlafsaals war eiskalt. Hastig schlüpfte der Junge in seine weichen Lederstiefel und zog sich die Ärmel über die Handgelenke. Die Flure waren lang und kalt, und er trug nur ein dünnes Nachthemd.

»Wo geht ihr hin?«, flüsterte eine Stimme aus dem Nachbarbett.

»Nirgends!«, zischte Janlin. »Sei still und kümmere dich um deinen eigenen Kram!«

Der Naseweis war einer der jüngsten der sechzig Internatsschüler, während Cael und Janlin mit ihren vierzehn Jahren zu den ältesten gehörten. Einem Befehl der Großen zu widersprechen, wäre dem Jungen nicht im Traum eingefallen: Er vergrub das Gesicht wieder im Kissen, ohne noch einmal einen Laut von sich zu geben.

»Und was ist mit dem Aufseher?«, fragte Cael und spähte besorgt zur Wachkammer.

»Der ist unterwegs, wie jede Nacht. Keine Ahnung, was der immer so treibt! Jedenfalls lässt uns das einen guten Dekant Zeit. Und jetzt komm!«

Auf Zehenspitzen tappten sie durch die Dunkelheit und

legten drohend den Finger an die Lippen, wenn sie ein Mitschüler fragend ansah. Dann huschten sie durch die Tür, die den vierten Schlafsaal der Jungen vom Rest des Großen Hauses trennte, und schlugen den Weg zur Bibliothek ein.

Da sie keine Laterne oder Kerze dabeihatten, wurde der Flur nur vom Mondlicht beschienen, das in unregelmäßigen Abständen durch die Fenster fiel. Sie tasteten sich so behutsam wie möglich voran und verhielten sich wie waschechte Einbrecher. In der Nähe der Wachkammern und an anderen gefährlichen Stellen pressten sie sich mit dem Rücken an die Wand. Wenn sie einen weiteren Flur erreichten, lugten sie zunächst vorsichtig um die Ecke, und beim geringsten Geräusch blieben sie stocksteif stehen. Cael fragte sich, was seine Eltern wohl sagen würden, wenn sie von seinem nächtlichen Abenteuer erfuhren. Ganz zu schweigen von seiner Großtante Corenn, die im Großen Haus arbeitete und bei der er manchmal sogar Unterricht hatte.

Auf Corenns Rat hin hatten Yan und Léti ihren Sohn auf die beste Schule in Kaul geschickt. Der Junge hatte sich in Eza, dem Fischerdorf, in dem er aufgewachsen war, zu sehr gelangweilt und einen so wachen Verstand bewiesen, dass es ein Jammer gewesen wäre, seine Fähigkeiten brachliegen zu lassen. So hatte es zumindest seine Großtante ausgedrückt. Cael hielt sich nicht für klüger als andere. Er war auch längst nicht in allen Fächern Klassenbester. Doch er musste zugeben, dass er gern lernte. Seine Eltern waren durch die ganze Welt gereist, bevor sie nach Eza zurückgekehrt waren und sich dort niedergelassen hatten, und die Abenteuerlust, die ihre Geschichten in ihm weckten, hatte er bisher nur durch Bücher stillen können.

Und genau das war der Grund für ihren verbotenen Ausflug. Janlin, dem pfiffigsten seiner Freunde, war es gelungen, einem der Hilfsarchivare den Bibliotheksschlüssel zu stibitzen. Falls der Unglücksrabe seinen Schlüssel nicht wiederfand, würde in einigen Tagen das Schloss ausgewechselt werden. Bis dahin jedoch hatten der Dieb und seine Komplizen freien Zugang zu allen Büchersammlungen – vor allem zu denen, die den Erwachsenen vorbehalten waren. Auf diesen Regalen reihten sich Kriegsberichte, Schauermärchen und prickelnde Liebesgeschichten aneinander – kurzum alles, was die kaulanischen Sittenwächter nicht in den Händen der Jugend wissen wollten, Cael und seine Altersgenossen aber brennend interessierte …

Die Jungen hatten vereinbart, ein paar sorgfältig ausgewählte Bücher einzustecken und sie unter den anderen zu verteilen. Dadurch würden sie sich bei ihren Kameraden beliebt machen und sich ihre Dankbarkeit und Freundschaft sichern. Irgendwann in den nächsten Tagen würden die Bücher dann unerklärlicherweise wieder in den Regalen auftauchen.

Cael wusste nicht, was daran verwerflich sein sollte, und so hatte er dem Plan zugestimmt. Seine Neugier zu zügeln, fiel ihm seit jeher schwer. Diese Eigenschaft, die er von seinem Vater geerbt hatte, hatte ihn schon mehrmals in Schwierigkeiten gebracht. Er hoffte nur, dass er diesmal ungeschoren davonkommen würde.

Nachdem sie mehrere Dezillen lang durch das weitläufige Gebäude geschlichen waren und einen kurzen Schreck bekommen hatten, als sie über eine streunende

Katze gestolpert waren, erreichten sie ihr Ziel. Janlin zögerte keinen Augenblick, steckte den Schlüssel ins gewaltige Schloss der Flügeltür und drehte ihn herum.

Mit einem Kribbeln im Bauch folgte Cael ihm ins Innere. Wenn sie hinter dieser Tür erwischt wurden, drohte ihnen eine noch strengere Strafe als ohnehin schon, denn dann würden sie zugeben müssen, den Schlüssel gestohlen zu haben.

»Wahnsinn!«, rief Janlin. »Wir haben es geschafft!«

»Ja. Aber sei leise«, mahnte Cael.

Er war genauso aufgeregt wie sein Freund, doch die unheimliche Atmosphäre, die in dem Saal herrschte, schüchterte ihn ein. Er kannte die Bibliothek wie seine Westentasche, schließlich verbrachte er hier einen Großteil seiner Zeit. Mitten in der Nacht und im fahlen Mondlicht wirkte sie allerdings ganz anders als bei Tag.

Die dreißig Regale, die den ersten Saal in mehrere Reihen unterteilten, enthielten nur einen Bruchteil des Bestands. Abertausend weitere Bücher und Pergamente waren in Nebenräumen untergebracht, in die der Junge noch nie einen Fuß gesetzt hatte. Das Große Haus war nämlich viel mehr als eine Schule: Es war der Regierungssitz des Matriarchats von Kaul, und entsprechend umfangreich war sein Archiv.

»Weißt du, wo wir hinmüssen?«, fragte Cael, obwohl er eine ziemlich genaue Vorstellung davon hatte.

»Hier entlang, glaube ich. Komm!«

Nachdem sie an mehreren mit Büchern vollgestopften Regalen vorbeigehuscht waren, blieben sie vor einer zweiten Tür stehen, die unverschlossen war. Tagsüber wurde sie von einer der Bibliothekarinnen überwacht, die in der

Nähe an ihren Pulten arbeiteten. Doch nun hielt nichts und niemand die beiden Jungen auf. Endlich würden sie das Geheimnis der Bibliothek ergründen.

Im ersten Moment war Cael ziemlich enttäuscht. Anders, als er erwartet hatte, war der Saal eher klein. Doch als er die Titel der Bücher las, die vor seiner Nase standen, schlug sein Herz höher. Da ging es um Drachen, Gorgonen und andere Ungeheuer, um Hexerei, Heldentaten und böse Flüche.

Schon jetzt sah er mindestens zehn Bücher, die seine Fantasie beflügelten. Und auf den Regalen links und rechts gab es noch unzählige andere. Leider mussten sie sich mit einer Handvoll »Ausleihen« begnügen, um zu verhindern, dass eine der Bibliothekarinnen misstrauisch wurde und die Schlafsäle durchsuchen ließ.

Empörung stieg in ihm auf. Es war eine Schande, dass so viele interessante Schriften unter Verschluss gehalten wurden. Er war ja wohl alt genug, um zu entscheiden, welche Bücher er lesen wollte, und um zu wissen, was er glauben konnte und was nicht!

Er wollte Janlin gerade seine Gedanken mitteilen, als er merkte, dass sich sein Freund überhaupt nicht für die Regale zu interessieren schien. Er stand an der Stirnseite des Saals und presste ein Ohr gegen die Wand.

»Was ist?«, wisperte Cael.

Janlin legte nur den Finger an die Lippen. Cael hätte am liebsten selbst gelauscht, aber er wagte sich nicht mehr zu rühren. In der Stille hörte er das gedämpfte Raunen menschlicher Stimmen. Das Geräusch trieb ihm kalten Schweiß auf die Stirn.

Ohne es zu wissen, hatten die Männer, die sich im

Nachbarzimmer unterhielten, die Stimme geweckt. Seine Stimme. Die Stimme, die er als Einziger hörte. Die Stimme, die irgendwo in seinem Hinterkopf lauerte und immer dann erwachte, wenn er glaubte, sie sei endgültig verstummt.

Noch war sie nur ein unverständliches Flüstern, doch Cael wusste, dass sie bald lauter und immer lauter werden würde, bis sie ihm so sehr in den Ohren dröhnte, dass er taub für alles andere war. Wollte er das verhindern, musste er unbedingt ruhig bleiben, aber wie sollte das gehen, wenn ihm das Herz vor Angst bis zum Hals schlug?

Er konnte nicht sagen, wie viel Zeit verging. Endlich wurden hinter der Wand Stühle gerückt. Eine Tür knarrte, fiel ins Schloss und wurde verriegelt. Schritte entfernten sich, dann war es wieder totenstill. Kurz darauf gab Janlin seinen Horchposten auf und kam mit weit aufgerissenen Augen zu Cael zurück.

»Du wirst es nicht glauben, aber sie haben über dich gesprochen!«

»Ha, ha, sehr witzig«, murmelte Cael und wurde kreidebleich.

»Ich schwöre es dir! Den Rest habe ich nicht verstanden, aber ich bin sicher, dass sie deinen Namen gesagt haben! Mehrmals!«

Die Stimme in ihm wurde lauter. Cael versuchte, sie zu ignorieren, doch die Bilder, die das Raunen in seinem Kopf wachrief, waren stärker als sein Wille. Wie immer stachelten sie ihn zu Gewalt an. Zu Wut. Zu Bösartigkeit. Cael hatte schreckliche Lust, Janlin anzuschreien, ihn wüst zu beschimpfen oder ihn sogar zu schlagen, ohne dass er wusste, warum. Die Rückkehr dieses unkontrollierbaren Drangs jagte ihm entsetzliche Angst ein. Seit über einem Jahr hatte er keinen Anfall mehr gehabt. Diesmal durfte er nicht nachgeben!

Er musste sich beherrschen, sich beruhigen und seine Angst bezwingen. Aber das war gar nicht so einfach: Warum nur hatten mehrere Erwachsene mitten in der Nacht in einem abgelegenen Winkel des Großen Hauses seinen Namen genannt?

»Was liegt hinter der Wand?«, fragte er mit gepresster Stimme.

»Keine Ahnung«, antwortete Janlin. »Der Trakt gehört zur Bibliothek, also könnte es ein Klassenzimmer, eine Schreibstube oder auch eine Wachkammer sein. Die Flure sind so verwinkelt, da verliere ich immer die Orientierung.«

Cael konnte nur nicken. Jedenfalls änderte das nichts an seinem Problem. »Wir sollten lieber zurückgehen«, sagte er nach einer Weile. »Vielleicht haben sie schon bemerkt, dass wir weg sind. Vielleicht suchen sie sogar längst nach uns. Wir ersparen uns jede Menge Ärger, wenn wir schnell von hier verschwinden.«

»Und was ist mit den Büchern?«

»Wir können ein andermal wiederkommen. Oder wir lassen es gleich ganz bleiben. Ich habe kein gutes Gefühl bei der Sache.«

Schließlich konnte Cael nicht einfach sagen: »Ich höre eine Stimme in meinem Kopf, die mir zuruft: *Vorsicht! Gefahr! Schlag um dich, beiße, töte!*« Dabei hörte er fast nichts anderes mehr.

Zum Glück sah Janlin rasch ein, dass Cael Recht hatte. Einige Dezillen später, nachdem sie ein zweites Mal mit zum Zerreißen gespannten Nerven durch die Flure des Großen Hauses gehuscht waren, schlichen die beiden Jungen in ihren Schlafsaal. Cael war kaum unter die Decke geschlüpft, als der Aufseher kam.

Wie immer drehte er eine Runde durch den Schlafsaal und sah nach seinen Schützlingen, bevor er in die Wachkammer zurückkehrte. Cael hatte das Gefühl, als bliebe er neben seinem Bett länger stehen als bei den anderen, aber er konnte sich auch irren.

Die Stimme in seinem Kopf verstummte in dieser Nacht nicht mehr. Cael gelang es nur mit Mühe, den Zorn, der in ihm kochte, im Zaum zu halten.

In der Vergangenheit war er schon mehrmals durchgedreht, nachdem die Stimme ertönt war. Der Junge nahm sich fest vor, seine Großtante Corenn aufzusuchen, bevor es wieder dazu kam.

Ja, gleich morgen.

In dem Alptraum, den Eryne durchlebte, wusste sie nicht mehr, ob sie nun schlief oder wachte. Ein Zü-Mörder, das Schreckgespenst ihrer Kindheit, schlich sich in ihr Versteck! Die Angst fuhr ihr in die vor Kälte taub und steif gewordenen Glieder. Sie schoss hoch, stieß sich den Kopf, warf beinahe die Kerze um und tastete mit zitternden Händen nach einer Waffe. Hinter ihr richtete sich der Mann bedrohlich auf.

»Eryne, ich bin's!«, wisperte auf einmal eine angespannte Stimme.

Die Worte rissen Eryne endgültig aus ihrem Wachtraum, und sie hielt einen Augenblick inne. Dann ließ sie den Dolch los, den sie gerade zu fassen bekommen hatte, und drehte sich zu dem Mann um, der seine Arme ausbreitete. Sie fiel ihm um den Hals, und vor Erleichterung traten ihr Tränen in die Augen.

»Nolan … Bruderherz, du bist es, du bist es wirklich! Ich habe mich zu Tode erschreckt!«

Eine Weile hielt sie den jüngeren Bruder fest umarmt und schmiegte ihr Gesicht an seine Schulter. In ihre Freude mischten sich Schuldgefühle. Wie hatte sie ihn nicht erkennen können? Was, wenn sie ihn niedergestochen hätte? Sie brach in lautes Schluchzen aus, während sich der Novize bemühte, seine Schwester zu beruhigen.

Als Eryne die Fassung wiedergewonnen hatte, trat sie einen Schritt zurück und erwiderte Nolans Lächeln. Mit ihrem zerknitterten Kleid, den verquollenen Augen und dem müden Gesicht musste sie ein Bild des Elends abgeben. Nolan hingegen, so fand sie, hatte noch nie besser ausgesehen. Das eurydische Priestergewand verlieh ihm eine gewisse Würde, und der kahlgeschorene Schädel ließ seine Gesichtszüge noch markanter wirken als sonst. Nur eine leise Schwermut verdunkelte seinen Blick. Doch wie konnte es unter diesen Umständen auch anders sein?

»Seit wann bist du zurück?«, fragte Eryne. »Ich dachte, du bleibst noch ein paar Monde in Ith.«

»Ich bin gerade erst angekommen. Ich habe bei Beate vorbeigeschaut, und sie hat mir alles erzählt. Dir ist doch nichts passiert?«

»Nein, mir geht es gut. Sind Vater und Mutter zurückgekommen?«

Nolan schüttelte bekümmert den Kopf. Eryne fiel ein, dass ihm das Ganze noch viel nähergehen musste als ihr.

Schließlich war er wegen seiner Priesterausbildung seit fast einem Jahr in der Heiligen Stadt und hatte es sicher kaum erwarten können, ihre Eltern wiederzusehen. Stattdessen war er mitten in eine Tragödie geraten.

»Glaubst du, dass wir wieder hochgehen können? Ich muss mich umziehen. Und ich halte es hier im Keller nicht mehr aus«, gab sie zu. »Ich komme mir vor wie lebendig begraben.«

»Ich habe alle Zimmer durchsucht«, sagte ihr Bruder. »Mir ist nichts Ungewöhnliches aufgefallen. Kurz hatte ich sogar Angst, ganz allein zu sein … Ich freue mich, dich zu sehen«, erklärte er und zog Eryne noch einmal an sich.

Sie war dankbar für diesen Trost. Während Nolan das Versteck verließ, nahm sie die Kerze und den Dolch an sich. Zutiefst erleichtert folgte sie ihm nach draußen und durchquerte mit ihm die düsteren Kellerräume.

»Warum bist du jetzt schon nach Hause gekommen?«, fragte sie. »Ich dachte, dass du erst zum Jahrmarkt hier sein kannst!«

»Ich … Ihr habt mir gefehlt«, sagte der Novize mit einem schwachen Lächeln. »Und ich hatte Heimweh nach Lorelia. Ith kann manchmal schon recht merkwürdig sein …«

Diese Antwort verwunderte seine Schwester ein wenig. Es war das erste Mal, dass Nolan ein schlechtes Wort über die Heilige Stadt verlor. Andererseits konnte sie gut verstehen, dass ihm in seiner Studierstube die Decke auf den Kopf fiel. Schließlich lebte er seit fünf oder sechs Jahren für nichts anderes mehr! Keiner ihrer Bekannten aus gutem Hause war so fleißig wie er.

Als sie von der Kellertreppe in die Küche traten, stellte Eryne fest, dass es bereits taghell war. Die Teller vom Vorabend standen noch auf dem Tisch.

»Wo sind die Diener?«, fragte sie erstaunt und spürte erneut Panik in sich aufsteigen. »Sie müssten längst da sein!«

»Ich habe Beate gebeten, sie zu verständigen«, erklärte Nolan. »Solange wir nichts Genaueres wissen, sollten sie besser nicht herkommen. Und wir täten gut daran, ebenfalls zu verschwinden. Lass uns das Nötigste zusammenpacken und ein sicheres Versteck suchen. So würde Vater es wollen.«

Eryne warf ihm einen überraschten Blick zu. Sie sah ihren kleinen Bruder auf einmal mit ganz neuen Augen. Eigentlich hatte sie ihn als einen etwas verträumten Jungen in Erinnerung, der am Rockzipfel ihrer Mutter hing und die Nase ständig in Bücher steckte. Doch nun übernahm er das Kommando und traf trotz ihrer schwierigen Lage klare Entscheidungen. Eryne musste sich eingestehen, dass Nolan mit seinen einundzwanzig Jahren nicht mehr der kleine Junge war, der vor einer Weile das heimische Nest verlassen hatte.

»Und was ist mit unseren Eltern? Wir müssen irgendetwas tun, um sie wiederzufinden!«

Nolans Gesicht verdüsterte sich. »Wenn sie nicht bald wiederkommen, verständigen wir ihre Freunde aus Kaul«, sagte er schließlich. »Sie haben uns oft genug eingeschärft, dass sie die Einzigen sind, denen wir vertrauen können.«

Eryne nickte nachdenklich, obwohl ihr der Plan nicht besonders zusagte. Wenn sie einfach abwarteten, kam für

Rey und Lana vielleicht jede Hilfe zu spät. Und was hatten diese Fremden überhaupt mit der Geschichte zu tun? Was würden die Kaulaner schon ausrichten können?

»Ich bin gerade erst angekommen, also brauche ich nur meinen Rucksack zu holen«, sagte Nolan. »Pack deine Sachen. Je schneller wir von hier wegkommen, desto besser.«

Eryne nickte erneut und ging gedankenversunken in ihr Zimmer. Heute würden ihr weder Beate noch ihre Mutter beim Frisieren und Umkleiden helfen, und kein Bottich mit warmem Wasser wartete auf sie. Und wenn sie frühstücken wollte, blieb ihr nichts anderes übrig, als in der Küche nach Resten zu suchen, als wäre sie ein Küchenjunge, der eine Festtafel nach Essbarem absucht, nachdem die Gäste gegangen sind!

Verzweifelt rollte sie sich auf dem Bett zusammen. Also würden sie weggehen? Aber wohin? Und wer würde dann ihre armen Eltern suchen, die wie vom Erdboden verschluckt waren?

Das Schluchzen blieb ihr in der Kehle stecken. Sie hatte einfach keine Tränen mehr. Auf einmal kam ihr wieder der prachtvolle Ball in den Sinn, auf dem sie gestern getanzt hatte, in der Welt der Reichen und Schönen, in der es ihr nie an irgendetwas gemangelt hatte. Bei diesem Gedanken gab sie sich einen Ruck. Sie würde sich auf gar keinen Fall von ihrem Kummer überwältigen lassen, als wäre sie eine Heulsuse, die von ihrem Galan versetzt worden war! Sie musste Stärke zeigen, wie es ihrem Rang gebührte. Nicht umsonst war sie eine von Kercyan. Sie würde sich ihrer Herkunft würdig erweisen.

Zuallererst musste sie mit Nolan sprechen. Bisher war

es ihr ganz recht gewesen, dass ihr Bruder den Beschützer gespielt hatte, aber er hatte längst nicht so viele Beziehungen in der lorelischen Hauptstadt wie sie. Einige ihrer Verehrer konnten ihnen vielleicht weiterhelfen oder zumindest eine passable Unterkunft bieten, bis ihre Eltern wieder auftauchten.

Als sie diesen Entschluss gefasst hatte, war Eryne gleich viel kämpferischer zumute. Sie riss sich zusammen, wusch sich mit eisigem Wasser das Gesicht, zog ihr Ballkleid aus und schlüpfte in eine bequemere Robe. Dann öffnete sie alle Schrankfächer, um ein paar Kleider zum Wechseln herauszusuchen.

Kurz darauf klopfte Nolan dreimal laut an die Tür und erschreckte sie damit zu Tode. Die Auswahl der Blusen und Mäntel hatte sie so in Anspruch genommen, dass sie darüber die Zeit vergessen hatte.

»Eryne, ist alles in Ordnung? Soll ich dir helfen?«

»Nein, nein, ich komme gleich«, rief sie hastig und stopfte einen Stapel Unterkleider zurück in den Schrank.

Nolan sagte nichts mehr, und nun machte sie sich ernsthaft an die schwierige Aufgabe. Trotzdem dauerte es noch eine geschlagene Dezime, bis sie ihre Kleider in einem riesigen Koffer mit eisernen Beschlägen verstaut hatte und ihn zu ihrem Bruder schleppte.

Nolan stand an einem Fenster im ersten Stock hinter den schweren Vorhängen und lugte vorsichtig nach draußen. Als sie seine sorgenvolle Miene sah, spähte Eryne über seine Schulter. Auf der anderen Straßenseite, jenseits der Hofmauer, stand eine in einen dicken Reisemantel gehüllte Gestalt. Der Mann schien mit seltsamer Beharrlichkeit auf etwas zu warten.

»Als ich ankam, war er noch nicht da«, sagte Nolan. »Aber seit wir den Keller verlassen haben, hat er sich nicht von der Stelle gerührt.«

»Vielleicht ist es ein Lieferant, der Lebensmittel bringt und auf die Haushälterin wartet …«, mutmaßte Eryne, ohne selbst so recht daran zu glauben.

»Er sieht nicht aus wie ein Dienstbote. Und welche Waren würde er wohl unter seinem Mantel mit sich herumtragen? Ein Schwert könnte er da schon eher verstecken.«

Eryne erschauerte und sah noch einmal zur Straße hinunter. Bestimmt überwachte der Mann den Eingang des Hauses, *ihres* Hauses!

»Wenn er etwas im Schilde führt, würde er sich doch nicht so offen zeigen. Er ist sicher harmlos.«

»Vielleicht«, sagte Nolan seufzend. »Aber ich würde trotzdem lieber warten, bis er aufgibt und verschwindet, bevor wir das Haus verlassen. Hast du fertig gepackt?«

»Ja. Wo willst du eigentlich hin?«

»Ich weiß es nicht. In irgendeine Herberge in der Stadt. Möglichst in einem Viertel, in dem wir sonst nie sind.«

»Ich habe eine bessere Idee«, entgegnete Eryne. »Wir können bei Roban von Sarcy wohnen. Er hat ein großes Schloss und ist mir gegenüber immer sehr aufmerksam.«

»Der alte Sarcy?«, fragte Nolan verwundert.

»Nein, sein Sohn, Roban. Er … Er macht mir den Hof. Er würde alles tun, um uns zu helfen. Und jeder weiß, dass er Offizier der Grauen Legion ist«, fügte sie hinzu. »Seine Männer könnten uns helfen, unsere Eltern wiederzufinden.«

Zu ihrer Überraschung reagierte Nolan eher zurückhaltend auf ihren Vorschlag. Er warf noch einmal einen Blick auf den wartenden Mann, seufzte und rieb sich den Schädel. »Ich weiß nicht, Eryne. Wenn uns tatsächlich jemand verfolgt, wird er uns dort leicht finden. Und was die Graue Legion angeht … Den Spitzeln des Königs vertraue ich nicht.«

»Es ist immer noch weniger gefährlich, als sich in einer Herberge einzuquartieren!«, schimpfte seine Schwester. »Außerdem werden zehn lorelische Spione ja wohl mehr herausbekommen als ein paar Kaulaner, die nicht einmal den Platz der Reiter finden würden!«

»Ich weiß nicht, Eryne«, sagte Nolan noch einmal und seufzte.

»Dafür weiß ich es umso besser!«, fuhr sie auf. »Keiner soll später sagen, dass ich keinen Finger gerührt hätte, um meinen Eltern zu helfen!«

»Schon gut, schon gut«, beruhigte er sie. »Sobald die Luft rein ist, gehen wir zu deinem Sarcy. Einverstanden?«

Eryne strahlte und gab Nolan einen zärtlichen Kuss auf die Stirn. Dann spähten sie zu dem Unbekannten auf der anderen Straßenseite hinunter und warteten. Die Zeit verging quälend langsam. Hand in Hand standen die Geschwister da und dachten an Rey und Lana.

Bowbaq hatte befürchtet, nicht mehr rechtzeitig mit den Vorbereitungen fertig zu werden, so viel gab es zu tun. Aber schließlich hatte er es doch geschafft. Alles war bereit für die Geburtstagsfeier seiner Enkelin, die heute dreizehn Jahre alt wurde. Zufrieden betrachtete er die gedeckte Tafel und den Festschmuck. Ja, er konnte stolz auf sich sein …

Auch das Essen war schon gekocht. Da sein Appetit seiner Körperfülle entsprach, hatte Bowbaq die Portionen großzügig bemessen und einen riesigen Kochtopf voller bittersüßer Bohnen auf die graue Steinplatte gesetzt, unter der ein Feuer loderte. Viele saftige Scheiben Schinken lagen bereit, um in die *Qinga* getaucht zu werden, das scharf gewürzte flüssige Schmalz, das traditionell an Festtagen serviert wurde. Zwei mächtige Krüge mit gezuckertem Milo dampften vor sich hin, und daneben stand eine Schale Sirup, in den sie später ihr Fluffbrot tunken würden. Der köstliche Geruch der Speisen und Getränke vermischte sich mit dem Duft der Tannenreiser und frisch gepflückten Mosaïnen, die zu Sträußen gebündelt überall in der Blockhütte hingen, auch über der offenen Tür.

Bowbaq beschloss, sich auf die Eingangstreppe zu setzen. Zur Jahreszeit des Feuers war der Süden Arkariens, der fast das ganze Jahr unter einer dicken Schneedecke lag, wie verwandelt, und der heutige Tag versprach besonders schön zu werden. Bowbaq ließ den Blick über die saftigen grünen Wiesen wandern, die in alle Richtungen von mit Blautannen bewachsenen Hügeln umgeben waren. In diesem einsamen Tal hatten er und seine Frau Ispen sich vor vierzig Jahren niedergelassen – sechs Meilen von ihrem nächsten Nachbarn entfernt.

Seit seinem Abenteuer mit den Erben hatte Bowbaq seine Heimat nur noch selten verlassen. Er liebte sein häusliches Glück, das einfache Leben fernab der Welt mit ihren unüberschaubaren Verwicklungen. Wenn seine Kinder oder Freunde ihn besuchten, freute er sich unbändig und tat alles, um seine Gäste möglichst lange bei sich zu behalten. Viel Überredungskunst brauchte es dazu nicht. Corenn und Grigán beispielsweise verbrachten jedes Mal mindestens eine Dekade in der Hütte ihres Freundes.

Diesmal hatte Bowbaq seinen kleinen Klan für ein paar Tage unter seinem Dach versammelt. Seine Frau und er beherbergten ihre Tochter Iulane und ihren Sohn Prad mit ihren Gefährten, zwei junge Paare, die ihnen bereits drei Enkelkinder geschenkt hatten. Iulane hatte zwei kleine Buben, Prad eine schon recht große Tochter: Niss, ein verschlossenes Mädchen, deren Geburtstag sie heute feiern würden.

Ispen hatte vorgeschlagen, im nahe gelegenen Fluss baden zu gehen. Unter einem Vorwand war Bowbaq zurückgeblieben, um die Überraschung vorzubereiten. Alle wussten, dass er nicht gern ins Wasser ging, und so hatte sich niemand gewundert, dass er zu Hause bleiben wollte. Doch jetzt, da alles bereit war, wartete er ungeduldig auf die Rückkehr seiner Familie. Wenn sie sich zu viel Zeit ließen, würden die Bohnen und die Qinga anbrennen und der Milo kalt werden – kurzum, die Überraschung wäre nicht mehr ganz so perfekt!

Als er es nicht länger aushielt, beschloss Bowbaq, ihnen entgegenzugehen. Trällernd marschierte er los, ohne sich die Mühe zu machen, die Tür hinter sich zu schließen. In dieser friedlichen Gegend hatte er noch nie Angst vor Dieben oder Überfällen gehabt. Bis auf einmal … An jenem Tag vor rund zwanzig Jahren, als drei Züu versucht hatten, ihn zu ermorden. Aber diese Erinnerung verdrängte er lieber.

Nachdem er die Wiese überquert hatte, stapfte er den steilen Hang eines Hügels hinauf, um keinen Umweg nehmen zu müssen. Jeder andere in seinem Alter wäre schnell aus der Puste gekommen, doch Bowbaq machte der Anstieg nichts aus. Obwohl er die sechzig bereits weit überschritten hatte, war er immer noch ungewöhnlich kräftig. Das Leben in der Natur hatte ihn abgehärtet, aber er bildete sich nichts darauf ein. Ihm sei eben eine robuste Gesundheit in die Wiege gelegt worden, pflegte er zu sagen. Diese Bescheidenheit war wohl das Geheimnis seines Glücks: Was er nicht beeinflussen oder ändern konnte, nahm er klaglos hin.

Er grübelte gerade über seine Lebenseinstellung nach, als Galous Bellen ihn aus den Gedanken riss. Das Kläffen kam von weit her, von der anderen Seite des Hügels hinter dem Tannenwald, aber Bowbaq hörte, dass der Hund vor großer Gefahr warnte. Der Rouvier schlug niemals ohne Grund an. Was war am Flussufer los?

Besorgt marschierte Bowbaq schneller und begann zu rennen, sobald er den Hügelkamm erreicht hatte. Schreckliche Bilder kamen ihm in den Sinn. Die Kinder, die in den Fluten ertranken oder von der Strömung fortgerissen wurden. Ein hungriger Bär. Mörder in roten Gewändern, die vergiftete Dolche zückten.

Der Mog'lur, jener grausame Dämon, den er im Eroberten Schloss in Junin angegriffen hatte.

Während er den Hang auf der anderen Seite des Hügels hinunterlief, wurde das Bellen immer lauter. Bowbaq lauschte angestrengt nach Stimmen. Sogar Schreie wären ihm lieber gewesen als diese Stille, in der das Gebell des Hundes widerhallte. Dass seine Lieben nicht um

Hilfe riefen, trieb ihm den Angstschweiß auf die Stirn. Als sich der Wald endlich lichtete, stürzte er mit zerzausten Haaren und Tannennadeln im Bart zum Ufer und sah sich gehetzt um.

Nichts. Niemand! Mit zusammengekniffenen Augen spähte er den Fluss hinunter, während sein Hund auf ihn zusprang und sich mehrmals aufgeregt um sich selbst drehte. Bowbaqs Magen krampfte sich zusammen. Etwas Schreckliches war geschehen, das ahnte er, das spürte er genau. Die Ungewissheit war fast das Schlimmste.

Plötzlich schöpfte er Hoffnung, als er Niss entdeckte, die seelenruhig am Ufer neben den Kleidern saß, die sich die anderen vor dem Baden ausgezogen hatten. Mit einigen Sätzen war er bei ihr, während Galou weiter das Wasser anbellte. Der abwesende Gesichtsausdruck des Mädchens verhieß nichts Gutes. Niss wirkte zerbrechlich. Sie war klein für ihr Alter, trug die Haare kurz wie ein Junge, und ihre Kleider waren eher bequem als hübsch. Sie wandte nicht einmal den Kopf, als ihr Großvater neben ihr in die Hocke ging. Bestürzt wurde ihm klar, dass er auf seine Fragen keine Antwort bekommen würde.

»Niss, wo sind die anderen? Was ist passiert?«

Die Augen des Mädchens, die zwischen braunen Haarsträhnen hervorsahen, waren starr auf die Wasseroberfläche gerichtet. Sie wirkte weder verstört noch beunruhigt, lächelte aber auch nicht. Ihre ausdruckslose Miene kannte Bowbaq nur zu gut. Die meiste Zeit bewegte sich ihr Geist in einer anderen Welt, die nur ihr allein zugänglich war.

Vergeblich wiederholte Bowbaq seine Frage, dann richtete er sich auf und strich seiner Enkelin flüchtig über die Wange. Mehr denn je sehnte er sich danach, ihre Stimme zu hören. Mittlerweile machte sie nur noch selten den Mund auf, und dabei war sie die Einzige, die ihm erzählen konnte, was passiert war!

Aber es gab ja noch einen anderen Zeugen, erinnerte sich Bowbaq mit einem Blick auf den Hund, der sich immer noch nicht beruhigt hatte. Schließlich war er ein Erjak und hatte damit eine ganz besondere Fähigkeit: Er konnte durch bloßen Gedankenaustausch mit Tieren sprechen. Obwohl er so aufgewühlt war, dass er kaum klar denken konnte, versuchte er sich zu konzentrieren.

›Galou, wo sind sie? Zeig mir die Fährte!‹

Der Rouvier drehte sich immer wieder um die eigene Achse. Er wirkte völlig aufgelöst. Bowbaq hatte ihn vor fünf Jahren bei der Großen Jagd zu sich genommen und den Welpen mit dem begehrten kupferfarbenen Fell damit vor den Jägern gerettet. Diese gute Tat hatte er nicht bereut, denn das Tier war sein treuer Begleiter geworden. Jetzt war es allerdings so durcheinander, dass es seinen Herrn nicht beachtete.

›Galou, wo sind die Großen?‹, fragte Bowbaq noch einmal.

Der Hund blieb stocksteif stehen und begann die Kiefer zu bewegen, wie er es wohl bei den Menschen beobachtet hatte, wenn sie sprachen. Wahrscheinlich begriff er gar nicht, dass er Bowbaq seine Worte nur in Gedanken übermittelte.

›Weggejagt‹, antwortete er schließlich. ›Sie wurden weggejagt.‹

Die Antwort traf Bowbaq wie ein Schlag. Sie war nicht besonders deutlich, bestätigte aber seine schlimmsten Befürchtungen: Es war etwas Schreckliches passiert.

›Wer hat sie weggejagt? Ein Tier?‹

Gedanklich beschwor er verschiedene einheimische Raubtiere herauf, doch bei jedem Bild, das er Galou vermittelte, wurde der Hund ungeduldiger.

›Was hat sie weggejagt, Galou?‹

Der Hund wandte den Kopf zum Fluss und lief ein paarmal am Ufer auf und ab, bevor er wieder wie wild zu bellen begann. Verzweiflung packte Bowbaq. In diesem Gewässer gab es weder Raubfische noch Reptilien, die sieben Menschen verschlingen konnten! Was war bloß geschehen?

›Wo sind sie, Galou? Nimm die Fährte auf. Such!‹

Sein Herr befahl es ihm so nachdrücklich, dass sich der Rouvier schließlich überwand und in den Fluss trottete. Er schwamm in die Mitte des Stroms und paddelte ein paarmal im Kreis. Ohne zu zögern, legte Bowbaq Strümpfe und Hose ab und watete ebenfalls hinein. An der tiefsten Stelle reichte ihm das Wasser gerade einmal bis zum Bauch. Nach der Schneeschmelze konnte der Fluss gefährlich sein, aber jetzt, am Ende der warmen Jahreszeit, war die Strömung kaum spürbar.

Da ihm nichts Besseres einfiel, tastete er mit seinen riesigen Füßen den Grund des Flusses ab und suchte auf diese Weise eine Fläche von der Größe seines Gemüsegartens ab. Niss saß immer noch still am Ufer. Bowbaq konnte nicht einmal sagen, ob sie ihn bemerkt hatte. Und dabei hatte er sich so gewünscht, ihr mit der Überraschungsfeier zu ihrem Geburtstag ein kleines Lächeln oder überhaupt irgendeine Gefühlsregung zu entlocken!

Schließlich wusste er nicht mehr weiter. Seine Familie war spurlos verschwunden, und im Wasser fanden sich auch keine Hinweise. Galou war ans Ufer zurückgeschwommen, bellte aber immer noch irgendetwas oder irgendjemanden an, der weit und breit nicht zu sehen war. Wie lange ging das schon so?

Ein Gefühl völliger Hilflosigkeit überfiel Bowbaq, als er aus dem Wasser stieg und sich noch einmal umsah. Er ertappte sich dabei, wie ihm die Tränen übers Gesicht liefen, und begann unwillkürlich, laut nach seiner Familie zu rufen. Seine kräftige Stimme hallte von den Hügeln wider und scheuchte unzählige kleine Waldtiere auf. Aber auf die Antwort einer menschlichen Stimme wartete er vergebens. Die Landschaft hüllte sich in trauriges Schweigen.

Mit feuchten Augen sammelte er die zurückgelassenen Kleider auf, rollte sie zu einem Bündel zusammen und zog Niss sanft an der Hand, um sie zum Aufstehen zu bewegen. Sie gehorchte folgsam, wie immer … Obwohl sie völlig in ihre Traumwelt versunken schien, wusste sie stets, wann es Zeit war, sich zu waschen, sich anzukleiden oder etwas zu essen. Niss war weder geistig zurückgeblieben noch übermäßig schüchtern. Sie litt an etwas anderem, das den meisten Menschen zwar unbegreiflich war, ihnen aber irgendwann zur Gewohnheit wurde.

Ohne die Hand seiner Enkelin loszulassen, ging Bowbaq am Fluss entlang. Alle hundert oder zweihundert Schritte rief er nach den Vermissten, doch niemand antwortete ihm. Der Hund bellte nun nicht mehr, sondern lief munter hin und her, als freute er sich über den Spaziergang. Sein Verhalten konnte den Riesen aber nicht trösten: Insgeheim ahnte er bereits, dass er seine Familie nicht wiederfinden würde, weder am Ufer noch im Wasser.

Nachdem er einen halben Dekant lang vergeblich flussaufwärts und flussabwärts gesucht hatte, machte er sich traurig auf den Heimweg. Niss hatte während des langen Fußmarschs keinerlei Anzeichen von Ermüdung gezeigt, und genauso gleichgültig betrat sie die Stube, die er ihr zu Ehren so festlich geschmückt hatte. Todunglücklich nahm Bowbaq die verbrannten Bohnen und die Qinga vom Feuer, kratzte die noch essbaren Reste zusammen und füllte sie in einen Napf, den er seiner Enkelin vorsetzte. Während sie ungerührt aß, war ihm selbst so schlecht vor Kummer, dass er keinen Bissen herunterbrachte.

Er konnte nicht begreifen, was geschehen war. Was sollte er tun? Wo sollte er noch suchen? Wenn nicht einmal Galou mit seiner Spürnase eine Fährte aufnehmen konnte, blieb ihm wohl nichts anderes übrig, als auf ein Wunder zu warten. Vielleicht würden sie ganz von selbst wieder auftauchen?

Plötzlich musste er an Mir denken, seinen Fleckenlöwen, der vor einigen Jahren an Altersschwäche gestorben war. Er hätte diese Tragödie vielleicht verhindern können … Aber Bowbaq wusste selbst, wie unsinnig dieser Gedanke war. Sein Sohn Prad und Harqi, Iulanes Mann, waren stämmige Kerle, die sich nicht so leicht überwältigen ließen. Und auch Galou brauchte den Vergleich mit den Kampfhunden, die man in der Arena bei Cyr-la-Haute aufeinanderhetzte, nicht zu scheuen. Wenn es einen Kampf gegeben hätte, wäre er sicherlich erbittert gewesen. In diesem Fall hätten Spuren zu sehen sein müssen. Und warum war Niss verschont geblieben?

»*Naïok,* Kleines, du musst mir sagen, was du gesehen

hast«, begann er mit einem Räuspern. »Ich muss alles wissen. Das ist sehr wichtig, verstehst du?«

Niss hob kurz den Kopf, dann beugte sie sich wieder über ihren Teller und aß weiter, als hätte sie nichts gehört. Bowbaq bildete sich ein, Bedauern in ihren Augen gelesen zu haben. Doch er wagte nichts mehr zu sagen.

Manchmal erwachte Niss wieder zum Leben und redete mehrere Tage lang wie ein Wasserfall, als müsste sie die verlorene Zeit aufholen. Er konnte nur hoffen, dass dieser Moment bald kommen würde.

Der fünfte Dekant war beinahe vorüber, und Cael hatte immer noch nicht mit Corenn gesprochen. Nach Unterrichtsende würde er bis zum nächsten Morgen warten müssen. Und das hieß, dass er eine weitere Nacht von Kopfschmerzen und wirren Gedanken geplagt werden würde, während er mit letzter Kraft gegen die Stimme ankämpfte, die seine Gedanken beherrschte und sein Blut zum Kochen brachte.

Seit Sonnenaufgang hatte er immer wieder an der Tür zu den Privatgemächern der Ratsfrau geklopft. Ein paarmal hatte er im Versammlungssaal des Ständigen Rats und in der Abteilung, die seine Großtante leitete, nach ihr gefragt. Er hatte sogar die misstrauischen Archivare aufgesucht, was ihn große Überwindung gekostet hatte. Niemand hatte Corenn an diesem Tag gesehen. Sie war einfach nicht zur Arbeit erschienen.

Ob sie nun anderweitig beschäftigt war oder sich unpässlich fühlte, Cael blieb jedenfalls allein mit seinen Sorgen. Er konnte sich nicht vorstellen, einem der anderen

Lehrer oder einem Aufseher von der Stimme zu erzählen. Nur wenige wussten überhaupt etwas von den »Anfällen«, die seine dunkelste Seite zum Vorschein brachten. Er konnte an einer Hand abzählen, wen er ins Vertrauen gezogen hatte: Außer seinen Eltern waren das noch Corenn, Grigán und ihr Sohn Amanón, den er als seinen Cousin betrachtete. Aber Léti und Yan waren in Eza, einen ganzen Tagesritt entfernt, und weder die Großtante noch ihr Ehemann ließen sich im Großen Haus blicken. Was Amanón betraf, so wusste man nie genau, in welchem fernen Land der bekannten Welt er gerade steckte. Vermutlich hielt er sich noch in den Unteren Königreichen auf.

Helfen konnten sie ihm ohnehin nicht. Aber wenn sie bei ihm waren, fiel es Cael leichter, sich zu beruhigen und die Stimme zurückzudrängen. Dass er Corenn nicht finden konnte, bewirkte das Gegenteil. Sein Gehirn pochte wie ein verwundetes Herz und schickte den Schmerz wie Wellen in den Nacken und unter die Schädeldecke. Wenn er wenigstens etwas gegen diese Migräne tun könnte! Doch keiner der Tränke, Sude oder Heiltees, die er im Laufe der Jahre ausprobiert hatte, linderte seine Qualen.

Von der letzten Lektion, einer mathematischen Einführung in das romische Alphabet, bekam er kaum etwas mit. In seinem Kopf dröhnte es so laut, dass er sich auf nichts konzentrieren konnte. Leider wirkte sich das auch auf sein Zeitgefühl aus, und der ohnehin schon trockene Unterricht zog sich schier endlos hin – bis plötzlich ein Laufbursche ins Klassenzimmer stürzte und der Lehrerin eine Nachricht überreichte. Nachdem sie den Zettel überflogen hatte, wandte sie sich der Klasse zu.

»Cael, deine Tante erwartet dich im alten Gerichtssaal«, sagte sie nur. »Na los, pack deinen Ranzen.«

Das musste sie ihm nicht zweimal sagen. Bei der Aussicht, vom Unterricht entlassen zu werden, tat ihm der Kopf gleich viel weniger weh.

»Hier steht, dass du für einige Tage vom Unterricht befreit wirst«, fügte die Lehrerin hinzu. »Wie du die versäumten Lektionen nachholen kannst, werden wir besprechen, wenn du zurück bist, einverstanden?«

Cael versprach es ihr hastig, verabschiedete sich mit einem Nicken von der Klasse und stürmte auf den Flur hinaus. Er wusste nicht, warum Corenn ihn zu sich rief, aber er war ihr sehr dankbar!

Sein Weg durch das Labyrinth der Flure im Großen Haus erinnerte ihn an seinen Ausflug in der vergangenen Nacht. Allerdings herrschte jetzt überall große Betriebsamkeit. Emsig eilten die Gehilfen der Ratsfrauen zwischen den unzähligen Schreibstuben des Ständigen Rats hin und her. Irgendwann wusste der Junge gar nicht mehr, in welcher Richtung der alte Gerichtssaal lag. Wenn er sich recht erinnerte, diente er nur noch als Archiv. Warum hatte Corenn ihn wohl ausgerechnet dorthin bestellt?

Nach etlichen Umwegen fand Cael endlich den richtigen Trakt, einen der ältesten Flügel des Hauses, in dem mehrere Gänge zu winzigen Schreibstuben führten. Dieser Teil des Erdgeschosses lag abseits vom eigentlichen Regierungssitz, und nur wenige Bedienstete arbeiteten ständig hier. Nachdem er zweimal in einen Nebenflur abgebogen war, hatte der Junge plötzlich das Gefühl, mutterseelenallein zu sein. In diesem Moment schwoll die

Stimme in ihm so laut an, dass er seinen Ranzen fallen ließ und sich die Ohren zuhielt.

Leider half das überhaupt nichts. Nichts konnte den *Anderen* zum Schweigen bringen, diesen rätselhaften Geist, der sich in seinem eigenen ausbreitete und ihn mit Bildern von Hass, Gewalt und Angst betäubte. Cael presste sich die Hände an die Schläfen, so fest er konnte, kniff die Augen zusammen und biss die Zähne aufeinander. Doch der Schmerz überwältigte alles andere, und er konnte nur noch stumm dastehen und die Augenblicke verstreichen lassen. Es war, als herrschte in ihm ein dunkler, kalter Winter, der niemals enden würde.

Irgendwann ließen die Qualen etwas nach, aber Cael wusste, dass er den Anfall noch nicht überstanden hatte. Die Stimme würde wiederkommen, noch lauter und drohender, bis er ihren mörderischen Befehlen folgen würde, um sie wenigstens ein paar Tage lang zum Schweigen zu bringen. Viel zu oft hatte sich das schon so abgespielt.

Er kämpfte mit den Tränen, während er seine Sachen aufhob und den Gang entlang an den leer stehenden Zimmern vorbeirannte. Tante Corenn war seine letzte Hoffnung, der einzige Strohhalm, an den er sich noch klammern konnte. In ihm wütete ein Unwetter, das sogar seine eigenen Schritte übertönte. Er rannte und rannte, voller Angst, sich zu verlaufen, obwohl er den richtigen Weg eingeschlagen hatte. Endlich gelangte er zum alten Gerichtssaal, stieß die Tür auf, so heftig er konnte, und sah sich nach der vertrauten Gestalt um, die ihn gleich in die Arme schließen würde.

Stattdessen erwarteten ihn der Aufseher seines Schlafsaals und zwei Unbekannte in grünen Kutten – die sich sofort auf ihn stürzten!

Cael wollte schreien, aber der Aufseher presste ihm die Hand auf den Mund. Gleichzeitig kreischte die Stimme in seinem Kopf lauter als je zuvor, und in seinem Innern zersprang etwas. Kaum schrak er in panischer Angst vor seinen Angreifern zurück, verlor er jede Kontrolle über sich.

Wie entfesselt biss er dem Aufseher in die Hand. Er spürte Knochen zwischen seinen Zähnen splittern und schmeckte etwas Bitteres auf der Zunge, bevor er die Kiefer wieder öffnete. Die fremden Männer versuchten, ihn zu fesseln, aber Cael hatte plötzlich eine solche Kraft in sich, dass sie ihm kaum die Arme festhalten konnten. Als der Aufseher noch einmal eingriff und ihm einen Sack über den Kopf stülpen wollte, überließ er sich endgültig der maßlosen Wut, die ihm die Stimme einflößte, und leistete erbitterte Gegenwehr. Schließlich bekam er eine Hand frei und schmetterte dem Aufseher die Faust ins Gesicht. Ein Knochen brach, die Nase oder einer seiner Finger, genau konnte er es nicht sagen. Plötzlich hatten die Männer Schlingen in der Hand, aber es war zu spät. Ihr Opfer hatte sich in eine wilde Bestie verwandelt, die zehnmal stärker war als sie.

Cael stieß mit den Füßen, dem Kopf, den Ellbogen und den Fäusten zu, so oft und so hart er konnte, bezwang drei Erwachsene, die viel größer und stärker waren als er, und fügte ihnen mit purer Lust an Gewalt eine Verletzung nach der anderen zu. Ein barbarischer Schrei entrang sich seiner Kehle, als einer seiner Angreifer zu Boden ging, doch dann blitzten blanke Klingen auf, die er nur noch als gleißende Flecken in einem Wirbel aus Blut und Knochen wahrnahm. Geistesgegenwärtig sprang er durch das offene Fenster und rannte durch den Park des Großen Hauses davon, während der Wahnsinn weiter in ihm tobte.

Und inmitten all der Gefühle und Fragen, die ihn bestürmten, bildete sich allmählich eine Gewissheit heraus. Die Stimme war stärker als er. Stärker als alles, was er tun oder versuchen konnte.

Die Sonne stand schon tief am Horizont, aber Bowbaqs Familie war nicht wieder aufgetaucht. Der Riese ging noch mehrere Male zum Fluss, zusammen mit Niss, die er nicht aus den Augen ließ, doch er kehrte jedes Mal unverrichteter Dinge zurück. Ispen, Prad, Iulane und die anderen waren wie vom Erdboden verschluckt.

Als er in der Abenddämmerung die erste Lampe entzündete, wurde Bowbaq schwer ums Herz. Anstatt den Tag in fröhlicher Festlaune zu verbringen, saß er nun Dekant um Dekant bang wartend da, während seine letzte Hoffnung schwand. Seiner Familie musste etwas Entsetzliches zugestoßen sein, etwas anderes konnte er sich nicht vorstellen. Was gab es schon für Möglichkeiten? Falls die Vermissten überhaupt noch am Leben waren, irrten sie wohl irgendwo in der bitterkalten Nacht in der Wildnis umher, ganz auf sich allein gestellt, splitternackt und unbewaffnet …

Bowbaq beschloss, vor seinem Haus ein Feuer anzuzünden, um ihnen den Weg zu weisen. Bald schlugen die Flammen so hoch, als wollten sie seine ganze Verzweiflung in den Himmel schleudern. Der Lichtschein musste meilenweit zu sehen sein. Aber war das auch genug? Waren die Seinen noch ausreichend bei Kräften, um dem Zeichen zu folgen? Konnten sie sich überhaupt frei bewegen?

Mit Tränen in den Augen kehrte Bowbaq zum Haus zurück. Niss stand wie angewurzelt auf der Treppe und starrte fasziniert auf die tanzenden Flammen. Seit er sie am Schauplatz des Unglücks gefunden hatte, war kein Wort über ihre Lippen gekommen. Er hatte kaum noch Hoffnung, von ihr in Erfahrung zu bringen, was am Fluss geschehen war. Fast schien es, als hätte sie sich noch tiefer in ihre Traumwelt zurückgezogen – vielleicht für immer.

Bei diesen schmerzlichen Gedanken hatte Bowbaq das Gefühl, in ein tiefes schwarzes Loch zu fallen. Er hätte viel darum gegeben, jetzt einen anderen Erwachsenen bei sich zu haben, der ihm beistand. Seine Frau natürlich, oder aber Grigán und Corenn, denen er grenzenlos vertraute. Was würden seine Freunde an seiner Stelle tun? Gemeinsam hatten sie auf ihrer langen Reise von der Insel Ji bis zu Saats Palast so viele Schwierigkeiten gemeistert und so viele Prüfungen bestanden …

So ergab eine Erinnerung die andere, und plötzlich fiel Bowbaq siedend heiß etwas ein. Der schreckliche Verdacht wurde rasch zur Gewissheit, und er stürzte zitternd zu den Kleidern, die er am Ufer eingesammelt hatte. Es dauerte kaum einen Wimpernschlag, da hatte er gefunden, was er suchte. Sie hatten die Gegenstände einfach in die Taschen gesteckt.

Und das war ihnen zum Verhängnis geworden.

Bowbaq wurde so schwindlig, dass er sich setzen musste. Auf seinem riesigen Handteller lagen Ispens und Iulanes Anhänger, in die er vor dreiundzwanzig Jahren selbst das Zeichen des Vogelklans geritzt hatte. Sie waren aus den Steinen gefertigt, die er aus dem Jal'dara mitgebracht hatte, Steine mit großer magischer Kraft, die Corenn Gwelome genannt hatte und die sie vor Angriffen von Dämonen schützten.

Unwillkürlich griff Bowbaq nach der Kette, die er selbst um den Hals trug, doch er hatte seinen Stein seit dem Tag, an dem seine Freunde und er aus dem Jal zurückgekehrt waren, kein einziges Mal abgelegt. Dann wandte er sich Niss zu und zog sanft an ihrer Kette, bis aus ihrem Kragen ein ähnlicher Anhänger zum Vorschein kam. Die Entdeckung war ein Schock, aber wenigstens sah er jetzt klarer. Deswegen also waren Niss und er selbst von diesem rätselhaften Überfall verschont geblieben! Nur sie beide hatten ihre Anhänger getragen. Die anderen hingegen, die sich ausgezogen hatten, um im Fluss zu baden, waren einer unbekannten Magie zum Opfer gefallen.

Ein Außenstehender hätte ihn nach dieser Erklärung wohl für verrückt erklärt, aber Bowbaq wusste sehr wohl, dass magische Kräfte kein Hirngespinst waren. Seinen Freunden und ihm war von Anfang an klar gewesen, dass die Erben eines Tages wieder in Gefahr geraten würden. Sie hatten nur gehofft, dass dieses Unglück sehr viel später über sie hereinbrechen würde, vielleicht erst in einigen Generationen. Doch das Schicksal meinte es nicht gut mit ihnen.

»Hör zu, Niss«, bat er und sah seiner Enkelin fest in die Augen. »Du darfst die Kette niemals ablegen. *Niemals,* verstehst du?«

Der Gesichtsausdruck des Mädchens blieb so leer wie immer. Ihr Blick schien auf irgendetwas gerichtet zu sein, das weit hinter dem Großvater lag.

»Naïok, das ist sehr wichtig. Du musst es mir versprechen. Tust du das?«

Ein kurzes Zwinkern war die einzige Antwort, die Bowbaq Niss entlockte. Nachdem er sich damit zufriedengegeben hatte, begann das schlechte Gewissen an ihm zu nagen. *Hätte ich Ispen und Iulane doch nur dasselbe eingeschärft … Hätte ich doch nur mehr Steine aus dem Jal'dara mitgebracht …* Dann hätte sich Prad auch nicht der Gefahr ausgesetzt, als er seinen Anhänger an Niss weitergab. Vielleicht wäre er dann auch von dem Angriff verschont geblieben.

Es gab zwar keinen Beweis für seine Vermutung, aber insgeheim war Bowbaq überzeugt, dass er Recht hatte. Magische Kräfte und der Fluch, der auf den Erben lastete – anders war das Verschwinden seiner Familie nicht zu erklären.

Den Rest des Abends verbrachte er damit, eine Reise vorzubereiten, von der er so schnell nicht wieder zurückkehren würde. Genau wie vor dreiundzwanzig Jahren.

Als es dämmerte, stand der Fremde immer noch auf seinem Posten auf der anderen Straßenseite. Insgeheim bewunderte Nolan seine Hartnäckigkeit. Der Mann hatte den ganzen Tag lang vor ihrem Haus ausgeharrt. Hin und wieder hatte er einige Schlucke aus seinem Trinkschlauch genommen, ein Stück Brot unter seinem Mantel hervorgeholt und sogar seine Blase an der Mauer entleert, aber er hatte sich nicht von der Stelle gerührt, kein einziges Mal. Ihre Hoffnung, er könnte vielleicht doch ein Dienstbote oder ein Bettler sein, hatte sich längst zerschlagen.

Den Geschwistern war der Tag in der leeren Villa geradezu endlos vorgekommen. Die ungewöhnliche Stille in den Wohnräumen und der Küche, Reys und Lanas unheimliches Verschwinden und Erynes immer schlechter werdende Laune hatten die Zeit quälend langsam verstreichen lassen.

Nolan liebte seine Schwester, vielleicht sogar mehr als alles andere auf der Welt, aber deswegen war er ihren Fehlern gegenüber nicht blind. Zum Beispiel war sie schrecklich ungeduldig. Bald war sie des Wartens überdrüssig geworden, und so kamen ihre schlechten Charaktereigenschaften beim geringsten Anlass zum Vorschein. Sie jammerte über die kalte Mahlzeit, die sie sich zusammengesucht hatten, beschwerte sich empört, als sie einige Kleider aus ihrem umfangreichen Reisegepäck aussortieren sollte, und klagte darüber, dass sie ohne Diener auskommen mussten. Zu allem Überfluss sah sie irgendwann nicht mehr ein, warum ihr Bruder sie ständig zur Vorsicht mahnte. In ihren Augen hatten sie einen ganzen Tag verschwendet, was sie Nolan immer wieder mit spitzen Bemerkungen unter die Nase rieb.

Wäre sie allein gewesen, wäre sie vermutlich geradewegs aus dem Haus marschiert und hätte den Fremden zur Rede gestellt. Dabei hielt Nolan das für den größten Fehler, den sie machen konnten. Aber wie sollte er sie davon überzeugen, ohne zu verraten, was er wusste? Wie konnte er seine Schwester bitten, ihm zu vertrauen, wenn er selbst nicht wagte, ihr sein dunkles Geheimnis zu gestehen?

Bevor Eryne endgültig die Beherrschung verlor, mussten sie eine Entscheidung treffen. In der Villa konnten sie auf keinen Fall bleiben. Es war bereits ein großes Risiko gewesen, einen ganzen Tag verstreichen zu lassen. Sie mussten noch vor Einbruch der Nacht aufbrechen.

Er verließ seinen Beobachtungsposten am Fenster und trat in Erynes Zimmer. Sie war unter die Decke geschlüpft, zerknüllte ein Taschentuch in den Händen und lugte schmollend unter ihrer blonden Haarmähne hervor. Nolan wusste, dass ihr Kummer echt war, aber er musste unwillkürlich daran denken, dass sie vor zehn Jahren genauso dagelegen hatte, nachdem sie ein Riesentheater um irgendein buntes Schmuckstück gemacht hatte, das sie unbedingt haben wollte.

»Wie geht's?«, fragte er überflüssigerweise.

»Das siehst du doch selbst«, gab sie zurück und zeigte auf ihr geschwollenes Gesicht. »Nolan, ich halte die Warterei nicht mehr aus! Das macht mich wahnsinnig!«

»Ja, wir sollten gehen«, stimmte er zu. »Es bringt nichts, weiter hier herumzusitzen. Der Kerl wird sicher noch die ganze Nacht vor unserer Tür kampieren. Oder ein anderer löst ihn ab, was an der Sache ja nichts ändert.«

»Aber wie? Willst du einfach so an ihm vorbeispazieren? Hast du plötzlich keine Angst mehr vor einem Angriff?«

»Ich dachte daran, einen anderen Ausgang zu nehmen«, antwortete er und hielt ihrem Blick tapfer stand.

Innerhalb weniger Augenblicke schlug die Verblüffung auf Erynes Gesicht in blanke Empörung um. Sie sprang aus dem Bett und begann wie ein Rohrspatz zu schimpfen.

»Der *Keller*? Du spinnst wohl! Wir sollen durch den *Keller* gehen? Durch einen angeblichen Geheimgang, der vielleicht schon seit Jahren eingestürzt ist? Oder der uns ausgerechnet heute auf den Kopf kracht? Mich bringen keine zehn Pferde in diesen Tunnel, damit das klar ist! Und dann wartest du auch noch, bis es fast dunkel ist, bevor du mit diesem blödsinnigen Plan ankommst!«

»Eryne, etwas anderes bleibt uns nicht übrig … Eine bequemere Lösung wäre mir ja auch lieber, aber …«

»Bequemer? Ich kann dir sagen, was bequemer wäre! Wir marschieren mit unseren Waffen zur Tür hinaus, und dann werden wir schon sehen, ob dieser Kerl tatsächlich vorhat, sich uns in den Weg zu stellen! *Das* wäre bequem!«

Nolan wartete, bis sich das Unwetter verzogen hatte, während seine Schwester im Zimmer auf- und ablief und sich die Schläfen rieb.

»Wir haben beide noch nie eine Waffe in der Hand gehabt«, erinnerte er sie vorsichtig. »Und dieser Mann ist vielleicht nicht allein. Möglicherweise wartet am Ende der Straße eine ganze Bande, die er nur herbeizuwinken braucht. Dann haben wir nicht die geringste Chance.«

»Und wenn es nur ein hundsgewöhnlicher Bettler ist, verschwenden wir unsere Zeit!«

»Du hast Recht, Eryne«, gab Nolan zu. »Aber Vater hat uns immer eingeschärft, vorsichtig zu sein. Ich will nicht, dass er bei seiner Rückkehr nur noch unsere Leichen findet.«

Das Argument schien seine Wirkung nicht zu verfehlen, denn seine Schwester beruhigte sich allmählich. Nach einigen tiefen Seufzern gab sie schließlich ihren Widerstand auf.

»Es wird aber auch höchste Zeit, dass wir hier rauskommen«, sagte sie schnippisch. »Wir haben viel zu lange herumgetrödelt! Wenn ich schon heute Morgen mit Roban gesprochen hätte, wüssten wir vielleicht längst, was mit unseren Eltern passiert ist.«

Sie wischte sich eine letzte Träne vom Gesicht und hockte sich neben ihre prallgefüllte Reisetasche, um die Sachen, die sie widerwillig umgepackt hatte, noch einmal durchzusehen. Nolan ging davon aus, dass sein Vorschlag damit angenommen war. Er senkte den Kopf und stellte sich wieder an das Fenster im Nachbarzimmer. Der in seinen Mantel gehüllte Unbekannte stand immer noch da. Eigentlich wirkte er ganz harmlos, und doch wurde Nolan das Gefühl nicht los, dass er gefährlich war. Auf einmal kam ihm der Gedanke, er selbst könnte diesen unheimlichen Schatten zum Haus seiner Eltern geführt haben. Hatte der Kerl ihn etwa schon seit seinem Aufbruch aus Ith verfolgt? Das war durchaus denkbar. Bei dieser Vorstellung lief es ihm eiskalt über den Rücken. Sein Besuch in Lorelia hatte ihre Lage vielleicht noch viel schlimmer gemacht! War er womöglich an allem schuld?

Plötzlich hatte er es sehr eilig, das Haus zu verlassen. Er stürmte ins Zimmer seiner Schwester, hob die Tasche hoch, die Eryne soeben zugemacht hatte, und trug sie in die Küche. Dann rannte er durch das Erdgeschoss und suchte einige Sachen zusammen, die ihnen bei ihrem Plan nützlich sein würden: Lampen und Zunder, wasserdichte Wachsmäntel, Schuhe zum Wechseln – und eine Waffe.

Als Anhänger der Friedensgöttin widerstrebte es ihm, einen Dolch zu tragen, aber er musste Eryne beschützen. Der Gedanke, sie könnte verletzt werden, nur weil er nicht in der Lage war, sie zu verteidigen, war einfach unerträglich. Wild entschlossen schob er die schwere Tür beiseite, hinter der Reyan seine Schwertsammlung aufbewahrte.

Rund dreißig Klingen hingen an den Wänden der Kammer. Die meisten waren Paradewaffen, unhandliche Schwerter, wie sie die lorelischen Edelleute an Festtagen trugen. Dazu kamen sieben oder acht Rapiere, die Lieblingswaffen seines Vaters, die so schnell und scharf waren wie sein Mundwerk. Nolan entschied sich lieber für einen einfachen Stockdegen, der weniger kriegerisch wirkte und dafür umso praktischer war.

Als er die schmale Klinge aus dem Stock zog, bekam er eine Gänsehaut. Mit einer sachten Berührung vergewisserte er sich, dass die Schneide scharf geschliffen war. Er ließ den Degen durch die Luft sausen und ging unbeholfen in Kampfstellung. Lana war immer dagegen gewesen, dass Reyan den Kindern Fechtunterricht gab, aber nun kamen Nolan erste Zweifel, ob er ihr dafür dankbar sein sollte. Gewiss, in der eurydischen Religion war der Gebrauch von Waffen geächtet. Trotzdem bedauerte er, sich nicht mit geübten Degenstößen gegen mögliche Angreifer zur Wehr setzen zu können.

Unwillkürlich führte er einige Kampfbewegungen aus und versuchte sich an Ausfallschritten und Finten. Da entdeckte er plötzlich das ängstliche Gesicht seiner Schwester, die ihn von der Türschwelle aus beobachtete.

Verlegen steckte Nolan den Degen wieder in den Stock zurück und wischte sich wütend über die Augen. Zum ersten Mal, seit seine Eltern verschwunden waren, weinte er.

Doch er hatte niemanden, dem er sein Herz ausschütten konnte.

Es dauerte immer eine ganze Weile, bis sich Amanón wieder an das Leben in Kaul gewöhnte. Obwohl er als Kind auf den Straßen gespielt hatte, auf denen er nun nach Hause zurückkehrte, kam es ihm jedes Mal so vor, als entdeckte er das Matriarchat und seine Bräuche völlig neu. Der Unterschied zu den Unteren Königreichen hätte kaum größer sein können. Zum Beispiel wurde es in Kaul in der Dämmerung so kühl, dass sich die Familien in ihren Häusern verkrochen, während es in Mythr tagsüber so heiß war, dass Läden und Werkstätten erst gegen Abend für einen oder zwei Dekanten öffneten.

Fragte man ihn nach seiner Herkunft, wusste Amanón nie so recht, ob er sich als Ramgrith oder als Kaulaner bezeichnen sollte. Durch Corenn, seine Mutter, und Grigán, seinen Vater, war er mit beiden Ländern vertraut. Seine Eltern hatten ihn auf zahlreiche Reisen mitgenommen, vor allem nach Griteh und Arkarien, und so hatte er schon als Kind fremde Sitten verstehen und achten gelernt. Im Laufe der Jahre hatte er sich dann immer mehr für ferne Gegenden interessiert und eine Leidenschaft für ausgefallene Gegenstände und Bräuche entwickelt.

Als seine Schulzeit im Großen Haus zu Ende ging, hatte er lange darüber nachgedacht, welchen Beruf er ergreifen sollte. Schließlich fand er eine Beschäftigung, die seinen Neigungen am meisten entsprach: Er wurde Übersetzer. Seitdem lebte er abwechselnd im Königreich der Ramgrith und im Matriarchat, wenn er nicht gerade einen Diplomaten in eine der Hauptstädte der bekannten Welt begleitete. Manchmal verschlug es ihn aber auch in die entlegensten Winkel: Soeben kehrte er von einer zwei Monde langen Wüstenreise mit einem tarulischen Nomadenstamm zurück.

Mit seinen dreiundzwanzig Jahren hatte Amanón deshalb schon mehr Erfahrungen und Kenntnisse angesammelt als die meisten seiner Altersgenossen. Man sagte ihm nach, jede Lebenslage mit Sinn und Verstand meistern zu können. Das Fernweh war ihm angeboren, und er fühlte sich überall gleich zu Hause. Bowbaq pflegte zu behaupten, er vereine die besten Eigenschaften beider Elternteile in sich. Amanón schmeichelte das sehr, und er bemühte sich nach Kräften, diesem Kompliment gerecht zu werden.

Trotzdem war er nicht rundherum glücklich. Sein Freiheitsdrang hatte einen Einzelgänger aus ihm gemacht, der zwar bei allen beliebt war, aber kaum richtige Freunde hatte. Die Bekanntschaften, die er in nahezu jeder Stadt geschlossen hatte, waren kaum mehr als Zweckgemeinschaften, die eine Dekade lang währten. Beim nächsten Aufenthalt waren ihm die Freunde schon wieder fremd geworden, und so fiel es ihm schwer, engere Bande zu knüpfen. Auch in der Liebe hatte er bislang nur flüchtige Abenteuer erlebt. Er tröstete sich mit dem Gedanken, dass es fast vierzig Jahre gedauert hatte, bis sich seine Eltern gefunden hatten.

Heute Abend würde er sich jedenfalls nicht einsam fühlen. Corenn und Grigán feierten seine Rückkehr jedes Mal so überschwänglich, als wäre Eurydis höchstpersönlich in ihrem Haus erschienen. Auf dieses Wiedersehen freute sich Amanón am meisten. Das strahlende Gesicht seiner Mutter, wenn sie die Tür öffnete und ihren Sohn vor sich sah … Die knappe Umarmung seines Vaters, mit der er scheu seine Zuneigung zeigte … Beide arbeiteten oft bis spät in die Nacht. Wenn die Kaulaner wüssten, dass viele der Entscheidungen, die ihr Leben bestimmten, von den Ratschlägen eines Ramgrith beeinflusst wurden!

Es konnte natürlich auch sein, dass Grigán irgendwo im Haus herumwerkelte. Als sich sein Vater vor rund zwanzig Jahren an den Gedanken gewöhnt hatte, dass sein Nomadenleben vorbei war, hatte er sich mit Feuereifer auf Hammer und Säge gestürzt. Nach zwei Jahrzehnten der Wanderschaft hatte er für Corenn ein wahres Schloss entworfen, es mit eigenen Händen errichtet und viele architektonische Besonderheiten eingefügt, die ihm auf seinen Reisen aufgefallen waren. So war das Haus zu einer beliebten Sehenswürdigkeit der kleinen kaulanischen Hauptstadt geworden. Die Ratsfrauen pflegten zu scherzen, Grigán wolle mit dieser Residenz dem Großen Haus Konkurrenz machen.

Bei diesen Gedanken ging Amanón unwillkürlich schneller. Nachdem er über das Mittenmeer bis nach Benelia und dann die Gisle und die Mèche hinauf bis in den Hafen von Kaul gesegelt war und mehrere Vororte zu Fuß durchquert hatte, war er jetzt nur noch einen Steinwurf von seinem Elternhaus entfernt. Eine anstrengende Reise lag hinter ihm, und er freute sich darauf, endlich anzukommen.

Als er um die letzte Straßenecke bog, sah er zu seinem

Bedauern, dass er sich das freudige Wiedersehen vergeblich ausgemalt hatte. Hinter den Fensterläden war alles dunkel. Vermutlich hatte Corenn noch im Großen Haus zu tun, während Grigán auf dem Gang vor ihrer Schreibstube auf sie wartete. Oder die beiden hatten beschlossen, Yan und Léti in Eza zu besuchen. *Am Ende sind sie gar zu Bowbaq unterwegs!*, dachte Amanón missmutig. Er wollte höchstens eine Dekade in Kaul bleiben und würde es schade finden, seine Eltern nicht zu Gesicht zu bekommen, auch wenn sie natürlich ebenso wie er das Anrecht darauf hatten, auf Reisen zu gehen.

Vor Enttäuschung spürte er seine Erschöpfung noch deutlicher und dachte sehnsüchtig an das weiche Bett, das ihn zu Hause erwartete. Was für ein Luxus, nachdem er fünf Dekaden lang auf dem harten Sand der Tsched geschlafen hatte!

Mit einem Seufzer öffnete er die Pforte und ging durch den kleinen Obstgarten, der das Haus umgab. Der Eingang zum Garten war nie verschlossen, weil Grigán wusste, dass er sich auf Merbals Wachsamkeit verlassen konnte. Die Goldhaardogge, ein Geschenk von Bowbaq, schlug ungebetene Gäste sofort in die Flucht. Amanón wunderte sich, dass der Hund nicht auf ihn zugeschossen kam. Das konnte nur bedeuten, dass seine Eltern tatsächlich nach Arkarien gereist waren und Merbal mitgenommen hatten. *Sakkar!*, fluchte er in der Sprache der Unteren Königreiche vor sich hin. Er hatte sich so auf das Wiedersehen gefreut!

Auf einmal hatte er das Gefühl, dass der Rucksack, den er seit vielen Monden auf dem Rücken trug, doppelt so schwer war wie zuvor. Am liebsten hätte er ihn zu Boden geworfen und damit auch gleich seinen ganzen Unmut abgeschüttelt. Mit bleischweren Gliedern stieg er die Außentreppe hinauf, die zu seinen Zimmern führte. Nachdem er den Schlüssel aus dem Versteck im Geländer geholt hatte, war er endlich zu Hause.

Er verbrachte zwar nur knapp die Hälfte des Jahres hier, aber trotzdem war diese Wohnung seine Zuflucht, sein Schlupfwinkel, wie Grigán zu sagen pflegte. Im Handumdrehen hatte er im Wohnzimmer eine Lampe gefunden und sie angezündet.

Glücklich sah er sich in dem behaglichen Raum um. Grigán hatte sein ganzes handwerkliches Geschick aufgeboten, um den ehemaligen Speicher in eine mit allen Annehmlichkeiten ausgestattete Junggesellenbleibe zu verwandeln. Er hatte jedes Möbelstück selbst angefertigt, auch die vielen Regale und Schränke, in denen unzählige Bücher und Mitbringsel von verschiedenen Reisen standen.

Corenn sorgte dafür, dass die Wohnung jederzeit für die Rückkehr ihres einzigen Sohnes bereit war. Dreimal pro Dekade fegte ein Nachbarsmädchen die Zimmer aus und lüftete sie gründlich. Das Bett war stets frisch bezogen, und die Post lag in einem ordentlichen Stapel neben Feder und Tintenfass auf dem Schreibtisch. Eine Nachricht von seinen Eltern war nicht dabei, was Amanón für ein gutes Zeichen hielt. Sie würden nie und nimmer zu einer längeren Reise aufbrechen, ohne ihm wenigstens eine Notiz hinzulegen. Wahrscheinlich würde er sie schon am nächsten Morgen sehen.

Beruhigt beugte er sich über den Rucksack, um seine Bücher auszupacken.

In diesem Moment geschah das Unfassbare.

Die Eingangstür wurde jäh aufgestoßen, und drei Männer kamen hereingestürmt. Zwei trugen grüne Kutten, der dritte sah wie ein Einheimischer aus. Ihre Gesichter und Hände waren mit blauen Flecken, Kratzern und Wunden übersät. Die gleichen Blessuren schienen sie auch ihm zufügen zu wollen!

Ein Reflex, der ihm wohl im Blut lag, bewegte Amanón dazu, tief in seinen Sack zu greifen und seinen Angreifern alles, was er zu fassen bekam, ins Gesicht zu schleudern. Zuletzt hielt er nur noch seinen ramgrithischen Dolch in der Hand. Die Bücher und Kleidungsstücke, die auf die Unbekannten niederprasselten, lenkten sie einen Augenblick lang ab. Amanón wich zwei Schritte zurück und hob die Waffe, doch insgeheim wusste er, dass er keine Chance haben würde, wenn es zum Kampf kam.

Obwohl seine Reisen ihn immer wieder in unsichere Gegenden geführt hatten, war er noch nie in echte Gefahr geraten. Sein Status als Übersetzer und der Ruf, den sein Vater in den Unteren Königreichen genoss, bewahrten ihn davor, in Schlägereien und Scharmützel verwickelt zu werden. Grigán hatte seinen Sohn zwar im Bogenschießen und im Säbelkampf unterrichtet, doch Amanón hatte weder Talent noch besonderes Interesse gezeigt, und so hatten die Übungen immer seltener stattgefunden. Er erinnerte sich nur noch dunkel an die Grundsätze, die ihm sein Vater eingebläut hatte: *Sichere Hand, fester Stand, wacher Geist.*

Die Unbekannten ließen sich von der blanken Klinge nicht beeindrucken. Sie holten dünne Schlingen aus ihren Kutten hervor und kamen mit erhobenen Händen näher. Amanón war wie gelähmt vor Angst. Hatten sie etwa vor, ihn zu erdrosseln? Die Vorstellung, in ihrem Griff qualvoll zu ersticken, verlieh ihm den Mut, ihnen den Dolch entgegenzustoßen.

Doch genau darauf hatten sie gewartet. Geschmeidig wichen sie dem unbeholfenen Angriff aus und schlugen ihre Schlingen gleichzeitig um die Handgelenke ihres Opfers. Blitzschnell schlugen sie das Seil noch zweimal um seine Arme und zogen es so fest, dass er nicht einmal mehr die Fäuste ballen konnte. Sie hatten ihn völlig in ihrer Gewalt.

»Wo ist der Junge?«, fragte der Kaulaner barsch.

Trotz seiner Angst begriff Amanón, dass es sinnlos war, sich zu wehren. Er heftete den Blick auf den Unbekannten, der eine gebrochene Nase und eine aufgeplatzte Lippe hatte. Wer hatte ihn so zugerichtet? Etwa Grigán?

»Wo sind meine Eltern?«, rief er mit zitternder Stimme.

Der Mann holte in aller Ruhe Luft und rammte ihm die Faust mit voller Wucht in den Magen. Amanón war auf den Schlag gefasst gewesen, aber der Schmerz war so heftig, dass es ihm für einen Augenblick den Atem verschlug. Die Männer in den grünen Kutten hielten seine Handgelenke unerbittlich fest. Offenkundig hatten sie nicht vor, ihn am Leben zu lassen.

»Ich frage dich ein letztes Mal: Wo ist der Junge?«, wiederholte der Schläger und schob sein Gesicht drohend näher.

Amanón murmelte etwas und gab gleichzeitig ein röchelndes Husten von sich, weshalb der Kaulaner noch dichter an ihn herantrat. In diesem Augenblick rammte Amanón dem Mann seinen Schädel gegen die gebrochene Nase, so hart, wie er in seiner Wut und seinem Überlebenswillen nur konnte. Danach ließ er sich abrupt nach hinten fallen. Die Schlingen schnitten ihm in die Handgelenke, und ein sengender Schmerz durchzuckte seine Schultern, aber es gelang ihm, einen der Angreifer zu Boden zu reißen und sich dem Griff des zweiten zu entwinden.

Obwohl seine freie Hand noch völlig taub war, packte er den Dolch und stach mehrere Male auf den liegenden Mann ein, bis sein Gegner die Schlinge mit einem gellenden Schrei losließ. Der andere hechtete auf ihn zu, um ihm die Waffe zu entreißen, und stürzte sich damit selbst in die Klinge, die Amanón im letzten Moment hochriss. Als er den zuckenden Körper zur Seite schob, sah er den zweiten Kuttenträger brüllend nach draußen rennen. Erst jetzt stellte er fest, dass der Kaulaner nach seinem Kopfstoß leblos am Boden lag. Im Bruchteil eines Augenblicks hatte sich das Blatt gewendet.

Während er sich die schmerzenden Handgelenke rieb, ging Amanón zur Treppe, um sich zu vergewissern, dass nicht noch mehr Angreifer im Garten lauerten. Der Geflohene war schon über alle Berge, jedenfalls hörte er keine Schritte mehr. Wer konnte wissen, welchen Schaden der Mann noch anrichten würde?

Die Hitze des Kampfes und die Sorge um seine Eltern versetzten Amanón in solche Rage, dass er kurzerhand sein Krummschwert von der Wand über dem Kaminsims riss. Es war ein Geschenk des alten Königs Narro, doch er hatte es noch nie umgegürtet, geschweige denn benutzt. Jetzt, da er auf der Suche nach dem dritten Mann vorsichtig und mit gespitzten Ohren durch den Garten streifte, beschloss er, sich vorerst nicht mehr von der Waffe zu trennen. Sie kam ihm merkwürdig vertraut vor. Aus einem edlen Ziergegenstand war unversehens ein Mordinstrument geworden.

Seine Suche war vergeblich. Weder von dem Angreifer noch von seinen Eltern fand er die geringste Spur. Allerdings fehlte eines der beiden Pferde seines Vaters, und das war immerhin ein Hoffnungsschimmer.

Zu seinem Entsetzen fand er kurz darauf die Leiche der Dogge. Merbal war von den Eindringlingen erdrosselt worden, lange bevor Amanón in den Garten gekommen war. Der Kadaver war schon ganz steif. Die Mörder mussten mehrere Dekanten lang auf der Lauer gelegen haben.

Sie hatten also auf ihn gewartet. Oder auf Corenn. Oder auf Grigán. Andererseits schienen sie sich nur für »den Jungen« interessiert zu haben …

Amanón beschloss, sofort mit Cael zu sprechen.

Bei Anbruch des neunten Dekants, mitten in der Nacht, begann Niss im Schlaf zu weinen. Da sie sich die Decke über den Kopf gezogen hatte, war ihr Schluchzen kaum zu hören, aber Bowbaq wurde trotzdem darauf aufmerksam. Er lag immer noch wach und war nur hin und wieder kurz eingenickt, mehr aus Erschöpfung als aus echter Müdigkeit.

Leise seufzend setzte er sich neben seine Enkelin und streichelte behutsam ihre Hand, die unter der Decke hervorlugte. Nach einer Weile schien sich Niss zu beruhigen. Bowbaq legte sich neben das Bett auf den Boden, ohne ihre Hand loszulassen, und hing seinen Gedanken nach.

Seit sie sich schlafen gelegt hatten, war er mit seinen Überlegungen nicht recht vorangekommen. Der einzige Anhaltspunkt waren die Steine aus dem Jal'dara. Wenn seine Frau und die Kinder tatsächlich von einem schwarzen Magier oder einem Dämon angegriffen worden waren, dann schwebten seine Freunde ebenfalls in Gefahr. Vielleicht kam schon jetzt jede Hilfe zu spät!

Zum wiederholten Male ging er alles ganz genau durch. Als sie vor dreiundzwanzig Jahren aus dem Jal'dara aufgebrochen waren, hatten sie heimlich zehn Steine mitgenommen. Zehn Kieselsteine, nicht größer als eine Gewürznuss oder die Eier der Grumpelhenne. Obwohl der Hüter des Tals es ihnen ausdrücklich verboten hatte, hatten sie etwas aus der Kinderstube der Götter gestohlen.

Jeder der sieben Gefährten nahm einen Stein an sich, die drei übrigen waren für Ispen, Prad und Iulane bestimmt. Während der Schlacht am Blumenberg und ihrer schicksalhaften Begegnung mit Saat gingen zwei Steine verloren. Einer davon geriet in die Hände der Wallattenkönigin Chebree, einer Verbündeten Saats. Den anderen steckte Gors der Zimperliche ein, Saats Heerführer, den Bowbaq im Zweikampf besiegte. Als er schwer verwundet am Boden lag, vergaßen die Erben, den Stein wieder an sich zu nehmen.

Mit Magie verwandelten Yan und Corenn die acht übrigen Steine in Anhänger, die durch nichts und niemanden zerstört werden konnten. Das war die außergewöhnliche Eigenschaft der »Gwelome«, wie alle Stoffe aus dem Jal genannt wurden. Bowbaq verstand zwar kaum ein Wort, wenn seine beiden Freunde von »magischem Willen« und »Absorbium« sprachen, aber eins hatte er begriffen: Seit die Steine in Schmuckanhänger von der Form einer Münze verwandelt worden waren, hatten sie ihre endgültige Gestalt angenommen. Weder Menschen noch Götter, ja nicht einmal der Lauf der Zeit konnten sie nunmehr verändern. Corenn bezeichnete sie als »vollendet«.

Da zwei Steine fehlten, mussten Yan und Grigán ohne den Schutz der Gwelome auskommen. Als dann nach und nach die Kinder der Gefährten zur Welt kamen, wechselten die Anhänger ihre Besitzer. Corenn schenkte ihren Stein Amanón, Rey und Lana gaben ihre an Eryne und Nolan weiter, und Cael bekam Létis Anhänger. Vor nicht allzu langer Zeit hatte Prad seinen Stein Niss überreicht, während Bowbaq und seine Frau ihre beiden Anhänger für Iulanes Kinder bestimmt hatten. Bei diesem Gedanken packte Bowbaq die Reue. Warum hatten sie diese Idee nicht schon längst in die Tat umgesetzt? Dann wären wenigstens seine beiden kleinen Enkel verschont geblieben.

Trotz aller Gewissensbisse mahnte er sich zur Vernunft. Selbst wenn ihnen nichts passiert wäre, hätten sie in dieser einsamen Gegend auf sich allein gestellt kaum überleben können. Oder sie hätten die kostbaren Anhänger schon viel früher beim Herumtoben verloren, achtlos, wie sie in ihrem Alter waren. Deswegen hatten die Großeltern ja auch noch einige Jahre warten wollen.

Auf einmal fiel Bowbaq erschrocken ein, dass die Kinder seiner Freunde vielleicht ebenfalls ihre Anhänger abgelegt hatten. Waren etwa alle anderen Erben verschwunden? Konnte es sein, dass er und Niss dem rätselhaften Angriff als Einzige entgangen waren?

Nein, so etwas Schreckliches durfte er nicht denken. Die Vorstellung, ganz allein gegen die Gefahr kämpfen zu müssen, war unerträglich. Er hatte ohnehin schon viel zu viel gegrübelt, gemutmaßt und spekuliert, ohne irgendeine Gewissheit zu haben. Dabei war es ihm am liebsten, wenn die Dinge klar und einfach waren.

Klar und einfach … Plötzlich war Bowbaq hellwach. Wenn der Anhänger das Einzige war, was ihn vor dem unbekannten Angreifer schützte, brauchte er ihn doch nur abzulegen, um herauszufinden, ob er Recht hatte! Dann wäre er wenigstens bei Ispen und den Kindern und würde ihr Schicksal teilen, wie es auch aussehen mochte.

Er ahnte, dass diese Idee lebensgefährlich war, aber er war drauf und dran, es darauf ankommen zu lassen. Die Versuchung war groß. Klar und einfach … Er musste nur Niss und sich selbst die Kette abnehmen. Dann würden sie schon sehen.

Er hätte nicht sagen können, wie lange er so dalag, mit weit aufgerissenen Augen ins Dunkel starrte und den Anhänger auf seiner Brust umklammert hielt. Er malte sich aus, wie er ihn herunterreißen und damit augenblicklich den Mog'lur heraufbeschwören würde. Nur so könnte er ihn vielleicht bezwingen und seine Familie retten. Aber wie sollte er das anstellen?

Plötzlich vernahm er Niss' leise Stimme, die er schon so lange nicht mehr gehört hatte: »Mama«, flüsterte sie im Schlaf. Schnell schob er die düsteren Gedanken beiseite, bis sie nur noch als ferner Alptraum durch seinen Kopf spukten. Das durfte er nicht tun. Er konnte nicht einfach so über Niss bestimmen.

Vorerst würde er sich an seinen ursprünglichen Plan

halten. Seine Freunde suchen. Ihnen berichten, was geschehen war.

Dann würden sie hoffentlich gemeinsam einen Ausweg finden.

Als Nolan endlich die schwere Tür zu dem unterirdischen Labyrinth aufbekam, stob eine Staubwolke auf. Eryne hustete vernehmlich und verzog angewidert das Gesicht. Sie hatte zwar eingewilligt, den Ausgang durch den Keller zu nehmen, aber beruhigt hatte sie sich deswegen noch lange nicht. Sie sah nur zwei Möglichkeiten, mit ihrer Angst umzugehen: Entweder sie kreischte bei jedem Geräusch laut auf – was nur eine dumme Gans tun würde –, oder sie tat das, was sie am besten konnte: bissige Bemerkungen machen.

»Na toll«, sagte sie mürrisch. »Jetzt bin ich so schmutzig, dass sich Roban von Sarcy womöglich weigert, uns einzulassen.«

Wütend zeigte sie auf die Staubflocken, die an ihrem Kleid hafteten wie Fliegen auf einem Tierkadaver. Nolan hatte sie vergeblich zu überreden versucht, für ihren Ausflug in den unterirdischen Gang ein schlichtes Hemd und eine Hose anzuziehen. Sie konnte einem Mitglied des königlichen Hofes doch nicht wie ein Straßenjunge gegenübertreten! Während sie ihren zartrosa schimmernden Rock mit den Händen abbürstete, zerrte Nolan wieder an der Tür und wirbelte noch mehr Schmutz auf.

»Tut mir leid«, sagte er schulterzuckend. »Die Öffnung war noch zu schmal.«

Eryne starrte erst ihr staubiges Kleid, dann ihren Bruder entgeistert an. Eigentlich wusste sie genau, dass er nur ihr Bestes wollte, aber er war eben der Einzige, an dem sie ihre schlechte Laune auslassen konnte.

»Du hättest mich wenigstens vorwarnen können!«, schimpfte sie und wedelte mit der Hand durch die Luft.

»Vermutlich ist es da draußen noch viel dreckiger«, gab Nolan zurück. »Wenn du dich nicht schmutzig machen willst, zieh lieber den Umhang über, den ich dir gegeben habe.«

Schmollend strich Eryne über ihr Kleid und schlüpfte dann in den Umhang, der ihr viel zu weit war. Er gehörte einem der Gärtner und stank so fürchterlich nach Kautabak, dass sie sich bislang strikt geweigert hatte, ihn anzuziehen. Aber die Kälte und die Sorge um ihr kostbares Gewand gewannen nun doch die Oberhand.

Nolan wartete, bis sie fertig war, dann schulterte er das Gepäck, hielt die Laterne hoch und betrat den geheimnisvollen Gang. Eryne folgte ihm vorsichtig und sah sich erst einmal naserümpfend um. Zum Glück war der Tunnel gut ausgebaut und mit Balken abgesichert. Der Boden war sogar mit Holz ausgelegt. Ihr Vater hatte vor vielen Jahren eigenhändig dafür gesorgt, dass der Fluchtweg begehbar war.

Als Nolan die Tür zuzog, drehte sich Eryne vor Angst fast der Magen um. Nun hatten sie ihr Elternhaus endgültig verlassen. Sie konnte sich nicht erinnern, dass es jemals leer gestanden hätte. In den Zimmern musste eine unheimliche Stimmung herrschen. Alles war totenstill. Wie ausgestorben.

Sie gab sich einen Ruck und versuchte, die traurigen Gedanken zu verscheuchen. Bestimmt war der Spuk in zwei oder drei Tagen vorbei. Rey und Lana würden zurückkommen.

Ganz sicher …

Während sie Nolan durch den engen Gang folgte, bedauerte sie noch einmal, ihren Eltern keinen Brief hingelegt zu haben. Doch ihr Bruder hatte Recht: Wenn jemand ihrer Familie übelwollte und die Nachricht entdeckte, bevor Rey und Lana sie lasen, würde er erfahren, wohin sie flohen.

Seufzend wechselte Eryne den Rucksack von der einen in die andere Hand. Sie trug Nolans Gepäck, das sehr viel leichter war als ihr eigenes. Aber da sie nicht an körperliche Anstrengung gewöhnt war, hatte sie das Gefühl, eine tonnenschwere Last zu schleppen. Sie hätte sich den Rucksack natürlich auch einfach auf den Rücken schnallen können, doch sie war sich zu fein, wie ein Packesel herumzulaufen. Also bestand sie darauf, ihn in der Hand zu halten, obwohl sie schon jetzt ein schmerzhaftes Ziehen im Arm verspürte.

Nach etwa dreißig Schritten mündete der Gang in einen breiteren Tunnel, der in weniger gutem Zustand war. Zwischen den kreideweißen Wänden roch es nach modriger Erde, und an manchen Stellen gluckste es verdächtig, wenn sie auftraten. Zum Glück hatte sich Eryne dazu herabgelassen, wasserdichte Stiefel anzuziehen.

»Hier entlang«, sagte Nolan und bog nach links ab.

Obwohl sie ihrem Bruder vertraute, vergewisserte sich Eryne, dass der Gang in dieser Richtung mit dem vereinbarten Zeichen gekennzeichnet war. Tatsächlich war auf Augenhöhe ein großes »K« in den Stein geschlagen. Es war eine seltsame Vorstellung, dass ihr Vater vor rund fünfzehn Jahren hier hinuntergestiegen war und den Weg markiert hatte, und doch hatte sie den Beweis vor sich.

Eryne dachte schaudernd daran, wie Reyan das Labyrinth erkundet und den Weg gesucht haben musste, der sie am sichersten nach draußen führte. Jeder wusste, dass sich unter Lorelia ein weit verzweigtes Netz aus Gängen erstreckte, ein Wirrwarr an Abwasserkanälen, Schmugglerstollen, vergessenen Kellergewölben und verschütteten Baugruben. Nur wenige wagten sich jemals dort hinein, und wenn ein Zugang entdeckt wurde, ließ man ihn meistens sofort zumauern, um sich gegen Einbrecher zu schützen.

Der Herzog von Kercyan hingegen hatte aus Angst vor seinen einstigen Feinden einen geheimen Fluchtweg geschaffen. Trotzdem war er nun verschwunden …

»Weißt du, wie weit es noch ist?« Eryne zuckte zusammen. In der Grabesstille hatte sie der Klang ihrer eigenen Stimme erschreckt.

»Nein, keine Ahnung«, antwortete Nolan. »Vater hat nur erwähnt, dass wir den Markierungen folgen sollen. Wahrscheinlich dachte er, dass er uns führen würde … Warum, stimmt was nicht?«

»Nein, nein, das ist ein reizender Spaziergang!«, giftete Eryne. »Ich frage mich nur, ob wir ganz Lorelia durchqueren müssen, bevor wir wieder an die frische Luft kommen.«

Ihr Bruder schwieg, was sie nicht weiter wunderte. Nach der ersten Wiedersehensfreude hatten sich die Geschwister erst einmal aneinander gewöhnen müssen, und Nolan war viel distanzierter, als sie erwartet hatte. Er wirkte zwar erwachsener, aber auch seltsam traurig und unnahbar. Vor zwei Jahren hatte jede ihrer Sticheleien einen fröhlichen Schlagabtausch ausgelöst. Diesmal hatte sie in manchen Momenten das Gefühl, mit einem Fremden zu sprechen. Vielleicht war diese Verschlossenheit einfach seine Art, mit ihrer Lage umzugehen, aber sie hatte jetzt mehr denn je das Bedürfnis, getröstet und in den Arm genommen zu werden. Selbst ein handfester Streit wäre ihr lieber gewesen als dieses eisige Schweigen!

So stapften sie, jeder in seine Gedanken versunken, eine ganze Weile durch finstere, gähnend leere Gänge. Neben dem großen »K«, das ihnen den Weg wies, standen manchmal weitere rätselhafte Zeichen von unbekannter Hand, die wohl zu anderen Kellern führten, zu den Schlupfwinkeln von Sekten und Verschwörern, Schmugglerlagern oder den Schlafgemächern treuloser Ehefrauen. Hin und wieder kamen Eryne und Nolan an eisenbeschlagenen Türen vorbei, und in der Decke entdeckten sie immer wieder Falltüren, deren Leitern eingezogen waren.

»Hast du daran gedacht, dass der Ausgang blockiert sein könnte?«, fragte Eryne. »Nach so vielen Jahren …«

»Selbst wenn das der Fall ist, kommen wir schon irgendwie ins Freie«, gab Nolan leicht ungehalten zurück. »Das hier ist schließlich kein Kerker.«

Da war sich Eryne nicht so sicher. Alle Ausgänge, an denen sie vorbeikamen, waren entweder verschüttet, mit schweren Schlössern versehen oder unerreichbar hoch. Ihre Laune sank noch weiter, als sie einen besonders schmutzigen Abschnitt erreichten, der eine Verbindung zu den Abwasserkanälen der Armenviertel haben musste. Das Rinnsal, das in der Mitte des Gangs dahinfloss, stank so entsetzlich, dass sich Eryne sogar den nach Kautabak riechenden Umhang vor die Nase hielt.

Am liebsten hätte sie Nolan die Ohren vollgejammert, doch allein bei der Vorstellung, den Mund aufzumachen und die verpestete Luft einzuatmen, wurde ihr speiübel. Erst als eine riesige Ratte vorbeihuschte und aufgeregt fiepend verschwand, schrie sie unwillkürlich auf.

»Heilige Eurydis, was für ein grässliches Ungeheuer!«, entfuhr es ihr. »Dass es in Lorelia solche Untiere gibt! Das Vieh hätte über uns herfallen können!«

»Der Name der Göttin kommt dir aber leicht über die Lippen. Soll sie dich etwa persönlich vor einem Margolin retten?«, sagte Nolan, ohne stehen zu bleiben.

»Vor einem *Margolin*? Machst du Witze? Das war die größte Ratte, die ich je gesehen habe!«

Verdattert blieb sie stehen, als ihr Bruder herumfuhr und ihr mit der Laterne ins Gesicht leuchtete.

»So, so. Und wie viele Ratten hast du in deinem Leben wohl schon gesehen, Schwesterherz? Ein paar Hundert, nehme ich an? Wahrscheinlich begegnen dir in den fürstlichen Palästen ständig Nagetiere, oder? *Vorsicht, Herr Graf, hinter Euch naht eine wild dreinblickende Maus!*« Er äffte die piepsende Stimme seiner Schwester nach. »*Gebt acht, dass sie Euch nicht an die Kehle geht!*«

Wenn irgendjemand anderes es gewagt hätte, sich derart über sie lustig zu machen, wäre sie sofort an die Decke gegangen. Aber ihren Bruder sah Eryne nur fassungslos an – bevor sie laut losprustete. Nachdem sich Nolan so lange todernst gezeigt hatte, war das Eis endlich gebrochen. Lachend fiel sie ihm um den Hals und brachte ihn damit in Verlegenheit.

»Entschuldige …«, stammelte er und drückte sie unbeholfen an sich. »Ich wollte nicht …«

»Klar wolltest du«, sagte sie schelmisch. »Aber das macht nichts. So einen Lachanfall hatte ich bitter nötig.«

Sie lagen sich noch eine Weile in den Armen, bis Eryne das Gefühl hatte, in dem fauligen Gestank des Abwassers zu ersticken. Sanft löste sie sich aus der Umarmung und erwiderte das Lächeln ihres Bruders.

»Lass uns schnell den Ausgang suchen«, sagte sie. »Ich bekomme keine Luft mehr.«

Nolan nickte, ging wieder voran und leuchtete mit seiner Laterne nach den Buchstaben, die ihr Vater in die Wände geritzt hatte. Eine Dezime später erreichten sie eine Falltür am Ende einer einfachen Treppe, durch die sie ins Freie gelangten. Sie standen im hintersten Winkel eines verlassenen Hinterhofs im Norden der Stadt.

Befreit sog Eryne die frische Nachtluft ein. Voller Dankbarkeit dachte sie an ihren Vater, der nicht nur ein Kriegsheld und begabter Theaterstückeschreiber war, sondern auch ein erfahrener Abenteurer. Sein Fluchtweg hatte sie ohne Schwierigkeiten durch die halbe Stadt geführt. Nun mussten sie allein zurechtkommen.

Das Große Haus lag nur einige Hundert Schritte von seinem Elternhaus entfernt, doch Amanón kam die kurze Strecke unendlich lang vor. Die Straßen von Kaul waren menschenleer und wirkten in dieser Nacht viel weniger friedlich, als er sie in Erinnerung hatte. Hinter allen Ecken schienen unheimliche Schatten zu lauern, die sich jeden Moment auf ihn stürzen und ihm eine Schlinge um den Hals werfen konnten. Der grausige Anblick des toten Merbal, dem die Zunge aus dem Maul hing, hatte ihn mehr erschüttert, als er sich eingestehen wollte. Und das war nicht der einzige schockierende Fund an diesem Abend gewesen. Als er die Leichen der beiden Angreifer durchsucht hatte, war er auf zwei einander ähnelnde Schmuckstücke gestoßen: lange, feingliedrige Silberketten mit einem ovalen Anhänger, auf der die in Jerusnien beheimatete Netzwerferspinne abgebildet war. Amanón war weit genug herumgekommen, um das Abzeichen sofort zu erkennen. Die beiden gehörten zum Geheimbund der Valiponden.

Das hätte er eigentlich schon an den grünen Kutten und den Würgeschlingen erkennen können. Aber wie viele andere hatte er die Existenz dieser religiösen Fanatiker für ein Schauermärchen gehalten und hätte sich höchstens vorstellen können, dass sie irgendwo im finsteren Westen Romins ihr Unwesen trieben.

Es hieß, dass die Valiponden einen Dämon in Spinnengestalt anbeteten, ein Ungeheuer, das um ein Vielfaches größer war als seine Artgenossen. Angeblich fertigten die Sektenmitglieder ihre Schlingen aus den unzerreißbaren Fäden der Netzwerferspinne, die sie aus dem Bauch der getöteten Tiere gewannen. Die Netzwerferspinne, eine besonders gefährliche Art, lauerte nämlich nicht in einem Netz, sondern warf Fäden nach ihrer Beute aus. Dann wickelte sie sie in einen Kokon ein und erstickte sie, indem sie die Fäden immer fester zog. Die Valiponden hatten diese Tötungsmethode übernommen und glaubten, durch das Verspeisen ihrer erdrosselten Opfer ein höheres Bewusstsein zu erlangen. Daher pflegten sie schwarze Messen zu feiern, bei denen Tiere geopfert wurden, und sogar von Kannibalismus war in manchen Gerüchten die Rede.

All das kam Amanón in den Sinn, als er die Ketten entdeckte. Seine Angst wuchs. Vielleicht schwebten seine Eltern und Cael in Lebensgefahr. Was hatten die Valiponden in Kaul zu suchen? Warum waren sie hinter ihnen her?

Dass ein Kaulaner mit dieser Sekte im Bunde stand, bereitete ihm die größte Sorge. Trieben sich etwa noch mehr Fanatiker mit tödlichen Schlingen in der Hauptstadt des Matriarchats herum? Und was hatten sie vor?

Wären seine Gegner Züu gewesen, hätte Amanón wenigstens eine dunkle Ahnung gehabt, was das Ganze sollte. Er kannte die Geschichte zwar nicht in allen Einzelheiten, aber er wusste, dass seine Eltern im Jahr vor seiner Geburt bei der Schlacht in Ith am Fuß des Blumenbergs von den Priestern im roten Gewand bedroht worden waren. Corenn und Grigán hatten ihn immer wieder davor gewarnt, dass die Boten Zuïas eines Tages Rache nehmen könnten. Ein Überfall der Züu hätte ihn also kaum gewundert. Mit den Valiponden hingegen hatten sie seines Wissens noch nie zu tun gehabt.

Im Grunde lag es nahe, ein politisches Motiv hinter dem Angriff zu vermuten, schließlich war seine Mutter eines der höchsten Regierungsmitglieder. Doch die Unbekannten hatten nur nach »dem Jungen« gefragt. Wenn er richtig vermutete, meinten sie damit einen Schüler des Internats im Großen Haus, der dort hoffentlich tief und fest schlief, während Corenn an seinem Bett saß und Grigán vor der Tür Wache hielt.

Amanón wagte noch nicht aufzuatmen, als er unter dem hohen Bogen des Portals hindurch in den Innenhof des Regierungssitzes trat. Den ganzen Weg über hatte er den Griff seines Krummschwerts fest umklammert. Seit seinem Kampf gegen die Valiponden hatte er die Waffe nur einmal aus der Hand gelegt, als er seine blutbefleckten Kleider gewechselt hatte.

Trotzdem bemühte er sich, die beiden Wachposten am Eingang möglichst unbefangen zu grüßen. Er musste sich zwar keine Sorgen machen, nicht durchgelassen zu werden – schließlich war er selbst ein ehemaliger Schüler und hatte Corenn später so oft besucht, dass ihn jeder im Großen Haus kannte. Aber er wollte unbedingt vermeiden, den Wachen erklären zu müssen, was geschehen war. Irgendetwas hielt ihn noch davon ab, Alarm zu schlagen. Bevor ein ganzes Heer Soldaten ausrückte, wollte Amanón wenigstens einen vertrauten Menschen finden. Grigán oder Corenn würden die Angelegenheit in die Hand nehmen. Bei ihrer Erfahrung und ihrem Einfluss in der Hauptstadt wussten sie viel besser als er, was zu tun war. Obwohl er wichtige Entscheidungen stets allein traf, war er klug genug, in schwierigen Situationen andere um Rat zu fragen.

In der Hoffnung, in wenigen Augenblicken bei seinen Eltern zu sein, betrat er das Gebäude und ging die Treppe zur Schreibstube seiner Mutter hinauf. Der Pförtner wusste, dass Corenn oft bis spät in die Nacht arbeitete, und überließ es der Ratsfrau, diesen Flügel des Großen Hauses selbst abzuschließen. Doch zu seiner Bestürzung stand Amanón am Ende der Treppe vor verschlossener Tür.

Hier waren seine Eltern also auch nicht. Noch dazu war keiner von Corenns Schreibern heute länger geblieben. Er war allein, mutterseelenallein.

Schweren Herzens machte er kehrt und durchquerte

einen anderen Trakt. Nachdem er unzählige Gänge auf- und abgelaufen war, um einen Raum zu finden, in dem noch Licht brannte, wurde er schließlich fündig. Eine Frau mittleren Alters saß an ihrem Pult und schrieb etwas in ein schweres Buch.

»Verzeiht, Hochverehrte Mutter«, sagte er und trat zögernd näher. »Erkennt Ihr mich? Ich bin Amanón, Corenns Sohn.«

Die Frau schenkte ihm ein müdes Lächeln. »Natürlich erinnere ich mich an dich, Amanón. Wir sind einander schon vorgestellt worden. Du wirst deinem Vater immer ähnlicher!«

»Danke«, sagte er, obwohl ihm die Bemerkung einen Stich ins Herz versetzte. »Habt Ihr meine Eltern heute gesehen? Ich dachte, dass ich sie zu Hause antreffen würde, aber …«

»Corenn hat heute nicht an der Ratsversammlung teilgenommen. Wir gingen davon aus, dass sie krank ist … Aber soweit ich weiß, hat sie ihren Neffen zu sich gerufen.«

»Cael? Seid Ihr sicher?«

Die Frage war ihm viel zu schnell herausgeplatzt, aber Amanón war zu aufgeregt, um sich noch länger zu beherrschen. Seine Mutter hatte eine wichtige Sitzung versäumt, ohne sich abzumelden? Das war sonst gar nicht ihre Art. Wo konnte sie nur sein? Und was war mit Cael?

»Ich kann Euch gern zum Aufseher der Schlafsäle begleiten«, erbot sich die Ratsfrau, die schon vor Müdigkeit blinzelte. »Er wird Euch sicher mehr sagen können.«

Amanón bedankte sich und folgte ihr durch die Gänge, die er seit Jahren nicht mehr betreten hatte. Doch die unzähligen Fragen, die ihm im Kopf herumgingen, ließen keine wehmütigen Erinnerungen an die Schulzeit zu. Die Valiponden, das rätselhafte Verschwinden seiner Eltern, das seltsame Interesse an einem Jungen, der niemand anders sein konnte als Cael … In was war er da bloß hineingeraten? Was war in den zwei Monden seiner Abwesenheit passiert?

Er wurde erst aus seinen Gedanken gerissen, als sie vor einer hell erleuchteten Wachkammer standen, in der er den Oberaufseher des Internats erkannte. Es war sicher eine gute Idee, den Mann zu befragen, an dem jeder Schüler beim Betreten oder Verlassen des Großen Hauses vorbeimusste. Doch als er hinter der hilfsbereiten Ratsfrau in die Kammer trat, traf ihn fast der Schlag. Der Aufseher, der gerade einige speckige Spielkarten vor sich auslegte, trug die gleiche Kette wie die Angreifer von vorhin! Im selben Moment schreckte der Mann auf und verschloss hastig den Knopf seines Hemdkragens. Damit war sich Amanón sicher: Er stand einem weiteren Mitglied der mörderischen Sekte gegenüber.

»Der junge Mann hier ist der Sohn von Ratsfrau Corenn«, erklärte seine Begleiterin. »Und er ist der Cousin des Schülers Cael. Könnt Ihr bestätigen, dass er das Große Haus verlassen hat?«

Der Valiponde, ein breitschultriger Mann mit grobschlächtigen Zügen, starrte Amanón eine ganze Weile an, bevor er antwortete. »Das ist richtig«, sagte er kurz angebunden. »Ratsfrau Corenn hat seinen Lehrern mitgeteilt, dass er für ein paar Tage vom Unterricht befreit wird, aber einen Grund hat sie nicht genannt.«

Bleiernes Schweigen trat ein. Amanón wollte schon sein

Krummschwert ziehen, um ihn zu zwingen, die Wahrheit zu sagen, als plötzlich zwei weitere Männer den Raum betraten. Die Anspannung stieg ins Unerträgliche. Freund oder Feind? Ihre eisernen Mienen ließen Amanón Letzteres befürchten. Auf einmal hatte er den Eindruck, dass die Valiponden das Große Haus schon gänzlich unterwandert hatten. So musste das Leben seines Vaters in den langen Jahren auf der Flucht ausgesehen haben, geprägt von Wachsamkeit und Misstrauen …

»Vielen Dank für die Auskunft«, antwortete er und legte vielsagend die Hand an sein Schwert. »Die Hochverehrte Mutter und ich werden uns jetzt verabschieden.«

Trotz dieser Ankündigung dauerte es noch einige Augenblicke, bis die Neuankömmlinge den Weg freigaben. Der Blick, den sie mit dem Aufseher wechselten, entging Amanóns scharfem Auge nicht. Er verließ rückwärts den Raum, fuhr dann herum und zog die Ratsfrau am Arm davon, so schnell er konnte.

»Wir sind in Gefahr«, sagte er ernst. »Ich rate Euch, heute nicht mehr in Eure Schreibstube zurückzukehren, sondern sofort nach Hause zu gehen.«

»Wie bitte? Aber …«

»Hochverehrte Mutter, leider habe ich keine Zeit, Euch alles zu erklären, und ich weiß auch gar nicht, wovor ich Euch warnen soll. Ich befürchte nur, dass das Große Haus nicht mehr so sicher ist wie früher. Irgendetwas ist hier im Gange.«

Noch bevor sie weitere Fragen stellen konnte, erreichten sie die Tür zu ihrer Schreibstube, wo er sich hastig verabschiedete.

»Bitte hört auf mich und geht umgehend nach Hause«,

sagte er noch einmal, während er schon den Flur entlanglief. »Bis auf weiteres solltet Ihr niemandem vertrauen. Sie werden von jetzt an noch vorsichtiger sein und sich keine Blöße mehr geben.«

»Von wem sprichst du? Und wohin willst du?«

Wortlos rannte Amanón die Treppe zum Ausgang hinunter. Er wagte kaum den Blick zu heben, als er an den Wachen vor dem Portal vorbeikam. Was, wenn auch sie zu den Valiponden gehörten? Vielleicht wimmelte es schon überall im Matriarchat von diesen finsteren Gestalten?

Den Rückweg brachte er viel schneller hinter sich als den Hinweg. Zu Hause warf er einige Sachen in seinen Rucksack und sattelte Grigáns verbliebenes Pferd.

Seinem weichen Bett sagte er für diese Nacht Lebwohl. Stattdessen schlug er sein Lager unter freiem Himmel auf, einige Meilen von der kaulischen Hauptstadt entfernt, wo nur der Mond über ihn wachte.

Lange fand er keinen Schlaf, aber er zwang sich, wenigstens die Augen zu schließen. Der nächste Tag würde anstrengend werden. Sobald der Morgen graute, wollte er nach Eza weiterreiten, in der Hoffnung, seine Eltern dort zu finden, genau wie Cael, Yan und Léti.

Er konnte nur beten, dass sie noch am Leben waren.

Was hätte Nolan darum gegeben, in einer Herberge zu übernachten! Aber es war schon schwer genug gewesen, seine Schwester zur Flucht durch die unterirdischen Gänge zu bewegen. Er wusste genau, dass ein zweiter Überzeugungsversuch kläglich scheitern würde. Während sie durch die verwinkelten Gassen von Lorelia liefen, redete

Eryne in einem fort von sauberen Kleidern, Zubern mit warmem Wasser und seidenen Laken. Es schien das Einzige zu sein, was sie beschäftigte, abgesehen vom Verschwinden der Eltern natürlich.

Nolan hatte ein so ungutes Gefühl bei der Sache, dass er insgeheim hoffte, Roban von Sarcy würde ihnen einfach nicht öffnen. Sie standen eine ganze Weile vor dem Portal seines Stadtschlosses und läuteten Sturm, doch außer den wütend bellenden Wachhunden rührte sich hinter dem Gitter nichts. Während Nolan am liebsten gleich wieder kehrtgemacht hätte, zerrte seine Schwester immer ungeduldiger an der Glocke, ohne sich um den Lärm zu scheren, den sie in der nächtlichen Stille veranstaltete.

»Das ist doch nicht zu fassen!«, wetterte sie und stemmte die Hände in die Hüften. »Roban hat mindestens zwanzig Diener, aber keiner scheint sich bequemen zu wollen, uns zu öffnen!«

»Es ist schon spät … Sicher halten sie uns für freche Kinder oder verwirrte Trunkenbolde.«

»Sie könnten sich wenigstens die Mühe machen, nachzusehen! Was, wenn uns der König höchstpersönlich geschickt hätte? Was für eine Unverschämtheit!«

Ohne Rücksicht auf die Nerven der Nachbarn malträtierte sie die Glocke so lange, bis Nolan befürchtete, jeden Moment von einem Trupp Nachtwächter verhaftet zu werden. Sie befanden sich in einem der wohlhabendsten Viertel der Stadt, und Störenfriede waren hier nicht gern gesehen. Jeden Augenblick konnten bewaffnete Knechte aus einem der Nachbaranwesen hervorstürzen, um die Nachtruhe wiederherzustellen.

»Na endlich!«, rief Eryne plötzlich. »Sie können von

Glück sagen, dass es hier nicht um Leben oder Tod ging!«

In einem Häuschen hinter dem Eingangsportal, das wohl die Pförtnerloge war, ging ein Licht an. Kurz darauf kam ein alter Mann in Nachthemd und Holzsandalen zum Vorschein, eine Laterne in der einen und eine enorme Lanze in der anderen Hand. Hochrot vor Wut stapfte er auf das Tor zu und keifte dabei so laut, dass seine Stimme sogar noch das Bellen der Hunde übertönte.

»Habt ihr nichts Besseres zu tun, ihr Saubande? Verschwindet von hier, bevor ich euch Feuer unterm Hintern mache!«

»Wenn Ihr mit Eurem Spieß ebenso gewandt umgeht wie mit Gästen des Hauses, haben wir nichts zu befürchten«, erwiderte Eryne empört.

»Ähm … Bitte verzeiht die späte Störung«, mischte sich Nolan ein. »Wir sind Freunde des Grafen Roban … Vielleicht erkennt Ihr meine Schwester, Fräulein Eryne von Kercyan?«

Prompt streifte die junge Dame die Kapuze ihres Mantels ab und reckte im Laternenschein stolz das Kinn in die Höhe. An der Art, wie der Mann seinen Kopf einzog, erkannte Nolan, dass seine Worte ihre Wirkung nicht verfehlt hatten. Mit Pfiffen und Tritten schickte der Mann die Hunde zurück in ihren Zwinger, und eine wohltuende Stille trat ein.

»Was macht Ihr denn hier, mitten in der Nacht?«, fragte der Pförtner. »Ohne Eskorte, ohne Kutsche … Hat man Euch ausgeraubt?«

»Nun macht schon auf!«, schimpfte Eryne. »Ihr dürft Eurem Herrn unseren Besuch ankündigen.«

»Es ist nur … Verzeiht, aber … Der gnädige Herr ist gewiss schon zu Bett gegangen, und ich habe dafür zu sorgen, dass er nicht gestört wird.«

»So, so«, erwiderte sie. »Mir hat der Graf aber gesagt, sein Haus stehe mir jederzeit offen. Wollt Ihr ihn etwa Lügen strafen?«

Der Pförtner überlegte kurz, dann holte er den Schlüssel und öffnete ihnen das Tor. Wenig später führte er die Gäste in das Vestibül des Schlosses und überließ sie der Fürsorge des Haushofmeisters, den er aus dem Bett geklopft hatte.

Im Handumdrehen wurden sechs weitere Bedienstete geweckt, um den unerwarteten Besuchern einen würdigen Empfang zu bereiten. Emsig wurden Armleuchter angezündet, das Kaminfeuer im Salon geschürt und Erfrischungen gereicht. Während Nolan das Aufheben, das um sie gemacht wurde, furchtbar unangenehm fand, war Eryne ganz in ihrem Element. Als Erstes überließ sie einem Kammermädchen ihren schmutzigen Umhang. Dann machte sie es sich in einem weichen Armsessel bequem, nippte an einem Glas mit juneeischem Wein und war plötzlich wieder bester Laune.

Der Hausherr selbst ließ ein wenig auf sich warten. Er machte ihnen erst zwei Dezimen später seine Aufwartung, als Eryne bereits ihr drittes Glas schlürfte. Beim Anblick des feinen jungen Herrn, der seine blonden Haare ordentlich gescheitelt, die Wangen frisch rasiert und seine eleganteste Kleidung angelegt hatte, musste Nolan grinsen. Belustigt dachte er daran, dass ihr Gastgeber vor Schreck fast aus dem Bett gefallen sein musste, als man ihm die Tochter des Herzogs von Kercyan angekündigt hatte. Während sie die üblichen Höflichkeiten austauschten, warf der Graf ihr glühende Blicke zu und wandte das Wort stets zuerst an sie.

»Verehrteste, ich kann Euch gar nicht sagen, wie sehr mich Euer Besuch entzückt! Ich will doch nicht hoffen, dass Euch ein Unglück widerfahren ist? Mir wurde berichtet, dass Ihr ohne Eskorte und zu Fuß gekommen seid?«

»Mein Freund, ich will Euch nicht mit den Misslichkeiten belästigen, die wir auf dem Weg hierher erdulden mussten«, antwortete Eryne mit einem verführerischen Lächeln. »Aber in der Tat ist der Grund, der mich zu Euch führt, ein trauriger. Es begann damit, dass meine Eltern, der Herzog und die Herzogin, gestern Abend auf rätselhafte Weise verschwanden. Seither liegt ein übles Subjekt vor unserem Haus auf der Lauer, und wir mussten auf anderem Wege heimlich fliehen.«

Der Wein und die einlullende Wärme des Feuers hatten ihr die Zunge gelöst, und so plapperte sie mehrere Dezillen lang weiter. Es gelang ihr zwar gerade noch, die geheime Kammer und den unterirdischen Fluchtweg zu verschweigen, aber ansonsten vergaß sie jede Zurückhaltung und schilderte ausführlich ihr Leid: die Kälte, den langen Marsch durch Lorelia, die durchnässten Füße, den schweren Rucksack, den nach Kautabak stinkenden Umhang und dergleichen mehr. Wie es sich für einen glühenden Verehrer gehörte, begleitete Roban von Sarcy jeden ihrer Sätze mit einem mitfühlenden oder verständnisvollen Nicken. Nolan konnte sich zwar einer gewissen Sympathie für den Grafen nicht erwehren, aber er zweifelte immer noch daran, dass er ihnen tatsächlich von

Nutzen sein konnte. Dieser geschniegelte junge Mann sollte mit der berüchtigten Grauen Legion in Verbindung stehen?

»Bis diese Angelegenheit geklärt ist, könnt Ihr mein Schloss selbstverständlich als das Eure betrachten«, erklärte der Graf feierlich. »Ich werde Euch die schönsten Gemächer zur Verfügung stellen. Ihr dürft sicher sein, meine Teuerste, dass es Euch an nichts fehlen wird. Euer Wunsch ist mir Befehl.«

»Darauf komme ich gern zurück, mein lieber Graf«, flötete Eryne und strahlte ihn an.

»Ich würde vorschlagen, einige Männer zum Haus unseres Vaters zu schicken, um nachzusehen, ob der Unbekannte noch immer vor unserer Tür Wache hält«, mischte sich Nolan ein. »Vielleicht hat er seinen Posten ja mittlerweile aufgegeben.«

»Das werde ich noch heute Nacht veranlassen«, versicherte Roban. »Und außerdem werde ich meine … Dienststelle beauftragen, alles dafür zu tun, um den Herzog und die Herzogin zu finden. Ihr müsst mir aber versprechen, den Schutz meines Hauses nicht übereilt zu verlassen! Selbst wenn der Strolch, der sich vor Eurem Haus herumtreibt, das Weite gesucht hat, solltet Ihr auf keinen Fall vorschnell nach Hause zurückkehren.«

»Wir werden wachsam sein«, sagte Nolan. »Und ich kann Euch nur raten, ebenfalls größte Vorsicht walten zu lassen. Wir wissen nicht, welche Gefahr unsere Familie bedroht, und ich würde es mir nie verzeihen, wenn wir Euch zum Dank für Eure Gastfreundschaft in Schwierigkeiten bringen.«

Einen Augenblick lang sah ihn der Graf ernst an. Er hatte die Rolle des Schöntuers abgelegt und wirkte nun wesentlich besonnener und selbstsicherer.

»Um mich braucht Ihr Euch nicht zu sorgen«, sagte er mit einem vielsagenden Lächeln. »Wer mir etwas anhaben will, muss schon einiges aufbieten.«

»Habe ich es dir nicht gesagt?«, sagte Eryne. »Unter dem Dach des Grafen sind wir vollkommen sicher.«

Roban von Sarcy setzte nun wieder den verliebten Gesichtsausdruck auf, der ihn etwas einfältig aussehen ließ. Doch trotz seiner vollmundigen Versprechen konnte Nolan seiner Schwester nicht beipflichten. Gab es überhaupt irgendeinen Ort auf der Welt, an dem sie noch sicher waren?

Dem weiteren Gespräch lauschte er nur noch mit halbem Ohr. Während Eryne und ihr Verehrer die angebrochene Weinflasche leerten, von der Nolan kaum einen Tropfen angerührt hatte, unterhielten sie sich über die neuesten Verleumdungen, die in Adelskreisen verbreitet wurden und die sie beschönigend »höfischen Klatsch« nannten. In der Zwischenzeit bereiteten ihnen mehrere Zimmermädchen und Kammerzofen die Betten. Mit Erleichterung hörte Nolan seine Schwester schließlich sagen, dass sie müde sei, woraufhin sie der Haushofmeister zu ihren Zimmern führte.

Das glückliche Lächeln, mit dem Eryne ihr Schlafgemach betrat, stimmte Nolan missmutig. Aber wie konnte er seiner älteren Schwester eine Moralpredigt halten, wenn er sich selbst so vieles vorzuwerfen hatte?

Immerhin hielt der Graf von Sarcy sein Versprechen. Vom Fenster seines Zimmers aus sah Nolan einen Boten zu der mysteriösen »Dienststelle« der Grauen Legion aufbrechen. In dieser Nacht würden noch so einige Männer aus den Betten geholt werden.

Er fragte sich nur, ob sie ihnen tatsächlich helfen konnten oder ob ihr Eingreifen nicht alles nur noch schlimmer machen würde.

Die Sonne stieg langsam höher, schickte ihre Strahlen über die höchsten Gipfel des Rideau bis in die Heilige Stadt und das Große Kaiserreich und wanderte dann weiter nach Lorelien und das östliche Arkarien, bevor sie das Matriarchat erreichte. Als das sanfte Morgenlicht die kaulische Heide zum Leben erweckte, öffneten sich die Blüten der Sedasträucher, Zahnlilien und Katzenmäulchen hoben ihre Köpfe, und die schrillen Schreie der Waulen vermischten sich mit dem Geschnatter der Räuberamseln. Während die Natur den neuen Tag begrüßte, war Amanón schon längst auf den Beinen und bereit zum Aufbruch.

Seine Sorgen hatte er in der Nacht keineswegs vergessen, ganz im Gegenteil. Er konnte es kaum erwarten, in das Heimatdorf von Yan und Léti weiterzureiten und dort vielleicht etwas über seine Eltern oder überhaupt irgendjemanden aus seiner Familie in Erfahrung zu bringen. Kaum war es hell geworden, schwang er sich in den Sattel und galoppierte los, ohne das beklemmende Gefühl von Leere und Einsamkeit abschütteln zu können.

Er hatte schon oft unter freiem Himmel geschlafen, aber in dieser Nacht war er zum ersten Mal ganz allein gewesen. Als Übersetzer ging er hin und wieder mit einer Gruppe auf Reisen, und früher hatte ihn sein Vater manchmal in entlegene Gegenden auf die Jagd mitgenommen. Dabei hatte er die gemeinsamen Abende mit anregenden Gesprächen, spannenden Geschichten und sich vertiefenden Freundschaften stets genossen. Diesmal hingegen hatten ihm nur Angst und Zweifel Gesellschaft geleistet.

Obendrein hatte er es nicht gewagt, ein Feuer anzuzünden, was die Sache noch schlimmer machte. Mehrere Dekanten lang hatte er zitternd vor Kälte dagelegen, während sein vom Kampf mit den Valiponden geschundener Körper schmerzte, vor allem an den Handgelenken, wo ihm die Schlingen tief ins Fleisch geschnitten hatten. Die Wunden brannten so stark, dass er sich fragte, ob die Schnüre nicht zusätzlich in Säure getaucht worden waren. Vielleicht handelte es sich sogar um das Gift der Netzwerferspinne. Jedenfalls würde es mindestens eine Dekade dauern, bis die Einschnitte an seinen Handgelenken verheilten.

Falls ich überhaupt noch so lange lebe, dachte Amanón und kauerte sich im Sattel zusammen. Er war sicher, dass seine Feinde es nicht bei einem Angriff belassen würden. Ein willkürlicher Überfall war das nicht gewesen. Die Sektenanhänger schienen genau gewusst zu haben, was sie wollten und wo sie fündig werden würden. Und wenn der Junge, den sie suchten, tatsächlich Cael war, musste er sich auf das Schlimmste gefasst machen.

Vermutlich waren Corenn und Grigán irgendwie in die Geschichte hineingezogen worden, wie er selbst auch. Daraufhin hatten sie wohl beschlossen, den Sohn ihrer Freunde in Sicherheit zu bringen, und waren Hals über Kopf mit ihm geflohen, ohne irgendjemanden verständigen zu können. An diese Möglichkeit klammerte sich Amanón jedenfalls wie ein Schiffbrüchiger, der in einem Meer der Angst zu ertrinken droht.

Dennoch konnte er den feindseligen und zugleich ungerührten Blick des Internatsaufsehers nicht vergessen. Der Mann war sich seiner Macht sicher gewesen, oder vielmehr der Macht seines Bundes. Und das bedeutete, dass er dazu allen Grund haben musste. Die Valiponden hatten sich vielleicht schon vor Jahren ins Große Haus eingeschlichen und verschiedene strategische Positionen besetzt. Wahrscheinlich hatten sie bestimmte Erkennungszeichen und hielten geheime Versammlungen ab. Womöglich rekrutierten sie sogar Anhänger unter den Soldaten, Beamten und Schreibern – und warum nicht gar unter den Ratsfrauen?

Selbst wenn nur die Aufseher der Schlafsäle in die Sache verwickelt waren, konnten sie dank ihrer Aufgaben als Nachtwächter in aller Ruhe die Schreibstuben der Regierung durchsuchen. Sie brauchten nur Duplikate der Schlüssel anzufertigen, und schon hatten sie Zugriff auf sämtliche offizielle Post des Matriarchats! Sie konnten die Archive durchforsten, geheime Berichte lesen und in allen politischen und finanziellen Angelegenheiten herumschnüffeln ... Corenns Amtszimmer musste für sie besonders interessant sein: Da sie im Ständigen Rat für die Außenpolitik zuständig war, gingen die meisten vertraulichen Schriftstücke durch ihre Hände.

Vielleicht war Corenn den Spionen der Sekte im Großen Haus auf die Schliche gekommen? Vielleicht hatte ihr Verschwinden etwas mit ihrer politischen Tätigkeit zu tun? Das war gut möglich. Nur ein Detail passte nicht ins

Bild: Die Valiponden interessierten sich für Cael. Warum? Wo war der Zusammenhang? War er etwa auch auf ihr Geheimnis gestoßen?

Nachdem sie Amanón nichts hatten entlocken können, würden die Männer in den grünen Kutten sicher auf die gleiche Idee kommen wie er und den Jungen in seinem Heimatdorf suchen. Vielleicht waren sie schon längst dort und hatten auch das Leben von Yan und Léti auf den Kopf gestellt. In den letzten Tagen konnte alles Mögliche passiert sein!

Amanón hoffte, noch vor Mit-Tag eine Antwort auf seine Fragen zu finden. Wenn sein Pferd stramm durchgaloppierte, würde er in zwei Dekanten in Sichtweite der Küste sein und wenig später Eza erreichen. Doch selbst das kam ihm vor wie eine halbe Ewigkeit.

Nachdem der Tag auf befriedigende Weise zu Ende gegangen war, ganz wie es ihrer Vorstellung vom Leben und seinen Annehmlichkeiten entsprach, stand Eryne allein in ihrem Zimmer im Schloss des Grafen von Sarcy und spürte, wie die Traurigkeit wieder an ihr zu nagen begann. Rasch schlüpfte sie ins Bett und verkroch sich unter dem Berg samtweicher Kissen und Decken, als könnte sie damit ihrem Kummer entkommen. Doch kaum fiel sie in einen unruhigen Schlaf, träumte sie von widerlich schmutzigen Gängen, drei Fuß langen Ratten und bedrohlichen Gestalten, die ihre Eltern einem düsteren Schicksal entgegenführten. Endlich erlöste sie der Morgen, und natürlich hatte der Graf dafür gesorgt, dass ihr das Aufwachen versüßt wurde.

Der Reigen der Dienerinnen begann mit dem Auftritt eines Zimmermädchens, das die Vorhänge halb öffnete, damit sich Eryne langsam an die Helligkeit gewöhnen konnte. Danach erschien der Haushofmeister höchstpersönlich, um sich nach ihren Wünschen für das Frühstück zu erkundigen. Ihm folgten zwei Kammerzofen, die eine kupferne Badewanne mit warmem, parfümiertem Wasser füllten. Darauf hatte sich Eryne schon so lange gefreut, dass sie sich genießerisch ins Badewasser gleiten ließ, sobald der Wandschirm aufgestellt war.

So blieb sie eine ganze Weile liegen, bis Nolan vorbeikam, um ihr einen guten Morgen zu wünschen. Als ihr klar wurde, dass ihr Bruder womöglich noch vor ihr erfahren würde, was Robans Nachforschungen ergeben hatten, stieg sie widerwillig aus der Wanne. Dann galt es, eine weitere wichtige Entscheidung zu treffen: Was sollte sie anziehen? Der Graf hatte ihr fünf verschiedene Kleider auf das Bett legen lassen, eins kostbarer als das andere, und Eryne fand sie alle gleich schön.

Schließlich wählte sie ein meergrünes Kleid mit Turnüre, das gut zu ihrer Augenfarbe passte und dessen Schnitt ihre schmale Taille betonte. Das einzige Problem war das Mieder: Es lag so eng am Körper an, dass sie ihren Anhänger nicht darunter verbergen konnte, ohne den Stoff auszubeulen. Also beschloss sie, das schlichte Schmuckstück offen auf der Brust zu tragen. Es kam ihr zwar wie ein Schandfleck auf dem prächtigen Kleid vor, aber sie hatte ihren Eltern geschworen, es niemals abzulegen, nicht einmal beim Baden. Und dieses Versprechen würde sie nach allem, was passiert war, ganz gewiss nicht brechen.

Als sie sich mit der Hilfe einer Wäscherin, die flugs zur Kammerfrau befördert worden war, endlich abgetrocknet, angekleidet, frisiert und gepudert hatte, blickte sie wieder zuversichtlicher in die Zukunft. An einem solchen Tag konnten sie nur gute Nachrichten erwarten!

Nolan und Roban von Sarcy warteten im Speisesaal auf sie. Der ausladende Tisch war mit Kerzen, Blumen und Silbergeschirr so festlich geschmückt, als wollte ihr Gastgeber statt eines einfachen Frühstücks ein Diner servieren. Trotz dieses etwas übertriebenen Aufwands wusste Eryne die Aufmerksamkeit zu schätzen. Sie ließ sich sogar etwas inniger die Hand küssen, als es sich eigentlich schickte, so sehr schmeichelte es ihr, wie Eurydis höchstpersönlich behandelt zu werden.

»Meine Liebe, Eure Schönheit raubt mir den Atem!«, rief der Graf und starrte sie verzückt an. »Ach, könnte ich mich doch jeden Morgen in diesem Glanze sonnen!«

»Das Kompliment gebührt allein Euch, Roban, denn Ihr scheint genau zu wissen, was eine Frau kleidet. Ich nehme an, dass Ihr einen armen Kleidermacher aus dem Bett geholt habt, um mir diese reizende Auswahl zu bieten?«

»So ist es. Ich bat meine Lakaien, Eurem geschätzten Bruder denselben Dienst zu erweisen, doch offenkundig haben sie weniger Geschick darin bewiesen, etwas nach seinem Geschmack zu finden.«

»Das hat nichts mit Euren Geschenken zu tun«, widersprach Nolan verlegen. »Mein Gelübde verpflichtet mich, das Novizengewand zu tragen.«

»Aber natürlich, daran hätte ich denken müssen. Nun, das macht nichts. Ich werde die Anzüge in das Haus Eurer

Familie bringen lassen, dann könnt Ihr sie tragen, wann es Euch beliebt, sobald Ihr in die Priesterschaft aufgenommen seid.«

Zum Dank nickte Nolan knapp. Eryne hingegen schnaubte wütend. Wie konnte er ihren liebenswürdigen Gastgeber nur so kühl behandeln! Nachdem Roban ihr den Stuhl zurechtgerückt hatte, setzte sie sich und platzte sofort mit der Frage heraus, die ihr auf der Zunge brannte.

»Wie sieht es aus, Roban, habt Ihr etwas über unsere Eltern in Erfahrung bringen können? Haben Eure Männer etwas herausgefunden?«

Die Miene des Grafen verdüsterte sich sichtlich, was nicht gerade zu ihrer Beruhigung beitrug.

»Wir sprachen soeben davon. Die Männer, die ich letzte Nacht zu Eurem Haus geschickt habe, sind nicht zurückgekehrt. Dabei hatte ich ihnen eingeschärft, dass ihr Auftrag von größter Wichtigkeit ist. Deshalb habe ich einen zweiten Trupp entsandt, der dort allerdings niemanden angetroffen hat, weder meine Männer noch den Spitzel vor Eurer Tür. Der Herzog und die Herzogin sind ebenfalls noch nicht zurückgekehrt. Es tut mir leid, Euch vorläufig nichts Erfreulicheres berichten zu können.«

Eryne warf Nolan einen enttäuschten Blick zu und betrachtete dann die vielen Köstlichkeiten auf dem Frühstückstisch. Sie hatte schlagartig den Appetit verloren. Dass Robans Männer verschwunden waren, bestätigte ihre schlimmsten Befürchtungen. Rey und Lana waren nicht zu einem romantischen Ausflug aufgebrochen. Ihnen war tatsächlich etwas zugestoßen.

»Zwei meiner Männer halten in Eurem Hof Wache«,

fuhr der Graf fort. »Sie werden mich umgehend verständigen, sobald sie etwas Auffälliges beobachten. Unterdessen suchen wir natürlich weiter … Ein Vertreter meiner Dienststelle müsste jeden Augenblick hier eintreffen. Dann erfahren wir hoffentlich mehr.«

Eryne zwang sich zu einem Lächeln, während der Haushofmeister die Teller füllte. »Mein lieber Roban, wann habt Ihr nur die Zeit gefunden, Euch um all diese Dinge zu kümmern? Habt Ihr überhaupt ein Auge zugetan?«

»Keine Sorge, Verehrteste, ich habe tief und fest geschlafen, obwohl mir Euer Unglück selbstverständlich großen Kummer bereitet. Im Übrigen hat es mich keinerlei Mühe gekostet. Einige Befehle gestern Nacht und heute Morgen genügten vollkommen«, sagte der Graf mit stolzgeschwellter Brust.

»Die Graue Legion ist also wirklich so mächtig, wie immer behauptet wird?«, fragte Eryne unbefangen.

Sie hatte ihm damit eigentlich eine Art Kompliment machen wollen, aber die Frage schien ihren Gastgeber eher in Verlegenheit zu bringen. Er sprach erst weiter, als alle Diener den Saal verlassen hatten.

»Meine Mitgliedschaft in … der Organisation, die unser Königreich schützt, kann ich schwerlich leugnen«, gab Roban von Sarcy zu. »Jeder bei Hofe hat von meiner Ernennung erfahren. Doch über alles andere muss ich strengstes Schweigen bewahren, wie Ihr gewiss versteht.«

»Aber natürlich«, sagte Eryne und lief rot an. »Verzeiht, das war gedankenlos von mir.«

»Außerdem«, fuhr ihr Gastgeber mit einem Augenzwinkern fort, »will ich keine unnötigen Ängste schüren, was das Schicksal Eurer Eltern angeht. Ich kann Euch versichern, dass die Legion noch nie so mächtig war wie heute. Und daran hatte Euer Vater keinen unwesentlichen Anteil.«

»Wie das?«, fragte Nolan überrascht.

»Ganz einfach: Herzog Reyan war der Einzige, der wusste, was der Barbarenfürst Saat vor der Schlacht am Blumenberg im Schilde führte. Der Einzige! Keiner der lorelischen Spione hatte auch nur das Geringste über den Tunnel herausgefunden, der unter dem Rideau gegraben wurde. Dieses Versagen traf die Graue Legion schwer. Es versteht sich von selbst, dass nach dem Krieg etliche Köpfe rollten und die Rangordnung von Grund auf verändert wurde. Als ich in die Legion aufgenommen wurde, war das zuständige Ministerium bereits sehr viel straffer organisiert. Und König Bondrian stellt uns jedes Jahr mehr Mittel zur Verfügung. Inzwischen ist die Graue Legion der mächtigste Geheimdienst der Welt.«

»Ich muss sagen, dass ich das alles sehr fragwürdig finde«, bemerkte Nolan.

Seine Schwester sah ihn mit einer Mischung aus Empörung und Verblüffung an, während der Graf nur die Augenbrauen hob. Eryne konnte es kaum fassen. Was erlaubte sich Nolan eigentlich? Machte es ihm etwa Spaß, ihren Wohltäter zu verärgern, schlimmer noch, ihn regelrecht zu beleidigen?

»Ähem … Das ist durchaus verständlich«, sagte der Graf in das betretene Schweigen hinein. »Ihr folgt der eurydischen Lehre, die Wissen, Toleranz und Frieden predigt. Doch jede Mission der Legion geschieht in der Absicht, diese Tugenden zu verteidigen, das dürft Ihr mir glauben. Auch wenn wir sie dafür manchmal missachten müssen.«

Nolan legte behutsam seine Gabel aus der Hand und sah ihm offen in die Augen. »Es wäre wahrlich undankbar von mir, Eure Arbeit schlechtzumachen«, sagte er. »Was mir missfällt, ist die Heimlichkeit, mit der Ihr vorgeht. Ich will es Euch erklären. Ich lebe die meiste Zeit des Jahres in der Heiligen Stadt. Nach außen hin ist Ith die schönste, offenste und toleranteste Stadt der Oberen Königreiche, doch in Wahrheit ist sie eine Brutstätte falscher Propheten, verrückter Weltuntergangsverkünder und machtgieriger Möchtegernherrscher, die alle irgendeiner *Organisation* vorstehen. Und deren Mitglieder begehen auf Geheiß ihrer zwielichtigen Anführer die schlimmsten Verbrechen. Versteht Ihr? Wer im Verborgenen bleibt, hat meiner Ansicht nach auch guten Grund dazu. Warum arbeitet die Legion nicht in aller Öffentlichkeit? Wozu diese Heimlichtuerei, selbst hier in Lorelia?«

»Weil wir die Übeltäter, von denen Ihr sprecht, mit ihren eigenen Waffen schlagen müssen«, antwortete der Graf hitzig.

»Mutter wäre entsetzt, wenn sie dich so reden hörte«, sagte Eryne aufgebracht. »So abfällig hast du noch nie über die Heilige Stadt gesprochen!«

Nolan erwiderte ihren Blick mit unergründlicher Miene. Dann nahm er seine Gabel wieder in die Hand und spießte ein Stück Speck auf.

»Der Mensch ändert sich eben«, sagte er und biss hinein.

Amanón hatte seinem Pferd kaum Rast gegönnt und erblickte in der Ferne nun endlich das spiegelglatt daliegende Mittenmeer. Der Weg führte geradewegs auf die Küste zu und schlängelte sich dann an zerklüfteten Felsen und windumtosten Dünen entlang, bis etwa eine Dezime später das Dorf Eza in Sichtweite kam.

Die Reise hatte länger gedauert, als er erwartet hatte. Aber er hatte seinem Pferd, das solche Gewaltritte nicht gewohnt war, nicht noch mehr abverlangen können. Obendrein war es im Laufe des Tages stetig heißer geworden, und das arme Tier war immer wieder keuchend in Trab gefallen.

Erst als sie die ersten Häuser des Dorfes erreichten, wurde es wieder etwas munterer. Corenn und Grigán ritten so oft hierher, dass ihre Pferde ganz von selbst den richtigen Weg einschlugen, zumal sie im Gestüt von Yan und Léti geboren worden waren und als junge Fohlen hier geweidet hatten. So trabte Amanóns Pferd freudig seiner früheren Koppel und einem Bottich mit frischem Wasser entgegen, ohne dass er es lenken musste.

Auch Amanón war in seiner Kindheit und Jugend oft nach Eza gekommen. Das kleine Fischerdorf, das aus einer Handvoll gelb getünchter Häuschen an zumeist unbefestigten Straßen bestand, schien sich kein bisschen verändert zu haben. Die Nähe zum Meer war überall spürbar: In den Höfen waren Boote zur Reparatur aufgebockt, zwischen den Bootshäusern trockneten Fischernetze im Wind, und in offenen Schuppen lagerten alte Krabbenkörbe. Das Leben in Eza richtete sich nach den Gezeiten und der Arbeit der Küstenfischer. So war es immer gewesen, und so würde es immer sein. Umso verwunderlicher war es, dass Yan und Léti, die ihren Nachbarn so unähnlich waren, nie daran gedacht hatten, von hier wegzuziehen.

Amanón wusste, dass sie viel herumgekommen waren und zusammen mit seinen Eltern zahlreiche Länder bereist hatten, bevor sie in ihr Heimatdorf zurückkehrten und Cael geboren wurde. Es wäre nur verständlich gewesen, wenn sie die Tätigkeiten ihrer Jugend wieder aufgenommen hätten, um ihren Lebensunterhalt zu bestreiten. Aber nach ihren Abenteuern stand den beiden nicht der Sinn danach, auf einem Fischerboot zu arbeiten oder Felder zu bestellen. Sie hatten so viele Erfahrungen gesammelt und Neues kennengelernt, dass sie nicht mehr in den alten Trott verfallen wollten.

So kam Léti auf die Idee, ein Gestüt aufzubauen, das Einzige im Süden des Matriarchats. Nachdem sie auf ihren Reisen dank Grigán ihre Leidenschaft für Pferde entdeckt hatte, kämpfte sie so lange, bis ihr Traum in Erfüllung ging. Mit ihren achtunddreißig Jahren genoss die stolze Kaulanerin einen Ruf als Pferdezüchterin, der bis nach Goran reichte. In ihren Ställen versorgte sie eine stattliche Anzahl Hengste und Stuten. Außerdem war sie feste Beraterin der Ratsfrau des Dorfes, da sie sich beharrlich weigerte, selbst die Leitung der kleinen Gemeinde zu übernehmen – sehr zum Bedauern ihrer Tante Corenn, die sich gefreut hätte, sie bei den Ratsversammlungen zu sehen.

Yan hingegen war und blieb ein Träumer und hatte daraus mit der Zeit sogar Kapital geschlagen. Seine unstillbare Neugier, sein wacher Verstand und die Erfahrungen, die er auf seinen Reisen gemacht hatte, führten dazu, dass er ständig auf neue Ideen kam. Sein Erfindungsgeist machte vor nichts halt: Beispielsweise begann er eines Tages, Boote aus Rindenbaumholz zu zimmern. Sobald diese Bäume abstarben, wurde ihr Holz nämlich so hart, dass es nur noch durch Feuer zerstört werden konnte, und selbst dann verbrannte es äußerst langsam. Ein Rumpf aus Rindenbaumholz würde jedes Unwetter überstehen. Yan musste lediglich einige Stämme aus waldreichen Regionen wie Arkarien oder dem Land Oo herbeischaffen lassen.

Als Nächstes wandte er sich der Papierherstellung zu. Abgesehen von einigen Pergamenten, die aus Tierhäuten gefertigt wurden, bestanden alle Schreibbögen, Hefte und Bücher der bekannten Welt aus Pflanzenfasern, vor allem aus Farnblättern. Im Klammen Tal war Yan jedoch eine Pflanze aufgefallen, die sogenannte Graualge, die sich viel besser zu diesem Zweck eignete, da sie nicht nur schnell und in rauen Mengen nachwuchs, sondern auch einfach zu ernten war. Es musste doch möglich sein, dachte er, die Graualge auch in anderen Gegenden als ihrer unwirtlichen Heimat anzusiedeln.

Das waren nur einige der Überlegungen, die Yan eines Tages bei einem gemeinsamen Abendessen mit Zarbone, Grigáns reichem Freund aus dem Schönen Land, zur Sprache gebracht hatte. Zwei oder drei Monde später erhielt er einen Brief von Zarbone, in dem dieser ihn um die Erlaubnis bat, einige seiner Ideen zu Geld zu machen, was er ihm gern bewilligte. Es verging noch nicht einmal ein Jahr, da bekam Yan wieder Post: Sein selbst ernannter »Kompagnon« schickte ihm eine gewaltige Geldsumme. Von da an ließ ihm der Geschäftsmann jedes Jahr einen Anteil am Erlös seiner Erfindungen zukommen, obwohl Yan dieser Dankesbeweis, den er gar nicht verdient zu haben glaubte, eher unangenehm war.

Ihr neuer Wohlstand stieg Yan und Léti jedoch nicht zu Kopf, ganz im Gegenteil. Sie kauften lediglich ein paar Ländereien am Rande von Eza und bauten sich dort ein großes, behagliches Haus im klassischen Stil des Matriarchats. Seither lebten sie dort in Ruhe und Frieden und widmeten sich ganz dem Gestüt und Caels Erziehung. Yan hatte außerdem noch eine weitere Beschäftigung gefunden: Seit er sich um den Unterhalt für sich und seine Familie keine Gedanken mehr machen musste, brachte er allen Kindern des Dorfes, die Lust dazu hatten, das Lesen bei. Nach fünfzehn Jahren ging er dieser ehrenamtlichen Tätigkeit immer noch mit unvermindertem Eifer nach und hatte damit solchen Erfolg, dass sich die Ratsfrauen der umliegenden Dörfer ein Beispiel daran nehmen wollten.

Amanón mochte Yan, Léti und Cael sehr. Die drei hatten für ihn schon immer zur engsten Familie gehört, obwohl Corenn eigentlich nur die Cousine von Létis verstorbener Mutter und damit eine recht entfernte Verwandte war.

Als er das Dorf hinter sich gelassen hatte und auf das einige hundert Schritte entfernt gelegene Gestüt zuritt, schickte er ein stummes Gebet an Lusend Rama, den Gott der Reiter und Boten. Er hoffte inständig, alle seine Lieben gesund und munter an einer reich gedeckten Tafel vorzufinden, wo sie sich fröhlich unterhielten, als wäre nichts geschehen. Als hätte es die drei Unbekannten nie gegeben, die Grigáns Hund erdrosselt und Amanón überfallen hatten. Als hätte er sich nur eingebildet, dass fanatische Anhänger eines Spinnendämons ein Komplott im Großen Haus schmiedeten. Als wäre seine Familie nicht auf rätselhafte Weise verschwunden.

Doch die beklemmende Stille, die über dem Anwesen lag, sprach eine andere Sprache. Das Hauptgatter stand sperrangelweit offen, und als er in den Innenhof ritt, begann sein Herz vor Angst wie wild zu schlagen. Keinerlei Geräusche drangen aus den Ställen und Scheunen ringsum, und auch hinter den blumengeschmückten Fenstern des Wohnhauses schien sich nichts zu rühren. Auf der angrenzenden Koppel stand eine Herde Pferde dicht zusammengedrängt am Zaun, während sein eigenes geradewegs auf den Wasserbottich im Hof zutrabte. Amanón saß ab und sah sich beunruhigt um. Noch nie hatte er das Anwesen so still und einsam erlebt. Seine Hoffnungen schwanden. Alles deutete darauf hin, dass auch hier etwas vorgefallen war.

Als er eine einsame Stute über das Gelände trotten sah, lief es ihm eiskalt den Rücken hinunter. Das war eindeutig Corenns Pferd! Wie war es bloß hierhergekommen? Warum war es nicht angebunden oder auf der Koppel? Es hatte sogar noch den Sattel auf dem Rücken! Vielleicht war der Reiter gerade erst angekommen? Aber wer konnte das sein?

Amanón wagte nicht, laut zu rufen, und hätte bei dem Kloß, der ihm im Hals steckte, wohl auch keinen Ton herausgebracht. Zum zweiten Mal innerhalb kurzer Zeit zog er sein Krummschwert und durchsuchte vorsichtig jeden Winkel des Anwesens, mit dem er so viele schöne Erinnerungen verband. Es schien ihm unvorstellbar, dass die Scheunen, in denen er als Kind so gern gespielt hatte, plötzlich ungeahnte Gefahren bargen, oder dass in den Werkstätten, in denen sein Vater oft dekantenlang gearbeitet hatte, Mörder lauerten!

Die Totenstille war jedenfalls ungewöhnlich. Selbst wenn Yan und Léti außer Haus gewesen wären, hätte ihn längst einer der beiden Stallburschen willkommen geheißen. Niemals hätte Léti ihr geliebtes Gestüt unbeaufsichtigt zurückgelassen oder vergessen, jemanden mit der Versorgung der Tiere zu betrauen.

Er machte einen raschen Rundgang durchs Haus und klopfte behutsam an alle Türen, bevor er in den Nebengebäuden und dem großen Stall nachsah. Die wenigen Pferde, die in ihren Boxen standen, wurden beim Geräusch seiner Schritte unruhig. Irgendetwas stimmte hier tatsächlich nicht. Am scharfen Geruch der Pferdeäpfel erkannte er, dass der Stall länger nicht ausgemistet worden war. Die Tiere waren seit dem Morgen, vielleicht auch schon seit dem Vorabend hier eingeschlossen … Eine Stute schien besonders aufgeregt zu sein. Amanón näherte sich ihr vorsichtig und hob die Hand, um ihr beschwichtigend über den Hals zu streichen.

Doch was er am anderen Ende der Box erblickte, brachte ihn völlig aus der Fassung. Er blieb einen Augenblick lang wie vom Donner gerührt stehen.

Mit dem Gesicht nach unten gekehrt, halb unter schmutzigem Stroh und Kot verborgen, lag der leblose Körper des älteren Stallburschen.

Und neben ihm an der Wand kauerte ein Junge mit leerem Blick und zerzausten Haaren. Cael.

Nach dem Frühstück hatte Nolan beschlossen, Roban von Sarcy lieber aus dem Weg zu gehen. Er schützte Müdigkeit vor, zog sich auf sein Zimmer zurück und hatte sich seitdem nicht mehr blicken lassen, zur großen Erleichterung seines Gastgebers und gewiss auch zur Freude seiner Schwester. So hatten die Turteltäubchen die Zeit bis zum Mit-Tag ganz für sich allein. Von seinem Fenster aus sah Nolan die beiden Arm in Arm durch den Schlosspark schlendern. Wahrscheinlich kreiste ihr Gespräch wieder einmal um die Affären und Fehltritte stadtbekannter Persönlichkeiten. Oder bahnte sich etwa eine Romanze zwischen den beiden an?

Nolan bereute, den Grafen von Sarcy vor den Kopf gestoßen zu haben, doch was Robans Aussicht auf eine Heirat mit seiner Schwester anging, sah er ohnehin schwarz. Erynes Wankelmut war schon fast sprichwörtlich! In der Auswahl ihrer Kavaliere bewies sie zwar durchaus Geschmack, aber keinem schenkte sie ihre Gunst länger als ein paar Dekaden. Würde sie je ein Mann aus dem heimischen Nest, das sie so sehr liebte, entführen können?

Trotzdem ging es Nolan gegen den Strich, wie ungeniert die beiden einander schöne Augen machten. Das riss alte Wunden auf und erinnerte ihn an Dinge, die er lieber vergessen wollte. Aber wie konnte er aus dem Gedächtnis löschen, was er erlebt hatte? Nolan wusste weder ein noch aus. Sobald er in ein Gespräch verwickelt wurde, sehnte er sich danach, allein zu sein, und kaum hatte er sich zurückgezogen, hing er trüben Gedanken nach und wünschte sich Gesellschaft.

Um sich abzulenken, schlug er das eurydische Buch der Weisen an einer beliebigen Stelle auf und begann zu lesen. Aber wie so oft in letzter Zeit gelang es ihm nicht, sich zu konzentrieren: Er überflog die Sätze, ohne ihren Sinn zu verstehen, und hätte selbst nach mehreren Seiten kaum sagen können, worum es ging. Nachdem er einen ganzen Dekant lang mit dem heiligen Buch auf den Knien in seinem Sessel vor sich hingedämmert hatte, während das Weiß zwischen den Zeilen vor seinen Augen verschwamm, schreckte er aus seinen Träumen hoch und schloss das Buch mit einer Mischung aus Bitterkeit und Wehmut. Könnte er doch nur die Zeit um einige Monde zurückdrehen und alles ungeschehen machen!

Was hätte er nicht darum gegeben, seiner Mutter alles beichten zu können …

Als ihn die Verzweiflung erneut zu überwältigen drohte, versuchte er sich mit einer einfachen Tätigkeit auf andere Gedanken zu bringen. Er holte seine itharische Maske aus dem Rucksack und polierte sie gründlich mit einem feuchten Tuch. Es war ein sehr kostbares Exemplar, der einzige Gegenstand, den er immer bei sich hatte, seit seine Eltern ihm die Maske zu Beginn seines Noviziats geschenkt hatten. Sie war nach einem Abdruck seines Gesichts maßgefertigt worden und mit Kupfer- und Silberplättchen besetzt. Selbst in den Straßen der Heiligen Stadt, in der jeder zweite eine solche Maske trug, drehten sich die Leute nach diesem Prachtstück um, so dass sich Nolan angewöhnt hatte, sie nur zu besonderen Anlässen aufzusetzen. Doch während er jede Paillette einzeln auf Hochglanz polierte, wurde ihm auf einmal klar, dass er nie wieder wagen würde, sie in der Öffentlichkeit zu tragen.

Vor allem nicht vor den Menschen, die er liebte.

Betroffen legte er die Maske auf das Bett und starrte ihre leeren Augenhöhlen an. Augen, die nicht existierten und ihn dennoch aus unendlicher Ferne anklagend zu fixieren schienen.

Als würde er aus dem Jenseits beobachtet.

Plötzlich packte ihn dumpfer Zorn. Er schob die Maske in ihre Schutzhülle und verstaute sie wieder in seinem Rucksack. In Windeseile raffte er seine Sachen zusammen und machte sich zum Aufbruch bereit. Eryne hatte bei ihrem Verehrer Unterschlupf gefunden, nun, schön für sie! Er hingegen wollte nicht müßig herumsitzen und sich nur auf die Unterstützung der Grauen Legion verlassen. Er würde Reys und Lanas Freunde aufsuchen, sie um Hilfe bitten und selbst etwas unternehmen, um seine Eltern zu finden.

Mit seinem Stockdegen in der Hand und dem Sack über der Schulter wandte er sich gerade zum Gehen, als es dreimal kräftig an der Tür klopfte. Nolan öffnete in der Erwartung, seine Schwester zu sehen, aber stattdessen stand der Haushofmeister vor ihm.

»Der gnädige Herr bittet Euch, in die Bibliothek zu kommen«, sagte er in nüchternem Ton. »Die Besucher, die Ihr erwartet habt, sind eingetroffen.«

Nolan stammelte einen Dank und lief noch vor dem Diener die Marmortreppe hinunter. Wenn diese Besucher doch nur seine Eltern wären! Aber wahrscheinlich handelte es sich nur um weitere Handlanger, die im Auftrag des Königs ihr undurchsichtiges Spiel trieben. Obwohl er die Vorgehensweise der Grauen Legionäre verabscheute, hoffte er, dass sie gute Neuigkeiten hatten. Sie anzuhören konnte nicht schaden.

So fragte er mit einer gewissen Ungeduld nach dem Weg zur Bibliothek, als er einem Zimmermädchen begegnete, das im Salon den Tisch für ein weiteres Festmahl zu Mit-Tag deckte. Beim Anblick der Unmengen von Schalen und Servierplatten, die ihnen schon wieder vorgesetzt werden sollten, sah er sich in seinem Entschluss bestärkt, das Schloss gleich nach dem Gespräch mit den Legionären zu verlassen.

Nolan legte nicht einmal sein Gepäck ab, als er die Bibliothek betrat, die Roban von Sarcy als Arbeitszimmer diente. Der Graf stand neben Eryne, die es sich in einem Sessel bequem gemacht hatte, und hielt seiner Schönen die Hand. An der Art, wie die beiden sich zulächelten, erkannte Nolan, dass sich hier tatsächlich etwas anbahnte. An der Wand ihm gegenüber standen drei Unbekannte, die ihn eindringlich musterten, während er die Tür hinter sich schloss. Sie waren ihm auf Anhieb unsympathisch. Irgendetwas in ihrem Blick machte ihn nervös. Andererseits war er natürlich auch voreingenommen, das musste er zugeben.

Sein Misstrauen wuchs, als einer der Männer hinter seinem Rücken den Raum verließ. Nolan vermutete, dass er vor der Tür Wache halten sollte. Obwohl er sich zur Vernunft mahnte, begann es ihm in den Beinen zu kribbeln.

Am liebsten hätte er Eryne an der Hand gepackt und das Weite gesucht, doch offenbar war er der Einzige, dem unbehaglich zumute war.

»Eure reizende Schwester hat darauf bestanden, auf Euch zu warten«, sagte der Graf. »Ist das nicht aufmerksam von ihr?«

»Danke«, antwortete Nolan und lächelte Eryne zu.

»Also, meine Herren, was habt Ihr zu berichten?«, fragte Roban seine Besucher. »Wissen wir endlich mehr über den Verbleib des Herzogs und der Herzogin? Hat man sie beim Betreten einer romantischen Herberge gesehen? Darauf hofft Ihr doch, nicht wahr, meine Schöne?«

Im Gegensatz zu dem bestens gelaunten Grafen hatten die Grauen Legionäre ernste Mienen aufgesetzt. Der größere der beiden, der sich bislang an einen Schrank gelehnt hatte, rückte seinen Schwertgurt zurecht, bevor er sich dem Hausherrn zuwandte. Die beiläufige Geste kam Nolan wie eine Drohung vor. Wozu trugen diese Männer Waffen, selbst hier, im sichersten Viertel von Lorelia?

»Ich habe Euch keine Botschaft zu überbringen«, sagte der Legionär. »Wir sind geschickt worden, um die Erben von Kercyan in unsere Dienststelle zu führen.«

Die Geschwister sahen ihn mit großen Augen an, und dem Grafen gefror das Lächeln im Gesicht. Er ließ Erynes Hand los und stemmte die Fäuste in die Hüften.

»Was hat das zu bedeuten? Das müsst Ihr mir erklären, mein Freund! Meine Anweisungen waren unmissverständlich. Ich wollte eine Auskunft über den Verbleib des Herzogs und seiner Gattin. Wer hat angeordnet, dass meine Freunde meiner Gastfreundschaft entzogen werden?«

»Der Anführer unserer Brigade, Herr Graf. Er hat Order von höchster Stelle erhalten. Ich bedaure, aber Befehl ist Befehl.«

»Ich denke nicht daran, mitzukommen«, sagte Eryne erbost und entgeistert zugleich. »Roban, ich bitte Euch, schickt diese Männer weg.«

»Vielleicht wird man Euch zu Euren Eltern bringen«, warf der Legionär ein. »Wie ich schon sagte, gnädige Frau, mehr hat man mir nicht mitgeteilt.«

»Wie könnt Ihr nur solche unsinnigen Befehle ausführen?«, empörte sich Nolan, dessen Geduld am Ende war.

»Glaubt Ihr etwa, wir würden Euch folgen, ohne zu wissen, wer dahintersteckt oder um was es geht? Seid Ihr wirklich so dumm?«

Der Mann verzog säuerlich das Gesicht und wechselte einen raschen Blick mit seinem Begleiter, bevor er sich dem Novizen zuwandte. »Ihr wollt Maz werden«, sagte er mit unüberhörbarer Verachtung. »Aber habt Ihr den Gott, dessen Lehre Ihr verbreitet, je gesehen? Nein, Ihr gehorcht ihm blind, genau wie ich. Ich tue hier nur meine Arbeit.«

»Nicht mehr lange, das verspreche ich Euch!«, donnerte der Graf. »Ich werde mich über Eure Unverschämtheit und Unfähigkeit beschweren! Und nun verlasst gefälligst mein Haus und teilt Eurem Vorgesetzten mit, dass er sich hier höchstpersönlich einzufinden hat, und zwar gleich im nächsten Dekant, wenn er nicht im Kerker landen will!«

»Es tut mir aufrichtig leid, Herr Graf«, sagte der Mann mit einem leichten Seufzer. »Aber Befehl ist Befehl …«

Er hatte noch nicht zu Ende gesprochen, da zog der zweite Legionär plötzlich seinen Dolch und warf sich auf den völlig überrumpelten Roban. Der Graf bekam drei Hiebe in den Magen, bevor er begann, sich schwach zu wehren und die Waffe mit bloßen Händen zurückzustoßen, während sich sein Hemd blutig färbte. Auf Erynes Gesicht zeichnete sich blankes Entsetzen ab. Sie öffnete den Mund zu einem stummen Schrei, verdrehte die Augen und sank bewusstlos in sich zusammen.

Im selben Moment ließ Nolan seinen Rucksack fallen und versuchte, seinen Stockdegen zu ziehen. Doch als er die kalte Klinge eines Schwerts unter dem Kinn spürte, hielt er mitten in der Bewegung inne. Der Legionär hatte ihn mit demütigender Leichtigkeit in seine Gewalt gebracht.

Unterdessen hatte der andere sein Opfer dem Todeskampf überlassen. Obwohl der Mörder mindestens zwanzigmal zugestochen hatte, stand Roban von Sarcy immer noch, den Blick ungläubig auf seinen Angreifer geheftet – bis ihm plötzlich Blut aus dem Mund quoll und er zu Boden sackte. Die Organisation, die ihm Ansehen und Geltung verschafft hatte, hatte ihn kaltblütig hingerichtet.

»Werdet Ihr still halten?«, fragte der Mann mit dem Schwert.

»Ihr tötet uns doch so oder so!«, keuchte Nolan. »Ihr habt dem Grafen nicht die geringste Chance gelassen!«

»Dazu war ich ermächtigt. Er stand unserer Mission im Weg.«

»Eurer *Mission*?«, rief Nolan und schob die Klinge weg. »Uns Eurem Anführer vorzuführen, wie Ihr behauptet habt? Für wie einfältig haltet Ihr mich?«

»Ihr habt keine Wahl«, sagte der Legionär, ohne die Waffe zu senken. »Also, werdet Ihr still halten?«

Nolan hatte die Hand immer noch am Griff seines Stocks. Er war nicht sicher, ob der Mann erraten hatte, dass sich ein Degen darin verbarg. Doch er hatte es mit zwei gnadenlosen Mördern zu tun, ein dritter wachte an der Tür, und die ohnmächtige Eryne war ihnen hilflos ausgeliefert.

»Ihr habt Recht, ich habe keine Wahl«, sagte er und hob seinen Rucksack auf. »Aber Ihr werdet für Euer Verbrechen büßen, das verspreche ich Euch.«

Obwohl er sich kämpferisch gab, hätte Nolan am liebsten Eurydis um Hilfe angefleht. Zum ersten Mal seit langer Zeit hatte er das Bedürfnis zu beten.

So groß ist meine Verzweiflung also, dachte er.

Irgendjemand rüttelte ihn an der Schulter und sagte dabei mehrmals seinen Namen. Cael schreckte hoch und fragte sich verwirrt, wie lange er wohl schon gerufen wurde. Dann fiel ihm ein, dass er Dalabert, den Stallburschen, erwürgt vorgefunden hatte. Wie konnte ein Toter, der eben noch stocksteif dagelegen hatte, ihn plötzlich ansprechen und am Arm packen? Ihm drehte sich der Kopf, während er versuchte, einen klaren Gedanken zu fassen. Als Erstes registrierte er den Mistgestank und die Leiche neben sich. Davon wurde ihm so übel, dass er sich aus den Armen löste, die ihn festhalten wollten, und aus dem Stall stürzte. Obwohl er nichts im Magen hatte, stieg der Brechreiz schmerzhaft in ihm auf, und er musste sich mehrmals übergeben.

Nachdem er sich mühsam wieder aufgerichtet und den Mund abgewischt hatte, stellte er ungläubig fest, dass die Sonne hoch am blauen Himmel stand. Als er den Stall betreten hatte, war es dunkel gewesen. Es konnte doch unmöglich so viel Zeit vergangen sein!

»Geht's wieder?«, fragte ihn plötzlich eine vertraute Stimme.

Cael kam die Gestalt zwar irgendwie bekannt vor, aber er musste die Augen zusammenkneifen und angestrengt nachdenken, um den Mann einzuordnen, der da auf ihn zukam. In seiner Benommenheit nahm er zuerst nur einen Erwachsenen wahr, der wie ein Ramgrith aussah, ganz in Schwarz gekleidet war und ein Krummschwert in der Hand hielt. Grigán? Nein, der Mann war viel jünger, hatte rabenschwarzes Haar und trug einen sorgfältig gestutzten Bart.

Amanón!

Kaum hatte Cael seinen Cousin erkannt, lichtete sich der Nebel in seinem Kopf. Die schrecklichen Geschehnisse des vergangenen Tages kamen ihm so unvermittelt wieder in den Sinn, dass er kurz das Gefühl hatte, den Verstand zu verlieren. Die Stimme in seinem Kopf, die ihm ihre Befehle eingehämmert hatte … Sein Kampf gegen die grün gekleideten Männer im Großen Haus … Seine Flucht durch die Straßen von Kaul und die Verzweiflung, als Grigán und Corenn nicht zu Hause waren … Sein langer Ritt nach Eza, nachdem er die Stute seiner Großtante aus dem Stall geholt hatte … Wieder die bittere Enttäuschung, als er das Gestüt verlassen vorgefunden hatte … Und schließlich die grausige Entdeckung des toten Dalabert, der für seine Eltern gearbeitet hatte, seit Cael denken konnte, und an den er unzählige schöne Erinnerungen hatte.

Diesen letzten Schlag hatte er nicht mehr verkraftet. Er erinnerte sich nur noch daran, sich neben die Leiche ins Stroh gesetzt zu haben. War er eingeschlafen? War er ohnmächtig geworden? Oder war sein Geist womöglich auf unerklärliche Weise jenseits von Zeit und Raum in einer anderen Welt umhergeirrt?

Die Stimme war jedenfalls nicht mehr verstummt, seit er vom Aufseher seines Schlafsaals angegriffen worden war – bis gerade eben, als er sich übergeben hatte.

Fast schien es, als wäre sein innerer Dämon vor Amanón geflohen oder als wäre sein grausames Spiel nun nicht mehr nötig.

Die beiden Cousins standen sich mit einem verlegenen Grinsen gegenüber. Der Ältere legte dem Jüngeren liebevoll die Hand auf die Schulter, und dieser erwiderte die Geste, bevor sie einander um den Hals fielen, überglücklich und erleichtert, nicht mehr allein zu sein. Cael hatte das Gefühl, seit über einer Dekade mit niemandem gesprochen zu haben. Die ersten Worte, die ihm über die Lippen kamen, klangen ihm fremd in den Ohren.

»Ist noch jemand bei dir? Tante Corenn?«

Amanón schüttelte traurig den Kopf.

»Und deine Eltern? Weißt du, wo sie sind?«, fragte er zurück.

Statt einer Antwort seufzte Cael nur schwer. Dass Yan und Léti verschwunden waren, traf ihn plötzlich wie ein Schlag in die Magengrube. Auch wenn er nun schon seit zwei Jahren die meiste Zeit im Großen Haus wohnte, war er in Gedanken stets bei seiner Familie gewesen, auf dem Hof, wo er aufgewachsen war. Es erschütterte ihn zutiefst, seine Mutter nicht beim Striegeln eines Fohlens im Stall vorzufinden oder seinen Vater im Schatten einiger Bäume am Rand der Koppeln sitzen zu sehen, wo er ein paar Knirpsen Unterricht gab. Was jetzt? Dalabert war tot. Und alles andere … Nichts würde mehr so sein wie früher.

Der Junge spürte, wie ihm eine Träne über die Wange lief. Er wandte sich ab und wischte sie wütend weg. Auf keinen Fall wollte er herumheulen und sich selbst bemitleiden, schon gar nicht vor Amanón, den er so sehr bewunderte. Doch sein Cousin sah ebenfalls traurig aus. Was war los? War noch mehr Unglück geschehen?

»Ist … Ist jemand gestorben?«, hörte er sich fragen.

»Nein«, antwortete Amanón und ließ den Blick über die umliegenden Gebäude schweifen. »Das hoffe ich zumindest. Wo meine Eltern sind, weiß ich nicht. Wahrscheinlich sind sie mit deinen unterwegs, wie üblich. Aber was machst du eigentlich hier? Was ist passiert?«

Cael erzählte kurz, was im Großen Haus vorgefallen war und was er danach getan hatte. Währenddessen trank er ein wenig Wasser aus dem Brunnen im Hof und wusch sich ausgiebig Gesicht und Hals, als könnte er damit die Erinnerung an die schrecklichen Erlebnisse und den Nachhall der Stimme, die ihn so lange beherrscht hatte, einfach fortspülen. Amanón hörte ihm aufmerksam zu, ohne ihn ein einziges Mal zu unterbrechen, doch an seiner ernsten Miene und der Art, wie er den Griff seines Krummschwerts umklammerte, erkannte Cael seine wachsende Beunruhigung. Wenn er es recht bedachte, hatte er seinen Cousin noch nie mit einer Waffe in der Hand gesehen.

»Gestern Abend haben mir drei Männer zu Hause aufgelauert«, sagte Amanón schließlich. »Ich glaube, es waren dieselben. Sie haben dich gesucht.«

Nun war Amanón mit seinem Bericht an der Reihe, und Cael lauschte ihm ungläubig. Warum waren diese »Valiponden« hinter ihm her? Wollten sie ihn entführen, um ein Lösegeld von seinen Eltern zu erpressen? Aber warum gingen sie dann auch auf Amanón los? Und wo um alles in der Welt steckten Léti, Yan, Corenn und Grigán?

»Wer auch immer hier war, der Internatsaufseher kann es nicht gewesen sein«, sagte Cael, der trotz seines Kummers laut nachzudenken begann. »Dazu hätte er nicht die Zeit gehabt. Ich habe ihn jede Nacht und jeden Morgen gesehen. Und jetzt ... Jetzt ist er tot.«

»Jemand anders muss Dalabert umgebracht haben«, stimmte ihm Amanón zu. »Offenbar ist er gestern Abend bei der Arbeit im Stall überfallen worden. Seitdem ist niemand mehr hergekommen.«

Cael wollte so etwas Entsetzliches zunächst gar nicht glauben, dabei war er längst zu demselben Schluss gelangt. Die Mörder, die sich auf das Gestüt geschlichen hatten, waren nicht die Männer, gegen die er in Kaul gekämpft hatte. Amanón hatte Recht, im Großen Haus musste eine Verschwörung im Gange sein. Irgendwelche Unbekannten schmiedeten dort ein finsteres Komplott und hatten es aus unerfindlichen Gründen auf ihre Familien abgesehen.

»Wir sollten besser nicht hierbleiben«, sagte er plötzlich.

»Ich bin froh, dass du das auch so siehst«, erwiderte sein Cousin seufzend. »Gehen wir rein, dann kannst du ein paar Sachen zusammenpacken. Außerdem sollten wir nachsehen, ob deine Eltern dir nicht doch eine Nachricht hinterlassen haben, obwohl mich das wundern würde.«

»Wir brechen sofort auf? Was ist mit den Pferden? Und Dalabert?«

»Wir können nichts mehr für ihn tun«, sagte Amanón behutsam. »Euer zweiter Stallknecht wird bald aus dem Dorf herkommen, um ihn abzulösen. Dann wird er den

Toten finden und sich um die Tiere kümmern. Wir müssen uns schnell in Sicherheit bringen.«

Das sah Cael ein, auch wenn es ihm missfiel, sich aus seinem eigenen Haus zu stehlen wie ein gemeiner Dieb. Mit Amanón an seiner Seite wagte er sich ins Wohnhaus, stopfte in Windeseile ein paar Sachen in sein Reisebündel und kehrte dann den leeren Zimmern hastig den Rücken. Ihr Aufbruch war beschlossene Sache, deshalb wollte er sich nicht damit aufhalten, seinem Elternhaus nachzutrauern. Der Kummer und die Angst, die ihn jedes Mal überkamen, wenn er an Yan und Léti dachte, durften nicht die Oberhand gewinnen.

Während Amanón sein Pferd absattelte und ein ausgeruhtes Tier holte, lief er doch noch einmal zurück ins Haus. Er durchquerte mehrere Zimmer und betrat eine kleine Kammer, in der seine Eltern ihre Reiseandenken aufbewahrten. Nachdem er den Deckel einer schweren Truhe hochgewuchtet hatte, sah er auf eine mit Stahlplatten verstärkte schwere Lederkluft. Es war der Kampfanzug seiner Mutter, den sie vor mehr als zwanzig Jahren getragen hatte, als sie nur wenig älter gewesen war als er jetzt. Die Kleidung einer echten Kriegerin, ein Geschenk Grigáns an das junge Mädchen, das schon damals äußerst willensstark gewesen war.

Natürlich hatte Cael nicht vor, den Anzug zu tragen, auch wenn Größe und Schnitt einigermaßen seinen Maßen entsprachen. Er suchte nach etwas anderem.

Dem Rapier, das darunter versteckt war.

Er nahm es beinahe ehrfürchtig in die Hand, strich vorsichtig über die Scheide und legte sich dann den Hüftgurt um. Das Gewicht der Waffe an seinem Oberschenkel hatte jedoch nicht die beruhigende Wirkung, die er sich erhoffte. Er hatte noch nie ein Schwert getragen, und auch seine Eltern hatten seit ihrer Rückkehr nach Eza nie wieder eine Waffe in die Hand genommen. Er betete darum, das Rapier nicht benutzen zu müssen.

Aber am meisten wünschte er sich, es möglichst bald seiner eigentlichen Besitzerin zurückgeben zu können, ihr einen dicken Kuss auf die Wange zu drücken und seinem Vater um den Hals zu fallen.

In diesem Moment hörte er Amanón draußen nach ihm rufen. Behutsam verschloss er die Truhe und machte noch einen kurzen Abstecher in den Keller, wo er sich die Taschen mit Käsegebäck und Honigkuchen vollstopfte. Er hatte einen ganzen Tag nichts gegessen, und mittlerweile knurrte ihm der Magen.

Sein Cousin saß schon im Sattel. Obwohl er das Rapier an Caels Hüfte sofort bemerkte, sagte er nichts. Der Junge schwang sich ebenso wortlos auf seine Stute und folgte dem einzigen Mitglied seiner Familie, das nicht spurlos verschwunden war.

Es war ihm gar nicht in den Sinn gekommen, Amanón zu fragen, wohin sie eigentlich ritten. Im Grunde war es ihm auch egal.

Er konzentrierte sich nur darauf, sich nicht noch einmal nach dem Haus umzudrehen, in dem er zur Welt gekommen war.

So plötzlich, wie sie in Ohnmacht gefallen war, kam Eryne wieder zu sich. Sie hatte das seltsame Gefühl zu schweben. Dann begriff sie, dass jemand sie trug, und begann sich heftig zu wehren, bis sie ihren Bruder erkannte.

Nolan stellte sie behutsam auf die Füße, damit sie ihr Gleichgewicht wiederfinden konnte. Doch Eryne wurde sofort wieder schwindelig, und sie musste sich an einer Wand abstützen, um nicht umzukippen. Im ersten Augenblick fragte sie sich, wo sie wohl sein mochte und was geschehen war. Dann fiel ihr alles wieder ein. Ihre Eltern waren verschwunden. Die Legionäre hatten sich als Verräter entpuppt. Roban von Sarcy war heimtückisch erstochen worden.

Sie sah sich nach dem Ermordeten um, erblickte aber nur Nolan und die drei Legionäre. Sie schienen sich noch immer im Schloss des Grafen zu befinden. Vielleicht hatten sie die Bibliothek soeben erst verlassen? Eryne konnte nicht sagen, wie lange sie bewusstlos gewesen war.

Ein kurzer Blickwechsel mit ihrem Bruder bestätigte ihr, dass das alles nicht nur ein böser Traum gewesen war. Roban war tatsächlich tot, war grausam ermordet worden. Die Erkenntnis traf sie mit solcher Wucht, dass sie sich an Nolan klammerte und in seinen Armen Trost suchte. Warum nur? Warum Roban? Und warum sie beide?

In ihre Verzweiflung mischte sich nagendes Schuldbewusstsein. Wenn sie den Grafen nicht um Hilfe gebeten hätten, wäre er noch am Leben. Eryne bereute auch, Roban schöne Augen gemacht zu haben. Sie hatte ihm damit zwar nur für seine Gastfreundschaft danken wollen, aber letztendlich hatte es dazu geführt, dass er sie so entschieden verteidigt hatte. Und das war ihm zum Verhängnis geworden.

Mit einem lauten Schluchzer, der fast wie ein Stöhnen klang, vergrub sie den Kopf an Nolans Schulter, verwünschte das Schicksal, das ihnen so übel mitspielte, und dankte zugleich den Göttern, dass sie und ihr Bruder noch am Leben waren.

»Wenn Ihr laufen könnt, dann los«, sagte der größte der drei Männer.

Als sie seine Stimme hörte, vergaß Eryne vor lauter Zorn ihren Kummer. Sie schluckte die Tränen hinunter und baute sich vor dem Mann auf, ohne das Schwert zu beachten, das er auf sie gerichtet hielt.

»Ich werde Euch an den Galgen bringen«, sagte sie mit vor Hass bebender Stimme. »Alle drei! Noch vor Ablauf einer Dekade werde ich Euch auf dem Platz von Uliterra am Strick baumeln sehen, das schwöre ich Euch. An der Seite von Robans Vater werde ich Eurer Hinrichtung beiwohnen und laut jubeln, wenn Euch der Strang des Henkers das Genick bricht!«

Falls ihre Drohung die Männer beeindruckte, ließen sie es sich nicht anmerken. Nach längerem angespannten Schweigen bedeutete der Legionär Eryne mit einer knappen Handbewegung, den Flur hinunterzugehen. Sie gehorchte hochmütig, ohne ihren verächtlichen Blick zu verlieren. Halb hatte sie gehofft, die Mörder mit ihren harschen Worten aus der Fassung zu bringen, doch sie ließen sich von ihrem Vorhaben nicht abbringen, was sie auch im Schilde führen mochten.

Vielleicht hatte Nolan schon mehr erfahren. Leider war das eher unwahrscheinlich, denn die Legionäre behaupteten ja, selbst nicht mehr zu wissen. Waren sie unverfrorene Lügner oder tatsächlich nur willfährige Handlanger?

In jedem Fall schwiegen sie hartnäckig, wie schon vor dem Mord an Roban.

Eryne versuchte vergeblich, gegen die Verzweiflung anzukämpfen, die in ihr aufstieg. Vor nicht einmal zwei Tagen hatte sie ein glückliches, unbeschwertes, behütetes Leben geführt und sich mit nichts anderem beschäftigt als mit dem bevorstehenden Ball im Schloss des Grafen von Kolimine. Wie hatte alles so schnell in einer Katastrophe enden können? Welches Unheil stand ihnen noch bevor?

Am meisten litt sie darunter, sich so wehrlos zu fühlen. Niemand würde ihnen zu Hilfe eilen. Diesmal waren weder ihr lebenslustiger Vater noch ihre fürsorgliche Mutter für sie da, kein mächtiger Freund würde sie beschützen, kein treuer Dienstbote für sie sorgen. Kein einziger Bediensteter des Grafen ließ sich blicken, während sie das Haus durchquerten. Vielleicht hatten sie entsprechende Anweisungen erhalten, oder sie fürchteten um ihr Leben. Was würde wohl passieren, wenn sich einer von ihnen den Mördern in den Weg zu stellen wagte? Er würde wie sein Herr gnadenlos niedergemetzelt werden. Eryne würde es nicht ertragen, einen weiteren Unschuldigen sterben zu sehen – außerdem war ihr klar, dass ohnehin niemand auf ihre Hilferufe reagieren würde. Sie waren allein, sie und ihr kleiner Bruder, und blickten einem Schicksal entgegen, das sie sich nur in den düstersten Farben ausmalen konnte.

Vor lauter Empörung und Wut bekam sie wieder feuchte Augen, und sie musste blinzeln, als sie ins gleißende Sonnenlicht hinaustraten. Vor nicht einmal einem Dekant war sie an Robans Arm durch diesen Park spaziert.

Der schöne Morgen hatte einen herrlichen Tag verheißen, und jetzt …

Obwohl ihr immer mehr Tränen übers Gesicht liefen, weinte sie stumm. Mit streng gerunzelter Stirn und erhobenem Kinn ließ sie sich von den Legionären durch den Park zum Tor führen. Vermutlich würden auch sie und Nolan nie wieder in Lorelia gesehen werden, sobald sie das Eingangstor passiert hatten. Die Familie von Kercyan wäre ausgelöscht, und ihre Mörder würden unbehelligt bleiben. Irgendwann würde sich niemand mehr daran erinnern, dass sie überhaupt gelebt hatten.

Es waren nur noch zwanzig Schritte bis zum Tor, hinter dem die Straße verlassen dalag. Schon erreichten sie das Pförtnerhäuschen. Mit würdigem Stolz zählte Eryne die Dezillen und versuchte sich dem Unvermeidlichen zu fügen … Da schwang plötzlich die Tür zum Pförtnerhaus auf.

Die Grauen Legionäre zogen augenblicklich ihre Waffen und spähten vorsichtig hinein. Eryne rechnete damit, den Alten zu sehen, der sie am Vorabend so rüde empfangen hatte, aber stattdessen sprang unter wildem Gebrüll ein fremder junger Mann aus dem Haus und rannte sie geradezu über den Haufen. Nachdem er einem der Mörder mit seinem Speer den Magen durchbohrt hatte, ergoss sich ein Schwall von Blut auf den weißen Kieselweg, und ehe der Verletzte überhaupt begriff, wie ihm geschah, zerschmetterte ihm eine Eisenstange Nase und Schädel.

Ohne sein Opfer eines weiteren Blickes zu würdigen, stürzte sich der Angreifer auf die beiden anderen Legionäre, während er in einer fremden Sprache gellende Kriegsschreie ausstieß und seine seltsame Waffe durch die Luft wirbelte wie ein Kampfakrobat.

Das Gesicht des Mannes sagte Eryne nichts, aber seinen Umhang erkannte sie sofort: Es war ein schwerer, pelzgefütterter Reisemantel, der für Lorelia eigentlich viel zu warm war. Einen solchen Mantel hatte der Kerl vor ihrem Haus getragen. Der wild um sich schlagende Wüterich war der Mann, der am Vortag vor ihrem Eingangstor Wache gehalten hatte!

Eryne war zu verwirrt und verblüfft, um an Flucht zu denken. Stattdessen verfolgte sie einen Kampf, bei dem es auch um ihr Leben ging. Die Legionäre beherrschten ihre Waffen perfekt, doch der Unbekannte setzte ihnen eine so unbändige, urwüchsige Kraft entgegen, dass sie kaum gegen ihn ankamen. Allein sein Anblick lehrte seine Gegner das Fürchten. Er war groß und kräftig, das braune Haar flog ihm ins Gesicht, und unter seinem Hemd aus Wildleder spielten gewaltige Muskeln. Mit tiefer, rauer Stimme schleuderte er den Mördern seine Kampfschreie entgegen. Eryne vermutete, dass er aus den Ländern des Ostens kam, aus Thalitt vielleicht. Aber so abstoßend, wie sie sich die Menschen aus diesen barbarischen Gegenden immer vorgestellt hatte, kam ihr der Mann gar nicht vor.

Während Nolan seinen Stockdegen zog, hieb der Unbekannte auf die verbliebenen zwei Legionäre ein. Er schlug so brutal zu, dass sie immer weiter zurückwichen und der Anführer der Mörder zuletzt sogar sein Schwert fallen ließ. Nolan hechtete auf den wehrlosen Mann zu, doch sobald er in Reichweite war, verließ ihn der Mut. Sein Gegner nutzte sein Zögern, um seine Waffe aufzuheben und in Stellung zu gehen. Er hätte den Novizen mit fünf oder sechs Stößen erledigen können, versuchte aber lediglich, ihn zu entwaffnen. Obwohl sein Leben bedroht war, schien er von dem rätselhaften Befehl, den er erhalten hatte, nicht ablassen zu wollen.

Der mutmaßliche Thalitte hingegen ließ sich die Gelegenheit nicht entgehen und wandte sich dem anderen Mann zu: Der Legionär, der Roban erstochen hatte, büßte nun für sein Verbrechen. Nachdem er noch einige Augenblicke mit dem Mut der Verzweiflung standgehalten hatte, traf der Fremde ihn an Brust und Oberschenkel. Der nächste Hieb brach ihm den linken Arm, der sich in einem unnatürlichen Winkel nach hinten bog. Dann sauste die Waffe des Kriegers ein letztes Mal durch die Luft und zerschmetterte dem sich zusammenkrümmenden Mann das Schlüsselbein. Mit schmerzverzerrtem Gesicht kippte er zur Seite.

Der Sieger überließ ihn seinen Todesqualen, sprang mit einem raubtierartigen Satz an Nolans Seite und stieß ihn unsanft nach hinten. Mit offenem Mund sahen die beiden Geschwister dem nächsten mörderischen Zweikampf zu. Der Legionär griff immer wieder und immer schneller an, aber gegen die Eisenstange mit der scharfen Klinge vermochte sein Schwert nichts auszurichten, während jede seiner Blößen mit einem vernichtenden Hieb quittiert wurde. So ging es noch eine Weile hin und her, bis der Krieger ihn schließlich mit einem Fußtritt aus dem Gleichgewicht brachte und ihm seine Waffe, die er nun mit beiden Händen hielt, mit aller Kraft seitlich vor den Kopf donnerte. Mit diesem letzten Schlag hatte er seinen Gegner glatt enthauptet. Entsetzt beobachtete Eryne das

Blutbad, das sich vor ihren Augen abspielte. Zum ersten Mal sah sie jemanden sterben. Heilige Eurydis, zum ersten Mal sah sie überhaupt einen Toten. Und jetzt ging der Rohling mit seiner mächtigen Waffe auf Nolan los …

Auf einmal gaben ihre Knie nach. Ihre Augenlider flatterten, sie sah einen Streifen Himmel – und dann nichts mehr.

Es war, als erwachte das Mädchen aus einem langen, tiefen Schlaf. Allmählich gewann sie das Bewusstsein ihrer selbst und all ihrer Sinne wieder, sachte, ganz langsam … Gleichzeitig wusste sie genau, was geschah, als würde sie sich selbst aus der Ferne beobachten. Sie ahnte, dass ein kalter Wind wehte, noch bevor sie den Luftzug an ihren Händen wahrnahm. Sie sah sich auf einem großen Pferd sitzen, bevor sie seinen warmen Leib an ihren Waden spürte. Und obwohl ihr schon lange klar war, dass ihr Zuhause meilenweit hinter ihr lag, machte sich erst jetzt Traurigkeit in ihr breit.

Nach und nach holte die Wirklichkeit sie ein, als würde die Flut einen Strand überspülen. Alles, was sie gesehen, gehört oder empfunden hatte, gewann nun an Schärfe und verwandelte sich in tatsächliche Sinneseindrücke. Sie erinnerte sich, dass sie so etwas schon einmal erlebt hatte – anfangs war es ihr sogar mehrmals am Tag so ergangen. Früher waren ihre Aussetzer kürzer gewesen.

Wie viel Zeit mochte diesmal vergangen sein, seit sie ins Unbewusste abgeglitten war? Sie war noch zu benommen, um darauf eine Antwort zu finden, so heftig wirbelten Empfindungen und Traumbilder durch ihren Kopf.

Doch an der Wucht und Anzahl der Erinnerungen, die wie Wellen über ihr zusammenschlugen, um sich dann wieder ins Dunkel zurückzuziehen, erkannte sie schließlich, dass mehrere Dekaden verstrichen sein mussten. Ganze Monde lang hatte sie kein Wort gesprochen und keine einzige Regung gezeigt.

Aus dem Nebel, der sie umfangen hatte, stieg nicht nur die Vergangenheit, sondern auch die Gegenwart immer klarer hervor. Nach einer Weile gelang es ihr, sich auf die umliegende Landschaft zu konzentrieren: eine Ebene, bewachsen mit sattem Gras, aus dem hier und da Granitfelsen hervorschauten. Am Horizont ragte eine Gebirgskette in den Himmel. Warum ritt sie darauf zu? Sie konnte sich nicht erinnern. Noch nicht. Und sie war nicht allein. Jemand sehr, sehr Großes ritt vor ihr her. In diesem Moment bemerkte sie die Leine, die am Zaumzeug ihres Pferdes befestigt war und zum Sattel ihres Großvaters führte.

Ja! Ihr Großvater! Plötzlich fiel es ihr wie Schuppen von den Augen. Sie erkannte ihn! Jetzt fiel ihr auch ihr eigener Name wieder ein: Niss. Niss vom Vogelklan.

Mit einem Mal kehrte rasend schnell, wie eine gewaltige Flutwelle, ihr Gedächtnis zurück. Und während sich die unzähligen Gedanken in ihrem Kopf allmählich ordneten, stieg ein grauenvolles, unerträgliches Bild aus der letzten Zeit in ihr auf. Ihre Eltern, ihre Großmutter Ispen und die anderen, sie … Im Fluss … Sie waren …

Die Erinnerung war zu entsetzlich. Hilflos spürte Niss, wie das Dunkel, aus dem sie sich gerade erst hervorgekämpft hatte, wieder nach ihr griff. Mit äußerster Anstrengung gelang es ihr, den Mund zu öffnen und einen erstickten Laut von sich zu geben, der ein gellender Hilferuf werden sollte und doch vom Getrappel der Hufe übertönt wurde. Dann verlor sie die Kontrolle über ihre Gedanken und Bewegungen, ohne es zu bemerken, ohne noch Widerstand leisten zu können.

Bowbaq drehte sich zu seiner Enkelin um, die gleichmütig und brav wie immer im Sattel saß. Er seufzte traurig und richtete den Blick wieder auf den Pfad. Einen Augenblick lang hatte er geglaubt, sie habe schwach nach ihm gerufen.

Obwohl Nolan rannte, so schnell er konnte, kam er dem Krieger kaum hinterher. Dabei trug der Mann auch noch Eryne! Dieser Kerl war eine echte Naturgewalt, geschmeidig und kraftvoll zugleich, wie er im Kampf gegen die Legionäre bewiesen hatte. Kaum hatte der letzte Gegner sein Leben ausgehaucht, hatte sich der Unbekannte die ohnmächtige Eryne über die Schulter geworfen und war ohne Umschweife zum Tor hinausgelaufen, nachdem er dem Novizen mit einer Handbewegung bedeutet hatte, ihm zu folgen. Nolan hatte sich dem Mann an die Fersen geheftet, ohne auch nur ein Wort mit ihm gewechselt zu haben. Was blieb ihm auch anderes übrig?

So rannten sie schon eine ganze Weile unter den neugierigen Blicken der Passanten durch die Straßen, immer weiter in die Vorstadt hinein, weit weg von den reichen Villenvierteln, Robans Schloss und den vier Toten, die sie dort zurückgelassen hatten.

Natürlich hatte Nolan in dem Unbekannten sogleich den Spitzel erkannt, der vor ihrem Haus ausgeharrt hatte.

Dass er nun auch noch im Schloss des Grafen aufgetaucht war und ihre Entführer getötet hatte, machte die Sache noch rätselhafter. Der Krieger hatte nichts mit den unheimlichen Gestalten zu tun, die seine Alpträume heimsuchten. Er war ihm also nicht schon seit Ith auf den Fersen. Allem Anschein nach stammte er nicht einmal aus den Oberen Königreichen, sondern aus dem Osten. Vermutlich war er Wallatte, ein Abkömmling der Barbaren, die in der Schlacht am Blumenberg vernichtend geschlagen worden waren.

Trotz der unerwarteten Hilfe des Fremden war Nolan noch lange nicht bereit, ihm sein Vertrauen zu schenken. Dazu hatten sie in letzter Zeit zu viele böse Überraschungen erlebt. Außerdem hatte der Mann soeben bewiesen, dass er gefährlicher war als drei kampferprobte Legionäre zusammen – und er hatte Eryne in seiner Gewalt. Dieser Gedanke machte Nolan solche Angst, dass sein Herz noch schneller schlug. Keuchend versuchte er mit dem Fremden Schritt zu halten, um seine Schwester nicht aus den Augen zu verlieren.

Erleichtert stellte er fest, dass der Krieger nun, da sie in das Gassengewirr am Hafen eingetaucht waren, endlich langsamer lief. Sein Novizengewand klebte ihm am Körper, und unter dem Rucksack war er nass vor Schweiß. Obwohl er völlig außer Atem war und sich seine Beine bleischwer anfühlten, legte er die Hand an seinen Stockdegen, um die Waffe notfalls sofort ziehen zu können. Jetzt würde sich zeigen, was der Fremde vorhatte. Vielleicht würde er sogar gegen ihn kämpfen müssen.

Zunächst lief der Krieger aufs Geratewohl weiter. Willkürlich bog er in stinkende Gassen ein, blickte sich dabei immer wieder um und rannte schließlich auf einen der zahlreichen Kanäle zu, die Lorelia mit Wasser versorgten. In einer niedrigen, moosbewachsenen Unterführung setzte er Eryne in ihrem kostbaren Kleid ab und lehnte sie an eine schmutzige Mauer.

Endlich konnte Nolan den Mann genauer in Augenschein nehmen. Seine kantigen Gesichtszüge und der stechende Blick ließen auf einen Menschen schließen, der fernab der zivilisierten Gesellschaft der Oberen Königreiche unter rauen Bedingungen aufgewachsen war. Er war noch jung, obwohl er auf den ersten Blick rund zehn Jahre älter wirkte als Eryne. Die langen Haare, die ihm an der Stirn und im Nacken klebten, verliehen ihm ein noch wilderes Aussehen, und die warme Jagdkleidung, die in dieser Jahreszeit seltsam anmutete, hatte er durch eiserne Handschützer ergänzt. Dazu trug er die schreckliche *Lowa,* die er mit furchterregendem Geschick handhabte.

Waffen dieser Art hatte Nolan schon häufig gesehen. Als die Barbaren aus der Heiligen Stadt geflohen waren, hatten sie Hunderte davon zurückgelassen. Die Schlagwaffe bestand aus einer schweren Eisenstange, die in einer fußlangen Klinge auslief. Unten am Schaft befand sich ein Stichblatt, das groß genug war, um beide Hände zu schützen, wenn man mit besonderer Wucht zuschlagen wollte. Außerdem war am Ende der Klinge ein Ring an das Eisen geschmiedet, an dem man sämtliche Grausamkeiten befestigen konnte, die der Mensch ersonnen hatte: Ketten, Stacheln, Eisenkugeln und dergleichen mehr. Zwar erforderte die Handhabung dieser Waffe viel Kraft, doch der

Unbekannte hatte genug Muskeln, um sie wie ein Spielzeugschwert zu schwingen.

Nolan beugte sich keuchend nach vorn und stützte sich auf den Knien ab, um ein paarmal tief durchzuatmen. Aber noch bevor er zu einer Frage ansetzen konnte, schreckte er hoch. Der Mann hatte seiner Schwester eine Ohrfeige versetzt! Sofort zog Nolan seinen Degen und richtete ihn auf den Krieger. Er erntete nur einen ungeduldigen Blick.

»Ich will sie aufwecken«, sagte der Unbekannte mit wallattischem Akzent. »Wir wären viel schneller, wenn ich sie nicht tragen müsste, und vielleicht haben wir noch einen langen Weg vor uns.«

Das leuchtete Nolan ein, was aber nicht hieß, dass er bereit war, seine Waffe zu senken. Der Mann musste ihm noch so einiges erklären, bevor er Vertrauen zu ihm fassen konnte. Zum Glück sprachen sie wenigstens eine gemeinsame Sprache. In den Oberen Königreichen war das Itharische weit verbreitet, im Osten beherrschte es hingegen so gut wie niemand. Diese seltsame Begegnung warf immer mehr Fragen auf.

»Sagt mir, wie Ihr heißt!«, verlangte Nolan und bemühte sich, entschlossen zu klingen.

Noch bevor der andere antworten konnte, begann sich Eryne zu schütteln und mit den Armen vor dem Gesicht herumzufuchteln, als wollte sie einen Angreifer abwehren. Kaum sah sie den Krieger über sich stehen, riss sie die Augen auf und kreischte los. Der Fremde presste ihr prompt die Hand auf den Mund, um ihren Schrei zu ersticken, aber sie zappelte so lange auf dem schlammigen Boden herum, bis sie Nolan entdeckte.

»Lasst sie endlich los. Ihr seht doch, dass es ihr besser geht!«

Der Krieger gab sie frei, und Eryne wischte sich unwillkürlich über den Mund, bevor sie feststellte, dass ihre Hände schwarz vor Dreck waren.

»Verzeiht«, stammelte sie und sah ihn verwirrt an. »Ich … Ihr … Ihr habt mir keine Angst eingejagt … Ich war nur … Jedenfalls danke ich Euch vielmals, dass Ihr uns gerettet habt«, schloss sie und lächelte verlegen.

Der Kerl zwinkerte ihr zu und erdreistete sich sogar, ihr kurz über die Wange zu streichen! Die Liebkosung entrüstete Nolan fast noch mehr als die Ohrfeige, ohne dass er hätte sagen können, warum.

»Ich habe Euch nach Eurem Namen gefragt!«, sagte er wütend.

Daraufhin setzte der Mann eine grimmige Miene auf, nahm beiläufig seine Lowa in die Hand und stellte sich vor Nolan, der einen ganzen Kopf kleiner war als er. Der Blick, mit dem er den Novizen maß, war unmissverständlich.

»Steck gefälligst deinen Degen weg. Ich gehöre nicht zu Euren Feinden, aber deswegen lasse ich mich noch lange nicht von einem Fremden herumkommandieren!«

Die beiden Männer starrten sich eine Weile stumm an, dann gab Nolan nach. Er würde es ohnehin nicht schaffen, als Erster zuzuschlagen. Abgesehen davon, dass er nie und nimmer schnell genug wäre, hatte er auch keinen Grund dazu. Dieser Kampf wäre aussichtslos. Deshalb begnügte er sich damit, vorsichtig um den Krieger herumzugehen und seiner Schwester aus der dreckigen Pfütze zu helfen, bevor er den Degen wieder in den Stock schob. Er war nicht sicher, ob das vernünftig oder schlichtweg feige war – vielleicht beides zugleich. Diesen Zwiespalt kannte er leider nur zu gut.

»Hier können wir nicht bleiben«, sagte Eryne und musterte angewidert ihr Kleid, die moosbewachsenen Brückenpfeiler und das stinkende Wasser, das darunter hindurchfloss. »Wir sollten uns besser anderswo unterhalten.«

»Fragt sich nur, ob wir zu zweit oder zu dritt weitergehen«, ergänzte Nolan. »Also? Wie lautet Euer Name?«

Der Krieger reckte den Kopf in die Höhe, bevor er antwortete. Offenbar hatte er seit Tagen, vielleicht sogar schon seit Dekaden auf diesen Augenblick gewartet.

»Ich bin Prinz Ke'b'ree Lu Wallos, der Sohn von Königin Che'b'ree«, sagte er stolz.

Plötzlich lachte Zuïa laut auf, und die Mörderin schreckte hoch, obwohl sie mittlerweile an die unberechenbare Art der Göttin gewöhnt war. Unwillkürlich griff sie nach ihrem Hati, doch weit und breit war nichts zu sehen, was ihre Gebieterin erheitert haben könnte. Was hätte das auch sein sollen? Hier gab es nichts als Felsen, Sand und Schilf. Außer ihr selbst war keine Menschenseele in Sicht.

Die Mörderin wartete noch eine Dezille lang auf ein Zeichen oder eine Erklärung der Göttin, aber Zuïa war wieder in ihre Meditation versunken. Ein leichtes Lächeln umspielte ihre runzeligen Lippen. Seit sie an Land gegangen waren, hatte sie kein Wort über den Anlass ihrer Reise verloren, dabei weihte sie Zejabel sonst immer in ihre

Geheimnisse ein. Doch obwohl sie das Verhalten ihrer Gebieterin verwirrte, fügte sie sich der Göttin, der zu gehorchen man sie von klein auf gelehrt hatte. Etwas anderes konnte sie sich nicht vorstellen, auch wenn sie allmählich das Gefühl hatte, ihre Zeit zu vergeuden.

Seit drei Tagen harrten sie in dieser Ödnis aus, ohne auch nur einen Finger zu rühren. Ihre Tätigkeiten hatten sich darauf beschränkt, ein notdürftiges Lager aufzuschlagen, Holz zu sammeln und Süßwasser zu suchen, also mehr oder wenig niedere Arbeiten, mit denen sie im Lus'an nicht einmal ihre Diener betraut hätten.

Zur Sicherheit erkundete Zejabel in regelmäßigen Abständen die Umgebung, aber das Einzige, vor dem sie sich hier in Acht nehmen mussten, waren Riesenschildkröten. Die Tiere pflegten sich in den Sand einzugraben und schossen manchmal mit schäumendem Maul so plötzlich aus dem Boden hervor, dass man sich nur mit einem raschen Satz zur Seite vor einem schmerzhaften Biss retten konnte. Deshalb zog Zejabel es vor, von Fels zu Fels zu springen, wo es nur ging. So bewahrte sie sich zudem die Geschmeidigkeit und Beweglichkeit, die sie ihrer jahrelangen Ausbildung zur Kahati verdankte.

Als Kahati war Zejabel zur Erbin der Göttin auserkoren und nahm damit nach der Unsterblichen und dem Großen Judikator auf der Insel Zuïa den dritthöchsten Rang ein. Diese Ehre hatte sie in unzähligen Kämpfen und unter vielen Opfern errungen. Sie hatte Entbehrungen erlitten und grausame Prüfungen bestanden, um als Auserwählte im Lus'an, der einzigen lebenswerten Provinz ihrer Heimat, wohnen zu dürfen. Und nun, wenige Monde nach ihrer Ernennung, mit der ihr Traum in Erfüllung gegangen war, fühlte sie sich der Welt so fremd wie noch nie zuvor.

Man hatte sie nicht darauf vorbereitet, ihre Insel zu verlassen, das Meer zu überqueren und sich ihre Mahlzeiten selbst zuzubereiten. Wer hätte auch ahnen können, dass ihr das bevorstünde? Bislang hatte Zuïa das Lus'an so gut wie nie verlassen. Sonst wäre das Geheimnis ihrer Existenz längst gelüftet worden …

Welches bedeutsame Geschehnis, das die Sterblichen niemals würden verstehen können, hatte die Göttin dazu bewogen, ihr zurückgezogenes Leben aufzugeben, das sie seit Jahrhunderten führte?

Wieder stieß Zuïa ein raues Lachen aus, ohne auch nur die Augen zu öffnen. Aus Gewohnheit sah sich Zejabel prüfend um, legte dann das Werkzeug aus der Hand, das sie gerade gesäubert hatte, und bereitete sich auf die Meditation vor. Sie musste wissen, was die Unsterbliche so amüsant fand.

Sie freute sich, dass es ihr trotz mangelnder Übung rasch gelang, sich in den Zustand der *Entsinnung* zu versetzen. Doch so sehr sie sich auch anstrengte, sie konnte sich einfach nicht auf den Geist bestimmter Lebewesen konzentrieren. Stattdessen vernahm sie nur ein unverständliches Stimmengewirr, in dem sich kaum einzelne Gedanken ausmachen ließen.

Trotzdem versuchte sie es wieder und wieder. Im nächsten Moment traf sie die *Reglosigkeit* mit solcher Wucht, dass sie sich keuchend auf dem Boden ausstrecken musste. Eine Weile fühlte sie sich vollkommen leer.

Sie musste Geduld haben. Schließlich hatte sie noch einen langen Weg vor sich, bis sie die endgültige Weihe erhielt. Einige Monde der Anstrengung genügten nicht, um eine Göttin zu werden.

Die Geschwister Kercyan sahen sich verwirrt an. Der Name des Wallatten sagte ihnen nichts. Eryne bezweifelte, dass ihr Retter ein echter Prinz war, obwohl die Vorstellung durchaus etwas Romantisches hatte.

Seine Grausamkeit und die ungehobelten Manieren schreckten sie zwar ab, aber irgendwie fühlte sie sich auch zu ihm hingezogen. Im Grunde war das nicht verwunderlich: Er sah gut aus, und es war beruhigend, einen starken Mann an ihrer Seite zu wissen. Noch dazu hatte er sie aus der Gewalt der Legionäre befreit und ihr damit vermutlich das Leben gerettet. Trotzdem trennten sie Welten. Eine Annäherung oder gar ein Kuss erschienen Eryne undenkbar. Obwohl …

Sie wusste kaum, wie ihr geschah. Noch nie hatte ein Mann derart widersprüchliche Empfindungen in ihr ausgelöst. Doch dann fiel ihr der arme Roban ein, dem seine Liebenswürdigkeit zum Verhängnis geworden war. Nein, nicht einen Gedanken durfte sie an diesen Wallatten verschwenden. Sie würde ihre Gefühle schon wieder in den Griff bekommen!

»Warum habt Ihr bei uns herumgeschnüffelt?«, fragte Nolan mit unverhohlenem Misstrauen. »Was hattet Ihr gestern vor unserem Haus zu suchen?«

»Habe ich mich etwa versteckt?«, fragte der andere zurück. »Ich wollte Eure Mutter Emaz Lana sprechen. Eure Dienstboten hätten mich sicher nicht eingelassen, also beschloss ich zu warten.«

Wieder wechselten die Geschwister einen verblüfften Blick.

»Unsere Mutter? Warum denn das?«, fragte Nolan.

»Ich soll ihr eine Botschaft überbringen. Von Königin Chebree.«

»Und worum geht es?«, mischte sich Eryne ein. »Kennen unsere Eltern sie überhaupt?«

Der Wallatte zog ein seltsames Gesicht, das sie nicht zu deuten vermochte.

»In der Schlacht am Blumenberg haben sie gegeneinander gekämpft«, erklärte er ohne Umschweife. »Eure Mutter hat das Leben der meinen verschont. Sie ließ zu, dass Chebree aus dem Feldlager unseres Heers fliehen konnte, bevor dort ein Blutbad ausbrach.«

Eryne und Nolan rissen die Augen auf. Diese Geschichte hörten sie zum ersten Mal – aber ihre Eltern erzählten ja auch kaum etwas von früher.

»Sie haben sich seither nie wiedergesehen«, fuhr der Prinz fort. »Aber ob Ihr es glaubt oder nicht, eine Wallattenkönigin hat Ehrgefühl. Meine Mutter war immer der Meinung, in Emaz Lanas Schuld zu stehen. Jetzt hat sie die Gelegenheit, ihr zu danken.«

»Und wie will sie das tun?«, fragte Eryne prompt. »Weiß sie etwas über das Verschwinden unserer Eltern?«

»Eryne, sei still«, fuhr Nolan dazwischen.

»Ich weiß schon Bescheid«, knurrte der Krieger. »Gestern Nacht habt Ihr mir ein paar Männer auf den Hals gehetzt, die den Schmerzen nicht lange widerstehen konnten. Sie haben mir alles berichtet, was ich wissen wollte.«

Als er die Folter erwähnte, machte er ein zufriedenes Gesicht, was die Sympathie, die Eryne für ihn hegte, vorerst zunichtemachte. So hatte er sie also in Robans Schloss gefunden: Er hatte die Grauen Legionäre einem Verhör unterzogen.

»Und die Männer … Was … Habt Ihr sie etwa getötet?«

Der Krieger schwieg und bestätigte damit Erynes Befürchtung. Der Kerl war ein Wilder, ein kaltblütiger Mörder, der sich mit der grausamen Waffe in der Hand seiner Untaten brüstete.

Aber was wäre ohne ihn aus ihr und ihrem kleinen Bruder geworden?

»Ihr wisst also, dass unsere Eltern verschwunden sind«, sagte Nolan. »Deshalb könnt Ihr Eure Botschaft schwerlich der eigentlichen Empfängerin überbringen. Sagt also uns, wie die Nachricht lautet. Sollte sie uns in irgendeiner Weise von Nutzen sein, ist der Wunsch Eurer Mutter erfüllt, und Ihr könnt ruhigen Gewissens nach Wallos zurückkehren.«

Der Krieger schüttelte grinsend den Kopf, wobei ihm die langen Haare ins Gesicht fielen. »Nichts lieber als das! Das Dumme ist nur, dass ich keine Ahnung habe, was meine Mutter ihr sagen will. Sie hat mich nur gebeten, Emaz Lana nach Goran zu bringen.«

»Was?«, rief Eryne entgeistert. »Aber sie wäre doch niemals einfach so mitgekommen, ohne jeden Grund!«

»Die Königin der Wallatten scheint da anderer Ansicht zu sein«, erwiderte der Prinz. »Ich habe gelernt, ihre Befehle widerspruchslos auszuführen. Ich werde den Auftrag erfüllen, den sie mir erteilt hat.«

»Habt Ihr es immer noch nicht begriffen? Unsere Mutter ist verschwunden!«, rief Nolan.

»Dann werde ich Euch eben helfen, sie wiederzufinden. Ich vermute, Ihr könntet etwas tatkräftige Unterstützung ganz gut gebrauchen. Eure Feinde sind zwar miserable Kämpfer, aber sie scheinen zahlreich und mächtig zu sein.«

Bei seinen Worten schöpfte Eryne plötzlich wieder Hoffnung. Zugegeben, er war ein Rohling, ein Mann ohne Moral und Gewissen, der auch vor Folter nicht zurückschreckte … Ein erbarmungsloser Krieger aus einem Volk, das den Oberen Königreichen seit Urzeiten feindlich gesinnt war … Trotzdem wäre sie überglücklich, ihn in diesem Alptraum an ihrer Seite zu wissen. Ihr schmutziges Kleid war das Einzige, was ihr geblieben war. Sie wusste nicht, wo sie Unterschlupf finden sollte und wie viele Legionäre ihnen auf den Fersen waren. Wer würde ihnen unter diesen Umständen besser helfen können als ein Mann, der vermutlich an ein raues Leben gewöhnt war?

Nolan wirkte allerdings nicht gerade begeistert. Er dachte lange nach, bevor er antwortete.

»Und wenn sich meine Mutter am Ende doch weigert, Euch nach Goran zu folgen?«, fragte er stirnrunzelnd.

»Ich werde sie nicht zwingen, falls Ihr das meint. Mir geht es nur darum, die Botschaft zu überbringen. Was Eure Mutter damit anfängt, bleibt allein ihr überlassen.«

Die Geschwister sahen einander fragend an, doch es gab eigentlich nicht mehr viel zu überlegen.

»Als Erstes sollten wir mit Corenn, Grigán und den anderen sprechen«, entschied Nolan. »Das hätten unsere Eltern so gewollt.«

Der Wallatte zuckte gleichmütig mit den Schultern, während Eryne heftig nickte. Nichts anderes hatte ihr Bruder schon vor zwei Tagen vorgeschlagen. Aber sie hatte ihn lieber zu Roban mitgenommen, und diese Entscheidung würde ihr bis an ihr Lebensende Gewissensqualen bereiten. Andererseits hätte sie der rätselhafte Krieger vielleicht nie gefunden, wenn sie nicht im Schloss Zuflucht gesucht hätten …

»Erlaubt mir eine Frage zu Eurem Namen: Wie sollen wir ihn aussprechen? Ke'b'ree, wie es in Eurer Sprache üblich ist? Oder Kebree?«

»Ganz wie Ihr wollt, mir ist das gleich. Wer mich näher kennt, nennt mich einfach Keb.«

Keb. Stumm sagte sich Eryne den Namen noch ein paarmal vor. Er passte gut zu ihm. Stolz wie ein Stier. Und scharf wie die Klinge eines Schwerts.

Die Pferde trabten munter voran, und Eza lag schon weit hinter ihnen. Amanón hatte es vorgezogen, durch die Heide zu reiten, anstatt sich noch einmal den neugierigen Blicken der Dorfbewohner auszusetzen. Außerdem war es besser, wenn Cael nicht im Ort gesehen wurde: Je weniger Spuren sie hinterließen, desto schwerer würde es den Valiponden fallen, sie aufzuspüren. Amanón war überzeugt, dass die Sektenmitglieder sie überall suchten, im Großen Haus, in der Hauptstadt und im ganzen Matriarchat. Er war so unvorsichtig gewesen, auf dem Hinweg geradewegs durchs Dorf zu reiten, und hatte ihre Verfolger damit vielleicht schon auf ihre Fährte geführt.

Auf den ersten Meilen hatten sie sich immer wieder nervös umgesehen. Zum Glück führte der Weg nur selten über freies Feld und schlängelte sich schließlich an einem Hügel entlang, hinter dem sie Rast machen konnten, ohne gesehen zu werden. Eine ganze Dezime lang versteckten sie sich dort, hielten Ausschau nach möglichen Verfolgern und machten sich über ihren Proviant her. Erst als sie sicher sein konnten, dass die Luft rein war, ritten sie weiter. Seit ihrem Aufbruch hatten sie kaum ein Wort gewechselt. Sie waren froh, beieinander zu sein, aber ihre Lage war so ernst, dass sie lieber stumm ihren Gedanken nachhingen.

Amanón grübelte nicht nur über die rätselhaften Umstände nach, unter denen seine Eltern verschwunden waren, sondern hatte nun noch zwei weitere Sorgen. Zum einen beunruhigte ihn Caels Gesundheitszustand. Der Junge hatte verstört und unansprechbar neben Dalaberts schon erkaltetem Leichnam gekauert. Einen Moment lang hatte Amanón geglaubt, sein Cousin habe den Stallburschen umgebracht. Erst nachdem er das blau angelaufene Gesicht des armen Mannes und die Würgemale an seinem Hals entdeckt hatte, war ihm klar geworden, dass ihn die Valiponden auf dem Gewissen hatten. Trotzdem kam es ihm seltsam vor, wie lange es gedauert hatte, bis Cael zu sich kam, und wie wirr sein Bericht geklungen hatte. Offenbar konnte sich der Junge nur dunkel erinnern, was geschehen war. Einen so heftigen Anfall hatte er noch nie gehabt, und es stand zu befürchten, dass weitere folgen würden.

Und Amanón bedrückte noch etwas anderes. Allein der Gedanke erfüllte ihn mit solcher Traurigkeit, dass er sein Pferd unwillkürlich schneller antrieb. Der Küstenweg, den sie eingeschlagen hatten, schien kein Ende nehmen zu wollen, während ihm immer wieder dieselben Sätze durch den Kopf gingen.

Der Letzte Wille seiner Mutter.

Amanón wollte es zwar nicht wahrhaben, aber vieles deutete darauf hin, dass sie mit dem Schlimmsten rechnen mussten. Schließlich war Dalabert kaltblütig ermordet worden. Seine und Caels Eltern waren spurlos verschwunden, und sowohl sein Cousin als auch er selbst waren angegriffen worden. Musste man da nicht davon ausgehen, dass Corenn, Grigán, Yan und Léti heimtückisch überfallen worden waren? Dass man sie erwürgt und ihre Leichen mitgenommen hatte, um mit ihnen eine schwarze Messe zu feiern? Angeblich verspeisten die Valiponden die Tiere, die sie ihrem Dämon geopfert hatten. Diese Gerüchte weckten so grauenvolle Vorstellungen, dass es Amanón schier den Magen umdrehte.

Nein, das durfte einfach nicht sein … Und doch musste Amanón seine Eltern für tot halten. So hätte es seine Mutter gewollt. Corenn hatte ihn seit langem darauf vorbereitet, dass sie von einem Tag auf den anderen verschwinden konnten. Auch wenn sie nicht wusste, ob dieser Fall jemals eintreten würde, war Corenn stets wachsam geblieben. Manche ihrer Feinde waren noch am Leben, pflegte sie die anderen zu erinnern. So hatte ihr Sohn die Züu fürchten gelernt, ohne darauf gefasst zu sein, es eines Tages mit den Valiponden aufnehmen zu müssen.

Doch das änderte nichts am Vermächtnis seiner Mutter. Sie hatte klare Anweisungen getroffen, was im Falle eines Unglücks zu tun sei. Amanón hatte jedes Mal gelangweilt zugehört, wenn sie ihm die Verhaltensmaßregeln einschärfte, doch jetzt begriff er, warum Corenn so großen Wert darauf gelegt hatte. Und er war fest entschlossen, sich genau daran zu halten.

Erstens: Sollte auch nur der geringste Zweifel daran bestehen, dass Grigán und Corenn eines natürlichen Todes gestorben waren, hatte er sich keine Dezille länger als nötig am Ort des Geschehens aufzuhalten, sondern sollte augenblicklich aus der vertrauten Umgebung fliehen. Die Einzigen, denen er vertrauen durfte, waren ihre einstigen Weggefährten, ihre Freunde in Eza, Lorelia und Arkarien.

Zweitens: Unter keinen Umständen – komme, was wolle – durfte er den Anhänger ablegen, den sie ihm geschenkt hatte, als er noch klein war. Amanón hielt das zwar für Gefühlsduselei, aber im Laufe der Zeit hatte er sich so daran gewöhnt, die Kette um den Hals zu tragen, dass sie gewissermaßen zu einem Teil seiner selbst geworden war.

Drittens: Er sollte das Testament seiner Mutter holen gehen. Eigentlich hatte er schon ganz vergessen, dass es diese Niederschrift überhaupt gab, denn in seiner Gegenwart war lange nicht mehr davon gesprochen worden. Doch jetzt war sie ihm wieder eingefallen: Er selbst hatte sie vor zehn Jahren zusammen mit seinen Eltern an einer abgelegenen Stelle an der kaulischen Küste vergraben.

Amanón hoffte nur, dass das Testament immer noch dort lag. Er war nie wieder zu dem Versteck zurückgekehrt. Er erinnerte sich, wie unheimlich es ihm vorgekommen war, die Kiste in dem Loch zu versenken, fast so, als sähe er die Beerdigung seiner Eltern mit an. Sie hatten sich zwar bemüht, das Ganze wie einen gewöhnlichen Ausflug wirken zu lassen, aber er fand die Idee, in aller Abgeschiedenheit ein Testament zu vergraben, doch ziemlich verrückt. Deshalb hatte er das Ganze lieber schnell vergessen – jedenfalls bis zum heutigen Tag. Er hätte nie gedacht, jemals wieder an diesen Ort zurückkehren zu müssen.

Der fünfte Dekant neigte sich schon dem Ende zu, als die beiden ihr Ziel erreichten, eine Gegend weit westlich von Eza. Amanón hatte fast den ganzen Tag im Sattel verbracht. Von seinen Reisen war er es auch nicht anders gewohnt, und es würde sicher nicht das letzte Mal sein, dachte er. Er ließ sein Pferd in Schritt fallen und betrachtete den von Wellen umspülten Strand und die mit Sträuchern bewachsenen Klippen.

»Wo sind wir?«, fragte Cael, der die karge Schönheit der Landschaft bewunderte.

»In der Nähe von Bodoine, dem Heimatdorf meiner Mutter«, erklärte Amanón. »Wenn ich mich nicht irre, liegt es einige Meilen weiter nördlich. Es besteht hauptsächlich aus Bauernhöfen, Fischer gibt es in dieser Gegend kaum.«

»Und was machen wir hier?«, erkundigte sich Cael, der bisher nicht nach ihrem Ziel zu fragen gewagt hatte. »Glaubst du, dass Tante Corenn hier ist?«

»Das wohl nicht, leider«, antwortete sein Cousin seufzend. »Aber sie hat mir vielleicht nicht weit von hier eine Nachricht hinterlassen. Halte die Augen offen und sag mir Bescheid, wenn du einen großen Felsen siehst, der oval geformt ist. Das ist unser Anhaltspunkt.«

Cael fragte nicht weiter, wofür Amanón ihm dankbar war. Er fühlte sich noch nicht imstande, das grauenvolle Wort auszusprechen. *Testament.* Es klang, als wäre das Schicksal seiner Eltern bereits endgültig besiegelt.

So trabten sie eine ganze Weile weiter, bis Amanón schon befürchtete, die Stelle übersehen zu haben. Im nächsten Moment entdeckten beide zugleich den gesuchten Stein. Er war nur etwa so hoch wie ein Weinfass und ragte kaum aus dem dichten Gestrüpp der Sedasträucher heraus. Wind und Wetter oder vielleicht auch nur einige Kinder, denen langweilig geworden war, hatten den eiförmigen Stein auf die Seite gekippt, so dass seine Spitze nicht mehr stolz in den Himmel zeigte. Amanón zügelte sein Pferd und saß ab. Hoffentlich war die Kiste unversehrt geblieben!

»Als Kind hat meine Mutter hier am Strand gespielt«, sagte er und hatte dabei das Gefühl, ein Selbstgespräch zu führen. »Deswegen hat sie sich diesen Ort ausgesucht, weit entfernt von allem, vom Großen Haus, von Kaul und selbst von Eza. Niemand käme auf den Gedanken, hier zu suchen.«

Cael stieg ebenfalls ab, und Amanón sah sich noch einmal um, um sich zu vergewissern, dass sie tatsächlich allein waren. Weit und breit war kein Mensch in Sicht.

»Hol die Wasserkelle aus meiner Satteltasche«, bat er den Jungen. »Ich brauche etwas zum Graben.«

Während Cael in den Taschen wühlte, zog Amanón einen kleinen Kompass hervor. Das im Matriarchat höchst seltene Instrument war ein Geschenk seines Vaters, das er ihm vor seiner ersten Reise als Übersetzer überreicht hatte. Mit Wehmut dachte er an jenen Augenblick zurück. Jetzt, da er auf den Stein zuging, erinnerte er sich plötzlich an alle Einzelheiten jenes merkwürdigen Tags, an dem sie die Kiste vergraben hatten. Wie sich Corenn gefreut hatte, an den Ort ihrer Kindheit zurückzukehren, über den sie zahlreiche rührende Geschichten zu erzählen wusste. Wie sich Grigán zu einem Lächeln hinreißen ließ, was äußerst selten vorkam und sie jedes Mal glücklich machte. Unfassbar, dass ihn nun, zehn Jahre später, ein so trauriger Grund hierherführte, um das Testament seiner Eltern zu holen.

Mit jedem Schritt, der ihn auf das Versteck zutrieb, schien die Vergangenheit schwerer auf ihm zu lasten. Vom Felsen aus musste er zwölf Schritte nach Osten tun, und dann noch einmal zwölf nach Norden. Vermutlich hätte er die richtige Stelle auch so gefunden, denn er hatte noch deutlich vor Augen, wie er und sein Vater die Schaufeln fallen ließen und mit ihren Stiefeln den Sand und die Erde glatt stampften.

Als er sich zwischen den Büschen und wilden Gräsern niederkauerte und anfing zu graben, rannte Cael zu ihm hin, um ihm zu helfen. Mit der Kelle und den bloßen Händen drangen sie immer tiefer in die Erde vor, um das Vermächtnis ihrer Familie ans Licht zu holen. Je länger sie gruben, ohne auf die Kiste zu stoßen, desto unruhiger wurde Amanón. In seiner Erinnerung war das Loch nicht besonders tief gewesen. Oder doch? Mit einem richtigen Werkzeug wären sie schneller vorangekommen.

Verbissen scharrte er weiter, als könnte er so seine Eltern wieder zurückbringen. Er glaubte schon, dass er dieses vermaledeite Testament nie finden würde, da traf die Kelle plötzlich auf einen harten Gegenstand. Amanón warf seinem Cousin einen aufgeregten Blick zu und stocherte hastig in dem Loch herum, bis endlich eine schimmernde Bronzekiste zum Vorschein kam. Er zog sie heraus, fegte mit der Hand die Brocken Erde weg, die seit einem Jahrzehnt an ihr hafteten, und stellte erleichtert fest, dass die Zeit ihr nichts hatte anhaben können. Dann stellte er sie vor Cael, der sie verblüfft anstarrte, in den Sand. Amanón war zu aufgewühlt, um sie sofort zu öffnen.

»Das ist es also?«, fragte Cael. »Und was ist da drin?«

Amanón musterte die Kiste, die nicht besonders groß war.

»Ich weiß es nicht«, sagte er nach einer Weile. »Ein Brief, schätze ich.«

Bevor er noch länger darüber nachdenken konnte, hob er die Kiste hoch und öffnete den Deckel. Im Innern befand sich eine kleine Schatulle aus kostbarem Holz. Amanón erinnerte sich sofort daran: Sein Vater hatte sie geschnitzt. Behutsam öffnete er die Schatulle und drehte sie um. Was ihm in die Hand fiel, verblüffte ihn über alle Maßen.

Statt eines Testaments hatte ihm Corenn ein ganzes Buch hinterlassen, genauer gesagt mehrere Hefte in einem Einband, deren Seiten mit sonderbaren Zeichnungen und der feinen, unverwechselbaren Handschrift seiner Mutter bedeckt waren.

Sie bargen ein Geheimnis, das über Leben oder Tod entscheiden würde.

In Lorelia war es Abend geworden, und die Schatten der Paläste, Bürgerhäuser und Stadtmauern wurden länger. In der Unterstadt rings um den alten Hafen schien es rascher dunkel zu werden als in den anderen Vierteln. Der sechste Dekant war noch nicht zu Ende, da füllten sich die Wirtshäuser bereits mit Betrunkenen, Tagedieben und vergnügungssüchtigen Edelleuten. In der Straße der Bartscherer endete ein Streit mit einem Mord. Die Schreie des Opfers hallten durch die finstere Gasse, übertönt vom Gelächter, Gesang und den Zitherklängen, die aus den umliegenden Kaschemmen erschallten.

In eine dieser Herbergen, ein stadtbekanntes Freudenhaus, führte Keb Nolan und Eryne. Der Wallatte erklärte ihnen, dass er hier zwei Tage lang gewohnt hatte, bis er Emaz Lanas Adresse herausfand. Keb sah keinen Anlass, sich eine andere Unterkunft zu suchen, und Nolan konnte seine Schwester überzeugen, dass sie besser hierblieben: Niemals würden die Grauen Legionäre die Geschwister Kercyan an solch einem schäbigen Ort suchen. Mit dem wenigen Gepäck, das ihnen geblieben war, bezogen sie ihre Zimmer.

Zum Glück hatten sie die Notgroschen der Familie bei ihrer Flucht retten können. Sie besaßen genug Terzen, um für Unterkunft und Essen zu zahlen und neue Kleider zu kaufen, vor allem für Eryne, deren Robe völlig ruiniert war, nachdem Keb sie im Schlamm abgesetzt hatte. Sie vergoss ein paar Tränen, als sie das einzige Geschenk, das ihr von Roban geblieben war, fortwerfen musste. In dem knöchellangen Rock und dem schmucklosen Mieder, die sie nun trug, sah sie zwar aus wie eine einfache Marktfrau, aber Eryne war und blieb eine vornehme junge Dame, nach der sich die Leute umdrehten, ganz gleich, in welcher Kleidung. Ihren Stolz konnten sie ihr nicht nehmen!

Nolan war froh, dass seine Schwester überhaupt dazu bereit war, so viel Ungemach auf sich zu nehmen. Wenn Eryne die schrecklichen Erlebnisse erst einmal verwunden hätte, würden ihre Ungeduld und Selbstverliebtheit sicher wieder zum Vorschein kommen. Er hoffte nur, dass er dann nicht der Einzige wäre, der sie zur Vorsicht mahnte.

Auch Nolan trug nun andere Kleider. Zum ersten Mal seit langem legte er seine mit eurydischen Symbolen bestickte Novizenkutte ab. Nicht einmal bei seiner überstürzten Abreise aus Ith hatte er sich dazu durchringen können. Was dort vorgefallen war, bereitete ihm schlimme Gewissensqualen, und er hatte einfach nicht den Mut, sich Eryne anzuvertrauen. Aber was würde das auch nützen? Womöglich würde sich seine Schwester von ihm abwenden oder sogar fortlaufen. Wenn er sie beschützen und seinen Fehler wiedergutmachen wollte, musste Nolan sein Geheimnis für sich behalten. Irgendwann würde schon der richtige Zeitpunkt kommen, es ihr zu beichten.

Trotz dieser hoffentlich weisen Entscheidung zögerte Nolan, in den Schankraum hinunterzugehen. In dem Gewand eines Tagelöhners, das er nun trug, fühlte er sich unwohl, nicht, weil es ihm nicht fein genug war, sondern weil es seinen hageren Körper und den kahl rasierten Schädel betonte. In der Vergangenheit hatte er hin und wieder Komplimente wegen seines Aussehens bekommen, aber Nolan hatte jedes Mal an der Aufrichtigkeit seines Gegenübers gezweifelt. Er hielt sich für einen gewöhnlichen jungen Mann, einen Novizen wie tausend andere, dessen einzige Besonderheit darin bestand, dass sein Vater Herzog und seine Mutter Emaz war. Er hatte nichts mit einem Mann wie Keb gemein, der vor Selbstvertrauen nur so strotzte, mit seiner Stärke prahlte und

Herr seines Schicksals war. In diesem Moment fiel Nolan ein, dass Keb mit Eryne allein war, und er überwand sich nun doch, nach unten zu gehen. Nachdem er die schmutzige Treppe hinabgestiegen war, trat er in die Gaststube. Der Raum war zwar nur halb gefüllt, aber es ging trotzdem hoch her. In der Luft hing der Geruch von schalem Wein, verbranntem Torf und aus Linehtabak. Ein paar Männer saßen an Tischen beisammen und unterhielten sich lautstark, während andere Gäste allein gekommen waren und den Dauerbewohnerinnen der Herberge lüsterne Blicke zuwarfen. Die Frauen waren Freudenmädchen, Mitglieder der Gilde der Drei Schritte.

Keb winkte ihm von einer Bank am anderen Ende zu, und Nolan ging hastig zu seiner Schwester und dem Wallatten. Eryne fühlte sich offensichtlich nicht wohl in ihrer Haut. Sie hatte sich an die Wand gelehnt, die Arme vor der Brust verschränkt und zuckte jedes Mal zusammen, wenn ein dreckiges Lachen durch den Raum schallte. Nolan entging nicht, wie erleichtert sie war, ihn zu sehen. Er machte sich Vorwürfe, weil er nicht schon eher heruntergekommen war.

Keb hingegen schien bester Laune zu sein. Vor ihm auf dem Tisch stand ein großer Weinkrug, der bereits halbleer war. Eryne, gewöhnt an die edlen Tropfen aus dem Weinkeller ihrer Eltern, hatte ihr Glas nicht angerührt. Widerstrebend nahm Nolan den Becher entgegen, den Keb ihm reichte.

»Auf unsere Mütter!«, rief der Wallatte mit schwerer Zunge.

Er leerte den Becher in einem Zug und knallte ihn vor sich auf den Tisch, wobei seine eisernen Armschienen gegen das wurmstichige Holz schlugen. Dann starrte er Nolan an und forderte ihn auf, es ihm gleichzutun. Der Lorelier schnupperte misstrauisch an dem Wein, trank einen Schluck und musste husten.

»Weise Eurydis, wie kann man so ein Gesöff nur trinken?«, brachte er schließlich heraus und wischte sich über den Mund.

Keb fand das offenbar sehr lustig, denn er brach in lautes Gelächter aus und füllte dann ungefragt ihre Becher auf. Eryne wirkte vor Ekel wie gelähmt. Der Wein und das Gasthaus erfüllten sie mit tiefem Abscheu, vielleicht war es aber auch ihr neuer Weggefährte.

»Solange wir in dieser Herberge übernachten, bleibe ich auf meinem Zimmer«, teilte sie ihrem Bruder mit. »Du wirst mir das Essen bringen müssen, denn in diese Spelunke setze ich keinen Fuß mehr. Und ich gedenke nicht, mich in diesem Viertel vor die Tür zu wagen!«

»Wir werden ein paar Tage bleiben, Eryne«, sagte Nolan. »Das ist eine lange Zeit. Wenn du dein Zimmer nicht ab und zu verlässt, fällt dir bestimmt die Decke auf den Kopf. Außerdem wird das den Stammgästen merkwürdig vorkommen …«

»Du kannst ja sagen, ich sei krank! Ziemlich glaubwürdig, bei dem Fraß, den sie einem hier vorsetzen! Das heißt, falls sich der Wirt irgendwann dazu herablässt, unsere Bestellung aufzunehmen!«

Wieder prustete Keb los und stürzte seinen Becher hinunter. Einige Spritzer landeten auf Erynes neuer Bluse. Trotz Kebs belustigter Entschuldigung lief Eryne vor Zorn und Scham rot an. Für einen Moment trat Schweigen ein. Dann holte der Wirt eine Frottel unter der Theke hervor und begann eine heitere Melodie zu spielen. Nolan ahnte Schlimmes, als er das Funkeln in den Augen des Wallatten sah.

»Du willst zwar nicht auf unsere Mütter trinken«, sagte er mit einem schiefen Grinsen zu Eryne, »aber einen Tanz kannst du mir nicht verwehren!«

»Und ob ich das kann!«, entgegnete Eryne. »Niemand zwingt mich dazu, mich vor diesen Wüstlingen lächerlich zu machen!«

»Ich zeige dir einen Tanz aus Wallos«, fuhr Keb ungerührt fort. »Komm schon …«

Mit diesen Worten versuchte er Eryne an der Hand zu packen und sie hochzuziehen. Bevor Nolan eingreifen konnte, stieß seine Schwester Keb mit einer Heftigkeit zurück, die den Krieger offensichtlich verblüffte.

»Ein andermal!«, herrschte sie ihn an. »Ihr seid sturzbetrunken!«

Von den Nebentischen erschallte höhnisches Gelächter, was Kebs Stolz zutiefst verletzte. Sein Gesicht erstarrte. Mit einem Faustschlag auf den Tisch brachte er die Spötter zum Schweigen, dann wies er mit dem Finger auf Nolan und Eryne.

»Nicht nur meine Mutter, sondern auch ich stehe in Lanas Schuld«, polterte er. »Als sie vor dreiundzwanzig Jahren Chebrees Leben verschonte, trug die Königin ein Kind unter dem Herzen. Das war ich! Eure Mutter rettete auch mir das Leben! Seit ich denken kann, lebe ich mit der Bürde dieser Schuld. Aber nachdem ich die Kerle erledigt habe, die euch in ihrer Gewalt hatten, sind wir quitt! Verstanden? Von nun an sind wir quitt!«

Sein Ausbruch endete damit, dass er Nolans Becher in

einem Zug herunterkippte, ihn auf den Tisch knallte und den Geschwistern den Rücken kehrte. Nolan seufzte erleichtert. Das Ganze hätte auch in eine Schlägerei ausarten können!

Doch schon im nächsten Moment staunte er nicht schlecht: Eryne ließ Keb, der sich nun mit zwei Freudenmädchen unterhielt, nicht aus den Augen.

»Ich sagte doch, dass wir ein andermal tanzen würden, oder nicht?«, fragte sie pikiert. »Was will er jetzt bei diesen Dirnen?«

Cael entfernte sich ein paar Schritte von ihrem Lager in den Dünen. Vermutlich würde Amanón nicht einmal merken, dass er weg war. Seit sie das Testament seiner Tante ausgegraben hatten, war sein Cousin in die Lektüre vertieft. Erst bei Einbruch der Nacht hatte er kurz aufgesehen und verkündet, dass sie ihr Lager in den Dünen aufschlagen würden. Kaum hatten sie in einer Sandkuhle ein Feuer entzündet, hatte er seine Nase wieder in das Buch gesteckt.

Cael wollte ihn nicht stören. Auch wenn er sich nicht vorstellen konnte, wie ein Testament, das vor einer halben Ewigkeit geschrieben worden war, ihnen weiterhelfen sollte, hatte er Verständnis für Amanóns Interesse am Vermächtnis seiner Mutter. Deshalb hatte Cael alle anfallenden Arbeiten übernommen. Er kümmerte sich um die Pferde, wie er es schon als kleines Kind von Léti gelernt hatte. Um die durstigen Tiere zu tränken, hatte er fast all ihre Trinkschläuche leeren müssen. Dann sammelte er Treibholz und kochte die Bohnen, die er in Amanóns Satteltaschen gefunden hatte. Sein Cousin war so gefesselt von der Lektüre, dass er den Napf, der neben ihm stand, völlig vergaß und seine Portion kalt werden ließ.

Mittlerweile hatte sich die Nacht über das Matriarchat gesenkt, und eine blasse Mondsichel stand am Himmel. Cael lief am Strand auf und ab, in der Hoffnung, seinen Sorgen für eine Weile zu entfliehen. Es gelang ihm jedoch nicht, das Bild seiner Eltern aus seinem Kopf zu verscheuchen. Er konnte einfach nicht glauben, dass er sie nie mehr wiedersehen würde. Obwohl vieles dagegen sprach, war er überzeugt, dass sie noch lebten und irgendwo auf ihn warteten. Aber vielleicht war er auch nur zu aufgewühlt, um die Wahrheit zu akzeptieren?

Im Schlaf hatte die Stimme ihm Dinge zugeflüstert, die seine Eltern betrafen. Er erinnerte sich nur noch dunkel daran, wie an eine Art schmerzhaftes Pfeifen, und wagte nicht, tiefer in seinen Erinnerungen zu graben, aus Angst, einen weiteren Anfall auszulösen. Davon abgesehen entstammte die Stimme seinen eigenen Gedanken, oder etwa nicht? Alles, was sie behauptete, war ein Teil von ihm, von seinen Erfahrungen, Alpträumen und Sehnsüchten. Alles andere wäre einfach zu grauenvoll!

Außerdem machte sich Cael Sorgen wegen der kommenden Tage. Vor zwei Nächten hatte er noch gemütlich in seinem Bett im Schlafsaal des Großen Hauses gelegen. Gestern war er dann im Stall seiner Eltern neben der Leiche eines Freundes eingeschlafen, und heute würde er unter freiem Himmel übernachten, eingelullt vom fernen Rauschen der Wellen, das wie ein Seufzen klang. Wo würde er morgen sein? Wo übermorgen? Und wo in der nächsten Dekade?

Vielleicht würde er nach Lorelia reisen. Vor einigen Jahren hatten seine Eltern ein ernstes Gespräch mit ihm geführt und ihm einen seltsamen Rat gegeben: Wenn sie eines Tages voneinander getrennt werden sollten, würden sie sich auf dem Platz der Büßer in der lorelischen Hauptstadt wiedertreffen.

Jetzt, da ihm in Kaul und Eza die Valiponden auflauerten, fiel Cael dieser Rat wieder ein. Allerdings traute er sich die Reise allein nicht zu, auch wenn er nicht auf den Kopf gefallen war. Schließlich war er erst vierzehn Jahre alt und hatte das Matriarchat noch nie verlassen. Die zwanzig Mondköniginnen in seiner Tasche reichten kaum aus, um ein paar Vorräte zu kaufen, und das Rapier an seinem Gürtel machte ihn noch lange nicht zu einem unerschrockenen Kämpfer.

Vielleicht konnte er Amanón überreden, ihn nach Lorelia zu begleiten, obwohl er keine Ahnung hatte, was sein Cousin eigentlich vorhatte. Amanón schien der Lage ebenfalls nicht gewachsen zu sein und auf einen Wink des Schicksals oder dergleichen zu warten. Warum hatte er sich sonst so begierig auf das Testament seiner Mutter gestürzt?

Hauptsache Amanón zog nicht auf eigene Faust los und ließ ihn in der Obhut entfernter Verwandter zurück. Er wollte auf keinen Fall tatenlos herumsitzen und verzweifelt auf gute Nachrichten warten. Dazu war er zu sehr Sohn seiner Eltern, deren Tatendrang und Hartnäckigkeit ihm im Blut lagen. Er war zwar noch längst nicht erwachsen, aber auch kein Kind mehr. Also würde er sich an der Suche nach ihren Eltern beteiligen und gegen die Valiponden kämpfen. Beim Gedanken, dass Dalabert feige ermordet worden war, obwohl er nichts getan hatte, bedauerte Cael, dass es im Matriarchat keine Todesstrafe gab. Sollten die Täter gefunden und verurteilt werden, würden sie lediglich einige Jahre für das Gemeinwohl arbeiten müssen, und das schien ihm bei weitem keine ausreichende Strafe zu sein. Aber vielleicht gab er sich auch zu sehr seinem Kummer und seiner Rachsucht hin.

So hing er seinen Gedanken nach und schwankte zwischen Hoffnung und Mutlosigkeit, als plötzlich Amanón aus der Ferne nach ihm rief. Aus der Stimme seines Cousins klang blankes Entsetzen.

Cael sprang auf und rannte auf die Gestalt zu, die oben auf der Düne in der Dunkelheit stand und sich die Lunge aus dem Hals schrie. Amanón verstummte erst, als er Cael mit gezogenem Rapier auf sich zustürmen sah, bereit, ihren Feinden die Stirn zu bieten. Doch sie waren mutterseelenallein.

»Dein Anhänger, trägst du deinen Anhänger?«, fragte Amanón atemlos und streckte die Hand aus, um nachzusehen.

Der Junge wich unwillkürlich zurück und zog den Anhänger unter seinem Hemd hervor. Wieso regte sich sein Cousin wegen eines Schmuckstücks derart auf?

Amanón stieß einen erleichterten Seufzer aus, zog an der feingliedrigen Kette, die ihm selbst um den Hals hing, und begann hastig auf seinen Cousin einzureden.

»Siehst du, ich trage auch so einen«, sagte er. »Wir haben die Anhänger von unseren Eltern geerbt, aber es gibt noch mindestens sechs andere, die genauso aussehen, ganz genauso! Hör mir zu, Cael. Diese Anhänger sind viel mehr als Schmuckstücke, verstehst du? Wir dürfen sie nie ablegen, niemals! Unsere Eltern sind verschwunden, weil sie nicht mehr unter ihrem Schutz standen. Da bin ich mir ganz sicher.«

Cael erkannte Amanón kaum wieder. Er war nicht einfach nur aufgeregt, sondern wirkte geradezu fiebrig. Sein Blick zuckte hin und her, als könnte jeden Moment ein wildes Tier aus der Dunkelheit auftauchen und sich auf sie stürzen. Was hatte ihm solche Angst eingejagt? Doch wohl nicht Corenns Testament?

»Was redest du da?«, fragte Cael verwirrt. »Was für ein Schutz? Und was hat das alles mit den Anhängern zu tun?«

Sein Cousin brachte ihn mit einer Handbewegung zum Schweigen und spitzte die Ohren. Cael hatte nichts gehört, doch allmählich übertrug sich Amanóns Anspannung auch auf ihn, und er griff wieder nach seinem Rapier. Da sprach Amanón weiter.

»Das kann ich dir jetzt nicht erklären. Erst muss ich das Tagebuch zu Ende lesen und über alles nachdenken. Aber du darfst deinen Anhänger nie ablegen, hörst du? Ganz egal, was passiert.«

Die eindringliche Warnung verfehlte ihre Wirkung nicht, und Cael senkte den Blick auf das Schmuckstück, das ihm um den Hals hing. Als er wieder hochsah, kehrte Amanón schon mit großen Schritten zum Lager zurück. Er konnte ihn doch nicht einfach so stehen lassen! Cael rannte ihm nach und holte ihn nach kurzer Zeit ein.

»Sag mir wenigstens, was wir morgen tun«, rief er. »Ich muss wissen, was wir vorhaben.«

»Morgen reiten wir nach Lorelia«, verkündete Amanón, ohne ihn anzusehen. »Meine Eltern haben mir einen Rat für den Notfall erteilt. Vermutlich haben deine dasselbe getan. Wir müssen die anderen finden und zwar so schnell wie möglich.«

Mit dieser Antwort musste sich Cael begnügen, denn kaum hatten sie das Lager erreicht, vertiefte sich Amanón wieder in das Tagebuch. Jede Frage wehrte er mit einer ungeduldigen Handbewegung ab. Schließlich wickelte sich Cael in seine Decke und legte sich hin, ohne die zusammengekauerte Gestalt seines Cousins aus den Augen zu lassen.

Das Testament seiner Großtante schien spannend und beklemmend zugleich zu sein, denn während er Amanón beobachtete, wechselte dessen Miene zwischen tiefer Konzentration und blanker Angst.

ZWEITES BUCH

DIE GWELOME

Bowbaq brauchte zwei Tage bis nach Cyr-la-Haute, die erste lorelische Stadt hinter der arkischen Grenze, und dann noch einen weiteren Tag bis zu den südlichen Ausläufern der Tarentellen, einer Bergkette, die die Oberen Königreiche vor der eisigen Witterung des hohen Nordens schützte. Ohne Niss wäre er schneller vorangekommen, aber so musste er Rücksicht nehmen und abschätzen, wann sie müde wurde: Das Mädchen beklagte sich nie und wäre vermutlich einfach irgendwann vor Erschöpfung vom Pferd gefallen. Seit ihre Familie verschwunden war, hatte Niss kein Wort gesprochen, und Bowbaq hatte sich schon lange nicht mehr so einsam gefühlt.

Selbst seinen Hund Galou vermisste er schmerzlich, doch es wäre unvernünftig gewesen, den Rouvier auf die beschwerliche Reise mitzunehmen. Deshalb hatte Bowbaq ihn zusammen mit seinen beiden Ponys und den vier Ziegen sechs Meilen bis zum nächsten Bauernhof gebracht und ihn der Obhut des Nachbarn überlassen. Nur die beiden rodischen Pferde hatte er behalten, zwei robuste Reittiere, die ihm Léti geschenkt hatte.

Nachdem sie zwei Nächte hintereinander in Jagdhütten übernachtet hatten, machten sie an diesem Abend in einer der zahlreichen Herbergen Halt, die die Straße nach Lorelia säumten. Eigentlich hatte Bowbaq eine Abneigung gegen bezahlte Unterkünfte, aber die arkischen Zeichen, die in das Herbergsschild geschnitzt waren, flößten ihm Vertrauen ein. Zu seiner Freude waren der Wirt und seine Frau Landsleute: Sie gehörten zum Anatorenklan, der mit dem Vogelklan verbündet war. Die drei Erwachsenen verbrachten einen Großteil des Abends damit, Erinnerungen an Arkarien auszutauschen, während sie einen Krug Milo leerten.

Niss verschlang zwei Schüsseln Eintopf und kroch dann unter den Tisch, wo sie eine ganze Weile mit der Katze der Wirtsleute spielte, einem kugelrunden, sanftmütigen Tier. Irgendwann begann das Mädchen, sein Miauen nachzuahmen, woraufhin Bowbaq seinen Gastgebern dankte, sich hastig verabschiedete und mit seiner Enkelin auf ihr Zimmer ging.

Der Raum war klein, aber gemütlich. Boden, Wände und Decke waren mit Holz getäfelt, vor dem Bett lag ein Tierfell, und der Abort war hinter einem Vorhang verborgen. Bowbaq setzte sich schwerfällig auf das weiche Federbett, während Niss ihr Nachthemd überzog. Höchstwahrscheinlich würden sie eine ganze Weile keinen Arkariern mehr begegnen. In drei Tagen würden sie Lorelia erreichen, eine Stadt, die Bowbaq noch nie gemocht hatte. Zwar war er einige Male mit Ispen dorthin gereist, um Reyan und Lana zu besuchen, aber eigentlich hatte er seine Freunde immer lieber bei sich zu Hause bewirtet. Menschenansammlungen waren ihm einfach ein Gräuel.

Außerdem machte sich Bowbaq Sorgen, wie Niss auf den Trubel der Stadt reagieren würde. Seit dem Unglück, das sie als Zehnjährige in einen Zustand der Geistesabwesenheit gestürzt hatte, bemühte sich ihre Familie, sie zu schonen. Niss durfte nicht zu vielen Gesprächen zugleich lauschen, nicht lange mit Tieren spielen und keine Gewalt mit ansehen. Nie zuvor hatte Bowbaq diese Regeln, die er selbst aufgestellt hatte, als so belastend empfunden. Wie sollte er verhindern, dass das Mädchen in einer Straße, in der es vor Menschen nur so wimmelte, den Gesprächen der Passanten zuhörte?

Wie konnte er vermeiden, dass sie in den nächsten Tagen Zorn, Bösartigkeit und Brutalität beobachtete?

Bowbaq befürchtete, dass sie noch tiefer in ihren Träumen versank. Aber vielleicht war es ohnehin zu spät. Was hatte Niss am Ufer des Flusses gesehen?

Dieser Gedanke führte ihn zum hundertsten Mal zu der Frage, was mit seiner Familie geschehen war. Wo waren die Menschen, die er liebte?

Seit Beginn ihrer Reise hatte Bowbaq viel Zeit zum Grübeln gehabt, und nach und nach hatte sich eine Idee in seinem Kopf festgesetzt, obwohl er versucht hatte, sie beiseitezuschieben.

Um die Wahrheit zu erfahren, musste er nur in den Gedanken seiner Enkelin lesen.

Bowbaq war ein Erjak. Er konnte in die Gedanken jedes Menschen eindringen, solange sich dieser in Sichtweite befand, und im Geiste sogar Kontakt zu ihm aufnehmen. Allerdings galt diese Fähigkeit in Arkarien als unhöflich und damit geradezu als Verbrechen. Immer wenn er sie gebraucht hatte, und das war selten genug gewesen, hatte er anschließend schlimme Gewissensbisse gehabt und war mehrere Tage zutiefst betrübt gewesen. Außerdem zog er damit jedes Mal den Groll, wenn nicht gar den Hass des Opfers auf sich.

Bei Niss bestand noch eine ganz andere Gefahr. In ihren Geist einzudringen, konnte das zerbrechliche Gleichgewicht zerstören, das sie seit drei Jahren aufrechterhielt.

Bowbaq hatte nicht vor, dieses Wagnis einzugehen, nicht einmal, wenn er dadurch den Rest seiner Familie retten konnte.

Niss trat in ihrem knöchellangen Nachthemd ans Bett. Das Haar fiel ihr ins Gesicht und verbarg ihre Augen. Bowbaq stand auf, um ihr Platz zu machen, und deckte sie fürsorglich zu. Wie üblich bettete sie den Kopf brav auf das Kissen, und als Bowbaq ihr über die Wange strich, huschte der Schatten eines Lächelns über ihr Gesicht. Sie hatten einander immer nahegestanden, dachte er wehmütig. Früher, als das Mädchen immer wieder für längere Zeit bei ihren Großeltern zu Besuch gewesen war, hatten sie viel miteinander gelacht. Damals, als Bowbaq ihr Lehrer gewesen war.

Tausendmal hatte er seither verflucht, dass Niss seine Erjak-Fähigkeit geerbt hatte.

Die Gerichtsverhandlung würde frühestens in einem halben Dekant beginnen, doch an diesem sonnigen Morgen tummelten sich die Leute schon jetzt auf dem Platz der Büßer wie emsige Ameisen. Hier fand täglich der größte Markt Lorelias statt, außer am Septim, wenn alle Welt zum Markt auf dem Platz der Reiter strömte. In den alten Gassen rings um das Tor von Lermian, wo die Markthallen und die öffentliche Badeanstalt standen, zwei der ältesten königlichen Gebäude der Stadt, schlug das Herz der Stadt.

Cael konnte sich gar nicht sattsehen. Seine Eltern hatten ihm oft von Lorelia erzählt, und auch in der Schule hatte er viel davon gehört. Es war kaum zu glauben, dass er nun tatsächlich durch die bedeutendste Stadt der Oberen Königreiche schlenderte.

Ihr Ritt hatte drei Tage gedauert, und zweimal hatten sie auf morschen Booten, die jeden Moment unterzugehen drohten, einen Fluss überqueren müssen. Gestern Abend waren Cael und Amanón dann endlich am Tor der Herzöge angekommen. Einem lorelischen Gesetz zufolge mussten späte Besucher einen besonderen Wegezoll zahlen, womit verhindert werden sollte, dass zu viele Fremde nach Ablauf des sechsten Dekants die Stadt betraten. Die Abgabe war so hoch, dass nach Einbruch der Dunkelheit nur Reiche und Edelleute die Tore der Stadt nach Gutdünken passieren konnten. Auf diese Weise sorgte der König für Ruhe und Ordnung auf den Straßen.

Daher hatten sich Cael und Amanón in einer der Herbergen vor der Stadtmauer ein Zimmer genommen. Erst im Morgengrauen waren sie durch das Tor getreten, nachdem sie ihre Pferde in einem Mietstall untergestellt hatten. Nun durchquerten sie die nördlichen Viertel und fragten zweimal nach dem Weg, bis sie endlich auf dem legendären Platz der Büßer standen, dem Ziel ihrer Reise, auf das sich all ihre Hoffnungen richteten.

Cael wünschte sich von ganzem Herzen, dort wenigstens einen vertrauten Menschen zu treffen, Léti, Yan, Corenn oder Grigán, auch wenn die Wahrscheinlichkeit gering war. Schließlich waren er und Amanón meilenweit vom Matriarchat entfernt und wurden beide von den Valiponden verfolgt.

Trotz allem klammerte sich Cael an diesen Wunsch. Das Gefühl der Einsamkeit, das ihn nicht mehr losließ, seit er zum Gestüt seiner Mutter geflohen war, wurde allmählich unerträglich, und Amanóns wortkarge Art machte es nicht besser. Seit er Corenns Testament gelesen hatte, war sein Cousin nicht mehr der Alte. Die meiste Zeit starrte er gedankenverloren vor sich hin, wenn er nicht gerade zum hundertsten Mal in dem Tagebuch blätterte. Außerdem war er noch angespannter und verschlossener als zuvor, selbst Cael gegenüber.

Der Junge hatte keine Ahnung, was seine Großtante in ihrem Tagebuch notiert hatte. Wenn er Amanón darauf ansprach, bekam er nur ausweichende Antworten. Als er begriff, dass sein Cousin nicht darüber sprechen wollte, hörte er auf, Fragen zu stellen. Manchmal hatte er sogar den Eindruck, Amanón misstraue ihm. Ganz sicher war er sich nicht, doch hin und wieder musterte ihn sein Cousin stirnrunzelnd, was ihm ein mulmiges Gefühl machte. Was auch immer Corenn in ihrem Tagebuch offenbarte, es trieb einen Keil zwischen ihre Freundschaft. Da er sonst niemanden hatte, dem er sich anvertrauen konnte, litt Cael darunter umso mehr.

Er musterte jeden Passanten genau, weil er hoffte, schon vor dem vereinbarten Zeitpunkt ein bekanntes Gesicht zu sehen. Besser gesagt, vor dem *angenommenen* Zeitpunkt, denn die Worte ihrer Eltern waren recht vage gewesen: »Sollten wir eines Tages voneinander getrennt werden, treffen wir uns auf dem Platz der Büßer in Lorelia wieder.« Nach langem Nachdenken war Amanón zu dem Schluss gekommen, dass sie sich während des Schauprozesses treffen würden. Diese öffentliche Gerichtsverhandlung war die Attraktion des Tages und deshalb ein guter Zeitpunkt für eine Verabredung.

Der Prozess selbst war für Fremde nicht sonderlich interessant. Amanón war schon drei- oder viermal in Lorelia gewesen, und so konnte er seinem Cousin den Ablauf erklären. Achtmal pro Dekade hielt der königliche Richter vor dem Gerichtsgebäude an der Stirnseite des Platzes eine öffentliche Verhandlung ab. Dafür wählte er jedes Mal einen beispielhaften Fall aus, um die Erinnerung der Lorelier an die Gesetze der Stadt aufzufrischen. Manche Stadtväter hielten diese Urteile für wirksamer als öffentliche Hinrichtungen, für andere hingegen waren die Prozesse sinnloser und langweiliger als ein Gauklerspektakel. Natürlich ersetzten sie keinesfalls die Auftritte des Henkers und andere grausame Zerstreuungen, die auf dem Platz von Uliterre stattfanden. Die Tradition der Schauprozesse wurde Dekade um Dekade und Jahr um Jahr fortgeführt, ganz gleich, wer auf dem Thron saß.

Mittlerweile ahnte Cael, warum seine Eltern diesen Ort als Treffpunkt ausgewählt hatten: Auf dem Platz der Büßer herrschte ein kunterbuntes, lärmendes Treiben. Bei all den Marktschreiern, Hausfrauen, herumstreunenden Kindern, fahrenden Handwerkern, Knechten und Mägden, die Einkäufe für ihre Herrschaften erledigten, und Schaulustigen, die sich vor dem Gericht drängten, konnte man leicht im Gewühl untertauchen und in einer der zahlreichen Seitengassen verschwinden, falls man angegriffen wurde. Vielleicht würden die Umstehenden einem sogar zu Hilfe kommen. Doch obwohl er erst vierzehn Jahre alt war, wusste Cael, dass diese Hoffnung müßig war, auch wenn die Erwachsenen immer so taten, als wäre Hilfsbereitschaft eine der höchsten Tugenden.

Seit sie in der Stadt waren, wirkte Amanón weniger angespannt, als wäre die Zivilisation ein Bollwerk gegen die Ängste, die ihn plagten. Vielleicht freute er sich aber auch nur darauf, seine Eltern wiederzutreffen. Zumindest diese Frage hätte Cael ihm gern gestellt, doch sein Cousin war schon wieder in Corenns Tagebuch vertieft und taub und blind für alles andere.

Cael warf einen verstohlenen Blick auf die Seiten, so wie schon zwei- oder dreimal in den vergangenen Tagen. Leider war Corenns Schrift winzig, weshalb er sie auf die Entfernung nicht entziffern konnte. Das Einzige, was er erkennen konnte, waren seltsame Zeichen, die wie Buchstaben eines fremden Alphabets oder Symbole aus einem Zauberbuch anmuteten.

Cael fand den Gedanken selbst ziemlich absurd, auch wenn er ihn einfach nicht loswurde. Wie konnte es sein, dass die weise und besonnene Corenn an Magie, Hellseherei und derlei Unfug glaubte? Und was hatte es mit Amanóns Heimlichtuerei auf sich, seinem plötzlichen Interesse an dem Anhänger, den er um den Hals trug, und den rätselhaften Symbolen, die die Seiten von Corenns Tagebuch bedeckten?

Jedenfalls würde Cael nicht mehr erfahren, wenn sich Amanón ihm nicht anvertraute. Mit einem leisen Gefühl der Enttäuschung wandte er seine Aufmerksamkeit wieder dem Platz zu und beobachtete die unzähligen Menschen, die ihn bevölkerten.

Sie standen ganz am Rand, vor einem der dreistöckigen Häuser. Als die Gerichtsverhandlung begann, gingen sie auf den Springbrunnen in der Mitte des Platzes zu. Wenn sich jemand mit ihnen treffen wollte, dann hier und jetzt.

Das Problem war nur, dass das Treffen an jedem Tag dieser oder der nächsten Dekade stattfinden konnte. Oder erst im nächsten Jahr.

Vielleicht hatten sie es auch verpasst, aber daran wollte Cael lieber gar nicht erst denken.

Am Morgen hatte Nolan lange auf Keb einreden müssen, bis der Krieger bereit gewesen war, ihn ein weiteres Mal zu begleiten. Auch wenn er schließlich nachgegeben hatte, zog er nun ein mürrisches Gesicht. Geduld gehörte offenbar nicht zu seinen Stärken. Schon am ersten Tag hatte er über den Gang zum Platz der Büßer geklagt. Am zweiten Tag hatten sie vergeblich gewartet. Eryne machte ihrem Unmut ebenfalls wortreich Luft, obwohl sie ihr Zimmer kein einziges Mal verlassen hatte. Nolan musste die beiden immer wieder daran erinnern, dass sie schlicht und ergreifend keinen besseren Plan hatten.

Vor langer Zeit hatten seine Eltern diesen Treffpunkt im Norden Lorelias mit ihnen vereinbart. Damals hatte es sich lediglich um einen Ort gehandelt, an dem sie sich wiedertreffen sollten, falls die Kinder verlorengingen. Der Platz der Büßer war leicht zu finden, jedenfalls einfacher als das Herrenhaus der Familie Kercyan, das genauso aussah wie unzählige andere in der Stadt.

Da sich Eryne und Nolan als Kinder nie in den Straßen Lorelias verlaufen hatten, war der Treffpunkt mit der Zeit in Vergessenheit geraten. Vor zwölf Jahren hatte Nolans Vater den Platz der Büßer dann abermals erwähnt, bei einem Essen mit ihren Freunden aus Arkarien und Kaul. Es war eine dieser gemütlichen Runden gewesen, denen

Eryne schon als junges Mädchen unter irgendeinem Vorwand fernblieb. An jenem Tag war von einer Art »Treffpunkt für den Notfall« die Rede gewesen. Irgendwann begriff Nolan, dass es um den gleichen Ort ging, den großen Platz zwischen dem Gericht und der öffentlichen Badeanstalt, aber er hatte sich nicht weiter um die Unterhaltung der Erwachsenen gekümmert.

Doch jetzt bekam dieses Gespräch eine ganz neue Bedeutung. Im Haus des Grafen Roban hatte Nolan viel Zeit zum Nachdenken gehabt, und so war er zu folgendem Schluss gekommen: Seine Eltern hatten nicht nur eine geheime Kammer im Keller eingerichtet und Geld und die notwendige Ausrüstung bereitgelegt, sondern auch einen Treffpunkt mit ihren langjährigen Freunden vereinbart. Der unterirdische Gang endete im Übrigen nur fünf oder sechs Straßen vom Platz der Büßer entfernt: Das konnte kein Zufall sein. Anscheinend hatten die Familie Kercyan und ihre Gefährten aus der Schlacht am Blumenberg beschlossen, sich hier zu treffen, falls ihnen erneut Gefahr drohte.

Natürlich konnte es sein, dass Nolan und Keb zwanzigmal zum Platz der Büßer gingen, ohne irgendjemanden zu treffen. Der Novize war jedoch der Meinung, dass sie nichts zu verlieren hatten, wenn sie es zumindest ein paar Tage lang versuchten. Anderenfalls blieb ihnen nichts übrig, als aus Lorelia zu fliehen, da die Graue Legion nach ihnen suchte. Aber was garantierte ihnen, dass die Spitzel des Königs sie nicht auf der Straße nach Kaul abfingen? Vielleicht wurden sogar die Stadttore überwacht.

Gegen so einflussreiche Feinde waren sie machtlos. Doch das war noch nicht das Schlimmste. Während er mit dem gähnenden Keb an seiner Seite durch die Straßen Lorelias lief, zuckte Nolan jedes Mal zusammen, wenn er einen Passanten mit einer itharischen Maske sah. Irgendwann bemerkte das selbst Keb, der sonst nicht besonders feinfühlig war.

»Hast du in einem Tempel was mitgehen lassen?«, fragte er und lachte laut über seinen eigenen Scherz.

Um eine Antwort verlegen, begnügte sich Nokin mit einem Schulterzucken. Mittlerweile hatte er sich an die Frechheiten des Wallatten gewöhnt, genauso wie an seine Maßlosigkeit. Statt wie ein Prinz verhielt sich Keb wie ein gewöhnlicher Draufgänger: Er ließ sich jeden Abend volllaufen und nahm anschließend eines der Freudenmädchen mit auf sein Zimmer. Eryne war darüber so empört, dass sie kein anderes Gesprächsthema mehr kannte, während Keb kaum noch ein Wort mit ihr wechselte.

Seit seinem Ausbruch im Schankraum der Herberge verhielt sich der Krieger ihnen gegenüber sanft wie ein Lamm. Er schien fest entschlossen, Lana zu finden, auch wenn es ihm gegen den Strich ging, sich jeden Morgen dekantenlang die Beine in den Bauch zu stehen. Er war sogar freiwillig zum Haus der Familie Kercyan zurückgekehrt, um nach dem Rechten zu sehen. In dem Gebäude hatte sich nichts gerührt, aber vor dem Tor standen zwei Männer Wache.

Der Wallatte schlug vor, einen der Grauen Legionäre zu entführen und ihn zum Reden zu bringen, aber Nolan und Eryne waren dagegen gewesen. Die Spione konnten ihnen vermutlich nicht viel sagen, ganz abgesehen davon, dass dieser Plan gefährlich war. Ohnehin war es für die Geschwister unvorstellbar, jemanden zu foltern, und daran, welches Schicksal dem Gefangenen anschließend drohte, mochten sie gar nicht erst denken.

Also versuchten Keb und Nolan herauszufinden, was seit ihrer Flucht geschehen war, indem sie Passanten, Wirtshausbesucher und Markthändler befragten. Viel war nicht über Roban von Sarcys Tod zu erfahren. Gerüchten zufolge war er von einer Bande Einbrecher ermordet worden. Über das Verschwinden der Kercyans wurde dafür umso mehr getratscht. Am häufigsten hieß es, der Herzog habe den König verraten und sei mit seiner Familie auf der Flucht. Eryne und ihr Bruder ertrugen die üble Nachrede nur schlecht, aber sie trösteten sich mit dem Gedanken, dass das Geschwätz aufhören würde, sobald Reyan und Lana wieder auftauchten.

Allerdings drohten sie auf der Straße jederzeit von einem Neugierigen erkannt und angesprochen zu werden. Zum Glück war Nolan nicht besonders auffällig, und da er schon seit einer ganzen Weile in Ith lebte, war sein Gesicht in der Stadt weniger bekannt als das seiner Schwester. Sicherheitshalber hatte er aufgehört, sich den Schädel zu rasieren, und sein Novizengewand abgelegt. Eryne wiederum hatte wie angekündigt seit drei Tagen keinen Fuß vor die Tür gesetzt. Ihr Bruder brachte ihr mehrmals am Tag etwas zu essen und unterhielt sich mit ihr, und wenn sie Pläne schmiedeten, gesellte sich Keb zu ihnen. Für Eryne war es eine Frage der Ehre, die Sittenlosigkeit, die im Schankraum der Herberge herrschte, mit Missachtung zu strafen. Nolan hatte jedoch den Verdacht, dass sie Keb vom Treppenabsatz aus hinterherspionierte, denn sie war über all seine Eskapaden hervorragend informiert.

Vielleicht würde er seiner Schwester heute endlich gute Nachrichten überbringen können. Er durfte die Hoffnung nicht aufgeben. Heute würde er nicht nur in Begleitung Kebs zur Herberge zurückkehren!

Kurz darauf erreichten die beiden Männer den Platz der Büßer. Wie jeden Tag stellten sie sich an den Springbrunnen, machten sich auf eine längere Wartezeit gefasst und beobachteten die Menschenmenge.

Vor dem Gerichtsgebäude nahm der Richter an seinem Pult Platz. Gleich würde er eine lehrreiche Geschichte zum Besten geben und sein Urteil verkünden.

Als ein Trommelwirbel den Beginn der Gerichtsverhandlung ankündigte, schlug Amanón Corenns Tagebuch zu und schob es unter seine Lederjacke, wo er es in Sicherheit wähnte. Der Gedanke, dass das kostbare Buch beschädigt, verlorengehen oder, schlimmer noch, gestohlen werden könnte, war unerträglich. Manchmal bereute er sogar, das Tagebuch überhaupt ausgegraben zu haben. Aber er hatte keine Wahl gehabt. Nur so konnte er sein Leben retten – seines und das der anderen Erben.

Seine Nerven waren zum Zerreißen gespannt, als er hinter seinem Cousin über den Platz der Büßer ging. Sie mussten näher an den Springbrunnen heran. Cael reckte bereits den Kopf und sah sich ungeduldig nach ihm um.

Amanón blieb einen Augenblick stehen, um den Beginn des Prozesses zu beobachten. Auf der Treppe vor dem Gerichtsgebäude thronte der Hofrichter, ein ehrwürdiger älterer Herr, dessen Gewand in den Farben seines

Amtes leuchtete: Rot und Grün. Sein Pult und sein Stuhl wurden jeden Tag für die Verhandlung herbeigetragen. Zu beiden Seiten des Richters warteten der königliche Ankläger, der Verteidiger, das Opfer und der Angeklagte. Im Hintergrund standen drei Trommler, die die Verhandlung mit lauten Schlägen begleiteten. Etwa dreißig lorelische Gerichtssoldaten, Bodonier genannt, bildeten mit gekreuzten Hellebarden einen Schutzwall zwischen Richter und Zuschauern.

Fünf Gerichtsbeamte waren dafür zuständig, eine Niederschrift vom Verlauf des Prozesses anzufertigen und unter den Zuschauern die Schöffen auszuwählen. Jeder Einwohner der Stadt, ganz gleich, welchen Geschlechts, Alters oder Standes, konnte diese Aufgabe übernehmen. Die Schöffen wurden nur der Form halber zurate gezogen, das Urteil fällte der Richter allein. Jeder Schöffe wurde jedoch mit einer Silberterz entlohnt, weshalb die Bodonier mit ihren Hellebarden eine ganze Schar Anwärter zurückdrängen mussten. Alle hofften, nach dem Ende der Plädoyers auserwählt zu werden, die Stufen des Gerichts erklimmen und ihre Meinung kundtun zu dürfen. Der lorelische König hielt das für den besten Weg, seinen Untertanen Recht und Gesetz näherzubringen, und erstaunlicherweise schien es zu funktionieren. Die Gerichtsverhandlungen waren stets gut besucht, wenn auch zumeist von den ärmeren Bewohnern der Stadt.

So drängten sich auf dem Platz der Büßer Marktbesucher und Schaulustige, die den Prozess verfolgten, dicht an dicht. Amanón sah vom Springbrunnen nur die Fontäne, die über dem Meer aus Köpfen aufstieg. Er tippte Cael auf die Schulter und bedeutete ihm, sich einen Weg durch die Menge zu bahnen. Dann heftete er sich seinem Cousin an die Fersen, die Hand am Griff seines Krummschwerts.

Nun war der entscheidende Moment gekommen. Sie wussten nicht, wem sie am Brunnen begegnen würden: Ihren Eltern, Freunden, Unbeteiligten, Züu oder Valiponden. Vielleicht hatten ihre Verfolger von dem geheimen Treffpunkt erfahren, weil sie einen ihrer Verwandten gefoltert hatten. Oder aber ihr Wissen stammte aus einer übersinnlichen Quelle …

Kurz vor dem Brunnen packte Amanón Cael am Arm und schob sich an ihm vorbei. Sein Herz raste wie wild, obwohl er sich bemühte, Ruhe zu bewahren. Schließlich drängten sie sich an den letzten Passanten vorbei, und Amanón hatte freien Blick auf die Menschen, die auf dem Brunnenrand saßen.

Auf Anhieb erkannte er Nolan von Kercyan, obwohl sie sich seit ihrer Jugend nicht mehr gesehen hatten. Reys und Lanas Sohn entdeckte ihn ebenfalls und winkte ihm zu. Er sah verblüfft aus, doch das war nichts im Vergleich zu dem Gefühl, das in Amanón aufstieg. Nach nichts hatte er sich mehr gesehnt, als einen anderen Erben zu treffen. Allerdings bestätigte Nolans Anwesenheit auch eine schreckliche Vermutung: Unheil war über sämtliche Kämpfer der Schlacht am Blumenberg und ihre Nachkommen hereingebrochen. Der Fluch, der auf ihm und seinem Cousin lastete, erstreckte sich weit über die Grenzen des Matriarchats hinaus. Mit einem Mal schien Corenns Tagebuch schwer gegen seine Brust zu drücken.

Nolan von Kercyan stand auf und kam in Begleitung eines langhaarigen Mannes auf sie zu. Sonst gesellte sich niemand zu ihnen, sei es Freund oder Feind. Amanón entspannte sich etwas, obwohl er natürlich traurig war, dass weder seine Mutter noch sein Vater auf dem Brunnenrand saßen. Als er Caels enttäuschtes Gesicht sah, begriff er, dass es dem Jungen nicht anders erging.

»Nolan«, murmelte er, als er die Hand schüttelte, die der Lorelier ihm entgegenstreckte. »Es ist lange her …«

Dann gingen ihm die Worte aus. Nach der Lektüre von Corenns Tagebuch wusste er, dass er Nolan, dessen Schwester Eryne, Cael und Bowbaqs Kindern und Enkeln auf ewig verbunden sein würde. Ihre Schicksale waren untrennbar miteinander verwoben. Als er den jungen Mann begrüßte, der ihm im Grunde völlig fremd war, hatte er den Eindruck, einen Bruder in den Arm zu schließen.

»Manó«, sagte Nolan nur.

Trotz seiner Erschütterung oder vielleicht gerade deswegen musste Amanón lachen. »So hat mich seit Jahren niemand mehr genannt!«

»Verzeih mir, ich …«

»Lass nur, es gefällt mir«, sagte Amanón. »Ich mag den Spitznamen. Erinnerst du dich an Cael?«, fuhr er fort und wandte sich zu dem Jungen um.

»Ich hätte ihn nicht wiedererkannt«, gestand Nolan und schüttelte Cael die Hand. »Aber ich war auch erst zwölf, als ich meine Eltern das letzte Mal nach Kaul begleitete. Du musst fünf oder sechs Jahre alt gewesen sein.«

»Ich erinnere mich noch gut an den Tag«, sagte Cael versonnen. »Wir drei waren bei Tante Corenn und haben miteinander gespielt. Wir waren Seeräuber und ich unser Kapitän!«, ergänzte er grinsend.

»Gut möglich«, bestätigte Nolan. »Als Kind habe ich

oft Seeräuber gespielt. Mein Vater hat sich immer mit uns verkleidet …«

Alle drei mussten lächeln, aber dann trat betretendes Schweigen ein. Vermutlich ging ihnen allen das Gleiche durch den Kopf. Wo war diese sorglose Zeit nur hin? Bei den Erinnerungen wurde ihnen schmerzlich bewusst, welche tragischen Umstände sie zusammengeführt hatten.

Ein lauter Pfiff riss sie aus ihren Gedanken. Der Mann, der Nolan begleitete, hatte sich auf recht unhöfliche Art bemerkbar gemacht. Erst jetzt wandte sich Amanón ihm zu. Er war von kräftiger Statur und hatte das wüste Aussehen der Söldner, die in den Unteren Königreichen umherzogen. Was machte dieser grobschlächtige Kerl nur in Gesellschaft eines Herzogssohns?

»Das ist Keb«, sagte Nolan. »Er hat mir und Eryne geholfen.«

Trotz dieser Worte fand Amanón den Krieger auf Anhieb eher unsympathisch. In seinen Augen lag leiser Spott, den er angesichts ihrer Lage unangebracht fand. Was hatte er überhaupt hier zu suchen? Das Geheimnis, das Amanón seit drei Tagen mit sich herumtrug, veranlasste ihn zu tiefem Misstrauen. Es gefiel ihm gar nicht, dass ein Fremder von ihrem geheimen Treffpunkt auf dem Platz der Büßer wusste.

»Was ist denn das für ein Name – *Keb?*«, fragte er barscher als beabsichtigt.

»Jedenfalls kein ramgrithischer«, entgegnete der Krieger ebenso schroff. »Anscheinend ist schwarzes Leder in der Wüste immer noch schwer in Mode.«

»Keb ist Wallatte«, warf Nolan hastig ein. »Er ist ein Prinz, der einzige Sohn Königin Chebrees.«

Der Name traf Amanóns wie ein Donnerschlag. Er begriff sofort, was das bedeutete. *Ein Wallatte, ungefähr in seinem Alter. Der Sohn von Königin Chebree.* Entsetzt stieß er Cael beiseite und zog sein Krummschwert.

»Er ist der Sohn des Hexers!«, brüllte er den beiden anderen zu. »Saats Sohn!«

Die Umstehenden wichen zurück und bildeten einen Kreis um die drei Männer und den Jungen neben dem Brunnen. Cael war verwirrt, aber als Amanón den Fremden anstarrte wie ein in die Falle geratenes Tier, zog auch er sein Rapier. Keb hingegen hatte die Arme vor der Brust verschränkt und rührte sich nicht. Dem Jungen grauste bei dem Gedanken, der Krieger könnte das schwere Eisenschwert benutzen, das an seinem Gürtel baumelte. Nolan wiederum schien nicht zu wissen, ob er den Degen ziehen und seinen Freunden helfen oder sich zwischen sie und den Wallatten stellen sollte. Sein Blick huschte von einem zum anderen, während die Umstehenden eifrig zu tuscheln begannen.

»Ich habe keinen Vater«, verkündete Keb schließlich. »Der Mann, von dem du sprichst, bedeutet mir nichts.«

»Er war der Todfeind meiner Eltern!«, rief Amanón. »Ein Ungeheuer, ein feiger Mörder, schuld am Tod Zehntausender Unschuldiger in allen Königreichen!«

»Und? Was geht mich das an? Du kannst ihn verfluchen und auf sein Grab spucken, so viel du willst! Das ist im Übrigen auch die Lieblingsbeschäftigung meiner Mutter«, entgegnete er mit einem schiefen Grinsen.

»Keb hat uns gleich zu Anfang erzählt, dass unsere Eltern Feinde waren«, sagte Nolan beschwörend. »Ich glaube, du solltest deine Waffe jetzt senken, Manó. Sonst verhaften uns noch die Bodonier.«

Angespannt lauerte Cael auf die Reaktion seines Cousins. Als Amanón das Krummschwert widerstrebend zurück in die Scheide steckte, atmete er auf und schob hastig sein Rapier in das Futteral. Er war froh, dass er es nicht hatte benutzen müssen.

»Das ändert gar nichts«, zischte Amanón. »Was hat der Sohn von Emaz Chebree hier zu suchen? Ich kann nicht fassen, dass du ihm vertraust!«

»*Emaz?*«, fragte Nolan und warf Keb einen erstaunten Blick zu.

Die drei haben einander anscheinend viel zu erklären, dachte Cael. Die Schaulustigen traten näher und spitzten neugierig die Ohren, um zu erfahren, worum es bei dem Streit ging.

»Wir müssen hier weg«, flüsterte Cael Amanón zu und wies mit dem Kopf auf die Umstehenden.

Die anderen musterten die Menschenmenge, als merkten sie erst jetzt, dass sie sich mitten auf einem belebten Platz befanden.

»Kennst du einen ruhigen Ort?«, fragte Amanón Nolan. »Euer Haus ist vermutlich nicht sicher, oder?«

»Es wird überwacht. Eryne, Keb und ich übernachten in einer Herberge am Hafen.«

»Und was ist mit deinen Eltern?«

Als er Nolans traurigen Gesichtsausdruck sah, ahnte Cael, dass auch ihnen etwas zugestoßen war. Im Grunde hätte er es wissen müssen, denn dass sich der junge Mann am Brunnen eingefunden hatte, sagte alles.

»Ich habe keine Ahnung, wo sie sind«, antwortete Nolan seufzend. »Sie sind spurlos verschwunden. Schon seit fünf Tagen.«

»Unsere Eltern sind ebenfalls verschwunden. Aber wir werden sie finden«, versprach Amanón. Damit brachte er Nolan zum Schweigen, bevor dieser ihn mit Fragen löchern konnte. »Gehen wir in ein Wirtshaus. Ich bin gespannt auf die Geschichte deines neuen Freundes.«

»Ich bin niemandes Freund«, fuhr Keb grob dazwischen. »Ich soll nur eine Nachricht überbringen. Eure kindischen Sorgen sind mir egal.«

»Umso besser, denn ich habe nicht vor, dich einzuweihen!«, gab Amanón zurück.

Diesmal legte Keb warnend die Hand an den Griff seiner Waffe. Cael wünschte, sie würden endlich gehen. Die Spannung zwischen seinem Cousin und dem Krieger wuchs mit jeder Dezille. Zum Glück mischte sich Nolan abermals ein: »Wenn wir ohnehin in ein Wirtshaus wollen, lasst uns doch einfach in unsere Herberge gehen. Eryne wartet immer ungeduldig auf unsere Rückkehr. Sie wird sich freuen, euch zu sehen.«

»Wart ihr schon mehrmals hier?«, fragte Cael verwundert.

»Heute zum dritten Mal. Ihr seid die Einzigen, die wir bisher getroffen haben. Aber das habt ihr euch bestimmt schon gedacht.«

Cael nickte traurig. Also waren Yan und Léti in den letzten Tagen nicht am Treffpunkt erschienen. Vielleicht würden sie morgen kommen? Ihr erster Versuch war schließlich recht ermutigend gewesen.

»Gut, gehen wir zu eurer Herberge«, entschied Amanón. »Aber ihr müsst vorgehen und uns den Weg zeigen.«

Niemand ließ sich von seinen Worten täuschen. Er wollte nur verhindern, dass der Wallatte hinter ihm lief. Keb schenkte ihm ein zähnefletschendes Grinsen, dann folgte er Nolan durch die Menschenmenge. Bevor auch er sich in Bewegung setzte, warf Cael einen letzten Blick zum Gericht, wo der Ankläger gerade sein Plädoyer hielt. Er hatte keine Ahnung, welcher Fall dort verhandelt wurde, aber was soeben am Brunnen geschehen war, war sicher hundertmal wichtiger.

»Hüte dich vor diesem Keb«, raunte Amanón ihm zu. »Seine Eltern haben unseren Familien die Züu auf den Hals gehetzt. Ich glaube dem Kerl kein Wort!«

Mehr sagte Amanón nicht, und so blieb Cael wieder einmal mit seinen Fragen allein. Hatte der Wallatte etwas mit dem Verschwinden seiner Eltern zu tun? Warum misstraute Amanón ihm? Stammte sein Wissen aus Corenns Tagebuch? Und was stand noch in dem Testament?

Und schließlich: War Eryne, an die er sich nicht erinnert, ebenso streitlustig wie die anderen Erwachsenen? Hoffentlich nicht …

Erynes Herz schlug höher, als sie nicht nur Nolan und Keb, sondern auch fremde Stimmen auf der Treppe hörte. Sie stürzte zur Zimmertür und kämpfte mit dem Riegel, der wie üblich klemmte. Wer mochte die beiden begleiten? Ihre Eltern konnten es jedenfalls nicht sein, denn sie erkannte den Tonfall nicht. Aber vielleicht sprachen Rey und Lana einfach nur zu leise?

Endlich gelang es ihr, die Tür zu öffnen. Voller Hoffnung stürzte sie auf den Treppenabsatz und blieb dort wie angewurzelt stehen. Vier junge Männer starrten ihr verdutzt entgegen.

Die Enttäuschung war groß. Für einen Moment hatte Eryne an ein Wunder geglaubt. Sie riss sich zusammen, lächelte den Neuankömmlingen zu und begrüßte sie mit einem Kopfnicken. Einen der Fremden, der ganz in schwarzes Leder gekleidet war, glaubte sie zu kennen. Es war der Sohn des mürrischen Grigán. Sein Name lautete Ganamón oder so ähnlich. Der andere war noch ein Junge und ihr völlig unbekannt. Sein kleiner Bruder? Beide hatten sonnengebräunte Haut und ausdrucksstarke Augen.

»Auch Euch einen guten Tag!«, polterte Keb.

»Lasst uns schnell ins Zimmer gehen«, sagte Nolan. »Der Wirt hat uns seltsame Blicke zugeworfen, als wir zu viert die Treppe hochgegangen sind«, erklärte er Eryne. »Ich befürchte, dass er uns Scherereien machen könnte.«

Bevor Eryne protestieren konnte, schoben sich die Männer an ihr vorbei und drangen in das letzte bisschen Privatsphäre ein, das ihr geblieben war. Als sie Schritte auf der Treppe hörte, folgte sie ihrem Bruder und den anderen hastig und verriegelte die Tür von innen.

Kurz darauf blieben mehrere Männer auf dem Treppenabsatz stehen. Sie sprachen kein Wort, ebenso wenig wie die jungen Leute hinter der Tür. Nach einem Moment, der ihnen wie eine Ewigkeit vorkam, machten die Fremden kehrt und trampelten die Stufen hinunter.

Dass weiter nichts passiert war, beruhigte Eryne keineswegs. Sie fürchtete sich vor jeder Begegnung mit den zwielichtigen Gästen der Herberge. In den letzten Tagen hatte ihr der Gedanke keine Ruhe gelassen, ein Rohling könnte mit Gewalt in ihr Zimmer eindringen. Ängstlich hatte sie dem Kommen und Gehen auf der Treppe und dem Gebrüll und den Flüchen aus der Schankstube gelauscht. Selbst nachts hatte sie häufig wach gelegen.

Um sich abzulenken, hatte Eryne viel gebetet. Etwas Besseres war ihr nicht eingefallen. Diese Prüfung musste ihr von den Göttern auferlegt worden sein. Welchen Frevel sie auch begangen haben mochte, sie fand, dass es Strafe genug war, in dieser Kaschemme zu übernachten.

Außerdem verbrachte sie viel Zeit damit, über Keb nachzudenken. Der Wallatte war aber auch kaum zu überhören! Seine laute Stimme übertönte meistens die der anderen Trunkenbolde. Im Grunde fand sie alles, was er tat oder sagte, abstoßend, und doch musste sie zugeben, dass er eine seltsame Anziehungskraft auf sie ausübte. Er war so anders als die jungen Edelmänner, mit denen sie sonst verkehrte. So frei und unbekümmert … Nichts war für Keb von Belang, selbst Geld nicht. Noch dazu hatte seine Stärke, ja selbst seine Grausamkeit eine beruhigende Wirkung auf sie! Eryne war froh, ihn in ihrer Nähe zu wissen. Wenn er mit Nolan in der Stadt war, konnte sie sicher sein, dass er ihren kleinen Bruder beschützen würde.

Doch Gebete und Tagträume füllten keine drei Tage, und so hatte sich Eryne noch eine andere Beschäftigung suchen müssen. Gleich als Erstes hatte sie die schmuddelige Bettwäsche abgezogen und Nolan losgeschickt, um saubere Laken und Kleider zum Wechseln zu kaufen. Weil sie diese Verbesserung als tröstlich empfand, nahm sie sich als Nächstes die Waschschüssel vor, deren Verzierungen unter einer Schmutzkruste verschwanden. Sie überwand ihren Ekel und schrubbte die Schüssel von allen

Seiten, als wäre sie eine Reliquie. Als Putzlappen benutzte sie eins der Seidenhemden, die ihr Bruder gekauft hatte. Das blasse Rosa hatte ihr ohnehin nicht gefallen …

Obwohl sie eigentlich eine tiefe Abneigung gegen jegliche Hausarbeit hegte, verschönerte Eryne so nach und nach das ganze Zimmer. Sie wünschte sogar, es wäre größer gewesen, denn dann hätte sie mehr zu tun gehabt. Allerdings war es mit einem Schrank, einem Tisch, zwei Stühlen und der Waschschüssel vergleichsweise herrschaftlich eingerichtet. Kebs und Nolans Kammer waren winzig: drei Schritte breit und vier lang.

Deshalb hatte ihr Bruder die anderen vermutlich auch in ihr Zimmer gebeten. Wie immer hatte sich Keb sogleich auf das Bett mit den makellos glattgezogenen Laken geflätzt. Die beiden Neuen standen am Fenster und blickten auf die schäbige Gasse hinunter, während Nolan verzagt darauf wartete, dass er sie einander vorstellen konnte.

Aber darum brauchte er sich nicht zu kümmern. Gricháns Sohn trat rasch auf Eryne zu, hauchte ihr einen Kuss auf den Handrücken und verbeugte sich knapp. Offenbar waren ihm die Sitten und Gebräuche des höfischen Lebens vertraut.

»Eryne, bitte verzeiht den unangekündigten Besuch«, sagte er zu ihrer Überraschung. »Vielleicht erinnert Ihr Euch an mich? Als Kinder sind wir uns im Haus Eurer Eltern begegnet. Amanón Derkel.«

Keb prustete los und überließ es den anderen, den Grund für seinen plötzlichen Heiterkeitsausbruch zu erahnen. Eryne nahm es dem Krieger übel, dass er ihr diesen Moment verdarb. Es schien ihr eine Ewigkeit her zu sein, dass man sie wie die Tochter eines Herzogs behandelt hatte – und dabei war Roban erst seit vier Tagen tot.

»Ich erinnere mich gut an Euch«, log sie. »Ich freue mich, Euch wiederzusehen, auch wenn ich wünschte, die Umstände wären andere. Seid Ihr meinem Bruder auf der Straße begegnet?«

»Wir trafen uns auf dem Platz der Büßer, am vereinbarten Ort«, erklärte Nolan. »Manós Eltern sind ebenfalls verschwunden. Und Caels auch.«

Die Nachricht ließ Eryne für einen Moment erstarren. Was hatte das zu bedeuten? Wie viele Menschen wurden noch von der Grauen Legion verfolgt? Und aus welchem Grund? Warum waren ausgerechnet Reyans und Lanas Freunde von den Legionären entführt worden und keiner ihrer zahlreichen anderen Bekannten, unter denen sich viele Maz und Edelleute befanden?

»Ich muss mich setzen«, sagte sie mit zittriger Stimme.

Der Junge, der sich bisher im Hintergrund gehalten hatte, brachte ihr einen Stuhl, während Amanón Keb, der sich immer noch auf dem Bett lümmelte, finstere Blicke zuwarf. Eryne war keine dieser feinen Damen, die eine Ohnmacht vortäuschten, nur um sich in den Vordergrund zu spielen. Sie hatte in den vergangenen Tagen schon zweimal das Bewusstsein verloren, und auch diesmal war ihr ganz schwindelig. Aber das war kein Wunder. Ihr Bruder hatte von einer großangelegten Verschwörung gesprochen, und die Ereignisse schienen ihm Recht zu geben. Das Unheil, das sie bedrohte, würde nicht einfach aus der Welt verschwinden. Sie hatten einen mächtigen Feind, und sie wussten weder, wer er war, noch, warum er es auf sie abgesehen hatte.

Noch nie hatte sich Eryne so schutzlos gefühlt. Noch nie hatte sie sich so sehr nach einer starken Schulter gesehnt. Einem Vater, einem Bruder, einem Freund. Nach irgendwem.

»Wir müssen reden«, sagte Nolan ernst. »Jeder muss den anderen erzählen, was er weiß.«

»Richtig. Aber erst, wenn wir unter uns sind«, erwiderte Amanón und starrte Kebree unverhohlen an. »He, du. Du sagtest doch, unsere Sorgen seien dir egal. Warum gehst du nicht eine Runde spazieren? Unser Gespräch wird dich ohnehin nicht interessieren.«

»Alles, was mir hilft, Lana so schnell wie möglich zu finden, interessiert mich«, antwortete der Wallatte barsch.

»Manó, er hat uns das Leben gerettet«, warf Nolan ein.

»Das halte ich ihm ja auch zugute. Aber auf keinen Fall werden wir unsere Familiengeheimnisse vor ihm ausbreiten!«

»Er bleibt hier«, sagte Eryne mit fester Stimme.

Die vier Männer starrten sie verdutzt an. Aber sie war sich selten einer Sache so sicher gewesen.

»Er bleibt hier«, wiederholte sie in dem Ton, mit dem sie sonst lästige Verehrer abzuservieren pflegte. »Keb gehört zu uns. Und damit basta.«

Nachdem Nolan drei Tage in Kebs Gesellschaft verbracht hatte, bereute er nicht, ihm vertraut zu haben. Deshalb gab er seiner Schwester insgeheim Recht, auch wenn er dem Streit, der in der Luft lag, am liebsten aus dem Weg gegangen wäre. Amanón schien einen gewichtigen Grund zu haben, Keb von ihrem Gespräch auszuschließen. Wenn die Geschwister darauf bestanden, dass er blieb, konnte es gut sein, dass Amanón aus dem Zimmer stürmte und sich allein auf die Suche nach seinen Eltern machte. Das hätte ihnen gerade noch gefehlt!

»Ihr beliebt zu scherzen«, sagte Amanón aufgebracht zu Eryne. »Wenn Ihr wüsstet, was seine Eltern Euren und meinen angetan haben …«

»Na und?«, fiel sie ihm ins Wort. »Die Schatten der Vergangenheit kümmern mich nicht! Kebree ist als Freund zu uns gekommen, und er hat seine Loyalität mehr als einmal unter Beweis gestellt. Verzeiht, Amanón, ich will Euch nicht verärgern. Aber genauso gut könnte ich Euch misstrauen! Schließlich kenne ich Euch kaum!«

Mit so etwas hatte Amanón nicht gerechnet. Er starrte sie mit offenem Mund an, dann stieß er einen schweren Seufzer aus und trat ans Fenster. Cael folgte ihm mit dem Blick. Keb lag immer noch auf dem Bett, die Hände hinter dem Kopf verschränkt, und beobachtete sie belustigt, als ginge ihn das alles nichts an.

»Keb kennt unsere Geschichte«, sagte Nolan. »Was haben wir vor ihm zu verbergen?«

Amanón drehte sich zu ihm um und sah ihm eine Weile in die Augen, ohne auf die Frage einzugehen. Doch Nolan verstand ihn auch so. Der Kaulaner hatte ihnen etwas mitzuteilen. Wenn er das Geheimnis so verbissen hütete, musste es äußerst bedeutsam sein. Verheimlichte nicht auch er seiner eigenen Schwester etwas Wichtiges? Vielleicht hielt jeder von ihnen ein Teil des Puzzles in der Hand und wollte nur nicht als Erster mit der Sprache herausrücken.

»Wenn Ihr wüsstet«, sagte Amanón schließlich. »Wenn Ihr nur wüsstet … Dann würdet Ihr mich verstehen. Dann würdet Ihr mir Recht geben.« Er seufzte noch einmal und wandte sich dem Wallatten zu. »Ich werde nicht nachgeben, bevor du mir nicht deine Geschichte erzählt hast! Als Erstes möchte ich wissen, was du hier in Lorelia zu suchen hast.«

»Und du?«, fragte Keb unbeeindruckt zurück.

»Jetzt reicht's aber!«, brüllte Eryne unvermittelt. »Hört auf, alle beide! Ich hasse Hahnenkämpfe!«

Die beiden Männer starrten sie verdattert an. Nolan nickte seiner Schwester dankbar zu. Ihre Art, den Streit zu schlichten, war etwas ungewöhnlich, schien aber zu wirken. Keb richtete sich auf und sah Amanón herausfordernd an.

»Meine Mutter hat mich gebeten, Emaz Lana aufzusuchen und sie nach Goran zu bringen«, verkündete er. »So einfach ist das.«

»Warum? Was soll sie in Goran?«

»Königin Chebree erwartet sie dort«, warf Nolan ein. »Offenbar will sie unserer Mutter dafür danken, dass sie während der Schlacht am Blumenberg ihr Leben verschonte.«

»*Danken?*«, knurrte Amanón. »Und warum kommt Chebree dann nicht selbst nach Lorelia?«

Keb zuckte mit den Schultern. »Sie muss sich für ihre Entscheidungen nicht rechtfertigen«, sagte er ungerührt. »Sie ist zwar meine Mutter, aber sie ist auch Königin. Außerdem ist sie der einzige Mensch, von dem ich mir Befehle erteilen lasse.«

»Wie ungemein praktisch! *Sakkar!*«, fluchte Amanón.

»Das ist doch eine plumpe Falle, seht Ihr das nicht? Ich kann kaum glauben, dass Chebree überhaupt Königin geworden ist! Zuerst war sie nicht mehr als Saats Mätresse, eine Konkubine unter vielen anderen. Und dann machte der Hexer sie aus einer Laune heraus zur Emaz.«

»Emaz?«, fragte Eryne erstaunt. »Eine Hohepriesterin? Von welcher Religion?«

»Das müsst Ihr Euren neuen Gefährten fragen«, sagte Amanón schadenfroh. »Er wird es Euch sicher gern erklären!«

Keb saß mit gesenktem Kopf auf dem Bettrand. Das lange Haar fiel ihm ins Gesicht, und sein Schweigen hatte etwas Bedrohliches. Er krallte die Hände in die Decke, an seiner Schläfe pochte eine Ader, und Nolan rechnete damit, dass er Amanón jeden Moment an die Gurgel sprang. Der Kaulanerwar ja auch nicht gerade sparsam mit Vorwürfen!

»Meine Mutter war Königin, lange bevor Saat die Völker des Ostens in den Krieg führte«, sagte Keb mit gepresster Stimme. »Die Ahnenreihe der B'ree ist mindestens doppelt so lang wie die der lorelischen Könige. Wenn du mir noch einmal den gebührenden Respekt verweigerst, Ramgrith, nur ein einziges Mal, schlage ich dir mit meiner Lowa den Schädel ein.«

Mit diesen Worten hob er den Blick und starrte Amanón rachsüchtig an. Das Gesicht des Kaulaners verfinsterte sich noch etwas mehr. Der Streit wäre vermutlich eskaliert, hätte sich Cael nicht plötzlich zu Wort gemeldet.

»Ihr seid ein Prinz? Und eines Tages werdet Ihr König sein?«

Die Erwachsenen drehten sich zu dem Jungen um, der bislang geschwiegen hatte. Cael machte ein derart argloses Gesicht, dass er damit selbst Keb entwaffnete.

»Ja, eines Tages werde ich König von Wallos sein«, sagte er freimütig.

»Ist das ein großes Land?«, setzte Cael nach.

Nolan bewunderte Caels Pfiffigkeit. Als die Anspannung unerträglich zu werden drohte, beruhigte der Junge die erhitzten Gemüter, indem er kindliche Unschuld vortäuschte. Mit seinen naiven Fragen hatte er Keb seinen Stolz zurückgegeben.

»Früher war das Königreich sehr viel größer«, erklärte Keb. »Saat stürzte mein Land ins Chaos. Nach dem Krieg nutzten Solener und Thalitten unsere Schwäche aus und machten uns Gebiete streitig. Meine Mutter war die einzige wallattische Anführerin, die die Schlacht überlebt hatte. Es gelang ihr, die Klans zu vereinen und aus Trümmern ein neues Königreich zu errichten, wo zuvor nur Elend geherrscht hatte. Seither ist das Wild in die Wälder zurückgekehrt und auf den Feldern gedeiht Getreide, aber wir müssen unsere Grenzen ständig gegen feindliche Angriffe verteidigen.«

»Na schön. Deine Mutter ist also Königin, und die Ahnenlinie der B'ree reicht weit in die Vergangenheit zurück«, brummte Amanón. »Aber eins wüsste ich nur zu gern: Was ist aus der Alten Religion geworden?«

Nolan durchfuhr ein eisiger Schauer. *Die Alte Religion.* So nannte man in Ith die … Als er … Sein Herz begann zu rasen, und ihm brach der kalte Schweiß aus. Was wusste Amanón? Und Keb? Und was hatte die Mutter des Kriegers damit zu tun?

»Chebree schwor dem Bezwinger vor zwanzig Jahren ab«, sagte Keb. »Sie hat verfügt, dass im Königreich Wallos nicht einmal sein Name ausgesprochen werden darf. Sie hasste es, Emaz zu sein, und sie hat diesen Titel nie wieder gebraucht. Die Alte Religion existiert nicht mehr.«

Während Schweigen eintrat, grübelte Amanón darüber nach, ob er Keb trauen konnte. Nolan hingegen war völlig aus der Fassung. Schuldgefühle fraßen ihn von innen auf.

»Ich würde dir ja gern glauben«, sagte Amanón. »Vermutlich sagst du die Wahrheit. Aber ich kann das Risiko nicht eingehen. Tut mir leid.«

Nach kurzem Zögern erhob sich Keb und stapfte zur Tür.

»Und wenn schon!«, knurrte er und schob den Riegel zurück. »Ich habe ohnehin Besseres zu tun, als mir anzuhören, wie ihr euren Eltern hinterherweint! Mit-Tag ist längst vorbei, und ich habe Hunger und Durst!«

Ohne ein weiteres Wort stürmte er hinaus, schlug die Tür mit einem Knall hinter sich zu und trampelte die Treppe hinunter. Amanón ging zur Tür, verriegelte sie und trat dann zum Fenster, um die Straße zu beobachten.

Eryne funkelte ihn an. »Seid Ihr stolz auf Euch?«, platzte sie heraus. »Was, wenn er nicht zurückkommt?«

»Das wäre umso besser«, befand Amanón. »Er bringt uns nur in Gefahr.«

»In Gefahr? Welche Gefahr? Meint Ihr die Gefahr, auf der Straße niedergestochen zu werden? Wer soll uns denn jetzt beschützen, wenn wir angegriffen werden? Ihr etwa, mit Eurem Buschmesser? Oder mein kleiner Bruder mit seinem albernen Degen? Oder wollt Ihr Euch etwa auf dieses Kind da verlassen?«

»Ich bin vierzehn«, sagte Cael empört.

»Die Absichten dieses Keb mögen ehrenhaft sein, aber unsere Schwierigkeiten gehen ihn nichts an«, beharrte Amanón.

»Sie gehen ihn nichts an? Er hat vor meinen Augen drei Männer getötet, um uns zu retten! Was braucht Ihr denn noch?«

»Darum geht es nicht. Er ist anders als wir. Ihm fehlt *das hier.*«

Mit diesen Worten zog Amanón einen Anhänger unter seiner schwarzen Lederkluft hervor, und Cael tat es ihm gleich. Sie trugen den gleichen Schmuck wie die Geschwister Kercyan. Nolan und seine Schwester wechselten einen verblüfften Blick. Was hatte das zu bedeuten?

Als er Nolans und Erynes neugierige Gesichter sah, begriff Cael, dass sie wie er keine Ahnung hatten, was es mit den Anhängern auf sich hatte. Wann würde Amanón ihnen endlich erzählen, welches Geheimnis Corenns Tagebuch enthielt? Sein Cousin schien mehr über die Vergangenheit ihrer Eltern zu wissen als sie alle zusammen. Und wie kam er auf die Idee, Kebs Vater sei ein Hexer und seine Mutter eine schwarze Priesterin?

»Woher habt Ihr die Anhänger?«, fragte Eryne. »Ich und Nolan tragen die gleichen. Es handelt sich um Familienerbstücke der Herzoge von Kercyan.«

Als Nolan und Eryne ihre Anhänger vorzeigten, riss

Cael die Augen auf. Er kam sich vor wie bei der Zusammenkunft eines Geheimbunds.

»Sie haben nichts mit dem lorelischen Adel zu tun«, erklärte Amanón. »Eure Eltern haben das vielleicht nur behauptet, damit Ihr den Schmuck tragt, oder Ihr habt Euch die Geschichte ausgedacht. Wie auch immer. Glaubt Ihr mir jetzt, dass zwischen uns Bande bestehen, die Keb nichts angehen?«

»Kann sein«, sagte Eryne nachdenklich. »Was hat es mit diesen Anhängern auf sich?«

»Davon später«, antwortete Amanón. »Wir haben viel zu besprechen. Wir sollten der Reihe nach vorgehen. Ich schlage vor, dass jeder seine Geschichte erzählt. Würdet Ihr anfangen?«

Eryne ergriff das Wort und schilderte die Tragödie, die ihr Leben auf den Kopf gestellt hatte: Wie sie im Haus ihrer Eltern auf deren Rückkehr gehofft hatte, wie sie sich vor dem Wallatten gefürchtet hatte, der vor ihrer Tür ausharrte und wie sie mit ihrem Bruder bei einem Freund im Villenviertel der Stadt Zuflucht gefunden hatte.

Zwischendurch erzählte Nolan den anderen von dem geheimen unterirdischen Gang und erwies damit der Freundschaft Ehre, die ihre Eltern verband. Dann berichtete Eryne mit zitternder Stimme, wie Unbekannte den Grafen von Sarcy grausam ermordet hatten, wie verzweifelt sie gewesen waren und wie Kebree ihnen zu Hilfe gekommen war.

Als sie vom Heldenmut des Kriegers schwärmte, dämmerte den anderen, warum sie unbedingt gewollt hatte, dass Keb blieb.

»Ich verstehe einfach nicht, wie die Graue Legion es angestellt hat, meine Eltern in ihrem eigenen Haus zu überfallen und zu entführen«, schloss Eryne. »Die Legionäre mögen über die beste Ausrüstung verfügen, aber durch Wände gehen können sie nicht!«

»Mich wundert das nicht«, murmelte Amanón.

Mehr sagte er nicht. Cael vermutete, dass sein Cousin wie er an die Valiponden dachte. Aber die Lorelier waren von anderen Leuten als er und Amanón angegriffen worden. Wie war das möglich? Dass ihre Eltern gleichzeitig und unter ähnlichen Umständen verschwunden waren, konnte kein Zufall sein.

»Du bist dran, Cael«, sagte sein Cousin.

Dem Jungen war zwar ein wenig unwohl bei dem Gedanken, sich zwei Menschen anzuvertrauen, die ihm im Grunde völlig fremd waren, aber er kam Amanóns Aufforderung pflichtbewusst nach. Er berichtete von seinem nächtlichen Ausflug in die Bibliothek des Großen Hauses und davon, wie sein Freund Janlin ein Gespräch belauscht hatte, bei dem sein Name gefallen war. Dann erzählte er von der Falle, die ihm die Valiponden gestellt hatten, von der Flucht quer durchs Land zum Gestüt seiner Eltern und von der grauenvollen Nacht, die er neben der Leiche des Stallknechts verbracht hatte. Er endete damit, wie er Amanón begegnet war, und überließ es seinem Cousin, vom gemeinsamen Teil ihrer Reise zu erzählen.

Das Einzige, was er verschwieg, war die Stimme in seinem Kopf. Sie hatte ihn diesmal mehrere Dekanten lang heimgesucht, doch seine Erinnerungen an diese Zeit versanken in einer Art Nebel. Cael wollte nicht, dass die anderen ihn für geisteskrank hielten, auch wenn er manchmal selbst befürchtete, nicht ganz bei Sinnen zu sein.

Die Geschwister hörten ihm aufmerksam zu und äußerten Mitgefühl, weil er so viel durchgemacht hatte. Vor allem Nolan schien erschüttert von der Rolle, die die Valiponden in der Geschichte spielten. Aber das war ja auch kein Wunder: Vermutlich hatte er damit gerechnet, dass die Graue Legion auch in Kaul ihr Unwesen getrieben hatte. Nun musste er sich an den Gedanken gewöhnen, dass sie obendrein von einer fanatischen Sekte verfolgt wurden.

Als Letzter erzählte Amanón seine Geschichte. Er berichtete, wie ihm die Valiponden im Haus seiner Eltern aufgelauert hatten, von seiner Entdeckung, dass die Mörder das Große Haus infiltriert hatten, und von seinem Ritt nach Eza. Eryne erschauderte, als der junge Mann die Narben an seinen Handgelenken zeigte, die die Schlingen hinterlassen hatten, und Nolan starrte entsetzt auf die Amulette mit dem Abbild der Netzwerferspinne, die Amanón auf den Tisch legte. Einer war mit Blut überkrustet.

»Aber was haben die Valiponden mit der Grauen Legion zu tun?«, fragte Eryne. »Das passt doch nicht zusammen!«

»Vielleicht ist einer der Offiziere der Grauen Legion Mitglied der Sekte«, sagte Amanón nachdenklich. »Dann hätten die Valiponden eine ganze Schar von Spionen zu ihrer Verfügung. Die Legionäre sind es gewohnt zu gehorchen, ohne Fragen zu stellen, wie Ihr ja bereits festgestellt habt. Sie ahnen vermutlich nicht, dass sie eigentlich für die Gegenseite arbeiten.«

»Sollten wir dann nicht den Kommandanten der Legion benachrichtigen?«, schlug Cael vor. »Er könnte eine Untersuchung durchführen oder …«

»Niemand weiß, wer die Legion anführt«, entgegnete Nolan. »Der Kommandant ist nur dem König Rechenschaft schuldig. Und wir können nicht einfach so beim König vorsprechen, vor allem nicht jetzt, wo unser Vater des Hochverrats bezichtigt wird.«

»Außerdem könnte der König selbst ein Valiponde sein«, ergänzte Amanón.

»Oh, nein«, empörte sich Eryne. »Das geht zu weit.«

»Warum?«, fragte Amanón. »Wir müssen vom Schlimmsten ausgehen. Hättet Ihr vor einer Dekade gedacht, dass Ihr Euch in einer solchen Lage wiederfinden würdet?«

»Nein, aber deshalb müssen wir ja nicht gleich den alten Bondrian beschuldigen, ein Mörder zu sein. Ihr solltet ihn sehen! Um seinen Thron zu besteigen, braucht er die Hilfe von zwei Dienern.«

»Ich bleibe dabei: Wir dürfen niemandem trauen«, beharrte Amanón. »Ich hätte es auch nie für möglich gehalten, dass fanatische Mörder im Großen Haus ein und aus gehen. Ich habe nicht vor, aus Leichtgläubigkeit mein Leben zu riskieren.«

Cael konnte seinem Cousin nur zustimmen. Auch ihn hatte der Angriff auf sein Elternhaus tief erschüttert. Nun wartete er ungeduldig darauf, dass Amanón auf Corenns Testament zu sprechen kam. Er wollte endlich wissen, welche Geheimnisse es barg!

»Ihr glaubt also, dass unsere Eltern allesamt von den Valiponden entführt worden sind?«, fragte Eryne.

»Das habe ich nicht gesagt«, widersprach Amanón. »Alles ist möglich. Vielleicht steckt noch jemand anders dahinter.«

Eryne riss die Augen auf. »Allmählich habe ich das Gefühl, dass Ihr mir nur Angst machen wollt!«, klagte sie. »Jemand anders? Wer denn? Die Züu?«

»Mag sein. Vielleicht stehen sie mit den Valiponden im Bunde. Oder wir haben es mit einem noch viel schrecklicheren Feind zu tun.«

»Aber warum sollten es die Valiponden auf Cael abgesehen haben?«, warf Nolan ein.

Alle wandten sich zu dem Novizen um, der seit einer Weile nichts mehr gesagt hatte. Amanón war zwar kurz davor gewesen, ihnen endlich von Corenns Tagebuch zu erzählen, aber da Cael die Frage des Loreliers auch wichtig fand, war er bereit, ihm die Verzögerung zu verzeihen.

»Du meinst: Warum haben es die Valiponden auf unsere Familien abgesehen?«, verbesserte ihn Eryne.

»Nein«, widersprach ihr Bruder. »Ich frage mich, warum sie versucht haben, Cael lebend zu verschleppen, während sie alle anderen töten wollten: Amanón, dich, mich, den Stallknecht …«

»Wir wissen doch gar nicht, ob die Legionäre uns töten wollten«, sagte Eryne mit tonloser Stimme.

»Das hast du vor kurzem aber noch ganz anders gesehen«, entgegnete er. »Du weißt genau, dass ich Recht habe! Wir werden in ganz Lorelien als Verräter gesucht. In wenigen Dekaden wird der König unser Hab und Gut beschlagnahmen lassen, ob er nun mit den Valiponden unter einer Decke steckt oder nicht. Glaubst du tatsächlich, die Graue Legion würde sich die Mühe machen, uns vor Gericht zu stellen?«

Eryne antwortete nicht, aber der Schmerz, der sich auf

ihrem Gesicht abzeichnete, sprach Bände. Sie schluckte ihren Kummer hinunter, verschränkte stolz die Arme vor der Brust und starrte ins Leere.

»Möglicherweise liegt des Rätsels Lösung bei Cael«, fuhr Nolan fort. »Wenn wir herausfinden, warum die Valiponden hinter ihm her sind, hilft uns das vielleicht weiter.«

Jetzt war es an dem Jungen, große Augen zu machen. Mit so etwas hatte er nicht gerechnet. Noch nie hatte er die Sache in diesem Licht betrachtet. Wie auch? Er war niemand Besonderes und besaß nichts, was eine Sekte, die ihm noch dazu bis vor kurzem unbekannt gewesen war, interessieren könnte.

Was wollten die Mörder bloß von ihm? Was hatten sie mit ihm vor?

»Was du sagst, ist gar nicht so weit von der Wahrheit entfernt«, bemerkte Amanón, während Cael dastand wie vom Donner gerührt. »Ich glaube, es ist an der Zeit, Euch etwas mitzuteilen. Meine Mutter hat mir eine Art Testament hinterlassen«, erklärte er und legte sich eine Hand auf die Brust. »Darin beschreibt sie die Vergangenheit unserer Eltern. Und sie spricht von Cael«, schloss er ernst.

Plötzlich waren die Blicke aller drei Erwachsener auf Cael gerichtet. Was hatte das zu bedeuten? Was wusste Corenn über ihn? Als er sich an die argwöhnischen Blicke seines Cousins erinnerte, wurde Cael angst und bange. Was auch immer Amanón zu sagen hatte, war vermutlich nicht angenehm …

In diesem Augenblick wurde ihr Gespräch jäh unterbrochen: Drei Schläge gegen die Tür ließen sie zusammenfahren. Das hatte ihnen gerade noch gefehlt!

»Das muss Keb sein«, flüsterte Eryne.

»Ich habe gesehen, wie er die Straße hinuntergegangen ist«, murmelte Amanón. »Er kann nicht schon wieder zurück sein!«

Sie rührten sich nicht, und wieder hämmerte es mehrmals an der Tür. Cael hatte keine Schritte auf der Treppe gehört. Entweder war er zu sehr in ihr Gespräch vertieft gewesen, oder der Unbekannte hatte sich auf Zehenspitzen die Treppe heraufgeschlichen.

Plötzlich erschütterte ein heftiger Stoß die Tür. Eryne schlug entsetzt die Hände vors Gesicht, sprang von ihrem Stuhl auf und floh ans andere Ende des Zimmers, während Amanón sein Krummschwert und Nolan den Stockdegen zog. Als Cael sein Rapier packte, klopfte sein Herz zum Zerspringen. Die Tür erbebte unter den Schlägen einer Axt, deren Klinge bereits zum Vorschein kam. Die beiden Männer und der Junge stellten sich im Halbkreis vor der Tür auf, als die Angeln mit einem Krachen nachgaben.

Mindestens zehn mit Messern und Knüppeln bewaffnete Kerle drängten sich auf dem Treppenabsatz. Mittendrin stand der Herbergswirt.

»Die Gilde der Drei Schritte duldet es nicht, wenn Fremde auf eigene Rechnung arbeiten!«, rief er keuchend. »Ich lasse nicht zu, dass eine dahergelaufene Hure mir das Geschäft verdirbt.«

Mit der Axt in der Hand trat er einen Schritt vor.

Instinktiv hatte sich Amanón zwischen Cael und Nolan gestellt. Jetzt trat er näher an seinen Cousin heran, um ihn zu beschützen. Aber war er dazu überhaupt in der

Lage? Vor wenigen Tagen hatte er zum ersten Mal in seinem Leben kämpfen müssen, und das Schicksal war ihm bei seinem Sieg über die Valiponden gnädig gewesen. Wenn man Eryne glaubte, hatte ihr Bruder nicht mehr Erfahrung als er selbst, und Cael hatte noch nie Fechtunterricht genommen! In diesem ungleichen Kampf hatten sie keine Chance.

»*Wen* nennt Ihr eine Hure?«, brüllte Eryne plötzlich.

Amanón warf einen raschen Blick über die Schulter. Sie hatte vor Empörung einen hochroten Kopf. Dabei war in ihrer Lage nichts wichtiger, als Ruhe zu bewahren.

»Wir wollen keinen Ärger«, sagte Amanón zu den Männern. »Lasst uns gehen, dann wird es keine Verletzten geben.«

»Ich frage Euch noch einmal: *Wen* nennt Ihr hier eine Hure?«, beharrte Eryne wutschnaubend.

»Gib mir deine Einnahmen, liederliches Weib!«, befahl der Wirt. »Und euch anderen werde ich schon noch austreiben, mir Konkurrenz machen zu wollen.«

»Liederliches Weib?«, stieß Eryne fassungslos hervor.

»Ihr irrt Euch«, begann Nolan. »Wir sind keine …«

»Halt die Klappe! Ich habe dich und deinen stämmigen Freund schon eine ganze Weile im Auge! Glaubst du etwa, ich sehe seelenruhig zu, wie du hier dein Geschäft betreibst? Ich habe genau beobachtet, wie ihr jeden Tag auf Kundenfang gegangen seid. Und jetzt habt ihr auch noch ein Kind angeschleppt!«

»Ich bin *vierzehn*«, sagte Cael zähneknirschend.

»Liederliches Weib?«, wiederholte Eryne mit sich überschlagender Stimme.

»Ihr seid auf dem Holzweg«, sagte Amanón ungeduldig. »Ihr seht doch, dass hier nicht das passiert, was Ihr glaubt. Wenn Ihr uns vor die Tür setzen wollt, soll uns das nur recht sein. Gebt den Weg frei, und wir verschwinden.«

Anstatt auf diesen Vorschlag einzugehen, trat der Wirt einen weiteren Schritt vor. Er musste nur noch den Arm heben, um die Axt auf Amanóns Schädel niedersausen zu lassen. Der junge Mann umklammerte den Griff seines Krummschwerts fester und stellte sich darauf ein, den Schlag abzuwehren. Hinter dem Wirt schoben sich drei weitere Männer ins Zimmer. Man sah ihnen schon an der Visage an, in welchem Gewerbe sie arbeiteten. Vermutlich hatte der Wirt sie in irgendeiner finsteren Gasse aufgegabelt. Mehrere hatten ein blaues Auge und Schrammen im Gesicht, als kämen sie gerade von einer anderen Prügelei. Von solchen Kerlen durfte man kein Mitleid erwarten.

»Natürlich werdet ihr von hier verduften!«, sagte der Wirt mit zusammengekniffenen Augen. »Aber das Mädchen bleibt hier. Und ihr bekommt eine gehörige Abreibung!«

Mehr noch als diese Drohung war es die plötzliche Anspannung im Körper seines Gegners, die Amanón in Alarmbereitschaft versetzte. Das Blut schoss ihm durch die Adern, und ehe er sich versah, trat er dem Wirt kräftig zwischen die Beine. Der Mann, der gerade ausgeholt hatte, um Amanón mit der flachen Seite seiner Axt eins überzuziehen, ging mit schmerzverzerrtem Gesicht in die Knie. Amanón gelang es gerade noch, die Axt mit dem Fuß beiseitezuschieben, bevor die anderen Kerle zum Angriff übergingen.

Ihr einziger Vorteil war die Enge des Zimmers. Die Männer konnten nicht alle gleichzeitig durch die Tür stürmen, weil sie sonst ihre Komplizen in der vordersten Reihe gegen die ihnen entgegengestreckten Schwerter gedrängt hätten. So gelang es Nolan, Cael und Amanón, sich ihre Gegner einigermaßen vom Leib zu halten. Allzu lang würden sie jedoch nicht standhalten können. Nach ein paar herausfordernden Schlägen gegen die Klingen und ein oder zwei Finten stieß einer der Kerle Cael gegen die Wand und schlug ihm das Rapier aus der Hand.

Amanón kam seinem Cousin sogleich zu Hilfe, indem er seinem Angreifer mit dem Krummschwert in die Seite stach. Der Mann fluchte und wich zurück, aber in der Zwischenzeit hatten sich seine Komplizen auf Nolan gestürzt, der nun allein vor der Tür stand. Mit drei Knüppelschlägen entwaffneten sie ihn und drängten ihn einen Schritt ins Zimmer zurück. Zwei weitere Angreifer packten die Gelegenheit beim Schopf und schoben sich durch die Tür, während die übrigen Männer auf dem Treppenabsatz lauerten.

Amanón wollte Nolan zu Hilfe eilen, da nun mehrere Kerle auf ihn eindroschen, aber der Wirt, der immer noch auf dem Boden lag, packte seinen Knöchel und hinderte ihn am Eingreifen. Der Kaulaner zögerte, einen Unbewaffneten mit dem Schwert anzugreifen, und versuchte stattdessen, sich mit Fußtritten zu befreien. Neben ihm bemühte sich Nolan, die Schläge, die auf ihn niederprasselten, mit seinen hageren Armen abzuwehren. Eryne, die immer noch hinten stand, war jede Aufmüpfigkeit vergangen. Zitternd hob sie die Axt auf und presste sie an sich, während einer der Kerle sich ihr mit lüsternem Blick näherte. Ihre Lage war ausweglos. Als einer der Männer

Cael zu Boden schleuderte und mit Fußtritten traktierte, warf Amanón all seine Prinzipien über Bord und hieb mit dem Krummschwert auf das Handgelenk des Wirts ein.

Als dieser vor Schmerz aufschrie, erstarrten alle für einen kurzen Moment, nur um sich dann noch erbarmungsloser in den Kampf zu stürzen. Nachdem er sich endlich aus dem Klammergriff des Wirts befreit hatte, ließ Amanón sein Schwert im Kreis durch die Luft sausen. So gelang es ihm zumindest, Cael zu schützen, der sich auf dem Boden zusammenkrümmte. Aber im Grunde standen sie auf verlorenem Posten. Drei Kerle umzingelten die beiden Cousins, zwei droschen immer noch auf Nolan ein, und zwei weitere hatten Eryne mittlerweile die Axt entrissen.

Nun versuchte Amanón nicht länger, seine Gegner zurückzudrängen, sondern sie außer Gefecht zu setzen. Damit erreichte er allerdings nur, dass sie noch erbitterter angriffen. Anstelle der Knüppel zückten sie nun Dolche und zielten auf den Bauch statt auf Arme und Beine. Plötzlich überkam Amanón entsetzliche Angst. Ihm wurde klar, dass er hier in einem schäbigen Zimmer in einer lorelischen Absteige, weit entfernt von Kaul und Griteh, vielleicht seinen letzten Atemzug tun würde. Der Gedanke an den Tod war grauenvoll, aber noch schlimmer war die Vorstellung, sein Geheimnis mit ins Grab nehmen zu müssen. Würden die Erben sterben, ohne sich ihrem Schicksal stellen zu können?

Die Angst vervielfachte seine Kräfte, und er schlug wild um sich. Es gelang ihm, zwei seiner Gegner schlimme Wunden zuzufügen, dem einen an der Schulter und dem anderen am Arm, aber seine Attacken schienen ihre Komplizen nur noch mehr anzustacheln. Die Männer, die Nolan zusammengeschlagen hatten, ließen nun von ihm ab und stürzten sich ebenfalls auf Amanón. Von hinten rief Eryne um Hilfe, während sie sich gegen zwei Kerle zur Wehr setzte, die sie zum Bett zerren wollten. Cael, der nun unbewaffnet war, suchte hinter dem Rücken seines Cousins Schutz.

Amanón hatte schon alle Hoffnung aufgegeben, als vom Treppenabsatz her Schreie ertönten. Nach wenigen Augenblicken begriffen alle, dass draußen ein zweiter Kampf tobte. Amanón nutzte die kurzzeitige Unaufmerksamkeit seiner Gegner, um zwei von ihnen an den Beinen zu verwunden. Die Verletzten taumelten fluchend und stöhnend zurück, was ihm eine kurze Verschnaufpause verschaffte. Rasch sah er sich zur Tür um.

Plötzlich verschwanden die beiden Kerle, die den Eingang bewacht hatten, aus Amanóns Blick. Zwei Fäuste mit eisernen Armschienen hatten sie am Kragen gepackt. Mit einem Poltern flogen die Männer die Treppe hinunter. Im nächsten Moment erschien Keb im Türrahmen.

Er fletschte die Zähne, was ihn wie einen Wahnsinnigen aussehen ließ. Vom Bett aus, wo sie sich im Griff der Wüstlinge wand, rief Eryne mit bebender Stimme seinen Namen. Der Krieger zog die Lowa, die an seinem Gürtel hing, und stürzte mit wehenden Haaren ins Zimmer. Mit drei brutalen Hieben schlug er einem Mann den Schädel ein und brach einem zweiten das Genick.

Amanón schöpfte neuen Mut. Er parierte einen Dolchstoß, der gegen seinen Magen gerichtet war, und schlug dem Angreifer kurzerhand den Arm ab. Der Mann kam nicht mehr dazu, einen Schrei auszustoßen, weil Keb ihn mit einem Hieb in den Rücken niederstreckte. Der Wirt und seine Spießgesellen erkannten, dass es höchste Zeit war, das Weite zu suchen, und rannten zur Tür hinaus. Keb schlug einen von ihnen im Vorbeigehen nieder und wandte sich dann den Männern zu, die Eryne bedrängten.

Die beiden waren die letzten verbliebenen Angreifer. Amanón trat neben Keb, während Cael zu Nolan eilte, der bewusstlos am Boden lag. Die Kerle schienen nicht so recht zu wissen, was sie tun sollten. Sie ließen Eryne los, die sich hochrot vor Scham und Wut in Sicherheit brachte und ihre Kleider zurechtzog. Die Lorelier erhoben sich vom Bett und fuchtelten drohend mit ihren Dolchen herum.

»Lasst uns vorbei«, befahl der eine mit finsterer Miene. »Sonst …«

»Natürlich«, sagte Keb gelassen.

Sein Grinsen wurde noch breiter. Amanón wich langsam zurück, aber die Männer schienen dem Frieden nicht recht zu trauen. Schließlich trat einer von ihnen zögernd einen Schritt vor. Keb tötete ihn mit einem einzigen Hieb seiner Lowa. Die Schädel der beiden Männer prallten mit voller Wucht gegeneinander, was Keb nicht daran hinderte, den Überlebenden mit einem weiteren Schlag niederzustrecken.

»Musste das sein?«, protestierte Amanón. »Was hast du davon, sie zu töten?«

»Frag die Prinzessin«, erwiderte Keb und wies auf Eryne.

Amanón sah zu der jungen Frau hinüber, deren Gesicht hart wie Stein war. Sie blieb stumm und gab keinem von ihnen Recht. Selbst der angewiderte Blick, mit dem sie die Leichen bedachte, war unergründlich.

»Nolan wacht auf!«, rief Cael.

»Gut. Wir müssen hier weg«, befand Amanón. »Es würde mich zwar wundern, wenn sie zurückkämen, aber man weiß ja nie …«

Er wandte sich zu Keb um, der die Taschen seiner Opfer durchsuchte. Bei diesem Anblick stockte er, als bereute er schon jetzt, die Worte auszusprechen.

»Hol deine Sachen. Und beeil dich, falls du mit uns kommst.«

Keb hielt seinem Blick einen Moment lang stand und nickte dann wortlos. Amanón erschauderte. Er hoffte, dass er die richtige Entscheidung getroffen hatte.

Jedes Mal, wenn Eryne das Gesicht ihres Bruders sah, spürte sie einen Stich im Herzen. Nolan hatte so viel Prügel bezogen, dass es vermutlich mehrere Dekaden dauern würde, bis die Prellungen heilten. Die Kerle hatten ihm eine Platzwunde an der Augenbraue zugefügt, ihm einen Zahn ausgeschlagen, und seine linke Wange war so geschwollen, dass es aussah, als würde sie jeden Moment platzen. Dabei hatte er seinen Kopf mit den Armen geschützt und sich so vor Schlimmerem bewahrt. Sein ganzer Körper musste ihm wehtun. Trotzdem lief Nolan mit erhobenem Kinn und entschlossenem Blick neben ihnen durch die Straßen Lorelias.

Keb hatte Nolans Wunde genäht, während die Kaulaner ihre Sachen zusammenpackten und Eryne ihm wortreich für seine Hilfe dankte. Selbst Amanón hatte eingesehen, dass sie es ohne ihn nicht geschafft hätten. Was wäre ohne den wallattischen Prinzen aus ihr geworden? Bei der Erinnerung an den widerwärtigen Mundgeruch und die schmutzigen Hände der Kerle drehte sich Eryne der Magen um. Es war bereits ein paar Mal vorgekommen, dass Männer nach einem feuchtfröhlichen Gelage etwas übereifrig gewesen waren, aber ein oder zwei Ohrfeigen hatten stets genügt, um die erhitzten Gemüter zu kühlen. Diese Kerle hingegen hätten nicht von ihr abgelassen.

Kebree hatte das Schlimmste verhindert. Alle fünf waren mit dem Leben davongekommen. Nun hasteten sie zum alten Hafen, ihre Waffen und das Gepäck in der Hand. Natürlich hatten sie so schnell wie möglich aus der Herberge fliehen müssen, aber Eryne fand es trotzdem merkwürdig, dass sie nicht über ihr Ziel gesprochen hatten. Was wollte Amanón am Hafen? Die Herbergen und Wirtshäuser dort waren vom gleichen Schlag wie die Spelunke, in der sie bisher übernachtet hatten.

Trotzdem konnte sie es kaum erwarten, eine neue Unterkunft zu beziehen, auch wenn es nur vorübergehend war. Allein für ein heißes Bad, ein Stück Seife und eine Bürste hätte sie die Hälfte der Familienersparnisse hergegeben. Außerdem fürchtete sie, auf der Straße trotz ihrer Verkleidung erkannt zu werden. Nicht zuletzt hatte sie es eilig, das Gespräch mit den beiden Kaulanern fortzuführen. Amanón hatte ihnen scheinbar etwas Wichtiges zu offenbaren. Vielleicht wusste er sogar etwas über den Verbleib ihrer Eltern, oder er hatte eine Idee, wo sie nach ihnen suchen konnten. Allein der Beweis, dass sie noch am Leben waren, würde Eryne genügen.

Sie vermisste ihre Mutter und ihren Vater schmerzlich. Sie waren erst seit wenigen Tagen auf der Flucht, aber es kam ihr vor, als wären bereits mehrere Monde vergangen. Würde sie jemals wieder in ihr behütetes Leben zurückkehren? Vielleicht, dachte sie und warf Keb einen raschen Blick aus dem Augenwinkel zu. Vielleicht, wenn sie weiterhin zusammenhielten.

Während sie über ihre Zukunft nachgrübelte, erreichten sie den Hafen. Eryne war bislang noch nie in diesem Viertel gewesen, hatte es höchstens ein paar Mal in der Kutsche durchquert und sich dabei stets angewidert die Nase zugehalten. Jeder Ziegel der heruntergekommenen Lagerhallen und jeder schmierige Pflasterstein stank nach brackigem Meerwasser und fauligen Algen. Mehrere Landungsbrücken, an denen unzählige Boote unterschiedlicher Größe und Form festgemacht waren, ragten auf das Mittenmeer hinaus. Die prächtigen Kriegsschiffe und Jachten ankerten im königlichen Hafen im Süden der Stadt, weshalb es hier im Norden nur kleinere Barkassen, Kähne und Jollen gab. Die Hälfte der Schiffe diente dem Fischfang, die andere Hälfte dem Handel mit Benelia und den Fürstentümern. Eine bunt zusammengewürfelte Menschenmenge bevölkerte den Hafen, und aus allen Richtungen erschallten die Rufe der Seeleute. In das Stimmengewirr mischten sich die Schreie der Koriolen und Amoamöwen, die über dem Viertel schwirrten wie Mücken über einem Sumpfgebiet.

»Was wollen wir eigentlich hier?«, fragte Cael irgendwann, während er sich mit großen Augen umsah.

Alle warteten auf Amanóns Antwort, doch der Kaulaner marschierte schweigend weiter, und so folgten sie ihm noch ein Stück. Plötzlich blieb er vor einem der Anleger stehen und betrat zu ihrer Überraschung die Holzplanken. Auf einem verwitterten Schild stand »Fischsteg«. Was wollten sie hier, wo bekanntermaßen Schiffe verkauft wurden?

»Wollt Ihr uns etwa auf einem Boot unterbringen?«, fragte Eryne empört und schloss zu Amanón auf.

»Kommt ganz auf das Angebot an«, antwortete er, ohne sie eines Blickes zu würdigen. »Es ist nicht gesagt, dass wir mit den Leuten ins Geschäft kommen.«

Das brachte das Fass zum Überlaufen! Eryne packte Amanón am Arm und zwang ihn, stehen zu bleiben. Er mochte klug und besonnen sein, doch das hieß noch lange nicht, dass er sich alles erlauben konnte.

»Ist Euch schon mal der Gedanke gekommen, dass wir da ein Wörtchen mitzureden haben?«, rief sie empört. »Ich kann mich nicht entsinnen, dass wir Euch zu unserem Anführer erkoren hätten!«

Amanón riss erstaunt die Augen auf, aber Eryne bereute ihre Worte nicht. Da sie vermutlich einige Zeit miteinander verbringen würden, war es besser, gleich zu Anfang einige Dinge klarzustellen.

»Ihr habt Recht«, antwortete er kleinlaut. »Verzeiht. Ich reise meist allein und bin es gewohnt, Entscheidungen zu treffen, ohne andere nach ihrer Meinung zu fragen.«

»Aber warum ein Boot?«, warf Nolan ein.

»Wir werden bald in See stechen müssen«, sagte Amanón. »Hier können wir nicht offen reden, aber ich werde Euch alles erklären, sobald wir in Sicherheit sind. Versprochen! Fürs Erste möchte ich Euch bitten, mir zu vertrauen.«

In See stechen! Eryne verbarg ihre Verblüffung nicht. Wohin würden sie fahren? Außer einer Handvoll unbewohnter Inseln gab es vor der lorelischen Küste nichts. Amanón wollte doch nicht etwa eine mehrtägige Schiffsreise unternehmen?

»Und wer wird das Boot steuern?«, fragte Nolan. »Ich bin viele Male nach Maz Nen übergesetzt, aber immer nur als Passagier.«

»Ich weiß, wie man das Ruder hält und ein Segel setzt«, verkündete Cael mit stolzgeschwellter Brust. »Schließlich bin ich am Meer aufgewachsen!«

»Und ich habe eine ungefähre Ahnung davon, wie man navigiert«, fügte Amanón hinzu. »Für unser Vorhaben reicht das allemal.«

»Solange ich nicht rudern muss, habe ich nichts dagegen«, befand Keb.

Alle Blicke richteten sich auf Eryne, und sie begriff, dass ihr die endgültige Entscheidung zukam. Auch wenn sie es nicht anders gewollt hatte, saß sie nun in der Zwickmühle. Sie hatte nicht die geringste Lust, an Bord eines der Kähne zu gehen, die am Steg festgemacht waren. Aber wie hätte sie sich weigern können, nachdem sich Amanón so höflich bei ihr entschuldigt hatte?

»Damit eins klar ist: Ich werde keinen Fuß auf ein Boot setzen, das nur noch vom Dreck über Wasser gehalten wird!«, verkündete sie. »Und wehe, ich bekomme auch nur eine einzige Ratte zu Gesicht!«

»Aber zwei oder drei Mäuse wären in Ordnung?«, scherzte Keb.

»Und sollten wir auf dem Schiff schlafen«, fuhr sie fort, »brauche ich eine eigene Kabine! Mit einem Schloss!«

»Eryne«, mischte sich Nolan ein. »Vielleicht haben wir keine Wahl. Schließlich ist das auch eine Frage des Geldes.«

»Komm mir nicht damit! Ich weiß, dass Vater einen Haufen Münzen im Keller versteckt hatte. In deinem Rucksack befinden sich genug Terzen, um dem König seine Krone abzukaufen! Davon könnten wir uns vier oder fünf dieser Wracks leisten.«

»Aber wir müssen sparsam sein«, wandte ihr Bruder ein. »Schließlich wissen wir nicht, wie lange wir von dem Geld leben müssen.«

»Ich werde mich keinen Tag länger im Dreck suhlen!«, versetzte Eryne mit hochroten Wangen.

Sie schob ruckartig ihre Kapuze zurück und löste den silbernen Kamm, der ihr Haar zusammenhielt. Blonde Strähnen ergossen sich über ihre Schultern, was ihr bewundernde Blicke von Keb, Amanón und selbst Cael eintrug. Doch sie war viel zu entrüstet, um es zu bemerken.

»Wenn das so ist, verkauf diese Haarspange und besorg mir dafür eine anständige Unterkunft!«, rief sie zornig. »Es ist der letzte Schmuck, der mir geblieben ist, aber ich nehme an, das ist dir egal.«

»Das wird nicht nötig sein«, warf Amanón ein. »Auch ich habe bei meinem Aufbruch aus dem Matriarchat genug Geld mitgenommen. Wenn wir zusammenlegen, müssten wir ein passendes Schiff finden, ohne dass Ihr Euren Schmuck opfern müsst.«

Erynes Wut schmolz dahin wie Schnee in der Sonne. Der Kaulaner konnte sehr charmant sein, auch wenn er es nur selten zeigte. Meist war er eher verschlossen, und zudem wirkte er häufig bedrückt.

Mittlerweise war Eryne wieder einiges zu Amanón eingefallen. Zum Beispiel, dass er Übersetzer war. Das erklärte, warum er die höfischen Sitten so gut kannte. Trotzdem sah er in seiner schwarzen Lederkluft und mit dem Krummschwert fast genauso wild aus wie Kebree – allerdings waren sein rabenschwarzes Haar und der schmale Bart wesentlich gepflegter.

»Ihr wollt *zusammen* ein Boot kaufen?«, fragte Cael verblüfft.

»Warum nicht?«, antwortete Amanón. »Wenn wir es nicht mehr brauchen, können wir es jederzeit wieder verkaufen. Unsere Eltern haben im Übrigen vor zwanzig Jahren genau das Gleiche getan. Ihr Segelschiff war die *Othenor.*«

»Das war mir neu«, sagte Nolan. »Was ist aus dem Schiff geworden?«

»Sie mussten es in Romin zurücklassen«, erklärte Amanón. »Vielleicht liegt es noch immer dort, wenn niemand es gestohlen oder zu Brennholz verarbeitet hat. An den Ufern der Urae soll sich allerlei Gesindel herumtreiben.«

Eryne begann, Amanón mit ganz neuen Augen zu sehen. Er wusste so viel über die Vergangenheit ihrer Eltern und die Welt im Allgemeinen … Auch war er ganz anders als alle Männer, die sie kannte.

Als sie über seinen Charakter nachsann, wurde ihr warm ums Herz. Amanóns Besonnenheit, seine Umsicht und sein Weitblick flößten ihr Vertrauen ein. Er hatte etwas von einem treusorgenden Familienvater, und Eryne hatte den Eindruck, dass sie sich ganz und gar auf ihn verlassen konnte. Eigentlich hatte sie nichts dagegen, dass er die Führung übernahm. Niemals würde er seinen Willen mit Gewalt durchsetzen, und das sprach eindeutig für ihn.

Während sie sich die zum Verkauf stehenden Schiffe ansahen, dämmerte Eryne, dass sie die nächsten Tage in der Gesellschaft von vier Männern verbringen würde, darunter ihr Bruder und ein vierzehnjähriger Junge. Die beiden anderen faszinierten sie jeder auf seine Art. Sie hatten ihre Stärken und Schwächen und waren dabei so unterschiedlich wie Tag und Nacht. Am liebsten hätte die junge Frau beide zu ihrem offiziellen Beschützer ernannt.

So begannen ihre schlaflosen Nächte.

Die Sonne versank am Horizont und färbte das romische Meer im Westen glutrot. Für Nolan war es ein langer Tag gewesen. Seit der Begegnung mit Cael und Manó auf dem Platz der Büßer hatte er keine ruhige Dezille gehabt. Doch auch dieser kostbare Moment des Friedens würde bald vorbei sein. Unter Deck kochten seine Gefährten ihre erste Mahlzeit an Bord der *Rubikant,* ihrem neuen Schiff. Sobald das Essen fertig war, würden sie ihn rufen, und dann würden sie endlich erfahren, was Amanón ihnen zu erzählen hatte.

Gedankenverloren strich er über die Reling. Bei der Bewegung zuckte er vor Schmerz zusammen. Er wusste nicht, wie viele Schläge er eingesteckt hatte, aber sein ganzer Körper tat ihm weh. Dennoch empfand Nolan weder Scham noch Wut. Er hatte seine gerechte Strafe bekommen. Nachdem er sich hilflos auf dem Boden zusammengekrümmt hatte, während die Angreifer brutal auf ihn eindroschen, hatte er endlich das Gefühl, seinen Freunden in die Augen sehen zu können. Sein Fehler war dadurch zwar nicht ausgemerzt, aber er hatte nun den Mut, sich den anderen anzuvertrauen. Heute Abend würde er es ihnen sagen.

Wenn er nicht wieder einen Rückzieher machte.

Seufzend drehte er sich um und lehnte sich mit dem Rücken an die Reling. Die *Rubikant* war eine typische lorelische Gabiere, ungefähr zehn Schritte lang und mit zwei Masten, ein Segelschiff für kürzere Handelsfahrten, das keine größeren Ladungen transportieren konnte. Genau das, wonach Amanón Ausschau gehalten hatte. Zum Glück war es auch bei Eryne Liebe auf den ersten Blick gewesen. *Dieses und kein anderes!*, hatte sie entzückt ausgerufen. Zweifelsohne hatte der hervorragende Zustand der Gabiere eine entscheidende Rolle gespielt. Der Verkäufer hatte diese Tatsache während der Besichtigung im Übrigen immer wieder betont, und so hatte er schließlich ein Drittel ihres Geldes eingestrichen.

Nachdem das Geschäft besiegelt war, hatte sich Eryne plötzlich zum Feldwebel berufen gefühlt. Sie übernahm die Unterbringung der Gefährten, wies jedem seinen Platz zu und verstaute das Gepäck. Anschließend erstellte sie eine Liste mit nötigen Vorräten und schickte Manó und Cael zum Einkaufen. Keb wiederum behauptete, Wache halten zu wollen, und streckte sich genüsslich auf dem Steg aus, wo er nichts tat, als in die Wolken zu schauen.

So war Nolan für eine Weile mit seiner Schwester allein gewesen, aber er fand einfach nicht den richtigen Moment, um mit ihr zu sprechen. Eryne eilte die ganze Zeit unter Deck hin und her, inspizierte Kojen, Schränke und Staukästen, räumte Dinge von hier nach dort, schrubbte Dielen und schuftete wie noch nie zuvor in ihrem Leben. Im Haus ihrer Eltern hatte sie nie auch nur einen Finger krummgemacht. Eryne sagte, es gefalle ihr, dass die Gabiere ihnen ganz allein gehörte. Gewissermaßen sei das Schiff nun ihr Zuhause. Doch Nolan ließ sich nicht täuschen: Eryne arbeitete so emsig, um ihre Angst zu vergessen. Es war ganz einfach unmöglich, dass sich seine Schwester tatsächlich darüber freute, in einem Hafen zu übernachten. Trotzdem war es ihm natürlich lieber, wenn sie sich ablenkte, anstatt vor Kummer zu vergehen.

Irgendwann steckte ihn ihr Tatendrang an, und er ging Eryne zur Hand, soweit es sein geschundener Körper zuließ. Gemeinsam bezogen sie in den beiden Kabinen die Betten. Eine der Kabinen hatte die junge Frau in Beschlag genommen, die andere hatte sie Cael zugewiesen, obwohl dieser höflich protestiert hatte. Keb meldete ebenfalls Interesse an, doch angesichts von Erynes empörter Reaktion gab der Krieger klein bei und entschied sich für eine der sechs Kojen in der Kajüte, in der auch Manó und Nolan schlafen würden.

So waren die Dekanten nach dem Mit-Tag wie im Flug vergangen, und da alle hungrig waren, hatten sie beschlossen, früh zu Abend zu essen. Als der Duft nach gebratenem Fleisch und gekochtem Gemüse zu ihm aufstieg, lief Nolan das Wasser im Mund zusammen. Er sah noch einmal zum purpurroten Horizont und warf einen letzten Blick auf den Hafen, wo Hunderte Boote auf den Wellen schaukelten und sanft gegeneinanderschlugen. Die *Rubikant* lag etwas versteckt an einem verlassenen

Steg, denn Manó hatte darauf bestanden, sie abseits der anderen Schiffe festzumachen.

Aber deshalb sind wir noch lange nicht in Sicherheit, dachte Nolan, als er die Treppe hinabstieg. Bei jeder Stufe zuckte er vor Schmerz zusammen.

Ohne seinen Cousin wäre Cael todunglücklich gewesen. Wenn er über seine Lage nachdachte, fragte er sich, was er hier eigentlich verloren hatte. Warum saß er mit Leuten, die er kaum kannte, in der Kajüte eines lorelischen Schiffs im hintersten Winkel eines fremden Hafens? Die einzige Verbindung zwischen ihnen waren die Anhänger, die sie alle um den Hals trugen, und die Freundschaft ihrer Eltern.

Beim Essen waren sie fröhlich und ausgelassen und lobten Erynes Kochkünste. Sie war selbst überrascht von dem Ergebnis. Gewiss, das Gemüse war vielleicht ein wenig bissfest, das Fleisch versalzen und die Mengen nicht richtig bemessen, aber etwas Warmes in den Magen zu bekommen, tat so gut, dass sie sich nicht daran störten, zumal sich Eryne große Mühe gegeben hatte. Sie war es offenkundig nicht gewohnt, sich die Finger in der Küche schmutzig zu machen. Hätte einer von ihnen eine abfällige Bemerkung gemacht, hätte sie vermutlich nie wieder einen Topf angefasst, das war allen klar.

Caels Unbehagen hatte also nichts mit der vergnügten Stimmung bei Tisch zu tun, sondern mit seiner Ungeduld. Sie vertrödelten ihre Zeit! War er denn der Einzige, der daran dachte, warum sie hier waren? Keiner der Erwachsenen hatte bisher den Kampf in der Herberge oder

Amanóns Ankündigung erwähnt, ihnen etwas Wichtiges mitteilen zu wollen. Ganz zu schweigen davon, dass sie ihre Pläne für die nächsten Tage schmieden mussten.

Erst nach dem Essen, während Kebree das letzte Stück Fleisch direkt aus dem Topf aß, trat längeres Schweigen ein, und die Gesichter wurden ernst. Nolans Neugier war offenbar ebenso groß wie Caels.

»Manó, du hast ein Testament erwähnt, das dir deine Mutter hinterlassen hat«, sagte er unvermittelt. »Willst du uns nicht davon erzählen?«

Amanón stützte die Ellbogen auf, nickte kurz und warf Keb einen raschen Blick zu. Der Krieger war der Einzige, der es nicht zu bemerken schien.

»Oh, nein!«, rief Eryne. »Soll das etwa heißen, dass Ihr ihm immer noch misstraut? Was spielt es schon für eine Rolle, ob Keb einen Anhänger hat oder nicht? Er gehört zu uns!«

»Was für einen Anhänger?«, fragte der Wallatte neugierig.

Eryne zeigte stumm auf das Schmuckstück auf ihrer Brust, während Nolan seine Kette unter dem Hemd hervorzog und sie dem Krieger hinhielt, ohne sie abzunehmen. Keb musterte die silberne Scheibe aufmerksam, ließ sie dann los und kramte in den Taschen seiner Wildlederhose.

Mit einem schiefen Grinsen legte er schließlich einen Stein mitten auf den Tisch. Die Ähnlichkeit mit Nolans und Erynes Anhänger war nicht zu übersehen.

»Es ist ein Glücksbringer«, erklärte er. »Ich trage ihn, seit ich denken kann, aber ich weiß nicht, woher er stammt. Außer meiner Mutter hat niemand so einen. Zumindest dachte ich das bisher. Woher habt ihr eure? Und wie habt ihr sie in diese Münze gesetzt bekommen?«

»Nimm ihn sofort wieder an dich«, sagte Amanón mit tonloser Stimme.

Alle Blicke richteten sich auf den Kaulaner, der kreidebleich geworden war. Die Angst stand ihm ins Gesicht geschrieben.

»Nimm den Stein!«, befahl er und drückte ihn dem Krieger in die Hand. »Chebree hat dir doch gewiss gesagt, dass du ihn niemals ablegen sollst, oder?«

Kurz flackerte Wut auf Kebs Gesicht auf, doch als sich Amanón wieder setzte, beruhigte er sich. Er betrachtete den schlichten Stein in seiner Handfläche und schob ihn dann wieder in die Hosentasche.

»Woher weißt du das?«, fragte er argwöhnisch. »Meine Mutter pflegt ihren Aberglauben zu verheimlichen. Niemand weiß davon!«

»Und sie tut gut daran«, antwortete Amanón, dem der Schreck noch immer anzusehen war. »Unsere Anhänger und dein Stein sind keine Talismane oder Familienerbstücke. Ich weiß, dass es sich verrückt anhört, aber sie haben eine besondere Kraft. Vermutlich verdanken wir ihnen unser Leben!«

»Was redest du da für einen Unsinn?«, knurrte Keb.

»Geht es hier etwa um *Magie*?«, setzte Eryne nach. »Das meint Ihr doch nicht ernst!«

Im ersten Moment fand Cael den Gedanken genauso absurd. Doch als ihm die Seiten mit den rätselhaften Symbolen in Corenns Tagebuch einfielen, kamen ihm Zweifel.

»Was für eine besondere Kraft?«, murmelte er.

Ihre Nerven waren zum Zerreißen gespannt. Draußen war es mittlerweile stockfinster. Die *Rubikant* schwankte auf den Wellen, die Kerze flackerte und Schatten huschten über die Wände. *Genau der richtige Ort und die richtige Tageszeit, um sich über Zauberei zu unterhalten!*, dachte Cael mit einem mulmigen Gefühl.

»Nun redet schon!«, drängte Eryne.

»Die Anhänger machen uns nicht stärker oder klüger«, erklärte Amanón. »Sie heilen keine Wunden und kurieren keine Krankheiten. Sie haben nur einen einzigen Nutzen, der in unserem Fall aber von größter Bedeutung ist: *Sie machen uns für die Götter unsichtbar.*«

»Pff«, schnaubte Keb. »So ein Schwachsinn!«

An Amanóns flehendem Blick erkannte Cael, dass er überzeugt war, die Wahrheit zu sprechen. Er wusste nicht, welche der beiden Möglichkeiten beängstigender war: dass sie magische Anhänger brauchten, um ihr Leben zu schützen, oder dass das Unglück der letzten Tage Amanón um den Verstand gebracht hatte.

»Was erzählt Ihr denn da?«, rief Eryne fassungslos. »Wo habt Ihr nur diese Hirngespinste her?«

»Aus dem Tagebuch meiner Mutter«, antwortete Amanón. »Darin schildert sie die Erlebnisse unserer Eltern im Jahr vor der Schlacht am Blumenberg. Und sie spricht von unseren Vorfahren, bis hin zu unseren Ururgroßeltern.«

»Amanón, verzeiht, aber was hat das mit den Anhängern zu tun?«, fragte sie. »Ich bezweifle nicht, dass Corenn viele Erinnerungen in ihrem Tagebuch festgehalten hat, aber könnt Ihr uns nicht einfach sagen, was Ihr wisst?«

Die anderen schienen das Gleiche zu denken, denn alle

schwiegen gespannt, während Amanón reglos dasaß. Als er endlich das Wort ergriff, klang seine Stimme beinahe ehrfürchtig.

»Vor rund hundertvierzig Jahren besuchte ein geheimnisvoller Mann alle Länder und Königreiche der bekannten Welt. Er bat die Herrscher, einen Gesandten zu ernennen, der ihn auf eine Reise begleiten sollte. Der Fremde hieß Nol, und die Reise führte sie auf die Insel Ji, einige Seemeilen von hier entfernt. Unter den Gesandten befanden sich Rafa Derkel, Yon und Tiramis aus Kaul und Reyan von Kercyan der Ältere. Unsere Vorfahren.«

»Wollt Ihr damit sagen, dass unsere Vorfahren einander schon vor fast anderthalb Jahrhunderten begegnet sind?«, fragte Nolan verblüfft.

»Sie sind sich nicht nur begegnet«, erwiderte Amanón. »Sie wurden Freunde, aber mit der Zeit verlor sich der Kontakt zwischen den Familien. Auch wir haben schließlich viel weniger miteinander zu tun als unsere Eltern. Leider.«

»Und was geschah auf der Insel?«, fragte Eryne. »Ich nehme an, dieser Nol hatte einen Plan?«

»Kennt Ihr die Geschichte tatsächlich nicht?«, fragte Amanón. »Ihr müsst doch zumindest wissen, dass Reyan dem Älteren nach dieser Reise der Herzogtitel aberkannt wurde?«

Die Geschwister Kercyan wechselten einen verwunderten Blick.

»Vater hängt nicht gerade an der Vergangenheit«, erklärte Nolan. »Er sagte nur, sein Ururgroßvater sei beim damaligen König in Ungnade gefallen.«

»Das stimmt auch«, meinte Amanón. »Tatsächlich wurde Eurem Vorfahr der Titel aberkannt, weil er sich weigerte, von der Reise und ihrem Geheimnis zu berichten. Damals sprach man an den Königshöfen von nichts anderem, und sein Schweigen kostete Reyan den Älteren den Adelstitel.«

»Was für ein Geheimnis meinst du?«, fragte Cael.

Amanón zögerte eine ganze Weile mit der Antwort, und sein Blick huschte immer wieder zu Keb. Dann begann er unvermittelt zu sprechen, als wollte er das Ganze so schnell wie möglich hinter sich bringen.

»Als alle Gesandten auf der Insel versammelt waren, führte Nol sie in eine unterirdische Höhle«, sagte er halblaut. »Ein Suchtrupp, der ein paar Tage später losgeschickt wurde, fand keine Spur von ihnen. Erst sechs Dekaden später kehrten sie zurück.«

»Wie das?«, erkundigte sich Eryne. »Wo waren sie in der Zwischenzeit?«

»Sie durchschritten eine Pforte«, antwortete Amanón. »Eine magische Pforte, die sie an einen absonderlichen Ort führte: die Kinderstube der Götter. Und unsere Eltern besuchten diesen Ort ebenfalls«, fügte er hinzu, während die anderen ihn mit offenen Mündern anstarrten.

Die Kerze war fast heruntergebrannt, und in der Kajüte wurde es immer düstererer. In Lorelia hatte es soeben zu Mit-Nacht geschlagen, und an Bord der *Rubikant* entdeckte eine Handvoll junger Leute eine neue Welt. Eine gefährliche Welt, in der Dämonen unter den Menschen weilten und von den Sterblichen selbst erschaffen wurden.

Amanón erzählte so lange, bis ihm ganz schwindelig war. Es gab so viel vom Abenteuer ihrer Vorfahren zu berichten. Seine Gefährten schienen das begriffen zu haben, denn nachdem sie ihn anfangs mehrmals unterbrochen hatten, lauschten sie nun wortlos. Da er Corenns Tagebuch wieder und wieder gelesen hatte, wusste er auswendig, was auf Ji geschehen war. Fast war es, als wäre er selbst dabei gewesen, und weil er ein begnadeter Erzähler war, klang die Schilderung abwechselnd wie ein Abenteuerroman, ein Heldenepos und eine Geschichtschronik.

Amanón befürchtete jedoch, die anderen könnten alles für erfunden halten, schließlich hatte er keine Beweise. Auch er selbst konnte seiner Mutter nur vertrauen. Er glaubte ihr jedenfalls jedes Wort, so verrückt ihr Bericht auch klingen mochte. Nun stand er vor einer schwierigen Aufgabe: Er musste seine Gefährten überzeugen, die letzten Erben von Ji.

Der Anfang war am schwersten gewesen. Nachdem er vom Verschwinden der Gesandten berichtet hatte, war der Rest nur so aus ihm herausgesprudelt, während Cael, Eryne, Nolan und selbst Kebree ihn mit offenem Mund anstarrten. Aus Rücksicht auf den Krieger spielte Amanón Saats und vor allem Chebrees Schuld an den Ereignissen herunter.

Es war das einzige Mal, dass er etwas beschönigte. Ansonsten hielt er sich streng an die Wahrheit, auch wenn er nicht jede Einzelheit, die Corenn in ihrem Tagebuch offenbart hatte, wiedergeben konnte.

Den Inhalt des letzten Hefts verschwieg er den anderen allerdings. Dafür war es noch zu früh. Er endete damit, wie ihre Eltern die Anhänger an ihre Kinder weitergegeben hatten, und wartete dann ungeduldig auf die Reaktion der anderen.

Merkwürdigerweise blieb diese vorerst aus. Cael starrte auf seinen Anhänger hinunter, Keb hatte wie immer ein schiefes Grinsen aufgesetzt, und Nolan war kreidebleich und wirkte schon seit einer ganzen Weile wie betäubt. Eryne wiederum schien nicht bemerkt zu haben, dass die Geschichte zu Ende war, oder sie brauchte noch etwas Zeit, um alles zu verarbeiten.

»Wenn ich Euch richtig verstanden habe …«, begann sie gedankenverloren.

Als Eryne merkte, dass alle sie aufmerksam ansahen, setzte sie sich kerzengerade hin.

»Nein«, sagte sie. »Verzeiht, aber das kann ich nicht glauben! Ist Euch klar, dass Ihr von meinen *Eltern* sprecht? Von mir aus mag es diesen Hexer mit seinen Zauberkräften gegeben haben und vielleicht sogar diesen Dämon, der ihm aufs Wort gehorchte. Aber magische Pforten! Und dann dieses Jal'dadings, in dem angeblich die Götter heranwachsen! Es kann nicht sein, dass meine Eltern von einem solchen Ort wussten und uns nichts davon erzählt haben!«

»Vielleicht hätten sie es eines Tages getan«, murmelte Amanón, weil ihm nichts Besseres einfiel.

»Und dann diese seltsame Prophezeiung!«, fuhr Eryne fort. »Warum in aller Welt sollten ausgerechnet wir vom Schicksal auserwählt sein, gegen einen Dämon zu kämpfen? Mir kommt ja kaum die Frage über die Lippen. Das ist doch vollkommen verrückt!«

»Und doch ist es so«, beharrte Amanón. »Saat hetzte

unseren Eltern die Züu auf den Hals, um den Erzfeind zu vernichten. Das war sein einziges Ziel!«

Erneut trat Schweigen ein, während Cael, Nolan und Kebree auf Erynes Antwort lauerten.

»Nehmen wir einmal an, Ihr hättet Recht«, sagte sie nachdenklich. »Nehmen wir an, Saat hätte zumindest fest daran geglaubt, dass es zwischen unseren Familien und seinem Dämon zu einem Kampf auf Leben und Tod kommen würde. Und bei allem Respekt, den ich vor der hochverehrten Ratsfrau Corenn habe: Nehmen wir auch an, dass er unsere Eltern von der Wahrheit dieser Prophezeiung überzeugen konnte. Aber trotzdem! Fühlt Ihr Euch etwa dazu imstande, gegen einen Dämon zu kämpfen?«

»Natürlich nicht«, sagte Amanón. »Niemand kann das von sich behaupten. Aber ich muss Euch wohl nicht daran erinnern, dass unsere Eltern verschwunden sind und wir nicht wissen, unter welchen Umständen und aus welchem Grund! Nur eins können wir mit Gewissheit sagen: Sie trugen keine Anhänger. Anders als wir standen sie nicht mehr unter ihrem Schutz.«

Die Kerzenflamme flackerte und drohte zu erlöschen. Eryne eilte zu der Schublade, in der sie die Vorräte verstaut hatte. Das war wirklich nicht der richtige Moment, um im Dunkeln zu sitzen.

»Du glaubst, dass unsere Eltern von einem Dämon entführt worden sind?«, fragte Cael beklommen.

»Kann sein … Ich weiß es nicht«, antwortete Amanón ausweichend. »Genauso gut könnten sie Gefangene der Züu oder der Valiponden sein, oder sich irgendwo versteckt halten, so wie wir. Besser, wir denken nicht darüber nach.«

»Und wie soll das bitte schön gehen?«, fragte Eryne schnippisch. »Ich habe ohnehin jede Nacht Alpträume. Und jetzt musstet Ihr uns auch noch von diesem furchtbaren Ungeheuer erzählen!«

»Immerhin habt Ihr nicht die Leichen Eurer Eltern gefunden«, warf Keb ein. »Solange es keine Leichen gibt, gibt es auch keine Toten. So einfach ist das.«

Die Worte klangen hart, aber im Grunde sagte Keb nichts anderes als Amanón. Sie durften die Hoffnung nicht aufgeben. Der Kaulaner hätte nicht geglaubt, dass Keb ihm jemals beipflichten würde.

»Und was hältst du von der Sache, Kebree?«

»Ich glaube dir«, sagte er.

Seine Worte überraschten alle, selbst Amanón, obwohl er Beistand gut gebrauchen konnte.

»Meine Mutter ließ die Alte Religion in Wallos verbieten«, fuhr Keb fort, »doch einige altgediente Kämpfer sprechen immer noch von Saat und seinem Dämon. Sie wurden damals Zeugen unglaublicher Ereignisse. Was sie erzählen, passt zu dem, was du berichtet hast.«

»Aber … Saat war Euer Vater!«, rief Eryne. »Könnt Ihr tatsächlich glauben, dass er ein Hexer war und noch dazu über zweihundert Jahre alt?«

»Ich habe keinen Vater«, sagte er. »Die Königin lehrte mich, diesen Fremden, der unser Land zerstört hat, zu hassen. Und das mit der Magie … Ich verstehe jetzt besser, was es mit diesen Steinen auf sich hat. Meine Mutter hat sie einmal ihren kostbarsten Besitz genannt!«

»Nun gut! Aber ich kann nicht glauben, dass unsere Anhänger Wunderkräfte haben!«, versetzte Eryne stur. »Meint Ihr tatsächlich, dass sich ein Dämon auf mich stürzt, sobald ich den Schmuck ablege? Vielleicht sollte ich es einfach ausprobieren!«

Trotz dieser großspurigen Worte machte sie ihre Drohung nicht wahr, sehr zu Amanóns Erleichterung. Keiner der anderen dachte auch nur im Traum daran, sie feige zu nennen. Auch wenn sie Amanón immer noch nicht jedes Wort glaubten, lauschten sie nun aufmerksam.

»Chebrees und Kebs Steine sind die einzigen, deren Verbleib ungewiss war«, fuhr Amanón fort. »Wir tragen jeder einen Anhänger, und Bowbaqs Familie besitzt weitere vier. Wenn ich mich nicht irre, müssten in Arkarien weitere Erben den Entführungen entgangen sein.«

»Das sind doch alles nur Vermutungen!«, schnaubte Eryne. »Selbst wenn ich so leichtgläubig wäre, Euch die Geschichte abzukaufen, erklärt sie noch lange nicht, warum ausgerechnet wir angegriffen wurden! Und sie verrät uns nicht, welchen Weg wir einschlagen müssen, um unser Leben zu retten!«

Amanón sah die anderen reihum an. Er schien auf Vorschläge zu warten, doch er war der Einzige, der genug Zeit gehabt hatte, über ihren nächsten Schritt nachzudenken.

»Ich halte es für das Beste, noch ein paar Mal zum Platz der Büßer zu gehen«, sagte er. »Falls weitere Erben unseren Feinden entkommen sind, werden sie uns dort treffen, und falls nicht, wissen wir zumindest, dass wir nur noch zu viert sind. Das heißt – zu fünft.«

»Am Septim findet kein Markt statt. Heute ist der Quart«, sagte Eryne. »Uns bleiben also noch zwei Tage.«

»Abgemacht, dann versuchen wir es morgen und übermorgen«, entschied Amanón. »Anschließend brauchen wir das Boot. Ich schlage nämlich vor, dass wir zur Insel Ji fahren.«

Die anderen erschauderten. Sie wussten nicht, ob sie das bevorstehende Abenteuer aufregend oder beängstigend finden sollten.

»Was wollt Ihr auf der Insel?«, fragte Eryne. »Corenns Tagebuch zufolge gibt es dort nichts außer dieser komischen Pforte, die sich nicht einmal öffnen lässt!«

»Wir können uns vergewissern, dass es dort tatsächlich eine Pforte gibt«, entgegnete Amanón. »Und abgesehen vom Platz der Büßer ist die Insel der einzige Ort, an dem wir nach unseren Eltern suchen können. Wir sind die Einzigen, die von der unterirdischen Höhle wissen. Vielleicht sind sie dorthin geflohen.«

»Dann sollten wir jetzt gleich zur Insel fahren«, sagte Cael unvermittelt.

Im Blick seines Cousins las Amanón Entschlossenheit und unerschütterliches Vertrauen. Glücklicherweise glaubte ihm der Junge. Nur die Geschwister Kercyan schienen noch nicht überzeugt.

»Es ist besser, noch zwei Tage zu warten«, sagte Amanón. »Ich möchte den anderen die Gelegenheit geben, uns zu finden. Was ist mit dir, Nolan? Du hast noch nichts gesagt. Was hältst du davon?«

Der junge Mann litt offenbar unter einem Schmerz, der nicht nur von seinen Verletzungen rührte. Sein Blick war gequält. »Ich … Ich glaube, du hast Recht«, sagte er heiser. »Lasst uns noch zwei Tage in Lorelia bleiben.«

»Gut, aber was ist mit dem Rest? Glaubst du mir?«

Nolan warf seiner Schwester einen matten Blick zu und schluckte dann mühsam, bevor er zu sprechen begann.

»Für mich … ist das schwer, Manó. Seit sechs Jahren bereite ich mich darauf vor, Maz zu werden. Wenn ich mir vorstelle, dass meine Eltern Usul getroffen haben … und die Götterkinder … und den Dämon … ohne jemals ein Wort darüber zu verlieren! Selbst mein Name ist vermutlich von Nol dem Seltsamen abgeleitet. Das ist ganz schön viel für einen zukünftigen Priester. Ich brauche etwas Zeit.«

Amanón nickte verständnisvoll. Wenn man es so betrachtete, konnte einem tatsächlich ganz schwindelig werden.

»Meine Mutter weiß sicher mehr darüber«, warf Keb ein. »Ihr solltet mit mir nach Goran kommen, wenn alle anderen Pläne scheitern.«

»Goran? Das liegt am anderen Ende der Welt!«, rief Eryne. »Das kann nicht Euer Ernst sein!«

»Ich habe eine viel weitere Reise unternommen, um Emaz Lana zu finden«, rief er ihr ins Gedächtnis. »Außerdem scheint Ihr mir keine bessere Idee zu haben.«

Darauf wusste sie keine Antwort. Keb stand auf und streckte sich wie ein Raubtier. Amanón musste zugeben, dass auch er todmüde war. Nachdem er den anderen das Geheimnis anvertraut hatte, fühlte er sich von einer schweren Last befreit. Ihre Lage hatte sich dadurch zwar nicht gebessert, aber immerhin konnten sie nun gemeinsam nach einer Lösung suchen. Auch die Gefahr, dass das Wissen ihrer Vorfahren unwiederbringlich verlorenging, wenn er im Kampf getötet wurde, war nun gebannt.

»Ich glaube, ich lege mich schlafen«, sagte Nolan. »Mir geht es nicht gut.«

Er erhob sich, küsste seine Schwester auf die Wange

und rollte sich in einer der Kojen zusammen. Wenn Nolan nicht dreißig Knüppelschläge eingesteckt hätte, ohne sich zu beklagen, hätte Amanón gedacht, dass der Lorelier das Gesicht in den Händen vergrub und weinte.

»Ich kippe auch gleich um vor Müdigkeit«, sagte Keb und gähnte lautstark.

»Gut!«, beschied Eryne. »Lasst uns zu Bett gehen! Amanón, ich habe eine Bitte: Würdet Ihr mir das Tagebuch Eurer Mutter leihen? Ich fürchte, dass ich noch nicht schlafen kann, und vielleicht werde ich Euch eher glauben, wenn ich die Geschichte schwarz auf weiß lese.«

Amanón zögerte eine Weile. Für ihn war das Testament seiner Mutter so kostbar, dass er den Gedanken, sich von ihm zu trennen, kaum ertrug. Aber war das Tagebuch nicht das Vermächtnis all ihrer Vorfahren?

Corenn hatte es nicht für ihn allein verfasst, und sie enthüllte darin auch nichts Persönliches.

»Lasst Eure Tür offen«, sagte er. »Ich bringe es Euch gleich vorbei.«

Zufrieden wünschte Eryne ihren Gefährten eine gute Nacht und verschwand mit einem Kerzenleuchter in der Hand in ihrer Kabine. Keb war bereits in eine der oberen Kojen geklettert und begann bald zu schnarchen. Die beiden Cousins blieben am Tisch zurück.

»Etwas hast du vergessen zu erzählen«, murmelte Cael. »Du sagtest heute Morgen, dass Tante Corenn in ihrem Tagebuch von mir spricht. Es hörte sich wichtig an.«

Amanón empfand tiefe Zuneigung für den Jungen, und es widerstrebte ihm, Cael anzulügen. Aber er hatte nicht den Mut und auch kein Recht dazu, mitten in der Nacht weitere schmerzliche Enthüllungen zu machen. Sie sprachen besser ein anderes Mal darüber. Bei Tag, im hellen Sonnenlicht.

»Psst!«, sagte er deshalb nur und zwinkerte seinem Cousin verschwörerisch zu. Er schlug das Tagebuch seiner Mutter auf, löste das letzte Heft vom Einband und steckte es sich in die Tasche. Man sah kaum, dass es fehlte.

»Mach dir keine Sorgen«, flüsterte er, als er zu Erynes Kabine ging. »Alles wird gut!«

Er selbst fand seinen Ton wenig überzeugend. Cael war kein Dummkopf. Natürlich machte sich der Junge Sorgen, und er hatte allen Grund dazu.

Außer Keb, der so laut schnarchte, dass die anderen die Enge des Schiffs verfluchten, schlief niemand in dieser Nacht länger als einen Dekant.

Vor allem nicht, nachdem die Kerzen heruntergebrannt waren.

Als Eryne mit Amanón und Cael durch die Straßen Lorelias lief, hatte sie das Gefühl, die Stadt nicht wiederzuerkennen. Immer wieder stolperte sie über unebene Pflastersteine. Bislang hatte sie die ärmeren Viertel höchstens ab und zu in der Kutsche durchquert, und zu Fuß hatte sie einen völlig anderen Blick auf die Stadt. In einer einzigen grauenvollen Nacht war ihre ganze Welt ins Wanken geraten.

Das Tagebuch, das sie im flackernden Licht einer Kerze gelesen hatte, hatte sie tiefer erschüttert als Amanóns Bericht. Corenn schrieb klar und verständlich, und es bestand keinerlei Zweifel an ihrer geistigen Gesundheit. Ihre Geschichte enthielt keine unnötigen Abschweifungen, überflüssigen Bemerkungen oder Übertreibungen. Die Ratsfrau schilderte nur, was sie mit eigenen Augen gesehen hatte, sonst nichts. Ihre Gefühle verschwieg sie dabei zwar nicht, ganz im Gegenteil, doch man spürte, dass sie sich bemühte, so genau wie möglich zu sein. Das machte ihre Erzählung überzeugend und unheimlich zugleich.

In der Finsternis ihrer engen Kabine hatte sich Eryne mehr gefürchtet als je zuvor in ihrem Leben. Jede Seite des Tagebuchs hatte ihr entsetzliche Angst eingejagt. Als sich die anderen am Morgen beschwerten, unruhig geschlafen zu haben, konnte sie nur lachen. Sie hatte die ganze Nacht kein Auge zugetan! Verzweifelt hatte Eryne auf die ersten Sonnenstrahlen gewartet und sich erst aus ihrer Koje gewagt, als sie Keb in der Kajüte herumpoltern hörte.

Beim Frühstück waren alle schweigsam gewesen, vor allem im Vergleich zum Abend zuvor. Nolan hatte tiefe Ringe unter den Augen und fühlte sich immer noch wie gerädert, weshalb er nicht zum Platz der Büßer mitkommen würde. Keb verkündete, ebenfalls auf dem Schiff bleiben zu wollen. Zur allgemeinen Überraschung erklärte sich Eryne bereit, Amanón und Cael zu begleiten. Nach ihrer nächtlichen Lektüre musste sie unbedingt auf andere Gedanken kommen, wollte sich vor dem Aufbruch allerdings noch eine Weile ausruhen.

Einen knappen Dekant lang hatte sie sich unruhig in ihrer Koje hin- und hergewälzt und anschließend eine Katzenwäsche gemacht, nach der sie sich jedoch nicht viel wacher fühlte. Nun lief Eryne neben Cael und Amanón die Promenade der Spieler hoch, überquerte den Platz der Reiter und ging die Kurdalenestraße entlang. Sie trug erneut die abgelegten Kleider einer Marktfrau, die sie in ihrem früheren Leben niemals angezogen hätte, schon gar nicht in der Öffentlichkeit. Aber während der Dämon Sombre bisher nur eine vage Bedrohung war, ging von der Grauen Legion eine echte Gefahr aus, die sie zu dieser Verkleidung zwang.

Als sie an die vergangene Nacht zurückdachte, fiel es ihr schwer, zwischen Wirklichkeit und Fantasie zu unterscheiden. Manchmal glaubte sie fast, dass es diesen Dämon tatsächlich gab. Im nächsten Moment sagte sie sich, dass die Geschichte übertrieben war und der Anhänger um ihren Hals nur dazu diente, einen Fluch abzuwehren, mit dem Saat die Erben belegt hatte. Nachdem sie Corenns Tagebuch gelesen hatte, zweifelte sie nicht mehr daran, dass ihre Eltern mit Magie in Berührung gekommen waren. Aber das hieß noch lange nicht, dass alles an ihrer Geschichte wahr sein musste. Das wäre viel zu schaurig!

Die Wirklichkeit jagte ihr schon genug Angst ein. Bisher hatte Eryne nicht viel über die Schlacht am Blumenberg gewusst, aber die Lektüre des Tagebuchs hatte dem abgeholfen. Ausführlich schilderte Corenn die Beteiligung von Lana, Rey und ihren Freunden an den Kämpfen. Selbst wenn man den übersinnlichen Teil der Geschichte außer Acht ließ, hatten ihre Eltern offenbar einiges dazu beigetragen, die wallattische Armee zurückzuschlagen. Den bösen Zauberer Saat hatten sie sogar eigenhändig niedergestreckt. Deshalb war Eryne zu einem einfachen Schluss gelangt: Sie wurden angegriffen, weil die alten Feinde ihrer Eltern auf Rache aus waren.

Ob es nun Wallatten, Züu, Valiponden oder Graue Legionäre waren, ihre Feinde hatten lange an ihren Plänen gefeilt und dann gleichzeitig in mehreren Königreichen zugeschlagen. Die Verschwörer schienen zu allem entschlossen und gut organisiert zu sein. Auf keinen Fall konnte Eryne glauben, dass sie auch noch einem Dämon gehorchten, der sie vernichten wollte! Dieser Gedanke überstieg ihr Vorstellungsvermögen. Der Wahnsinn der Sterblichen war schon gruselig genug.

Während sie an der Seite der beiden Cousins durch die Straßen Lorelias lief, kehrten ihre Gedanken immer wieder zu dieser Kreatur aus der Unterwelt zurück, die seit zwanzig Jahren irgendwo in einem Loch hockte und Pläne schmiedete, die den Menschen verborgen blieben.

»Da wären wir«, sagte Amanón. »Wartet hier. Ich sehe nach, ob die Luft rein ist.«

Er ging auf die Mitte des Platzes zu, und Cael blieb mit Eryne allein. Ihm war etwas mulmig zumute, nicht, weil er sie nicht mochte, sondern weil sie so wenig gemein hatten. Hätten sie nicht ein geheimnisvolles Erbe geteilt, wären sich der neugierige Schüler aus dem Matriarchat von Kaul und die künftige lorelische Herzogin niemals über den Weg gelaufen. Eine ganze Weile zerbrach er sich den Kopf, worüber sie sich unterhalten könnten, aber ihm fiel einfach nichts ein. Eryne wirkte allerdings auch nicht sonderlich gesprächig und lächelte ihm nur matt zu.

Cael konnte vor Müdigkeit kaum die Augen offen halten. Amanóns Enthüllungen hatten ihn so mitgenommen, dass er darüber alles andere vergaß. Am Morgen hatte er erst gemerkt, dass er hungrig war, als er sich ein Stück Brot in den Mund geschoben hatte. Nichts konnte ihn aus seinen Grübeleien reißen. Die Abenteuer seiner Eltern und deren Folgen gingen ihm einfach nicht aus dem Kopf, und obendrein hing alles mit dem Anhänger zusammen, den er um den Hals trug.

Corenn schrieb in ihrem Tagebuch, dass die Steine aus dem Jal'dara stammten und mit Magie in Schmuckstücke verwandelt worden waren. Dass seine Großtante zaubern konnte, war unglaublich. Und noch dazu hatte Yan ihr dabei geholfen, *sein eigener Vater!*

Diesen Teil der Geschichte konnte er noch weniger fassen als den Rest. Dass es so etwas wie Magie gab, war für einen Schüler des Großen Hauses schon schwer genug zu begreifen, denn im Unterricht wurden vor allem ihre Skepsis und Vernunft geschult. Noch unvorstellbarer war allerdings der Gedanke, dass sein eigener Vater sich dieser geheimnisvollen Kunst gewidmet hatte.

Cael war trotzdem fest entschlossen, seinem Cousin zu vertrauen. Deshalb musste er ihm einfach Glauben schenken: Es gab wahrhaftig magische Pforten, einen Dämon, der unter den Menschen weilte und eine Prophezeiung der Undinen. Selbst die Tatsache, dass sein Vater Magier war, musste er hinnehmen.

Nur eine Frage ließ ihn nicht los: Warum hatte Yan ihm nie davon erzählt? Warum hatten weder sein Vater noch Corenn ihm eine Kostprobe ihrer Fähigkeiten gegeben, wo er doch so neugierig war? Wenn man dem Tagebuch seiner Großtante glaubte, war es nicht besonders gefährlich, Magie anzuwenden.

Amanóns Rückkehr riss ihn aus seinen Gedanken, und

sein Herz begann freudig zu schlagen. Vielleicht war sein Cousin ja weiteren Erben begegnet?

»Alles klar, wir können gehen«, sagte Amanón jedoch nur.

»Sollen wir den Brunnen nicht lieber aus der Ferne im Auge behalten?«, fragte Eryne.

»Das haben wir gestern getan, aber von hier hinten bekommt man nicht mit, wann die Gerichtsverhandlung beginnt. Wenn wir hierbleiben, verpassen wir womöglich noch jemanden.«

Eryne und Cael folgten Amanón, der seine Rolle als Beschützer äußerst ernst zu nehmen schien. Mit jedem Tag bewunderte Cael seinen Cousin mehr. Zum Beispiel hatte er ganz allein vom Hafen zum Platz der Büßer gefunden, ohne auch nur einmal nach dem Weg zu fragen. Er war einfach ein geborener Abenteurer.

Allerdings hatte er auch seine Schwächen. Dass er ein solcher Einzelgänger war, störte Cael besonders. Es hatte ganze vier Tage gedauert, bis er ihnen Corenns Geheimnis anvertraut hatte, und selbst jetzt hatte er ihnen nicht alles erzählt, denn das letzte Heft hielt er immer noch in seiner Tasche verborgen. Außerdem wusste er anscheinend etwas über Cael, was er ihm verheimlichte. Dieser Gedanke machte den Jungen schier verrückt.

Als die drei sich auf den Brunnenrand setzten und zum Gerichtsgebäude hinübersahen, dachte der Junge erneut an die Valiponden, die ihn angegriffen hatten. Er verstand einfach nicht, was die Sekte mit der Vergangenheit seiner Eltern zu tun hatte. Er hatte nicht den Eindruck gehabt, dass die Mörder ihn entführen wollten, ganz gleich, was die anderen sagten. Der Aufseher des Schlafsaals und die

Männer in den grünen Kutten waren mit Messern auf ihn losgegangen, und für den Bruchteil einer Dezille war sogar eine Drahtschlinge aufgeblitzt.

Aber vielleicht hatten ihn die Waffen auch nur einschüchtern sollen, oder die Männer hatten sich vor ihm schützen wollen. Unter dem Einfluss der Stimme war Cael schließlich wie entfesselt gewesen, berauscht von Hass und Mordlust. Sein Wutausbruch hatte ihm vermutlich das Leben gerettet, aber er empfand trotzdem nichts als Scham und Furcht, wenn er daran zurückdachte. Für eine Weile war er nicht mehr Herr seiner selbst gewesen.

Seit er im Stall seiner Eltern neben der Leiche Dalaberts aufgewacht war, hatte die Stimme geschwiegen. Selbst als die Kerle in der Herberge ihn zu Boden geschleudert hatten und mit Fußtritten traktieren wollten, hatte sie sich nicht zu Wort gemeldet. Allerdings hatte Amanón gerade noch verhindert, dass sie auf ihn losgingen. Was wäre geschehen, wenn Cael dasselbe passiert wäre wie Nolan? Hätte er sich erneut in eine tollwütige Bestie verwandelt, die vor Freude brüllt, wenn sie das Blut ihrer Feinde wittert?

Er war sicher, dass die Antwort auf diese Frage in Corenns letztem Heft zu finden war, dem Teil, in dem die rätselhaften Symbole standen. Er konnte nur hoffen, dass sein Cousin ihnen bald davon erzählen würde.

Aber vielleicht schwieg er aus gutem Grund.

Da Eryne in Lorelia geboren und aufgewachsen war, kannte sie die Tradition der Schauprozesse, hatte jedoch noch nie eine Verhandlung besucht. So etwas gehörte zu den Dingen, die man stets auf einen anderen Tag verschob. Um sich von ihren düsteren Gedanken abzulenken, beobachtete Eryne die Vorbereitungen der Zeremonie. Sie war neugierig, empfand aber zugleich eine gewisse Herablassung. Der Pöbel drängte sich vor dem Richterpult, um sich daran zu ergötzen, wie irgendwelche armen Schlucker einander wegen Nichtigkeiten an die Gurgel gingen. Dabei vergaß sie ganz, wie sehr sie selbst immer die höfischen Intrigen genossen hatte.

Als Richter, Ankläger und Verteidiger ihre Plätze eingenommen hatten, erklang ein Trommelwirbel, und es wurde still, zumindest unter den Zuschauern vor den Stufen des Gerichtsgebäudes. Zahlreiche Jammergestalten bettelten darum, als Schöffen ausgewählt zu werden. Weiter hinten sank der Lärmpegel kaum: Marktschreier priesen ihre Waren an, Kunden beschimpften einander, und es wurde gefeilscht, getratscht und lauthals gegrüßt. Hunderte von Menschen aus aller Herren Länder bevölkerten den Platz. Unter ihnen konnten sich auch Graue Legionäre, Valiponden oder sogar Züu verstecken.

»Jetzt müsste es gleich so weit sein«, sagte Amanón. »Vielleicht treffen wir ein paar Freunde.«

Eryne ließ den Blick über den Platz schweifen, doch obwohl sie sich nichts sehnlicher wünschte, konnte sie einfach nicht glauben, dass ihre Mutter, ihr Vater oder die Eltern eines ihrer Gefährten plötzlich aus der Menge auftauchen würden. Dass Nolan die beiden Kaulaner getroffen hatte, war schon unglaubliches Glück gewesen. Auf einmal fürchtete sie, sich Ärger einzuhandeln, wenn sie die Leute allzu unverhohlen anstarrte, und richtete ihre Aufmerksamkeit wieder auf den Prozess. Soeben trug der Gerichtsschreiber den Fall vor, der heute verhandelt werden sollte.

Leider war das Rednerpult ziemlich weit entfernt, und wegen des Marktlärms drangen von den Worten des Gerichtsschreibers nur einzelne Fetzen an Erynes Ohr. Es schien um einen Verstoß gegen Zollgesetze zu gehen, ein schweres Verbrechen im Königreich Lorelien, dessen Reichtum sich auf den Handel gründete.

Obwohl sich Eryne nicht für Geschäfte interessierte, kannte sie die wichtigsten lorelischen Gesetze. Sie wusste zum Beispiel, dass auf Waren, die aus der Stadt ausgeführt wurden, keine Abgaben erhoben wurden. Hingegen musste man für Waren, die man in die Stadt einführen wollte, Zoll bezahlen. Wer gegen dieses Gesetz verstieß, wurde hart bestraft.

Der König räumte den Kaufleuten große Macht ein, weshalb in Lorelien seit langem Frieden herrschte. Selbst wenn den Händlern die Zölle zu hoch waren, hatten sie kein Interesse daran, eine Revolution anzuzetteln, bei der sie alles verlieren würden: ihre Geschäfte, ihre Marktbuden und natürlich auch ihre Kunden.

Doch das System hatte auch seine Schattenseiten: Außerhalb der Großstädte wurden immer wieder Schwarzmärkte abgehalten. Der heutige Angeklagte war dabei ertappt worden, wie er kaum drei Meilen vor dem Tor der Pilger hochwertige Stoffe verkaufte. Nach einem ermüdenden Wortgefecht zwischen Ankläger und Verteidiger, deren Plädoyers jeweils mit Trommelschlägen angekündigt wurden, begriff Eryne, dass sich der Mann mit der Behauptung herausreden wollte, er habe die Stoffe selbst hergestellt. Als Handwerker habe er das Recht, seine Waren in der Nachbarschaft zu verkaufen. Allerdings hatte er keinen Beweis für seine Aussage, denn er besaß nicht einmal einen Webstuhl.

Der Fall schien klar: Die Waren würden beschlagnahmt und der Schuldige zu einem Bußgeld verdonnert werden, das er sich nicht leisten konnte. Deshalb würde er zu zwei oder drei Jahren Kerker oder Frondienst auf einer Galeere verurteilt werden. Eryne fand den Prozess, um den ein solches Aufhebens gemacht wurde, eher enttäuschend. Die Zeremonie war sterbenslangweilig, und es dauerte geschlagene zwei Dezimen, bis das Gericht zu einem Urteil kam, das der königliche Richter sonst in einer Dezille fällte. Zudem war während der ganzen Zeit kein bekanntes Gesicht in der Menge aufgetaucht.

»Lasst uns gehen«, sagte Eryne. »Ich glaube, wir haben lange genug gewartet.«

»Ich würde gern noch eine Weile bleiben«, erwiderte Amanón. »Bald wird das Urteil verkündet. Erst dann wissen wir mit Sicherheit, dass heute niemand mehr kommt.«

Eryne war nicht besonders begeistert von dem Vorschlag, aber sie fügte sich Amanóns Entscheidung. Er trug seine Anliegen immer so freundlich vor. Außerdem war sie ihm dankbar, dass er ihr das Tagebuch seiner Mutter zu lesen gegeben hatte, auch wenn es ihr eine schlaflose Nacht beschert hatte.

Schließlich erklärte der Gerichtsschreiber die Plädoyers für beendet. Nun begann die Auswahl der Schöffen. Sogleich drängten die Schaulustigen am Fuß der Treppe nach vorn. Sie versuchten, die Aufmerksamkeit der Beamten in den rotgrünen Roben zu erheischen, um sich eine

Silberterz zu verdienen. Zwei Frauen wurden aufgefordert, die Stufen zum Gericht zu erklimmen. Ihnen folgten ein Alter und ein Mann, der nicht ganz bei Verstand zu sein schien. Zwar sollten die Schöffen den Richter nur beraten, aber Eryne fand das Auswahlverfahren trotzdem lächerlich. Da konnte man ja gleich die Würfel entscheiden lassen! Mindestens zwei der zehn Freiwilligen, die sich nun hinter dem Gerichtsschreiber aufstellten, wirkten nicht ganz klar im Kopf, und Eryne war gespannt, was sie zu dem Fall zu sagen hatten.

Die erste Frau, die das Wort ergriff, brachte die Zuschauer zum Lachen, weil sie sich erst für die Schuld des Angeklagten aussprach und dann fragte, wo sie denn die zollfrei gehandelten Stoffe finden könne. Die Beamten beeilten sich, die Frau von der Tribüne zu entfernen. Vermutlich hatte sie sich mit der verdienten Silberterz neue Kleider kaufen wollen. Danach wurden der zweite und dritte Schöffe aufgefordert, ihre Meinung kundzutun, doch Eryne hörte sie kaum noch.

Mit einem Mal hatte sie schreckliche Kopfschmerzen. Es war, als legte sich ein eiserner Ring um ihren Schädel, und sie konnte an nichts anderes mehr denken als an den Schmerz. Eryne spürte Amanóns Hand auf der Schulter und sah, dass er sie etwas fragte, aber sie verstand kein Wort und konnte nicht antworten. Verzweifelt presste sie sich die Hände an die Schläfen. Plötzlich brausten Stimmen in ihrem Kopf auf wie ein jäher Windstoß. Es war, als hockten ihr mehrere Menschen im Ohr und flüsterten ihr hastig immer wieder dieselben Worte zu.

»Cael. Wir leben«, wiederholte sie mechanisch.

Als wären die Stimmen damit zufrieden, verstummten

sie, und Eryne kehrte in die Wirklichkeit zurück. Als Erstes sah sie Amanóns verblüfften Gesichtsausdruck und seine weit aufgerissenen Augen.

In der Zwischenzeit war auf der Treppe des Gerichts ein Tumult ausgebrochen: Ein Beamter kämpfte mit einem der Schöffen, der unbedingt das Wort ergreifen wollte. Da ihre Kopfschmerzen mittlerweile nachgelassen hatten, erkannte Eryne den Mann mit dem wahnsinnigen Blick wieder. Im selben Moment riss er sich los und baute sich vor den Zuschauern auf, ohne die empörten Rufe des Richters zu beachten.

»Cael! Wir leben!«, brüllte er, die Hände zu einem Schalltrichter geformt.

Im nächsten Augenblick stürzten sich mehrere Bodonier auf den Mann. Mit einem Mal war Eryne bitterkalt. Sie begriff zwar nicht, was soeben geschehen war, aber es jagte ihr entsetzliche Angst ein. Die Stimme des Wahnsinnigen war eine derjenigen gewesen, die sie in ihrem Kopf gehört hatte.

Amanón hatte es plötzlich sehr eilig. Er packte die willenlose Eryne am Arm und zog sie mit sich.

Cael stolperte hinter ihnen her.

Auf Erynes Rat hin hatte Nolan die ersten Dekanten des Tages damit verbracht, das Testament zu lesen, das Corenn Amanón hinterlassen hatte. Die Lektüre verstörte ihn zutiefst, und obwohl er am Vorabend das Gegenteil behauptet hatte, glaubte er Corenn jedes Wort. Das Tagebuch machte ihm noch größere Angst als seinen Gefährten, denn so manches, was Corenn darin schilderte, war ihm vertraut. Er hatte die Niederschrift mit wachsender Anspannung gelesen und auf jeder Seite nach bestimmten Hinweisen Ausschau gehalten.

Doch er hatte umsonst gesucht. Die Ratsfrau erwähnte die Vorgänge in den Katakomben der Heiligen Stadt mit keinem Wort. Und das aus gutem Grund: Sie hatten erst begonnen, nachdem Corenn ihr Tagebuch verfasst hatte. Deshalb konnte sich Nolan auch nicht auf das Testament berufen, um sich seinen Freunden anzuvertrauen. Er war und blieb allein mit seinem Geheimnis und den Gewissensqualen.

Trotz seines festen Vorsatzes hatte Nolan am Abend zuvor wieder nicht den Mut aufgebracht, mit den anderen zu reden. Amanóns Bericht hatte ihn so traurig gemacht, dass er keinen ganzen Satz hätte hervorbringen können, ohne in Tränen auszubrechen. Seine Worte hatten ihm vor Augen geführt, dass sein Fehler sehr viel schlimmere Folgen hatte, als er geahnt hatte. Nun waren nicht mehr nur einige wenige Menschen in Gefahr, sondern Zehntausende, vielleicht sogar noch mehr. Wenn der Dämon tatsächlich so mächtig war, wie Corenn behauptete, war dieser Gedanke nicht abwegig.

Jedoch konnte er das Geständnis nicht ewig aufschieben zumal sein Wissen den anderen vermutlich eine große Hilfe sein würde. Allerdings konnte es gut sein, dass sie nichts mehr mit ihm zu tun haben wollten, wenn sie von seinem Fehler erfuhren, und dieser Gedanke machte ihm Bauchschmerzen.

Wenn er weiter auf den richtigen Moment wartete, würde es irgendwann zu spät sein. Für ihre Eltern war es das jetzt schon. Als er noch gedacht hatte, die Valiponden und die Grauen Legionäre seien ihre Feinde, hatte er sich eingeredet, dass Reyan und Lana bald wieder auftauchen würden. Doch seit er von Sombre erfahren hatte, dem Dämon der Alten Religion, glaubte er nicht mehr, dass seine geliebten Eltern noch lebten, so schmerzlich der Gedanke auch war.

Als Nolan hörte, wie seine Schwester und die beiden Kaulaner zurück an Bord kamen und Keb sie begrüßte, beschloss er, es endlich hinter sich zu bringen. Er würde ihnen alles gestehen, und zwar jetzt gleich. Doch dann stieg Eryne mit schmerzverzerrtem Gesicht die schmale Treppe herunter und rieb sich die Stirn, und erneut verließ ihn der Mut. Besorgt erhob er sich von seiner Koje und ging ihr entgegen, während sich die anderen ebenfalls in der Kajüte versammelten.

»Es geht mir gut«, sagte Eryne mit matter Stimme. »Ich habe nur starke Kopfschmerzen.«

»Allerdings sind das keine gewöhnlichen Kopfschmerzen«, stellte Amanón klar.

»Unsere Eltern leben!«, rief Cael dazwischen.

Nolan musterte die Gesichter seiner Freunde und bereute plötzlich, nicht zum Platz der Büßer mitgegangen zu sein. Anscheinend war in der Stadt etwas Außergewöhnliches passiert. Cael sprühte vor Begeisterung, während Eryne kreidebleich war. Selbst Manó wirkte erschüttert.

»Das wissen wir nicht mit Sicherheit«, sagte er. »Im Grunde haben wir überhaupt keine Ahnung, was geschehen ist.«

»Wovon redet ihr?«, fragte Nolan ungeduldig.

In wenigen Sätzen berichtete Amanón von dem rätselhaften Vorfall auf dem Platz der Büßer. Nolan lief ein

Schauer über den Rücken, als er von den Stimmen in Erynes Kopf hörte. Es war nicht die Art seiner Schwester, sich so etwas auszudenken oder einzubilden. Zumindest war es nicht ihre Art gewesen, bevor sie von der Vergangenheit ihrer Eltern erfahren hatte. Vielleicht hatte Amanóns Erzählung sie stärker mitgenommen, als er ahnte?

Andererseits konnte das Ereignis kein Zufall sein.

»Und was geschah mit dem Mann, nachdem er die Worte über den Platz gebrüllt hatte?«

»Die Bodonier verhafteten ihn«, erklärte Amanón. »Ich nehme an, dass er wegen Störung des Gerichtes einige Tage im Kerker verbringen wird. Wir können ihn also nicht befragen.«

»Er war nur ein armer Irrer«, sagte Eryne mit einem Schulterzucken. »Er hat bestimmt kein Wort von dem verstanden, was er da rief.«

»Glaubst du, er hörte ebenfalls Stimmen? Glaubst du, die Stimmen flüsterten ihm die Worte ein?«, fragte Nolan.

»Nein, das glaube ich nicht«, sagte sie nach kurzem Nachdenken. »Aber vielleicht hat er *eine* Stimme gehört und ihre Worte wiederholt. Ich habe jedenfalls *seine* Stimme klar und deutlich in meinem Kopf gehört, zusammen mit mehreren anderen.«

»Es war mein Vater!«, rief Cael aufgeregt. »Mein Vater hat uns eine Nachricht zukommen lassen! Mit Magie!«

Tiefes Schweigen senkte sich über die Kajüte der *Rubikant,* während alle über seine Behauptung nachdachten. Nolan hätte nur zu gern an ein Wunder geglaubt, aber sein Verstand sträubte sich dagegen.

»Wie auch immer. Ich werde mal dafür sorgen, dass wir

etwas zwischen die Zähne bekommen«, sagte Keb unvermittelt. »Ich sterbe vor Hunger, und es sieht nicht so aus, als würdet ihr euch in absehbarer Zeit ums Essen kümmern.«

Kurzerhand schnappte er sich einen Vorratssack und setzte sich an den Tisch, um Kartoffeln zu schälen. Die anderen verfolgten seine Bewegungen mit großen Augen. Keb hatte wirklich ein Talent dafür, Neuigkeiten gelassen aufzunehmen.

»Ich wüsste nicht, wie Yan oder sonst wer so etwas zustande bringen sollte«, nahm Nolan den Faden wieder auf.

»Aber sowohl Eryne als auch der Mann auf der Tribüne haben meinen Namen genannt!«, beharrte Cael. »Und Cael ist kein häufiger Name, selbst im Matriarchat nicht!«

»Es könnte eine Falle sein«, brummte Keb, ohne den Blick von seiner Kartoffel zu heben. »Vielleicht wollen eure Feinde euch dazu bringen, aus eurem Versteck zu kommen.«

»Daran habe ich auch schon gedacht«, sagte Amanón. »Aber wenn sie wussten, dass wir auf dem Platz waren, hätten sie einfach jede Seitengasse überwachen können. Sie hätten uns hierher folgen können. Außerdem ist das immer noch keine Erklärung für die Stimmen in Erynes Kopf.«

»Jedenfalls sind unsere Anhänger wertlos«, sagte Eryne verdrossen. »Ich dachte, sie schützen uns vor Magie.«

»Das tun sie auch«, versicherte Amanón. »Die Steine aus dem Jal'dara schützten unsere Eltern vor Saat. Ich verstehe das auch nicht.«

»Vielleicht hatten wir es auf dem Platz der Büßer mit einer besonders mächtigen Magie zu tun?«, schlug Cael vor. »Vielleicht hat mein Vater seine Fähigkeiten in den letzten Jahren heimlich weiterentwickelt.«

»Oder es handelt sich um eine ganz andere Form der Magie«, sagte Nolan zögernd. »Etwas, wogegen die Anhänger machtlos sind. Eryne, bist du sicher, dass du nicht den Wahnsinnigen die Worte brüllen gehört und gleichzeitig Kopfschmerzen bekommen hast? Schließlich haben wir alle nur wenig geschlafen.«

»Ich habe mir das nicht eingebildet«, zischte Eryne. »Eine so grauenvolle Erfahrung wünsche ich niemandem. Ich habe gespürt, wie diese Stimmen in meinen Kopf eindrangen! Das hatte nichts Natürliches, das kannst du mir glauben!«

Die anderen schwiegen, während sie darauf warteten, dass sie sich wieder beruhigte. Außer Keb, der sich für nichts als seinen knurrenden Magen zu interessieren schien, waren alle in hellem Aufruhr. Vor allem Cael zitterte vor Erregung, auch wenn es ihm eher unangenehm war, über körperlose Stimmen im Kopf zu reden.

»Es gibt noch eine andere Möglichkeit«, sagte Amanón schließlich. »Ich bin davon überzeugt, dass die Anhänger uns vor böser Magie schützen. Sie verbergen unsere Gedanken und machen uns für die Blicke der Götter unsichtbar, zumindest solange wir ihnen nicht von Angesicht zu Angesicht gegenüberstehen!«

»Göttern gegenüberstehen!«, unterbrach ihn Keb mit einem anerkennenden Pfiff. »An den Gedanken muss ich mich erst gewöhnen …«

»Die Steine aus dem Jal'dara schützen uns also vor jeder

Form von Magie«, fuhr Amanón fort. »Aber sie hindern uns nicht daran, selbst Magie anzuwenden!«

»Was redet Ihr denn da?«, rief Eryne. »Das ist doch Unsinn! Glaubt Ihr etwa, ich hätte das mit Absicht gemacht? Wie hätte ich das überhaupt anstellen sollen? Ich habe keine dieser geheimnisvollen Kräfte, von denen Eure Mutter spricht, als gäbe es sie tatsächlich!«

»Vielleicht doch«, sagte Amanón vorsichtig. »Denkt nur daran, dass unsere Eltern eine ganze Weile im Jal'dara waren. Vielleicht hat sie der Aufenthalt an diesem rätselhaften Ort verändert, und das könnte sich auf unsere Generation übertragen haben.«

»Ihr seid doch von Sinnen! Ich bin keine Magierin!«, zeterte Eryne. »Warum sollte ich wollen, dass fremde Stimmen in meinen Kopf eindringen?«

»So wie Ihr es beschreibt, habt Ihr wohl eher die Gedanken anderer Menschen aufgefangen«, verbesserte Amanón. »Wie einer dieser Magnetsteine, an denen Metallspäne hängen bleiben ...«

»Toller Vergleich«, spottete Keb.

»Aber genau so muss es gewesen sein!«, pflichtete Cael seinem Cousin bei. »Mein Vater sandte seine Nachricht aufs Geratewohl nach Lorelia, weil er ahnte, dass wir zum Platz der Büßer gehen würden. Ihr habt die Gedanken der Leute gehört, die seine Nachricht empfangen haben. Unsere Eltern leben, da bin ich mir ganz sicher!«

Die Zuversicht des Jungen war rührend, aber Nolan fürchtete, dass er sich falsche Hoffnungen machte. Bisher waren das alles nur Vermutungen, die noch dazu auf der Annahme beruhten, es gäbe Magie und andere übersinnliche Phänomene.

»Ich bleibe dabei, dass nicht ich diese furchtbaren Kopfschmerzen ausgelöst habe. Und auch mit den Stimmen habe ich nichts zu tun!«, beharrte Eryne. »Ich habe nur die Gerichtsverhandlung beobachtet, mehr nicht!«

»Niemand von uns hat eine Erklärung für das, was dir passiert ist«, bestätigte Nolan.

»Vermutlich könnte Bowbaq uns weiterhelfen«, murmelte Amanón nachdenklich. »Er ist schließlich ein Erjak. Gedankenlesen ist sein Spezialgebiet.«

»Aber Arkarien ist weit weg«, sagte Nolan seufzend. »Außerdem wissen wir nicht einmal, ob er noch lebt.«

»Es bleibt uns wohl nichts übrig, als zu hoffen, dass er auf dem Platz der Büßer auftaucht. Und mit etwas Glück übermitteln unsere Eltern uns morgen eine weitere Nachricht. Vorausgesetzt, Ihr seid bereit, es noch einmal zu versuchen, Eryne.«

Nolan musterte das Gesicht seiner Schwester. Er konnte sich vorstellen, was sie in diesem Moment empfand: Sie musste schreckliche Angst haben.

Es war einfach nicht der richtige Moment, sie noch mehr zu belasten. Nolan beschloss, sein Geständnis auf den nächsten Morgen zu verschieben.

Auf einen Tag mehr oder weniger kam es nun auch nicht mehr an.

Nach dem Mit-Tag gönnten sich die Gefährten etwas Ruhe, um neue Kräfte zu sammeln, vor allem die beiden Cousins, deren Reise vom Matriarchat nach Lorelien anstrengend gewesen war. Eryne lag in ihrer Kabine, massierte sich die Schläfen und stöhnte jedes Mal auf, wenn im Hafen eine Glocke läutete. Jeder noch so kleine Laut verschlimmerte ihre Kopfschmerzen, und ihre Freunde bemühten sich, keinen unnötigen Lärm zu machen.

Keb streckte sich auf dem Steg aus, beobachtete das An- und Ablegen der Boote und ließ sich die Sonne auf den Pelz scheinen. Für jemanden mit einem so ungestümen Temperament verbrachte er erstaunlich viel Zeit mit Faulenzen, aber vielleicht war das ja gerade das Geheimnis seiner verblüffenden Stärke im Kampf.

Cael war glücklich, nun seinerseits Corenns Tagebuch lesen zu dürfen. Er hob kein einziges Mal den Blick von den Seiten, gebannt von dem klaren Stil seiner Großtante und den unglaublichen Erlebnissen seiner Eltern. Die Lektüre machte ihm weit weniger Angst als Amanón und Eryne. Nichts konnte ihm die Hochstimmung verderben, die er seit dem Ausflug zum Platz der Büßer empfand. Yan und Léti lebten, davon war Cael überzeugt, und die Mahnungen der anderen, sich nicht zu früh zu freuen, vermochten nichts daran zu ändern.

Nolan legte sich in seine Koje. Er hatte immer noch Schmerzen am ganzen Körper, und die Wunde an seiner Augenbraue war noch nicht verheilt. Am nächsten Tag wollte er unbedingt wieder auf den Beinen sein, um die anderen zum Platz der Büßer zu begleiten. Es würde ihr letzter Versuch sein, da waren sie sich einig.

Währenddessen schliff und fettete Amanón seinen ramgrithischen Dolch und das Krummschwert, wie Grigán es ihm beigebracht hatte. Anschließend nahm er sich Caels Rapier vor und bot Nolan an, sich auch um seinen Stockdegen zu kümmern, doch es stellte sich heraus, dass die Klinge bereits messerscharf war. Niemand schlug vor, er könnte auch Kebs Lowa schärfen – dazu war sie viel zu furchteinflößend. Im Übrigen schien der Krieger keine Hilfe bei der Pflege und Instandhaltung seiner Waffe zu benötigen.

So ruhten sich die Erben bis zum Abend aus oder beschäftigten sich mit Reisevorbereitungen, auch wenn sie die tausend Fragen, die sie bestürmten, nicht beiseiteschieben konnten. Niemand vergaß auch nur für den Bruchteil einer Dezille, dass sie, egal was morgen auf dem Platz der Büßer geschah, tags darauf nach Ji segeln würden, wo sie weitere Rätsel und Gefahren erwarteten.

In der Zwischenzeit bemühten sich alle um den Anschein von Alltäglichkeit. Als es Zeit für das Abendessen war, bot Amanón an, eine kaulanische Spezialität aus Muscheln und Krebsen zuzubereiten. Daraufhin verkündete Keb, er wolle lieber in eine Taverne gehen. Ob er Amanón damit nur ärgern wollte, war unklar. Jedenfalls folgte ein heftiges Wortgefecht zwischen Amanón, der vor der Gefahr warnte, und Keb, der alle Vorsicht in den Wind schlug und auf seinem Recht beharrte, zu tun und zu lassen, was er wollte.

Vielleicht wäre es zu einem handfesten Streit gekommen, hätte sich Eryne nicht eingemischt und Keb gebeten, bei ihr an Bord zu bleiben. So gab er schließlich nach, brüstete sich jedoch den ganzen Abend lauthals mit diesem Gunstbeweis, was wiederum Nolan und Cael ärgerte. Den beiden bereitete die wachsende Rivalität zwischen Keb und Amanón große Sorge.

Zum Glück gerieten die beiden nicht weiter aneinander. Alle machten sich über die von Amanón zubereitete Mahlzeit her, als könnte ein voller Magen die Beklemmung lindern, die sie empfanden. Keb und Amanón teilten sich sogar eine der wenigen Flaschen Wein aus ihrem Vorrat. Nach dem Essen verriegelten die Gefährten die Luke zum Deck und fielen in einen unruhigen Schlaf voller wirrer Träume.

Am anderen Ende der Stadt bezogen ein Großvater und seine Enkelin ein Zimmer in einer Herberge vor dem Tor der Herzöge, ohne zu wissen, dass zwei weitere Erben dort erst kürzlich übernachtet hatten.

In den Katakomben derselben Stadt besiegelten mehrere Männer in Zeremoniengewändern das Schicksal der Gefährten.

Nachdem eine ganze Dekade lang die Sonne geschienen hatte, war der Himmel am Morgen verhangen. Die grauen Wolken kündeten vom Beginn der Jahreszeit des Windes, und die Bäume warfen ihre ersten Blätter ab. In der Ferne ballte sich ein Unwetter zusammen. Bowbaq fragte sich, wo Niss und er sein würden, wenn es zu regnen anfing. Vermutlich bitter enttäuscht zurück in ihrer Herberge, was seine Abneigung gegen Lorelia noch verstärken würde.

Bowbaq rechnete nicht damit, einem seiner Gefährten an dem vor rund zwölf Jahren vereinbarten Treffpunkt auf dem Platz der Büßer zu begegnen. Aber außer etwas verlorener Zeit kostete der Versuch ihn schließlich nichts. Danach würde er seinen Freund Rey aufsuchen, zumindest, falls er den Weg zu dessen Haus wiederfand. Es war lange her, dass er durch diese Straßen gegangen war.

Falls Lana und Rey, wie Bowbaq befürchtete, verschwunden waren oder in ihrem Haus irgendeine Gefahr lauerte, würde er augenblicklich kehrtmachen und ins Matriarchat reisen, wo er hoffte, Corenn und Grigán zu finden. Und wenn auch dieser Plan scheiterte, dann blieb ihm nichts als … Dann wüsste er nicht mehr weiter. Der Gedanke, er könnte sowohl seine Familie als auch seine besten Freunde verloren haben, war unerträglich. Er fühlte sich hilflos, weil er nicht allein mit der Tragödie fertig wurde.

Wenigstens schien Niss das Getümmel der Großstadt nichts auszumachen. Das Mädchen war zwar genauso stumm und verschlossen wie immer, versank aber nicht noch tiefer in der Teilnahmslosigkeit. Wie daheim in Arkarien glitten ihre Augen, die hinter langen braunen Strähnen hervorlugten, über Menschen und Dinge hinweg, ohne sie wahrzunehmen. Hin und wieder riss sie ein herumstreunender Hund oder eine Katze aus ihrer Versunkenheit, und dann folgte Niss dem Tier mit dem Blick, bis es um eine Straßenecke verschwand oder Bowbaq sie sanft fortzog. Vorsichtshalber ließ er ihre Hand nicht mehr los.

Bowbaq musste sich beeilen. Aus Rücksicht auf seine Enkelin hatte er die Herberge erst im letzten Moment verlassen. Doch dann hatte er sich in den Straßen rings um das Stadttor verlaufen, in denen ein dichtes Gedränge herrschte. Bis er sich traute, eine Gruppe Maz anzusprechen und sie nach dem Weg zu fragen, war viel Zeit vergangen. Wenn sich Bowbaq richtig erinnerte, hatten sie vereinbart, sich kurz vor Mit-Tag zu treffen, und es hatte längst zum dritten Dekant geläutet. Nach einer sechstägigen Reise wäre es ein Jammer, die anderen um wenige Dezillen zu verpassen.

Atemlos kamen sie schließlich auf dem Platz der Büßer an, auf dem es vor Menschen nur so wimmelte. Bei den Massen, die sich zwischen den Marktständen und vor dem Gerichtsgebäude drängten, hielt Bowbaq es für aussichtslos, seine Freunde zu finden, selbst wenn sie hier sein sollten. Niss' schmale Finger drückten seine Hand und spornten ihn an, das Ganze hinter sich zu bringen. Nachdem er ein paar Schritte in eine beliebige Richtung gelaufen war, sah er plötzlich zwischen zwei Marktbuden hindurch eine Fontäne. Mit seinem massigen Körper bahnte er sich einen Weg durch die Menge auf die Mitte des Platzes zu. Er konnte an nichts anderes denken als daran, diesen furchtbaren Ort so schnell wie möglich wieder zu verlassen.

Als er und Niss den Brunnen erreichten, setzte sein Herz einen Schlag aus. Von den neun oder zehn Menschen, die auf dem Rand saßen, kannte er ein paar. Voller Hoffnung hielt Bowbaq nach seinen Freunden Ausschau. Deren Kinder wiederum rissen verblüfft die Augen auf und kamen ihm entgegen.

Diesen Moment würde Bowbaq nie vergessen. Vor lauter Wiedersehensfreude hob er Niss mit einem Arm hoch, packte Amanón mit dem anderen und wirbelte die beiden lachend durch die Luft. *Amanón ist Grigán wie aus dem Gesicht geschnitten!*, dachte Bowbaq, während der junge Mann ihn anflehte, ihn wieder abzusetzen. Kurz darauf erfüllte Bowbaq ihm diesen Wunsch, nur um das Manöver mit Cael zu wiederholen, der das Ganze wesentlich lustiger fand. Der Junge sah seinen Eltern ebenfalls sehr ähnlich. Mit dem kaulanischen Hemd, das er trug, gab es keinen Zweifel an seiner Herkunft. Als Nächstes hob Bowbaq

Nolan in die Luft, obwohl dieser lautstark protestierte. Bei Eurydis! Was waren die Kinder groß geworden!

Bowbaq hielt erst inne, als er die missbilligende Miene einer jungen Frau sah, die nur Eryne sein konnte. Sie hatte Reyans edle Züge und Freundin Lanas anmutige Figur. Im Gegensatz zu den anderen hatte er sie seit über zwölf Jahren nicht gesehen. Auch an den stämmigen Burschen, der etwas abseits wartete, konnte er sich nicht erinnern, obwohl ihm das Gesicht vage bekannt vorkam.

Es dauerte eine Weile, bis Bowbaq einfiel, Niss wieder auf die Füße zu stellen. Als er den besorgten Gesichtsausdruck seiner Enkelin sah, hatte er plötzlich ein schlechtes Gewissen. Es war nicht mehr als ein Schatten in ihrem Blick, aber er vermochte mittlerweile mit der gleichen Sicherheit in den haselnussbraunen Augen zu lesen, mit der er in Arkarien den Schnee vorhersagte. Das Stirnrunzeln seiner Enkelin rief ihm ins Gedächtnis, warum sie nach Lorelia gekommen waren. Trotz der Wiedersehensfreude war Bowbaq klar, dass die Anwesenheit der jungen Leute kein gutes Zeichen war. Die Begeisterung, die er für einen kurzen Moment empfunden hatte, wich erneut der Angst.

»Seid ihr allein?«, fragte er.

Amanón nickte beklommen. Sein trauriges Gesicht sprach Bände. Anscheinend waren Bowbaqs einstige Gefährten verschwunden, nicht anders als Ispen, Prad, Robe, Iulane, Harqi, Jeran und Tolomin. Nur die sechs Erben, die vor ihm standen, besaßen die magischen Anhänger und waren deshalb verschont geblieben.

Erst in diesem Moment sah Bowbaq, dass die Töchter und Söhne seiner Freunde, die er als Kinder auf seinen

Knien hatte reiten lassen, Waffen trugen. Nolan war sogar verletzt: Auf seiner Wange prangte ein Bluterguss, und an der Augenbraue klaffte ein Riss. Ihre Blicke waren gehetzt. Sie wirkten wie Verfolgte, die vor einer unbekannten Gefahr flohen, nicht anders als ihre Eltern vor vielen Jahren. Aber wie sollte die junge Generation es schaffen, gegen den Fluch zu kämpfen, der auf ihren Familien lastete? Die Kinder seiner früheren Gefährten waren verletzlich und unerfahren. Die beiden ältesten, Eryne und Amanón, waren gerade einmal vierundzwanzig Jahre alt.

»Wo ist Eure Familie?«, fragte Eryne.

»Verschwunden«, antwortete Bowbaq seufzend. »Ich bin als Einziger übrig geblieben. Ich und Niss.«

Enttäuschung zeichnete sich auf den Gesichtern der jungen Leute ab, während sich Bowbaq hinter seine Enkelin stellte.

»Sie ist das einzige Kind von Prad, meinem Sohn«, sagte er und strich ihr übers Haar.

»Ich freue mich, dich kennenzulernen«, erwiderte Eryne mit einer leichten Verbeugung.

Das Mädchen antwortete nicht, sondern wich zurück und trat Bowbaq dabei auf die Füße, was ihn noch trauriger machte.

»Sie ist … etwas krank. Schon seit drei Jahren«, erklärte er der überraschten Eryne. »Ihr dürft es ihr nicht übelnehmen. Sprecht ganz normal mit ihr, auch wenn sie nicht antwortet. Das wird ihr helfen, wieder gesund zu werden.«

Die anderen sahen Niss mitleidig an. Eryne verbeugte sich erneut, nahm behutsam die Hand des Mädchens und drückte sie.

»Ich freue mich, dich kennenzulernen«, wiederholte sie

lächelnd. »Ich bin Eryne. Ich hoffe, du bleibst eine Weile bei uns. Lass mich nicht mit dieser Horde Männer allein!«, fügte sie augenzwinkernd hinzu.

Niss blieb zwar ebenso stumm wie vorher, versuchte aber nicht mehr, sich hinter Bowbaq zu verstecken, selbst dann nicht, als Nolan und Amanón sie begrüßten. Als Cael an der Reihe war, ging das Mädchen sogar so weit, ihm die Hand hinzustrecken. Vielleicht, weil sie fast gleich alt waren? Jedenfalls war dem Jungen sichtlich unbehaglich zumute. Sein argloser Gesichtsausdruck erinnerte Bowbaq an Yan. Der Gedanke an seinen Freund, schmerzte ihn sehr. Wo mochte er nur sein? Und was war mit seinen anderen Gefährten?

Nachdem sie eine Weile geschwiegen und verlegene Blicke gewechselt hatten, trat der stämmige Bursche vor, der sich bisher im Hintergrund gehalten hatte. Bowbaq runzelte die Stirn, als er die Lowa des Fremden sah. Waffen wie diese hatten in der Schlacht am Blumenberg viele tapfere Arkarier getötet. Wie kamen die Kinder zu einem solchen Begleiter? Und, bei Eurydis, an wen erinnerte der Mann ihn bloß?

»Ich bin Ke'b'ree Lu Wallos«, verkündete der Krieger und setzte vor Niss ein Knie auf den Boden.

Ein Wallatte! Als sich der Mann wieder erhob, spannte Bowbaq unwillkürlich seine Muskeln an.

»Man sagte mir, du hättest einen Mann namens Saat getötet«, fuhr der Fremde fort. »Ist das wahr?«

Bowbaq spürte die Unruhe der jungen Leute um ihn herum. Hinter ihm, auf der Treppe des Gerichtsgebäudes, kündeten Trommelschläge vom Ende des Prozesses.

»Ich habe gegen ihn gekämpft, ihn aber nicht getötet«, erklärte er. »Es war Léti, die ihm den Todesstoß versetzte.«

Der Wallatte quittierte die Antwort mit einem zweifelnden Blick und einem zweideutigen Grinsen.

»Erhebe deine Waffe nicht gegen mich. Aber du musst wissen, dass ich der Sohn von Königin Che'b'ree bin. Sie war eine Weile Saats Mätresse, wenn du verstehst, was ich meine.«

Saats Sohn! Deshalb war er Bowbaq so bekannt vorgekommen. Dieser Kebree hatte in der Tat die Gesichtszüge des Hexers aus Goran geerbt. Bowbaq gefror das Blut in den Adern. Er schob Niss hinter sich und packte seine Kaute, eine Keule aus massivem Rindenbaumholz, mit der er einen Auroch hätte erschlagen können.

»Was hast du mit meinen Freunden zu schaffen?«, knurrte Bowbaq mit seiner Bärenstimme.

»Ich hoffe, dass sie sich endlich entschließen, zum Boot zurückzukehren, bevor es anfängt zu regnen«, blaffte der Wallatte.

»Was für ein Boot?«, wollte Bowbaq wissen.

»Wir haben einander viel zu erzählen«, mischte sich Amanón ein. »Und das tun wir besser an einem anderen Ort. Die Gerichtsverhandlung ist vorbei. Es bringt nichts, noch weiter auf die Stimmen zu warten …«

»Welche Stimmen?«, fragte Bowbaq verständnislos.

Statt einer Antwort schenkte Eryne ihm ein flüchtiges Lächeln und hob den Blick zum Himmel. Amanón und Nolan führten die Gefährten zum südlichen Ende des Platzes, und Bowbaq und Niss blieb nichts übrig, als ihnen zu folgen. *Wir haben einander tatsächlich viel zu erzählen!*, dachte er.

Wegen seiner Körperfülle stieß er versehentlich mit einem Pfeife rauchenden Lorelier zusammen, der in einer engen Gasse an einer Hausmauer lehnte. Bowbaq stammelte eine Entschuldigung und schob Niss eilig vor sich her. Als sie etwa dreißig Schritte entfernt waren, steckte der Raucher seine Pfeife in den Mantel und setzte sich in Bewegung, um Bowbaqs massige Gestalt nicht aus den Augen zu verlieren.

Am Himmel ballten sich finstere Wolken zusammen.

Die ersten Tropfen fielen nur wenige Dezillen nach ihrer Rückkehr auf die *Rubikant*. Cael hastete in seine Kabine, um das Bullauge zu schließen, und eilte dann zurück in die Kajüte. Nach zwei Tagen an Bord hatte jeder der Freunde bereits einen Stammplatz. Nun, da sie Bowbaq und Niss zu Besuch hatten, war es unter Deck noch enger als sonst.

Cael war Bowbaq mehrmals begegnet, aber das letzte Treffen lag bereits fünf oder sechs Jahre zurück. Wieder einmal verblüffte es ihn, wie riesig der Arkarier war. Die Haare, die ihm auf dem Handrücken und im Nacken wucherten, und der dichte graumelierte Bart, der ihm bis auf die Brust reichte, ließen ihn noch imposanter wirken. Seine Waffe, die er Kaute nannte, war so groß, dass sie ihm als Hocker hätte dienen können. Selbst Keb hätte Schwierigkeiten gehabt, die Holzkeule zu schwingen.

Niss war in vielerlei Hinsicht das genaue Gegenteil ihres Großvaters. Sie war schmächtig, die jungenhaften Kleider schlackerten ihr um den Körper, und sie war so schüchtern wie Bowbaq offenherzig. Cael fragte sich, unter welcher rätselhaften Krankheit sie wohl litt. Zugegebenermaßen verwirrten ihn ihre haselnussbraunen Augen, die manchmal auf ihm ruhten, vielleicht kam dieses Gefühl aber auch nur daher, dass er sie hübsch fand, ihr das Haar wie ein Schleier ins Gesicht fiel und sie niemals zu lächeln schien.

Inzwischen regnete es so heftig, dass es unter Deck fast völlig dunkel war und Eryne zwei Kerzen auf den Tisch stellte. Während sich die anderen auf den Bänken niederließen, wärmte Nolan das itharische Körnergericht auf, das er zubereitet hatte, bevor sie zum Platz der Büßer aufgebrochen waren. Er hatte absichtlich eine größere Portion gekocht, für den Fall, dass sie mit weiteren Erben zum Boot zurückkehren würden. Allerdings hatte er nicht damit gerechnet, einen Arkarier mit dem Appetit eines Riesen verköstigen zu müssen.

Amanón merkte an, welches Glück sie hätten, einander gefunden zu haben, und rief ihnen damit den Ernst der Lage ins Gedächtnis. Bowbaq nickte und fragte nach dem Verbleib seiner ehemaligen Gefährten, aber die jungen Leute waren so ungeduldig, dass er erst von seinem Abenteuer berichten musste. Die Umstände, unter denen seine Familie verschwunden war, waren noch rätselhafter als Caels Geschichte.

Als das Getreide auf dem Tisch stand, bedienten sich die Freunde lustlos. Bowbaqs Tragödie erinnerte sie an ihr eigenes Unglück und den übermächtigen Feind.

»Wenn deine Frau und deine Kinder von Menschen entführt worden wären, hätten sie auch versucht, dich zu schnappen«, sagte Amanón nachdenklich. »Und vor allem hätten sie Niss nicht einfach am Ufer des Flusses zurückgelassen.«

»Vielleicht versteckte sich das Mädchent, als der Kampf ausbrach«, schlug Eryne vor.

»Das glaube ich nicht«, entgegnete Amanón. »Denkt doch nur daran, was mit Euren Eltern geschehen ist. Alle Türen des Hauses waren verriegelt, und trotzdem sind Lana und Reyan verschwunden. Das beweist, dass der Angriff gegen sie etwas mit Magie zu tun hatte. Uns haben die Anhänger, die wir um den Hals tragen, davor geschützt, entführt zu werden. Also können es nicht Graue Legionäre oder Valiponden sein, die unsere Eltern gefangen halten. Es sei denn, sie haben Magier in ihren Reihen.«

»Wer sind die Grauen Legionäre?«, fragte Bowbaq.

Amanón berichtete von dem Unglück, das ihnen widerfahren war, und seine Freunde ergänzten die Schilderung hier und da. Cael wartete sehnsüchtig darauf, dass sein Cousin von den Stimmen in Erynes Kopf erzählte und von der Nachricht, die vielleicht von Yan stammte. Kaum hatte Amanón die Worte ausgesprochen, da klatschte Bowbaq in die Hände wie ein Kind, das Bonbons geschenkt bekommt.

»Sie leben! Das ist ja wunderbar!«, rief er immer wieder, und Tränen rannen ihm in den Bart. »Oh, Ispen! Meine Kinder! Meine Freunde! Sie leben, da bin ich mir sicher!«

Vor Freude drückte er Niss einen dicken Kuss auf die Wange und tat dann dasselbe mit seinem linken Nachbarn. Nolan wurde von diesem jähen Gefühlsausbruch völlig überrumpelt, während Cael im siebten Himmel schwebte. Wenigstens einer, der seine Zuversicht teilte!

»Wir haben keine Gewissheit«, wiegelte Amanón ab.

»Doch, doch! Yan ist der beste Magier der Welt«, rief Bowbaq. »Er hat es geschafft, uns eine Nachricht zu senden! Wie gern hätte ich das miterlebt!«

Das wird ja immer besser!, dachte Cael stolz. *Mein Vater, der beste Magier der Welt!* Bowbaq war zusammen mit ihm auf der Insel Ji gewesen und musste wissen, wovon er sprach.

»Aber was war das in meinem Kopf?«, fragte Eryne. »Ist das so ähnlich, wie wenn Ihr Eure Erjak-Kräfte gebraucht?«

»Nein, das ist etwas ganz anderes«, entgegnete Bowbaq, immer noch mit einem breiten Lächeln. »Es tut mir leid, Freundin Eryne, ich weiß auch nicht, was dir passiert ist. Aber bald werden wir eure Eltern wiederfinden, ganz gewiss!«

Die gute Nachricht schien seinen Appetit anzuregen, denn er schaufelte sich eine weitere Portion Getreide auf den Teller. Der Regen trommelte auf das Deck der Gabiere, die sanft auf den Wellen schaukelte. In der Ferne ertönte Donnergrollen. Das Gewitter kam näher.

»Aber wie sollen wir das anstellen?«, platzte Eryne plötzlich heraus. »Wir wissen nicht einmal, wo wir suchen sollen! Wir sitzen hier herum und sprechen von Magie und Dämonen, als wäre es das Normalste von der Welt! Und niemand kann mir erklären, was mit mir geschieht!«

Ihre Stimme überschlug sich. Sie verbarg das Gesicht in den Händen und begann stumm zu weinen. Cael schob seinen Teller beiseite, denn er hatte plötzlich keinen Hunger mehr. Nolan, Amanón und Bowbaq taten es ihm gleich. Nur Keb und Niss aßen weiter, der eine aus purer Gleichgültigkeit, die andere, weil sie in ihrer eigenen Welt versunken war.

»Verzeiht«, fuhr Eryne fort und wischte sich die Tränen ab. »Die Kopfschmerzen hören einfach nicht auf, und das macht mich wahnsinnig.«

»Wir finden deine Eltern wieder, das verspreche ich dir!«, sagte Bowbaq mit Nachdruck.

Sie schenkte ihm ein trauriges Lächeln, und Cael kannte sie mittlerweile gut genug, um zu wissen, dass sie ihm nicht glaubte.

»Bowbaq«, sagte Nolan unvermittelt. »Du weißt jetzt, dass Corenn in ihrem Tagebuch von euren Abenteuern erzählt hat, von der Reise nach Ji und dem Angriff auf die Heilige Stadt. Verzeih, aber ich muss es einfach wissen. Ich hoffe, Amanón nimmt mir die Frage nicht übel. Ist alles, was sie schreibt, wahr? Wart ihr tatsächlich im Jal'dara?«

In der Ferne donnerte es, während alle gebannt auf Bowbaqs Antwort warteten.

»Corenn hätte Manó niemals angelogen«, sagte er mit Nachdruck. »Natürlich waren wir im Jal!«

In der Stille, die sich über die Kajüte senkte, war nur der Regen zu hören. Den Freunden hatte es die Sprache verschlagen. Es war etwas völlig anderes, ein Tagebuch zu lesen, das wie ein Märchen anmutete, als jemandem gegenüberzusitzen, der Stein und Bein schwor, dass all das tatsächlich passiert war. Sie würden eine Weile brauchen, bis sie sich an den Gedanken gewöhnt hatten.

»Und was ist mit diesem Erzfeind?«, warf Keb ein. »Das ist doch bestimmt völlig übertrieben.«

Bowbaq sah zu Niss hinüber, die gerade ihren Teller leeraß. Das Mädchen zeigte keinerlei Regung.

»Sie weiß von nichts«, erklärte er mit gesenkter Stimme. »Keines meiner Enkelkinder weiß Bescheid.«

Mehr musste er nicht sagen. Ein eiskalter Schauer durchlief Cael, als ihm die Prophezeiung der Undinen in den Sinn kam, die Corenn in ihrem Tagebuch festgehalten hatte: Aus der Nachkommenschaft der Gesandten würde der Erzfeind hervorgehen, der einzige Sterbliche, der für alle Zeiten eine Chance haben würde, Sombre zu besiegen.

Sombre. Das Götterkind, das ein machtgieriger Hexer aus Goran erst in die Unterwelt des Jal'karu gelockt und dann in die Welt der Menschen gebracht hatte, wo es der bösartigste Dämon wurde, den es je gegeben hatte. Sombre. Der Dämon, der die Gefährten seit Tagen in ihren Alpträumen heimsuchte.

Sombre. War er etwa am Verschwinden ihrer Eltern schuld?

»Dann stimmt die Prophezeiung also«, bemerkte Nolan, der mit einem Mal totenbleich war.

»Das hat nichts zu bedeuten«, widersprach Eryne. »Der Erzfeind kann genauso gut erst in tausend Jahren geboren werden.«

»Das hatten wir auch gehofft«, sagte Bowbaq seufzend. »Aber nach den Angriffen auf unsere Familien … Ich glaube, der Mog'lur will nicht länger auf seinen Kampf warten.«

Cael begriff sogleich, was er damit meinte. Wenn der Dämon die Erben jagte, weil er ihren Tod wollte, dann war der Erzfeind, der gegen ihn antreten sollte, vermutlich schon geboren. Und das bedeutete, dass einer von ihnen der Erzfeind sein musste!

»Ich kann das einfach nicht glauben«, murmelte Eryne. »Wer an diesem Tisch fühlt sich imstande, gegen einen unsterblichen Dämon zu kämpfen? Ich jedenfalls nicht!«

»Es könnte ja auch einer von Bowbaqs Enkeln sein«, warf Cael ein.

»Wenn dem so ist, haben wir schon verloren«, meinte Amanón.

»Vielleicht habt ihr ja noch Brüder oder Schwestern, von denen ihr nichts wisst«, schlug Keb vor. »Vielleicht haben eure Väter einen Bastard mit der Nachbarin gezeugt.«

»Wie könnt Ihr so etwas sagen!«, empörte sich Eryne.

»Möglich wäre es schon. Natürlich, bevor Rey unsere Mutter kennenlernte«, fügte Nolan rasch hinzu, als seine Schwester entsetzt die Augen aufriss.

»Nehmen wir einmal an, das würde stimmen. In diesem Fall würden unsere unbekannten Geschwister keine Steine aus dem Jal'dara besitzen«, sagte Amanón. »Dann wären auch sie entführt worden. Und damit sind wir wieder am Anfang. Hoffen wir also lieber, dass der Erzfeind einer von uns sechs ist.«

»Wie kommst du auf sechs?«, fragte Nolan.

»Tja, alle Anwesenden außer Bowbaq. Von den Undinen wissen wir, dass keiner unserer Eltern der Erzfeind ist. Es kommt also nur eins ihrer Kinder oder im Fall von Niss sogar Enkel infrage.«

»Ich habe mit der Geschichte nichts zu tun«, brummte Keb. »Mich kannst du von der Liste streichen.«

»Im Gegenteil, gerade du bist der perfekte Kandidat«, widersprach Amanón. »Ob du es willst oder nicht, Saat war dein Vater. Und du weißt, dass er den Erzfeind zeugen wollte, um ihm anschließend den Körper zu stehlen. *Deinen* Körper!«

Einige Augenblicke lang herrschte unerträgliche Spannung im Raum, während Keb Amanóns Worte abwog. Dann zuckte er mit den Schultern.

»Das ist mir egal«, sagte er. »Ich habe nichts mit der Sache zu tun. Ich bin nicht der Erzfeind. Für die Rolle müsst ihr jemand anderen finden.«

»Nolan wird doch bald Maz, oder?«, warf Bowbaq ein. »Ich meine … Wer könnte einem Dämon mehr entgegensetzen als ein Priester?«

»Ich bin es auf keinen Fall«, murmelte der junge Mann und wurde noch blasser als zuvor. »Ich verdiene es nicht. Außerdem bin ich der schlechteste Kämpfer von uns allen.«

»Wir wissen nicht, ob Sombre im Kampf besiegt werden muss«, entgegnete Amanón.

»Und was ist mit dir, wo du schon so schlau bist?«, knurrte Keb. »Vielleicht bist du derjenige, der die Welt retten soll!«

»Niemand behauptet, dass die Welt in Gefahr ist«, antwortete Amanón. »Hier geht es erst mal nur um uns und unsere Familien.«

Da bemerkte Cael, dass Nolan, der neben ihm saß, knallrot anlief. Schämte sich der Novize etwa? Weil er sich nicht zum Erzfeind berufen fühlte? Das war doch nur verständlich! Cael hatte ebenfalls nicht die geringste Lust, sich als Held aufzuspielen.

»So kommen wir nicht weiter«, sagte Eryne. »Auf diesem Boot scheint es niemanden zu geben, der den Schneid hat, dem Dämon gegenüberzutreten.«

»Vielleicht irrt Ihr Euch«, begann Amanón zaghaft. »Ich möchte Euch nicht erschrecken, aber … Alles weist darauf hin, dass *Ihr* der Erzfeind seid.«

Erynes Gesicht erstarrte zu einer Maske. Die anderen waren nicht minder überrascht, außer Niss, die hinaus in den Regen starrte. Amanón rang nach den richtigen Worten.

»Das Tagebuch meiner Mutter enthält eine Art Anhang. Dort hat sie alles niedergeschrieben, was sie über die Pforten, das Jal und die Etheker herausgefunden hat. Ich werde noch etwas Zeit brauchen, um alles gründlich zu studieren. In diesem Teil stellt sie auch Vermutungen darüber an, wer der Erzfeind sein könnte …«

»Und?«, drängte Eryne. »Sagt endlich, was Ihr uns die ganze Zeit verheimlicht habt!«

»Nun gut. Es ist mir etwas unangenehm. Vor ungefähr zehn Jahren, als Emaz Lana erfuhr, dass Corenn diese Niederschrift anfertigte, hat sie ihr etwas sehr Persönliches anvertraut … Anscheinend seid Ihr im Jal'dara gezeugt worden. Deshalb seid Ihr nicht wie andere Menschen.«

»Das ist doch absurd!«, unterbrach ihn Eryne, auch wenn es ihr nicht gelang, ihre Erschütterung zu verbergen. »Und selbst wenn es wahr wäre! Wo soll da ein Unterschied sein? Ich lebe, atme und empfinde Schmerzen wie jeder andere!«

»Gewiss, aber vielleicht habt Ihr trotzdem die eine oder andere unerklärliche Fähigkeit«, fuhr Amanón fort. »Wie die, Stimmen zu hören, zum Beispiel.«

Abermals trat Schweigen ein, während sich Eryne die Schläfen rieb und den Kopf schüttelte. Das Gewitter schien weitergezogen zu sein. Der Regen wurde bereits schwächer, auch wenn der Himmel immer noch düster war.

»Diese Stimmen, die du gehört hast … Klangen sie so wie Caels?«, fragte Bowbaq arglos.

Alle wandten sich dem Jungen zu, der genauso verblüfft war wie seine Gefährten. Woher wusste Bowbaq von seinem Geheimnis?

Und warum musste er ihn vor den anderen bloßstellen?

»Cael hört Stimmen?«, fragte Nolan neugierig.

»Ich … Es kommt manchmal vor, dass ich mit mir selbst rede«, stammelte Cael. »Aber das ist etwas ganz anderes als das, was Eryne erlebt hat. Es ist nur *eine* Stimme, und sie ist in meinem Kopf, seit ich denken kann.«

»Aber … Hat es dir denn niemand erklärt?«, sagte Bowbaq erstaunt. »Manó … Spricht Corenn in ihrem Tagebuch nicht davon? Und ich dachte, ihr wüsstet …«

Er verstummte abrupt. Zu spät begriff er, dass er zu viel gesagt hatte. Cael saß da wie vom Donner gerührt. Er brannte darauf, endlich die Wahrheit zu erfahren.

»Ich wollte eigentlich den passenden Moment abwarten«, sagte Amanón seufzend. »Tatsächlich spricht meine Mutter im letzten Heft ihres Tagebuchs von dir. Aber solange wir nicht mehr wissen …«

»Rückt Ihr jetzt endlich mit der Sprache heraus oder nicht?«, brauste Eryne auf.

Amanón nickte traurig und sah Cael in die Augen.

»Anscheinend hast du vom Tag deiner Geburt an furchtbar geschrien. Und zwar pausenlos. Deinen und meinen Eltern gelang es einfach nicht, herauszufinden, was mit dir los war. So ging es mondelang. Erst als Léti dir eines Tages den Anhänger auf den Bauch legte, wurdest du still.«

»Und was bedeutet das?«, fragte Cael, der wie gelähmt war.

Amanón musste sich räuspern, um fortfahren zu können.

»Corenn glaubt, dass du in all diesen Dekaden und auch vor deiner Geburt von Sombre heimgesucht wurdest. Er drang in deine Gedanken ein, so wie Saat es bei ihm getan hatte.«

Cael wollte protestieren, aufspringen und einen Wutanfall bekommen, der einer Eryne von Kercyan würdig gewesen wäre, aber er konnte sich weder rühren noch den Mund aufmachen. Amanóns Enthüllung überstieg seine schlimmsten Befürchtungen. Und seine Eltern hatten die ganze Zeit davon gewusst.

»Aber was …«, begann Nolan. »Wie … Geht es ihm gut? Eigentlich dürfte er die Stimme dann jetzt nicht mehr hören, oder?«

»Eigentlich nicht, nein. Aber wir wissen nicht, welchen Plan Sombre verfolgte. Na ja, jedenfalls ist er damit gescheitert!«, fügte Amanón hinzu, um seinen Cousin aufzumuntern. »Solange du deinen Anhänger trägst, Cael, bist du vor ihm sicher. So wie wir.«

Der Junge erwiderte sein Lächeln nicht, sondern starrte Amanón und die anderen finster an. Er fühlte sich verraten. *Verdorben.*

Als Niss plötzlich einen gellenden Schrei ausstieß, fuhren alle zusammen. Sie zeigte auf das Bullauge, das sie seit geraumer Zeit anstarrte. Dahinter war nichts zu sehen. Nichts als Regentropfen, die an der Scheibe hinabrannen.

An Deck der *Rubikant* erklangen Schritte.

Mehrere Männer rannten über die Planken.

Als sie sich vom ersten Schreck erholt hatten, griffen die Gefährten zu den Waffen. Keb rannte mit seiner Lowa die Treppe hinauf, und Amanón folgte ihm auf dem Fuß, das Krummschwert in der Hand. Bowbaq stieß beinahe die Bank um, als er seine Kaute packte. Nolan geriet ins Hintertreffen, weil er erst zu seiner Koje laufen und nach dem Stockdegen seines Vaters suchen musste. Selbst Cael war schneller, er stürzte mit gezücktem Rapier zur Treppe. Eryne drückte Niss an sich.

»Du bleibst hier!«, rief Nolan Cael zu.

Er hatte nicht lange überlegt, fand aber einfach, dass sich der Junge nicht in Gefahr bringen sollte. Ihm selbst war angst und bange, obwohl er wesentlich älter war. Von oben ertönten schon Kampfgeräusche, und während Nolan die Treppe zum Deck hocheilte, dachte er nur an eins: Vielleicht würde er sterben, ohne sich den anderen anvertraut zu haben. Er würde sogar mit ziemlicher Sicherheit sterben, verbesserte er sich, als ihm einfiel, wie sehr sein Körper schmerzte und wie schlecht er mit dem Degen umgehen konnte.

Plötzlich wurde die Einstiegsluke, die Bowbaq hinter sich geschlossen hatte, aufgerissen, und Regen schlug ihm ins Gesicht. Unwillkürlich wich Nolan zurück, was er jedoch sofort bereute. Zwei Männer starrten zu ihm herunter und traten auf die Treppe, als sie ihn zögern sahen. Sie waren mit Zackendolchen bewaffnet und trugen schwarze, mit Dornenranken bestickte Stirnbänder. K'lurier. Anhänger einer der gefährlichsten Sekten der Heiligen Stadt.

Nolan war gezwungen, in die Kajüte zurückzuweichen. Jetzt konnten nur er und Cael Niss und Eryne beschützen, dachte er voller Selbstverachtung. Er schämte sich dafür, so feige zu sein und sich den anderen nicht längst anvertraut zu haben. Dann wäre es gar nicht erst zu diesem Kampf gekommen.

Während die Fremden immer näher kamen, schwor Nolan sich eins: Er würde nicht zulassen, dass andere für seine Lügen und Fehler büßen mussten. Um Eryne und die beiden Kinder zu retten, war er bereit, sein Leben zu geben.

Als Amanón hinter Keb ins Freie trat, ließ dieser bereits seine Waffe durch die Luft wirbeln. Es war ihm gelungen, einen Kreis rings um die Luke freizukämpfen und ihre Feinde daran zu hindern, ins Innere der *Rubikant* vorzudringen. Im ersten Augenblick hatte Amanón das Gefühl, in einem bösen Traum zu sein. Fünfzehn bis zwanzig Männer standen an Deck der Gabiere und auf dem regennassen Anlegesteg. Sie waren mit gezackten Dolchen bewaffnet, trugen schwarze Stirnbänder und schienen fest entschlossen, sie zu töten.

Einer der Fremden schaffte es, Kebs Lowa auszuweichen, und stürzte sich auf Amanón. Nur seiner Geistesgegenwart hatte er es zu verdanken, dass er mit dem Leben davonkam. Sein Krummschwert durchschnitt die Luft in einer seitlichen Bewegung und traf den Mann mitten im Sprung. Der Aufprall fuhr Amanón schmerzhaft in die Schulter, während sich der Angreifer an Deck wand und Blut auf die Holzplanken spritzte. Wer waren diese Männer? Und warum wollten sie sie töten?

Er hatte keine Zeit, darüber nachzudenken. Schon sprang ein zweiter Mann auf ihn zu, während sich Bowbaq durch die Luke zwängte und in ihre Verteidigungslinie vorrückte. Amanón gelang es mit Müh und Not, die Schläge seines Gegners abzuwehren, aber die Angreifer waren von anderem Kaliber als die Kerle in der Herberge. Der Mann versetzte ihm einen bösen Hieb, der ihm durch den Ärmel seiner Lederjacke in den Unterarm schnitt. Amanón schrie vor Schmerz auf. Blut rann an seinem Arm hinunter und verschmierte den Griff der Waffe. Zwei weitere Angriffe konnte Amanón im letzten Moment parieren. Die Klinge seines Gegners schnellte vor und zurück wie die Zunge eines Reptils und kam ihm immer näher. Amanón fand sich bereits mit seiner Niederlage ab, als Bowbaq plötzlich seine Keule auf die Schulter des Mörders donnerte. Der Schlag war so gewaltig, dass er den Mann über die Reling beförderte.

Dass einer ihrer Kameraden im brackigen Hafenwasser gelandet war, schien die anderen nicht zu entmutigen. Wäre das Deck größer gewesen oder hätten sie an Land kämpfen müssen, hätten die Angreifer die drei Gefährten in kürzester Zeit besiegt. Keb gelang es kaum, die Männer am Bug in Schach zu halten. Er musste sich auf die Verteidigung beschränken und konnte keine eigenen Angriffe wagen. Bevor Bowbaq und Amanón ihm zu Hilfe kommen konnten, geschah etwas Schreckliches. Drei Männer stürzten sich gleichzeitig auf Keb, und er hatte auf dem regennassen Deck keinen ausreichend festen Stand, um die Attacken zu parieren. Die breite Eisenklinge seiner Lowa spaltete zwar einem der Männer den Schädel, aber die beiden anderen umschlangen seine Knie und seinen Oberkörper und zwangen ihn zu Boden.

Amanón sah sich plötzlich mit einem wüsten Schrei auf Keb zurennen. Die Wunde an seinem Unterarm pochte höllisch, aber er schonte sich nicht, als er seine Klinge auf das Genick eines der Männer niedersausen ließ. Dadurch gewann Keb genügend Bewegungsfreiheit, um das Handgelenk des zweiten Mannes zu packen und ihm den Dolch zu entwinden. Er stieß die Waffe dem Angreifer tief in den Hals, bevor er sich aufrappelte und erneut seine Lowa in die Höhe riss.

In der Zwischenzeit hatten mehrere Fremde die Ablenkung genutzt, um über die Reling an Bord zu klettern, obwohl Bowbaq wie wild mit seiner Kaute um sich schlug. Amanón und Kebree waren nun von sieben Angreifern umzingelt, deren Klingen hervorschnellten wie der Stachel eines Skorpions. Eilig stellten sie sich Rücken an Rücken. Bowbaq erging es nicht besser. Keiner der drei konnte die Mörder daran hindern, die Luke zu öffnen und ins Innere vorzudringen.

»*Sakkar!*«, brüllte Amanón.

Er konnte gerade noch seinen Dolch ziehen und hielt nun eine Waffe in jeder Hand. Sein Schrei hatte wie ein Signal gewirkt. Alle stürzten sich mit neuer Kraft in den Kampf.

Nolan war erst die Treppe hochgerannt und kurz darauf rückwärts wieder heruntergestolpert. Die beiden durchnässten, mit Dolchen bewaffneten Männer, die plötzlich im Raum standen, rissen Cael aus seiner Erstarrung. Mit drei Schritten stellte er sich vor Eryne und Niss. Jeder, der ihnen zu nahe kam, würde mit seinem Rapier Bekanntschaft machen! Leider wollte seine Hand nicht aufhören zu zittern.

Die Fremden schienen keineswegs beeindruckt, und auf ihren Gesichtern erschien ein widerliches Grinsen. Einer näherte sich Nolan, der andere Cael. Die Augen des Mannes glänzten seltsam, als wäre er betrunken oder stünde unter Drogen. Cael schoss durch den Kopf, dass dies die Augen des Mannes sein könnten, der ihn töten würde. Er dachte an seine Eltern, seine Großtante Corenn, Grigán und vor allem an Amanón, der draußen im Regen kämpfte, falls er überhaupt noch lebte. Was mochte sich an Deck abspielen? Da es zwei Angreifern gelungen war, in die Kajüte vorzudringen, musste die Lage hoffnungslos sein.

In diesem Moment schrie Eryne auf. Der Fremde, der sich auf Nolan gestürzt hatte, machte einen Satz nach vorn und ritzte ihrem Bruder den Bauch auf. Gleich darauf ertönte ein zweiter Schrei. Nolan hatte den Mann mit seinem Stockdegen am Oberschenkel getroffen. Alle waren verblüfft über diese schnelle Reaktion, nicht zuletzt er selbst. Während der Angreifer fluchend zurückwich, ging Nolan mit konzentriertem Gesichtsausdruck wieder in Kampfstellung. Offenkundig hatte er nicht die Absicht, sich widerstandslos töten zu lassen.

Cael schöpfte aus diesem kleinen Erfolg genug Mut,

um das Zittern zu unterdrücken, das mittlerweile seinen ganzen Körper erfasst hatte. Er packte den Griff seines Rapiers fester und nahm sich vor, es Nolan gleichzutun. Doch der Mann, der ihm gegenüberstand, überragte ihn um einen ganzen Kopf. Außerdem hatte er vermutlich – anders als Cael – nicht vor fünf oder sechs Tagen zum ersten Mal in seinem Leben eine Waffe in der Hand gehabt. Als der Mann einen Stoß auf Caels Herz vortäuschte, fiel der Junge auf den Trick herein und stach mit dem Rapier ins Leere. Sein Gegner traf ihn seitlich am Oberkörper, schlitzte ihm das Hemd auf und schnitt ihm tief ins Fleisch.

Eryne schrie abermals auf, doch der Schmerz, der Cael in den Körper fuhr, machte ihn blind und taub für seine Umgebung. Hass und Angst flammten in ihm auf. Mehr denn je musste er diesen Gefühlen unbedingt widerstehen. Der Angreifer sah ihn neugierig an, während Cael die Hände auf die Wunde presste und sich sein Gesicht zu einer immer grausameren Grimasse verzerrte.

Die Stimme begann zu flüstern.

Ob sie nun direkt von Sombre stammte oder nur eine Erinnerung an den Dämon war, kümmerte ihn nicht. Er wollte sie nicht mehr hören. Den nächsten Angriff wehrte er ab, indem er wie wild mit dem Schwert um sich schlug, aber der Kampf, den er mit sich selbst austrug, war noch viel aussichtsloser. Die Stimme wurde lauter und vernebelte seine Gedanken. Blutige Bilder von Gemetzel und Sieg stiegen vor seinen Augen auf. So sehr Cael auch die Zähne zusammenbiss, jeden Muskel anspannte und sich auf die Erinnerung an seine Eltern konzentrierte, er stürzte immer tiefer in ein schwarzes Loch und ließ dem Zorn, der in ihm wütete, schließlich freien Lauf. Diesmal gab es kein Zurück.

Ein lustvolles Stöhnen entrang sich seiner Kehle, als das Rapier seinem Gegner tief in den Arm schnitt. Immer weiter hieb er auf den Mann ein, um sein Leiden zu vermehren.

»Sakkar! Sakkar!«, rief Bowbaq immer wieder.

Zwar kannte er die Bedeutung des ramgrithischen Ausdrucks nicht, aber er hatte ihn früher oft aus Grigáns Mund gehört, und Amanóns Ruf hatte ihm neuen Mut gemacht. Jetzt, da er seine Keulenschläge mit dem Fluch begleitete, schienen sie noch wirkungsvoller zu sein. Seit der Schlacht am Blumenberg hatte er nicht mehr gekämpft, aber Bowbaq hatte nichts von seiner Kraft eingebüßt. Nur an Schnelligkeit mangelte es ihm. Die Angreifer waren flink, und seine Schläge gingen meistens ins Leere. Zum Glück war seine Keule so massiv, dass die Männer jedes Mal, wenn er sie durch die Luft sausen ließ, hastig zurücksprangen. Bisher hatten sie mit ihren Dolchen nichts gegen ihn ausrichten können.

Mit etwas Glück gelang es ihm hin und wieder, einem der Angreifer den Arm zu brechen oder ihn mit einem Schlag gegen den Kopf außer Gefecht zu setzen. Aber der Kampf dauerte schon viel zu lange. Irgendwann würde selbst Bowbaq erschöpft sein. Die Kraft seiner Feinde schien hingegen nicht nachzulassen, auch wenn sie einiges einstecken mussten. Ihre Verbissenheit war ebenso rätselhaft wie beängstigend. Wer waren diese Männer? Warum waren sie bereit, ihr Leben zu opfern, um sie zu töten? Wie Valiponden sahen sie jedenfalls nicht aus, denn den Erzählungen seiner Gefährten zufolge trugen die Mitglieder dieser Sekte grüne Kutten.

Die größte Sorge bereiteten Bowbaq die Männer, die in die Kajüte eingedrungen waren. Beim Gedanken an seine kleine, unschuldige Niss, die diesen brutalen Kerlen schutzlos ausgeliefert war, zielte er nicht länger auf die Arme seiner Feinde, sondern auf ihre Köpfe. Nur mit Mühe gelang es ihm, drei Männer niederzuschlagen, die ihn gegen die Reling gedrängt hatten. Vor ihm standen vier weitere Angreifer. Es würde noch ein Weilchen dauern, bis er zu seiner Enkelin konnte.

Wenn er es überhaupt schaffte.

Eryne verlor jede Hoffnung, als zwei bewaffnete Fremde in die Kajüte stürmten. Wenn es ihnen gelungen war, an Kebree vorbeizukommen, dann war alles verloren. Sie zog die wehrlose Niss noch enger an sich, während Nolan und Cael jeweils gegen einen der Männer kämpften. Was konnten ihr kleiner Bruder und der Junge schon ausrichten, wenn ihre drei Freunde, die sehr viel kampferprobter waren, an Deck bereits gescheitert waren? Sie überlegte, ob sie die Augen schließen und auf den Tod warten sollte, sah ihren Feinden dann aber doch entschlossen entgegen.

Was nun folgte, stützte sie in ein Wechselbad der Gefühle. Sie empfand wilde Freude, als Nolan seinen Treffer landete, und stand tausend Ängste aus, als einer der Männer Cael verwundete. Den Jungen selbst schien die Verletzung tief zu erschüttern. Eine Weile waren seine Bewegungen ruckartig, als hätte er die Kontrolle über seine Gliedmaßen verloren. Dann beobachtete Eryne, wie er seinem Gegner das Rapier in den Arm stieß, und schöpfte neue Hoffnung.

Nolan wiederum hatte seinem Widersacher keinen weiteren Hieb versetzen können, denn dieser war nun auf der Hut. Ihr Bruder hatte immer größere Mühe, seine blitzschnellen Vorstöße zu parieren. Plötzlich hielten sie in ihrem Zweikampf inne, weil Cael ein lautes Stöhnen ausstieß, dann den Fuß seines Angreifers durchbohrte und ihn für einen Moment auf den Holzdielen festnagelte.

Nolan nahm den Kampf wieder auf, aber Eryne ließ Cael, der sich mit einem Mal verblüffend flink bewegte, nicht aus den Augen. Er führte seine Waffe wie ein erfahrener Kämpfer. Das Rapier schien eine Verlängerung seines Arms zu sein, und er traf seinen Gegner mit der Spitze oder der Klinge, wo immer er wollte: am Bauch, an der Wade, an der Schulter, einfach überall. Offensichtlich hätte er dem Kampf ein rasches Ende bereiten können, aber er schien Gefallen an dem grausamen Spiel zu finden.

Caels Bösartigkeit erschütterte Eryne. Sie passte so gar nicht zu dem Jungen! Sie versuchte Niss die Augen zuzuhalten, um ihr den Anblick zu ersparen, aber das Mädchen schob ihre Hand immer wieder zur Seite und sah aufmerksam zu. Der Zweikampf entwickelte sich immer mehr zu einer Hinrichtung. Obwohl Caels Angreifer mittlerweile aus unzähligen Wunden blutete, ließ der Junge nicht von ihm ab.

Endlich beendete Cael das Gefecht, indem er seinem Gegner das Rapier so tief ins Auge rammte, dass er den

Toten für einen Moment, der Eryne wie eine Ewigkeit vorkam, auf den Füßen hielt.

Dann zog er seine Waffe heraus und drehte sich zu Eryne und Niss um. Die junge Frau erbleichte, als sie Caels Gesicht sah. Seine Züge waren starr vor Hass. Er schien alle und jeden töten zu wollen.

Ohne Ausnahme.

Die Zackendolche hatten Amanóns Lederkleidung zerfetzt, und er musste plötzlich an die Metallplatten denken, die die Kluft seines Vaters verstärkten. Und ihm waren sie immer zu schwer gewesen! Was hätte er jetzt für einen eisernen Schutzpanzer gegeben – und dafür, Grigán an seiner Seite zu haben!

Glücklicherweise war er nicht allein, und Keb erwies sich als brauchbarer Waffenbruder. Rücken an Rücken hatten sie drei der sieben Männer bewusstlos geschlagen oder getötet. Doch ihre Feinde waren immer noch in der Überzahl, und diejenigen, die noch aufrecht standen, waren zäh.

Mit einem Mal drang ein ohrenbetäubender Schrei aus der Kabine zu ihnen herauf, aber Amanón konnte nicht sagen, ob er von Cael oder Nolan stammte. Allein der Gedanke, einer seiner Freunde könnte verwundet worden sein, vervielfachte seine Kräfte. Als er eine Lücke zwischen ihren Gegnern entdeckte, warf er sich nach vorn. Mit dem Dolch wehrte er einen Schlag ab, wich der nächsten Attacke aus, versetzte einem seiner Gegner einen Fußtritt und schlitzte ihm schließlich mit dem Krummschwert den Bauch auf.

Wild entschlossen, den Angriff zu überleben, ließ er den Dolch fallen und packte das Schwert mit beiden Händen. Mit einer einzigen Bewegung trennte er einem Mann Arm und Kopf ab. Als er sich zu Kebree umdrehte, erledigte dieser gerade einen weiteren Angreifer. Amanón überließ ihn dem letzten Gegner und rannte zu Bowbaq, der sich immer noch gegen drei Feinde zur Wehr setzte. Er wartete nicht, bis die Männer ihn bemerkten, sondern schlug ohne Vorwarnung zu. Die Klinge zerschmetterte einem von ihnen das Schlüsselbein und drang tief in den Oberkörper ein, blieb dann aber stecken. Während Amanón verzweifelt versuchte, das Krummschwert herauszuziehen, packte ein anderer Mann, dessen Augen irre glänzten, ihn am Nacken und schickte sich an, mit dem Zackendolch zuzustechen.

Der Schädel des Mannes knirschte, als Bowbaqs Keule plötzlich auf ihn niedersauste und die Halswirbel zersplitterten. Dank Amanóns Ablenkungsmanöver hatte der Arkarier um sich aufräumen können. Das Deck der *Rubikant* war von Leichen übersät, während der Regen das Blut fortspülte. Der Hafen lag da wie ausgestorben, alle Einheimischen waren vor dem Gewitter geflohen.

»Danke, Bowbaq«, stieß Amanón mit gepresster Stimme hervor. »Du hast mir zweimal das Leben gerettet.«

»Niemand rührt die Kinder meiner Freunde an«, keuchte er. »Und auch ich danke dir, Manó. Du kämpfst wie dein Vater.«

»Das glaube ich kaum«, murmelte der junge Mann gerührt. Endlich gelang es ihm, seine Waffe freizubekommen.

Nach einem hastigen Blick zu Keb, der immer noch gegen den letzten Mörder kämpfte, rannte Amanón die steile Treppe hinunter, gefolgt von Bowbaq.

Bis auf den Treffer am Oberschenkel hatte Nolan seinem Gegner keine weiteren Verletzungen zufügen können. Der K'lurier schien nicht ganz so stark unter Rauschmitteln zu stehen wie die anderen. Seine Angriffe waren gezielter, und er neigte weniger dazu, sich blindlings auf seinen Gegner zu stürzen. Außerdem wollte er sich offenkundig für die Wunde rächen, die er ihm beigebracht hatte. Nolan konnte sich den Mann nur mit Not vom Leib halten. Es war ziemlich klar, wie der Kampf ausgehen würde.

Als er aus dem Augenwinkel beobachtete, wie Cael seinen Gegner erledigte, schöpfte er neue Hoffnung. Er hatte nicht erwartet, dass der Junge eine solche Begabung für den Schwertkampf zeigen würde, aber natürlich kam ihm dieses verborgene Talent sehr gelegen. Sein Gegenüber verstärkte nun die Attacken, denn er ahnte wohl, dass er es bald mit zwei Gegnern zu tun haben würde. Nolan gab sich die größte Mühe, den Angriffen standzuhalten, aber Cael schien es nicht eilig zu haben, ihm zu Hilfe zu kommen.

Als sich der Junge endlich zu ihm gesellte, war Nolan erschüttert von der Bösartigkeit auf seinem Gesicht. Cael sah aus, als hätte er den Verstand verloren. Seine hassverzerrten Züge ließen ihn älter wirken, und ein dünner Speichelfaden rann ihm über das Kinn. Durch die tiefe Wunde am Oberkörper hatte er viel Blut verloren, und seine Kleider waren rot gefärbt, doch er schien keinerlei Schmerz zu spüren. Trotzdem machte Cael keine Anstalten, in den Kampf einzugreifen. Sein Rapier baumelte schlaff am Ende seines Arms, während er mit irrem Blick zwischen Nolan und dem K'lurier hin und her sah.

Vor Schreck war Nolan einen Augenblick unaufmerksam. Der Mörder wollte die Gelegenheit nutzen und zustechen, aber Cael riss blitzschnell seine Waffe hoch und parierte die Attacke. Wie erstarrt sah Nolan, wie die Klinge den Oberkörper des K'luriers durchbohrte und dabei vermutlich beide Lungenflügel zerfetzte. Mit weit aufgerissenen Augen hing der Mann für einen Moment in der Luft, bevor er seinen letzten Atemzug tat und an seinem eigenen Blut erstickte.

Nolan wartete nicht, bis Cael sein Opfer zu Boden sinken ließ, sondern eilte zu seiner Schwester. Er war erleichtert, aber auch entsetzt über Caels Grausamkeit. Als er Niss' Gesichtsausdruck sah, erschrak er noch mehr. Das Mädchen, das sich seit seinem Warnschrei nicht gerührt hatte, war nun in heller Aufregung. Eryne versuchte Niss zurückzuhalten, aber sie riss sich los, schlüpfte unter Nolans Arm hindurch und lief auf Cael zu, der ihr lauernd entgegensah.

Einen Herzschlag lang standen sich die beiden gegenüber. Dann ging alles sehr schnell, auch wenn Nolan das Gefühl hatte, die Szene in Zeitlupe zu sehen. Der Junge hob das Schwert, während sich seine Züge vor Hass verzerrten. Niss streckte ihre zierlichen Hände aus und führte sie zu Caels Gesicht. Als ihre Finger über seine Schläfen strichen, stieß er einen gellenden Schrei aus, der durch den ganzen Hafen hallte. Im selben Moment ließ er die Waffe fallen und klappte in sich zusammen wie eine Marionette, der man die Fäden durchgeschnitten hat.

Die Geschwister liefen zu den Kindern, aber Niss hatte sich bereits über Caels reglose Gestalt gebeugt und streichelte ihm sanft die Stirn. Beklommen tastete Nolan nach dem Puls des Jungen. Sein Herz schlug noch. Mit Erynes Hilfe brachte er den Verletzten in eine bequemere Lage, zog sich hastig das Hemd über den Kopf und presste es auf Caels Wunde, aus der immer weiter Blut lief.

Kurz darauf erklangen Schritte auf der Treppe, und Nolan fürchtete, weitere Feinde würden in die Kajüte stürmen. Seine Erleichterung war groß, als Amanón und Bowbaq mit triefenden Kleidern und nassem Haar durch die Tür traten.

»Was ist passiert?«, rief Amanón und ging neben seinem Cousin in die Knie.

Durch die Ohnmacht waren Caels Züge wieder weich geworden, die hassverzerrte Grimasse war verschwunden. Nolan brachte nicht den Mut auf, Amanón und Bowbaq, der Niss fest an sich drückte, von den Vorgängen in der Kajüte zu erzählen. Dafür würde später Zeit sein. Zuerst musste er endlich sein Geständnis ablegen.

»Cael hat uns gerettet«, sagte er deshalb nur. »Er hat die beiden K'lurier getötet.«

»K'lurier?«

Amanóns Blick verdüsterte sich, und seine Augen verengten sich misstrauisch. Ahnte er, was Nolan beichten wollte?

»Wo ist Kebree?«, fragte Eryne plötzlich mit zitternder Stimme.

»Es geht ihm gut«, versicherte ihr Amanón. »Er kämpft immer noch.«

»Ich werde ihm helfen!«, sagte Bowbaq.

Er erklomm die Treppe zum Deck, ohne zu wissen, in welcher Gefahr seine Enkelin geschwebt hatte. Nolan blieb mit Eryne, Amanón und Niss allein. Die drei würden also sein Geständnis hören. Das musste vorerst reichen.

»Ich nehme an, die Männer haben unerbittlich bis zum Tod gekämpft?«, fragte er.

»Als wären sie im Wahn«, bestätigte Amanón, während er Cael das Hemd aufriss.

»Sie nehmen Rauschmittel, die die Angst und den Schmerz betäuben«, erklärte Nolan. »Selbst wenn man ihnen ein Bein abhackt, würden die K'lurier weiterkämpfen.«

»Was sind das für Männer?«, wollte Eryne wissen. »Und woher weißt du das alles?«

»Sie gehören einer Sekte an, die genauso gefährlich ist wie die Valiponden«, sagte Nolan, dem das Herz bis zum Hals schlug. »Sie verehren einen Dämon namens K'lur, und ihre Religion hat in der Heiligen Stadt mittlerweile eine gewisse Bedeutung. Und ich … Ich weiß davon, weil …« Es kostete ihn große Mühe, nicht den Blick zu senken, als seine Schwester und Manó ihn anstarrten. Doch diesmal musste er es zu Ende bringen.

»Ich gehörte für eine Weile zu ihnen«, sagte er schließlich in das Schweigen hinein. »Über ein Jahr lang.«

Das Entsetzen, das sich auf Erynes Gesicht abzeichnete, traf ihn hart. Nolan wäre es lieber gewesen, wenn sie wütend geworden wäre und ihn angeschrien hätte. Auch hätte er sich nicht gewundert, wenn Amanón mit den Fäusten auf ihn losgegangen wäre. Stattdessen schwiegen beide. Bodenlose Angst stieg in ihm auf.

In diesem Moment erklangen Bowbaqs schwere Schritte auf der Treppe. Mit einem Mal waren Nolans Sorgen unwichtig. Bowbaq trug Kebrees leblosen Körper in den Armen. Der Krieger hatte einen großen Blutfleck auf der Brust.

»So habe ich ihn gefunden«, sagte Bowbaq. »Ich weiß nicht, ob sein Gegner tot ist oder fliehen konnte.«

Er legte Keb vorsichtig neben Cael auf den Boden, während Eryne zu schluchzen begann. Amanón stand auf und überließ es Bowbaq und Nolan, die Verletzten zu versorgen.

»Ich werde die Leinen losmachen und die Segel setzen. Es hält uns nichts mehr in dieser Stadt. Hier ist es zu gefährlich für uns. Alles andere sehen wir später«, sagte er zu Nolan.

Dieser nickte. Er trat zu den Leichen der beiden K'lurier, um ihnen die schwarzen Stirnbänder abzunehmen. Sie brauchten Verbände, und jedes Stück Stoff war nützlich.

Falls nötig, würde Nolan sogar sein Priestergewand opfern. Seinen Glauben hatte er schließlich schon lange verloren.

Hoch oben auf einem Felsen inmitten der Finsternis, umbrandet von den Wogen des Mittenmeers, stand die Kahati und starrte auf das Licht in der Ferne, das langsam näher kam. Als sie keinen Zweifel mehr hatte, sprang sie von ihrem Beobachtungsposten hinunter und lief zum Lager. Wie immer saß die Unsterbliche an dem kleinen Feuer, das seit fast einer Dekade brannte, und rührte sich nicht.

»Ich habe ein Schiff gesehen«, sagte Zejabel und legte eine Hand an den Griff ihres Hati. »Ich glaube, es nimmt Kurs auf die Insel.«

Die Göttin stieß ein raues Lachen aus, dessen Grund ihre Dienerin wie immer nicht verstand.

»Ich weiß«, sagte Zuïa. »Bald wird unser Warten ein Ende haben.«

Die Reise der KRIEGER geht weiter:

Pierre Grimbert
DIE KRIEGER
Der Verrat der Königin

Ahnent

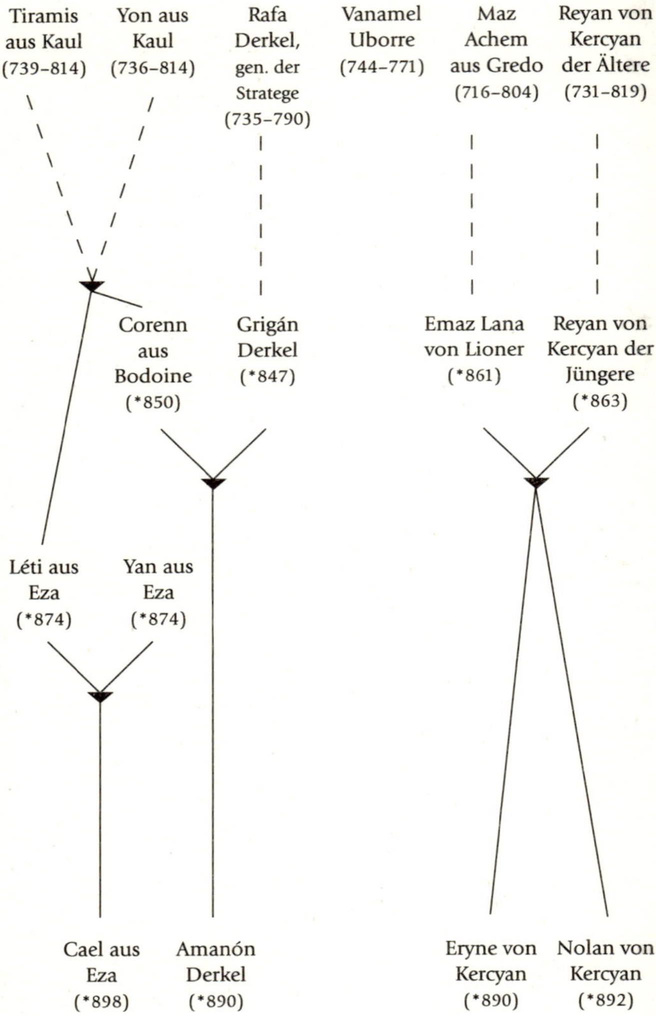
Tiramis aus Kaul (739–814)
Yon aus Kaul (736–814)
Rafa Derkel, gen. der Stratege (735–790)
Vanamel Uborre (744–771)
Maz Achem aus Gredo (716–804)
Reyan von Kercyan der Ältere (731–819)
Corenn aus Bodoine (*850)
Grigán Derkel (*847)
Emaz Lana von Lioner (*861)
Reyan von Kercyan der Jüngere (*863)
Léti aus Eza (*874)
Yan aus Eza (*874)
Cael aus Eza (*898)
Amanón Derkel (*890)
Eryne von Kercyan (*890)
Nolan von Kercyan (*892)

Weisen von Ji und ihre Erben

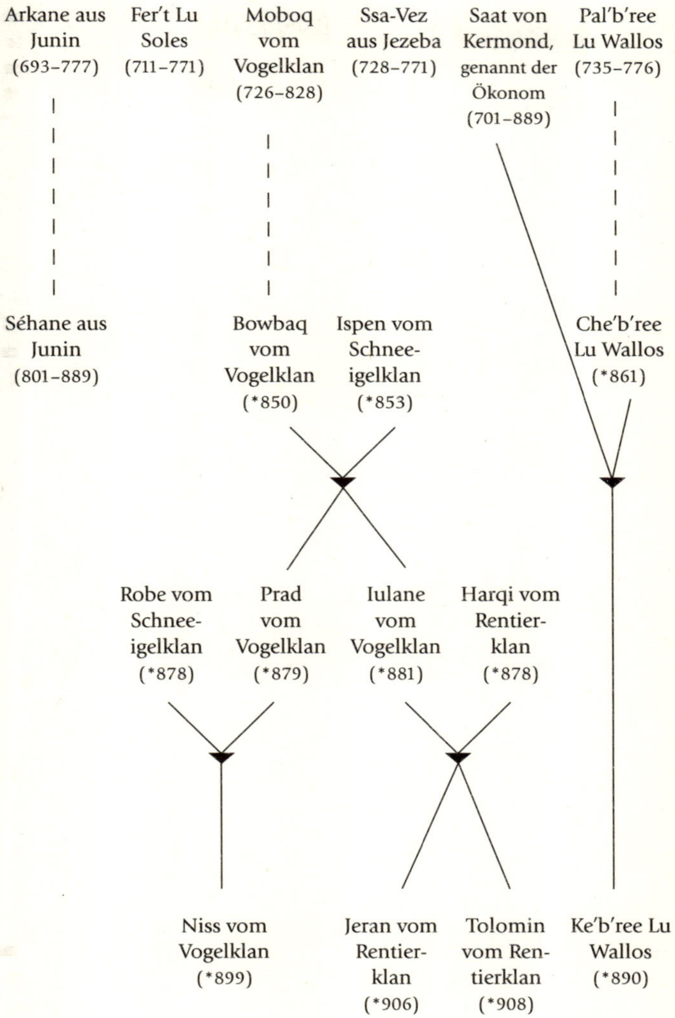

KLEINES LEXIKON DER BEKANNTEN WELT

ALIOSS

Der Anführer. Alioss ist der Gott der Familienväter, Klanchefs und Königsgeschlechter Gritehs. Nur Männer der oberen Stände dürfen ihm dienen: Krieger, Priester, Edelmänner und Handwerker. Frauen, Bettlern und Verbrechern ist es verboten, auch nur den Namen des Allmächtigen auszusprechen.

Die Göttin Aliara erfüllt eine ähnliche Rolle für die weiblichen Einwohner Gritehs, auch wenn sie kein so hohes Ansehen genießt. In den Unteren Königreichen muss der König jedem Tempelbau seinen Segen erteilen, und kein König würde je erlauben, dass sich Frauen in einem Tempel versammeln.

ALT

Der Alt ist der größte Fluss der bekannten Welt. Er entspringt in den höchsten Bergen des Rideau, fließt durch Itharien und Romin und mündet schließlich in den Spiegelozean.

Einer goronischen Legende zufolge werden die Toten eines Tages in riesigen Geisterschiffen den Fluss heruntergefahren kommen, um sich für alles Leid zu rächen, das ihnen zu Lebzeiten angetan wurde. Hin und wieder behauptet jemand, die Vorhut dieser Armee der Finsternis gesehen zu haben. Aus diesem Grund lassen manche Häfen nach Einbruch der Dunkelheit kein Schiff mehr einlaufen.

ALTES LAND

Anderer Name des Königreichs Romin.

ALUÉN

Auch wenn sein Geburts- und Todesjahr nicht überliefert sind, geht man davon aus, dass Aluén gegen Ende des achten Äons kurz nach dem Untergang des Itharischen Reichs in Partacle herrschte.

Während sich die Itharier der Religion zuwandten, nachdem Eurydis ihnen zum zweiten Mal erschienen war, lieferten sich die befreiten Völker blutige Bürgerkriege um die Reichtümer, die die einstigen Eroberer zurückgelassen hatten. Es heißt, dass Aluén einen Schatz anhäufte, der sogar den des Kaisers von Goran übertraf.

Dieser Schatz ist jedoch spurlos verschwunden. Einer Legende zufolge soll ein Teil des Schatzes im Grab seines Besitzers versteckt sein, allerdings weiß heute niemand mehr, wo sich dieses Grab befindet. Sieben Grabstätten wurden bereits erfolglos durchsucht, aber die Schatzjäger geben die Hoffnung nicht auf.

AMARIZIER

Amarizische Priester führen ein gottesfürchtiges und frommes Leben. Die meisten bleiben bis zu ihrem Tod innerhalb der Mauern eines Gemeinschaftstempels und vollziehen die religiösen Riten. Für manche Amarizier ist es jedoch der höchste Beweis ihrer Liebe zu Gott, Ungläubige zu bekehren, und so ziehen sie durch die Lande, um ›verlorene Seelen‹ zu retten.

Amarizier lehnen Theoretiker ab, da sie es für anmaßend halten, den göttlichen Willen auszulegen.

Es gibt viele Ausprägungen des amarizischen Glaubens – vermutlich vielleicht ebenso viele wie Dörfer der bekannten Welt. In den Oberen Königreichen wird Odrel am häufigsten verehrt.

AÒN

Fluss in den Unteren Königreichen, der in den Jezebahöhen entspringt und bei Mythr ins Feuermeer mündet. Viele große Städte der Unteren Königreiche liegen am Ufer des Aòn: La Hacque natürlich, aber auch Quesraba, Tarul und Irzas.

Es hält sich hartnäckig das Gerücht, der Unrat der Menschen ziehe in der heißen Jahreszeit Raubfische aus dem Meer an. Sie schwämmen den Fluss bis La Hacque hoch und schreckten auch nicht davor zurück, Menschen anzugreifen und zu zerfleischen. Obwohl es in der Vergangenheit tatsächlich einige Attacken von Ipovanten gab und einmal sogar den Angriff eines Dornhais, sind solche Vorfälle äußerst selten.

ARGOS

Die Argosfelsen befinden sich in den Unteren Königreichen, ganz im Osten der Jezebahöhen. Berühmt sind sie vor allem für ihr Echo, das eindrucksvollste der bekannten Welt. Zahlreiche Legenden ranken sich um diese Felsen.

Es heißt, das Echo von Argos habe ein Gedächtnis, und wer nur stumm dastehe und geduldig abwarte, dem gäben die Felsen irgendwann die Geheimnisse preis, die ihnen im Laufe der Jahrhunderte anvertraut wurden.

ARKISCH

Wichtigste Sprache Arkariens.

AVATAR

Inkarnation oder Verkörperung einer Gottheit in einer anderen Gestalt als seiner eigentlichen.

BELLICA

Die Bellica ist eine Spinne, die im Norden der Fürstentümer heimisch ist. Ihr Biss ist für den Menschen nicht tödlich, und sie greift nur bei zwei Gelegenheiten an: wenn ihr Nest bedroht ist oder wenn sie einer Artgenossin begegnet.

Aufgrund dieser Eigenschaft eignet sich diese Spinnenart gut für Schaukämpfe. Bellica-Kämpfe sind in den Unteren Königreichen ein beliebter Zeitvertreib. Es werden regelrechte Turniere veranstaltet, und die Wetteinsätze erreichen schwindelerregende Höhen. Der Todeskampf zweier Bellica-Spinnen ist ein beeindruckendes Schauspiel. Wenn die beiden handtellergroßen Tiere aufeinander losgelassen werden, stellen sie sich zunächst auf ihre vier Hinterbeine und versuchen, die Gegnerin mit Drohgebärden einzuschüchtern: Sie bewegen ihre Kieferklauen, vollführen nervöse kleine Sprünge und klappern mit den Beißwerkzeugen.

Es ist jedoch äußerst ungewöhnlich, dass eine der Gegnerinnen zu diesem Zeitpunkt aufgibt. Als Nächstes folgt ein Kampf auf Leben und Tod, in dem sich die Spinnen ineinander verbeißen. Sie versuchen, ihre Widersacherin mit ihrem Gift zu lähmen oder sie in ein Netz einzuspinnen. Oft gewinnt die scheinbare Verliererin im letzten Moment die Oberhand. Manche Spinnen stellen sich tot, um ihre Gegnerin zu täuschen. Andere gewinnen den Kampf, obwohl sie mehrere Beine verloren haben.

Die Siegerin frisst immer den Kopf der Verliererin, und zwar nur den Kopf. Eine Spinne, die man daran hindert, verliert ihre Angriffslust und stirbt.

BROSDA

Ein Gott, der vor allem im Matriarchat von Kaul verehrt wird. Er ist der Sohn des Xéfalis und dem Spiegelbild Echoras.

Brosda ist der Gott der Fischer. Sein Reich ist weder das Wasser noch das Land, sondern die Grenze zwischen beiden. Er ist ein neutraler Gott und wird je nach Ort und Epoche verehrt oder gefürchtet. In den Geschichten über Brosda kommen auch Seeungeheuer vor, was vor allem den Kindern gefällt.

BRUDER

Die Mitglieder der Großen Gilde bezeichnen sich gegenseitig als Brüder. Andere Verbrechergilden haben die Bezeichnung übernommen.
Manche geben ihren Mitgliedern bei Eintritt sogar einen neuen Namen und bilden regelrechte ›Familien‹.

CREVASSE

Hauptstadt Arkariens, die zum Klan des Falkens gehört. Eigentlich haben nur Bewohner des Weißen Landes Zutritt zur Stadt, Fremde sind nur in Ausnahmen erlaubt. Diejenigen, die das Glück hatten, Crevasse besuchen zu dürfen, vergleichen sie wegen ihrer Größe mit Lorelia und wegen der Schönheit ihrer Bauwerke mit Romin.
Der Legende zufolge wurde die Stadt an einem Ort errichtet, an dem sich drei Minen befinden: eine Eisen-, eine Kupfer- und eine Goldmine. Dies sei auch der Grund für den unermesslichen Reichtum des Falkenklans, aus dem zwei Drittel der arkischen Könige stammen und der somit die Geschicke des größten Lands der bekannten Welt lenkt.

DAÏ

Die Daï ist eine kleine Schlange, die in den Unteren Königreichen vor allem in den Ausläufern der Gebirge heimisch ist. Das ausgewachsene Tier ist zwei Fuß lang und wird bis

zu drei Jahre alt. Seine Hautfarbe wechselt je nach Jahreszeit von Dunkel- zu Hellgelb.
Das Gift der Daï ist nicht tödlich – jedenfalls nicht in der üblichen Dosis –, erzeugt aber eine euphorische Trance mit Halluzinationen. Die Daï beißt ihre Beute in regelmäßigen Abständen, versetzt sie so in einen Tiefschlaf und hält sie über mehrere Dekaden am Leben, ähnlich wie Spinnen.
Das Gift ist eine beliebte Droge. Die Zucht von Daï-Schlangen hat in den Unteren Königreichen eine lange Tradition. Bei einigen Stämmen gilt es als Mutprobe, sich von einer Daï beißen zu lassen, da ihr Gift nicht wieder aus dem Körper gesaugt werden kann. Aber wie alle Drogen wird sie vielen zum Verhängnis: Man hört immer wieder von Menschen, die sich freiwillig in eine Schlangengrube stürzen und dort den Tod finden.

DARN-TAN

Darn-Tan war Graf von Uliterra, einer ehemaligen lorelischen Provinz zwischen dem Herzogtum Cyr-la-Haute und dem Herzogtum Kercyan. Einst führte Uliterra aus Gründen, die in Vergessenheit geraten sind, Krieg gegen das benachbarte Fürstentum Elisere und dessen Herrscher Iryc von Verona.
Der Brauch wollte, dass der Sieger den unterlegenen Herrscher, seine Familie und sein Domizil verschonte. Doch Darn-Tan war bekannt dafür, diese Sitte zu missachten. Einige Jahre zuvor hatte er das Schloss von Orgerai angezündet und den Fürsten und dessen zwei Töchter an einen Balken knüpfen lassen. Darn-Tan hatte auch diesmal nicht die Absicht, seinen Feind mit dem Leben davonkommen zu lassen, und so ersann er eine komplizierte List. Er rech-

nete damit, dass Iryc von Verona ihm misstrauen und einen Hinterhalt wittern würde, und genau dann würde seine Falle zuschnappen.
Iryc von Verona, der keine Heimtücke kannte, entging dem Hinterhalt, indem er sich verhielt, wie Darn-Tan es nie erwartet hätte: arglos.

DEKADE

Zehn Tage. Zeiteinheit des eurydischen Kalenders.
Die Tage einer Dekade tragen Ordnungszahlen. Der erste Tag ist der Prim, der letzte der Zim. Die anderen Tage vom zweiten bis zum neunten heißen: Des, Terz, Quart, Quint, Sixt, Septim, Okt und Non.
Die Dekade der Erde und die des Feuers haben nur neun Tage. Der Okt wird übersprungen, auf den Septim folgt sogleich der Non. Die Maz haben hierfür eine religiöse Erklärung: Der Wegfall des Okten versinnbildlicht Eurydis' Sieg über die acht Drachen von Xétame.

DEKANT

Zeiteinheit goronischen Ursprungs. Ein Dekant entspricht dem Zehntel eines Tages, also ungefähr zwei Stunden und fünfundzwanzig Minuten unserer Zeit. Der erste Dekant beginnt mit Sonnenaufgang, wenn der zehnte Dekant des Vortages endet. Das Ende des dritten Dekants wird als Mit-Tag bezeichnet.
Das gemeine Volk gebraucht diese Zeiteinheit im Alltag eher grob, während die Gelehrten sehr viel präziser sind. Sie richten sich nicht nur nach der Sonnenuhr, sondern berechnen mit komplizierten Formeln den genauen Zeitpunkt des Sonnenaufgangs über der Stadt Goran. Diese Methode ist auch die einzige, die es ermöglicht, in der Nacht –

also vom siebten bis zum zehnten Dekant – den Wechsel der Dekanten exakt zu bestimmen.

DEZILLE

Zeiteinheit goronischen Ursprungs. Eine Dezille entspricht dem Zehntel einer Dezime, also ungefähr einer Minute und sechsundzwanzig Sekunden unserer Zeit. Gemeinhin wird es nicht für nötig gehalten, die Zeit in noch kleinere Einheiten zu unterteilen. Offiziell existieren allerdings noch Divisionen und Schläge. Eine Division misst ungefähr acht Sekunden, ein Schlag weniger als eine Sekunde.

DEZIME

Zeiteinheit goronischen Ursprungs. Eine Dezime entspricht dem Zehntel eines Dekants, also ungefähr vierzehn Minuten unserer Zeit.

DONA

Die Göttin der Händler. Sie ist die Tochter Wugs und Ivies. Der Legende nach erschuf sie das Gold, um damit ihren Körper zu bedecken und so die Schönheit ihrer Cousine Isée zu übertreffen. Anschließend schenkte sie ihre Schöpfung den Menschen, damit diejenigen, die wie sie vom Schicksal benachteiligt wurden, mit ihrer Klugheit auftrumpfen können, die durch den Besitz des Edelmetalls versinnbildlicht wird.

Zu Donas Unglück entschied der junge Gott Hamsa, den sie zum Schiedsrichter erkoren hatte, sich jedoch abermals für Isée. Daraufhin beschloss Dona, nie mehr auf das Urteil eines Einzigen zu vertrauen. Sie nahm sich zahlreiche Liebhaber und gilt seither auch als Göttin der Sinnesfreuden.

In Lorelien gibt ein Händler, der ein gutes Geschäft ab-

geschlossen hat, üblicherweise einem fremden Mädchen, das in Armut lebt, ein Almosen. Dieses Geld wird ›Donas Anteil‹ genannt. Leider gerät der Brauch immer mehr in Vergessenheit, da die meisten Anhänger Donas finden, die Opfergabe, die sie an den Tempel entrichten, sei ein ausreichender Beweis ihrer Hingabe.
Kein geschäftstüchtiger Händler würde je vergessen, Dona ein Opfer zu bringen, und sei es nur, um sich die Gunst derjenigen ›Priesterinnen‹ zu sichern, die der Göttin der Sinnesfreuden besonders ergeben sind.

DORNHAI

Der Dornhai oder auch Kletterhai ist ein Raubfisch im Feuermeer, der häufig mit der Panzermuräne verwechselt wird. Die durchschnittliche Größe eines ausgewachsenen Dornhais liegt bei fünf bis sieben Schritten, aber wenn man alten ramythischen Seemännern glaubt, existieren auch Exemplare mit einer Länge von zehn Schritten oder mehr.
In den Meeren tummeln sich jedoch weit imposantere Lebewesen, und der Dornhai wird nicht wegen seiner Größe gefürchtet. Er ist berüchtigt für seinen Blutdurst und vor allem für die zahlreichen ausfahrbaren Haken, die sich zwischen seinen Schuppen am Bauch befinden. Die Haken tragen ein Gift in sich, mit dem der Dornhai seine Beute lähmt.
Außerdem benutzt der Dornhai diese Haken, um wie eine Raupe lautlos an der Außenwand von Schiffen hochzuklettern. Aus diesem Grund gilt er als der gefährlichste Raubfisch, und die Hochseefischer haben sich zahlreiche Schutzmaßnamen ausgedacht. Zum Beispiel weisen viele Schiffe einen ›Glockenkranz‹ auf, ein schlauchförmiges, mit Alteisen gefülltes Netz, das rings um den Rumpf gehängt wird. Aus Aberglauben scheuen sich Seeleute, den Namen eines

Mannes auszusprechen, der einem Dornhai zum Opfer gefallen ist, bevor sie das Festland erreicht haben.

EIHER
Arkisch. Fabeltier des Weißen Landes. Der Eiher wird entweder als riesiger Reiher mit Hörnern entlang der Wirbelsäule beschrieben oder als Schildkröte, deren Speichel in der Luft zu einem Pfeil gefriert, wenn sie ihr Opfer anspuckt. Obwohl diese beiden Beschreibungen unvereinbar sind, behauptet so mancher alteingesessene Arkarier, den Eiher in einer mondlosen Nacht bei der Jagd beobachtet zu haben. Aus Höflichkeit glauben die Arkarier beide Versionen.

EMAZ
Hohepriester des Großen Tempels der Eurydis und geistliche Oberhäupter aller Gläubigen. Es gibt vierunddreißig Emaz. Der Titel wird jeweils von einem Emaz auf einen Maz übertragen.

ERJAK
Arkisch. Jemand, der die Fähigkeit besitzt, die Gedanken der Tiere zu lesen und ihnen seine eigenen zu übermitteln.

EURYDIS
Hauptgöttin der Oberen Königreiche. Itharische Moralpriester brachten die Eurydisverehrung an die entlegensten Orte der bekannten Welt.
Die Geschichte der Göttin ist seit jeher mit der Heiligen Stadt verbunden. Im sechsten Äon waren die Itharier – die damals noch nicht so hießen – nichts als ein loser Zusammenschluss ehemaliger Nomadenstämme. Sie lebten am Fuß des Blumenbergs, einem der ältesten Berge des Rideau.

Dieser Bund soll das Werk eines einzigen Mannes gewesen sein. Es heißt, König Li'ut von Ith wollte ein neues, mächtiges Königreich gründen und scharte alle unabhängigen Klans westlich des Alt um sich.

Er widmete sein ganzes Leben der Erfüllung dieses Traums, doch der Bau der Stadt Ith – der Heiligen Stadt, wie sie heute genannt wird – nahm mehr Zeit in Anspruch, als ihm zur Verfügung stand. Nach seinem Tod brachen die alten Rivalitäten zwischen den Klans erneut aus. Ohne Li'uts diplomatisches Geschick war der schöne Traum zum Scheitern verurteilt.

Daraufhin soll die Göttin Eurydis dem jüngsten Sohn Li'uts erschienen sein und ihm befohlen haben, das Werk seines Vaters fortzuführen. Comelk – so war sein Name – dankte der Göttin für ihr Vertrauen, äußerte jedoch die Befürchtung, nichts gegen die Zwietracht der Stämme ausrichten zu können. Eurydis bat ihn daraufhin, alle Klanführer zusammenzurufen, und Comelk kam ihrem Wunsch nach.

Eurydis sprach zu jedem von ihnen und befahl ihnen, dem Pfad der Weisheit zu folgen. Die Klanführer lauschten ihren Worten andächtig, denn so barbarisch und großmäulig sie auch waren, ließen Aberglaube und Tradition sie die Macht der Göttin fürchten.

Als sich Eurydis zurückgezogen hatte, beratschlagten die Anführer lange und befragten die Stammesältesten und Seher. Schließlich wurden alle Streitpunkte beigelegt. Die Klanführer schworen einander ewigen Frieden und schlossen den Itharischen Bund.

Die Jahre vergingen, und Ith entwickelte sich von einer ansehnlichen zu einer wahrhaft eindrucksvollen Stadt. Zu jener Zeit konnte nur noch Romin mit der Hauptstadt des jungen Königreichs wetteifern. Die Stämme vermischten sich, und der alte Zwist geriet mehr und mehr in Vergessenheit. Itharien war auf dem besten Weg, ein Leuchtfeuer der bekannten Welt zu werden. Und so kam es auch, allerdings nicht im guten Sinne.

Trunken von der neuen Macht, die ihnen mehr oder weniger in den Schoß gefallen war, begannen die Nachfahren der alten Stämme von ihrer Überlegenheit über den Rest der bekannten Welt zu sprechen, bis es einigen in den Sinn kam, dies auch beweisen zu wollen. Zunächst beschränkten sich die Itharier auf kleinere Überfälle, doch schon bald folgten Scharmützel an den Grenzen und schließlich regelrechte Eroberungsfeldzüge, die immer blutiger wurden.

Gegen Ende des achten Äons herrschte Itharien über das gesamte Gebiet zwischen dem Rideau im Osten, der Velanese im Westen, dem Mittenmeer im Süden und der Stadt Crek im Norden. Die Itharier waren grausame Eroberer: Sie plünderten, brandschatzten, verwüsteten ganze Landstriche und metzelten Tausende dahin.

Eines Tages, als die Heerführer wieder einmal zusammenkamen, um eine Invasion Thalitts zu planen, erschien Eurydis zum zweiten Mal.

Es heißt, sie habe die Gestalt eines zwölfjährigen Mädchens angenommen, und so wird sie auch heute meist dargestellt. Dennoch glaubten einige der gestandenen Feldherren vor Angst zu sterben, so groß war der Zorn der Göttin.

Sie sprach kein Wort, sondern begnügte sich damit, jedem Heerführer des itharischen Reichs – denn so nannte man es inzwischen – in die Augen zu sehen.

Der Blick war ihnen Warnung genug. Sie gaben alle Angriffspläne auf und befahlen ihren Kriegern, die Waffen niederzulegen und sich aus den eroberten Gebieten zurückzu-

ziehen. Die Heerführer nahmen es auf sich, das itharische Denken und Handeln tiefgreifend zu verändern.
Eine Generation später hatte sich das gesamte itharische Volk der Religion zugewandt. In der nächsten Zeit erfuhren sie großes Unglück, da sich die von ihnen unterjochten Völker – wie das junge goronische Volk – nun ihrerseits als Henker aufführten. Das itharische Reich musste immer mehr Gebiete abtreten, bis es nur noch sein ursprüngliches Territorium umfasste: die Umgebung der Stadt Ith und den Hafen von Maz Nen.
Im Laufe der Jahre begannen die Itharier mit einer anderen Art der Eroberung, die eher dem Willen der Göttin entsprach: Die Maz zogen durch die bekannte Welt und bis an die entlegensten Orte, um Eurydis' Moral zu verkünden. Dies nützte auch den weniger entwickelten Völkern, denn die Itharer brachten ihnen nicht nur die Religion, sondern auch Errungenschaften wie Kalender, Schrift, Kunst und Technik, die sie sich bei ihren Eroberungszügen angeeignet hatten.
Manche Theoretiker prophezeien, dass die Göttin bald ein drittes Mal erscheinen wird. Natürlich wird sie das irgendwann tun, da sie ja bereits zweimal erschienen ist. Die wichtigste Frage, die die Itharier sich stellen, lautet: Welchen Weg werden wir als Nächstes einschlagen?

EZOMINE

Ezomine sind Steine, die Licht ausstrahlen. Sie sehen aus wie gemeine Quarze, und ihre Kraft wird erst im Dunkeln sichtbar.
Die Stärke des Lichts ist unterschiedlich. Manche behaupten, Steine gesehen zu haben, deren Licht fünfzig Schritte weit reiche. Doch die meisten Ezomine leuchten nicht einmal so hell wie eine gewöhnliche Kerze.

Wenn der Stein auseinanderbricht, verliert er seine Kraft. Seit Äonen studieren die Gelehrten das Geheimnis der Ezomine, aber keine der Theorien, die sie über den Ursprung der rätselhaften Kraft entwickelt haben, konnte bislang bewiesen werden.
Unter Sammlern, Abenteurern und Schatzjägern sind die Steine sehr begehrt.

FRUGIS

Das Frugis ist ein Seil mit drei Enden, dessen Name auf den legendären König und Magier zurückgeht, der drei Äonen, bevor das Friedensabkommen der Fürstentümer geschlossen wurde, in Lineh herrschte. Das Seil ist auf verschiedene Arten beschrieben worden. Die gängigste lautet wie folgt: Man habe drei Seile genommen, jedes von ihnen zu einem V gelegt und die Spitzen aneinandergelegt. Dann habe man die Hälften zusammengeflochten und so ein kräftiges Tau mit drei gleich langen Enden erhalten. Die Angaben zur Länge der Enden schwanken zwischen sechs und neunundneunzig Schritten. Das Frugis-Seil soll die geheimnisvolle Macht besitzen, denjenigen, der eines seiner Enden hochklettert, an jeden Ort zu bringen, an dem eins der anderen Enden hängt. Sollte es dieses Seil jedoch tatsächlich geben, wüsste heute niemand mehr, wie man es gebraucht.

GESCHWÄTZIGE MUSCHEL

Zu Zeiten der Zwei Reiche verbreiteten romische Seeleute die Geschichte dieses kuriosen Gegenstands. Heutzutage hört man eher Spaßvögel von ihr sprechen als echte Schatzjäger. Angeblich handelt es sich um eine Gironenmuschel, in die einst ein Dämon die Stimme einer Frau einsperrte, die allzu schwatzhaft war. Doch selbst dieser Fluch brachte die Arme nicht zum Verstummen, und man sagt, dass jeder, der die Muschel in die Hände bekommt, sie so schnell wie möglich wieder loswerden will, da das unaufhörliche Geschwätz unerträglich ist.

GISLE

Grenzfluss zwischen dem Matriarchat von Kaul und dem Königreich Lorelien.

GILDE DER DREI SCHRITTE

Zusammenschluss der Prostituierten Lorelias.
Früher durften die Freudenmädchen ihrem ›Geschäft‹ nur in der sogenannten Unterstadt nachgehen. Allerdings gab es so viele von ihnen, dass es häufig zu Streit und sogar Handgreiflichkeiten kam. Deshalb gingen die Zuhälter irgendwann dazu über, jeder Frau ein Stück Straße zuzuweisen, das genau drei Schritte maß.
Manche Zuhälter haben diesen Brauch beibehalten, obwohl die meisten Prostituierten heutzutage im Hafenviertel zu finden sind, das sehr viel größer ist.

GROSSE GILDE

Zusammenschluss der meisten Verbrecherbanden der Oberen Königreiche. Die Große Gilde hat keine feste Ordnung oder Hierarchie, sondern ist im Grunde eine Übereinkunft der Banden, einander keine Gebiete und Betätigungsfelder streitig zu machen, derart, wie sie auch die Gilden eines Königreichs oder einer Stadt schließen.
Trotz häufiger Streitigkeiten gelingt es den Banden manchmal, gemeinsame Operationen durchzuführen, vor allem beim grenzüberschreitenden Schmuggel.

Offiziell lässt die Gilde die Finger von Meuchelmorden. Ihre Spezialität sind Erpressung, Entführung, Betrug, Schmuggel und natürlich sämtliche Formen von Raub und Diebstahl. Trotzdem fällt auf, dass den Mitgliedern neuer Banden, die sich nicht an die Übereinkunft halten, ein recht kurzes Leben beschieden ist …

GROSSES HAUS

Sitz der Regierung des Matriarchats von Kaul. Hier halten die Mütter ihre Ratsversammlungen ab, und hier haben sie ihre privaten Gemächer und Studierzimmer. Alle Einwohner Kauls können in das Große Haus kommen und ihre Beschwerden vortragen. Fünfzehn Personen halten sich von morgens bis abends bereit, um sie zu empfangen. Mehrmals im Jahr stehen die Arbeits- und Versammlungssäle des Großen Hauses allen Neugierigen offen.

GROSSTERRA

Hauptstadt und größte Insel des Schönen Landes, einer Inselgruppe im romischen Meer.

HATI

Heiliger Dolch der Züu. Der vollständige Name, wie man ihn in alten Schriften findet, lautet ›Zuïaorn'hati‹, wörtlich übersetzt ›eine Wimper Zuïas‹.
Den Hati bekommt ein Novize von einem Judikator überreicht, nachdem er seine erste Mission erfüllt hat, üblicherweise mit bloßen Händen. Dadurch wird er in den Kreis der Boten Zuïas aufgenommen und erhält das Recht, über Leben und Tod seiner weniger glücklichen Landsleute zu richten.

HELANIEN

Eine der fünf Provinzen des Königreichs Romin. Ihre Hauptstadt ist Manive, ihr Wappenbild die Rose von Manive.

HEILIGE STADT

Anderer Name Iths, der Hauptstadt des Königreichs Itharien. Häufig bezeichnet der Name auch nur das religiöse Viertel, eine Enklave mit einer eigenen Festungsmauer, eigenen Gesetzen und eigenen Bürgern – eine Stadt in der Stadt.

ITHARISCHE WÜRFELSPIELE

Diese Spiele sind in der gesamten bekannten Welt verbreitet. Ihr Ursprung ist ungewiss. Sicher ist allerdings, dass sie sich im siebten und achten Äon mit den Eroberungsfeldzügen der itharischen Armee ausbreiteten und rasch von allen besiegten Völkern übernommen wurden. Der itharische Würfel hat sechs Seiten. Auf vieren ist je ein Element abgebildet: Wasser, Feuer, Erde und Wind. Jeweils eins dieser Elemente erscheint auch auf der fünften und sechsten Seite. Folglich gibt es vier Sorten von Würfeln: einen weißen für den Wind, einen roten für das Feuer, einen grünen für die Erde und einen blauen für das Wasser.

Wie viele Würfel für ein Spiel benutzt werden, hängt von den Regeln ab und wird zwischen den Spielern ausgehandelt. Im Normalfall reichen vier Würfel aus – ein Soldat –, doch es gibt auch Spiele, die mit zwanzig oder mehr Würfeln gespielt werden.

Stern, Prophet, Kaiser, Zwei Brüder und Gejac sind die bekanntesten, wenn auch längst nicht alle itharischen Würfelspiele.

JAHRMARKT (LORELISCHER)

Der Jahrmarkt ist eine der ältesten lorelischen Traditionen Vom Tag des Händlers bis zum Tag des Kupferstechers in der zehnten Dekade entfallen jegliche Steuern auf die Ein- und Ausfuhr von Waren – solange ihr Handel nicht gegen die Gesetze des Königreichs verstößt. Die meisten Gelegenheitsverkäufer, Handwerker, Fremde und Kuriositätenhändler bieten ihre Waren zu dieser Zeit feil.

Der Jahrmarkt zieht eine Menge Menschen an, von denen ein Drittel gar nichts kaufen will, sondern nur der zahlreichen Attraktionen wegen kommt: Straßentheater, Spiele, Bankette und vieles andere. Manche dieser Vergnügungen werden vom König spendiert, der damit sein Ansehen verbessern will.

Für die königliche Schatzkammer ist der Jahrmarkt dennoch einträglich, da jeder, der einen Stand eröffnen will, einen Obolus entrichten muss. Die Kontrollen sind streng, und Verstöße werden mit der sofortigen Beschlagnahmung sämtlicher Waren geahndet.

Der Jahrmarkt findet auch in anderen großen Städten Loreliens statt: Benelia, Lermian und Le Pont. Er hat dort eine gewisse lokale Bedeutung, ist aber nicht mit dem der Hauptstadt vergleichbar.

JAHRZEHNT

Zehn Jahre.

JELENIS

Lorelisch. Die Jelenis sind Soldaten der ältesten Leibwache Loreliens. Sie sind vor allem berühmt dafür, König Kurdalene im sechsten Äon beschützt zu haben.

Die Jelenis sind auch die königlichen Hundeführer. Ihnen

gehören über sechzig weiße Doggen, obwohl diese Rasse wegen ihrer Aggressivität nahezu ausgerottet ist. Jedes Tier ist mehr als vierhundert Terzen wert und der Stolz des jeweiligen Königs.
Es heißt, es brauche mindestens fünf erfahrene Krieger, um einen Jelenis und seinen Hund zu besiegen.

JERUSNIEN
Eine der fünf Provinzen des Königreichs Romin. Ihre Hauptstadt ist Jerus, ihr Wappenbild das Kreuz von Jerus.

JEZ
Einwohner des Sultanats von Jezeba.

JEZAC
Wichtigste Sprache des Sultanats von Jezeba.

JUDIKATOR
Religiöser Führer der Boten von Zuïa.

JUNEISCH
In Junin und den meisten anderen Fürstentümern gesprochene Sprache. Das Hochjuneische wird nur noch in offiziellen Schriften, im Handel und in der Literatur verwendet, während sich die Sprache der einfachen Leute, die einst eine Mundart war, im Laufe der Zeit von ihrem Ursprung entfernt hat und heute eine eigene Sprache darstellt.

KALENDER
In den Oberen Königreichen gilt der itharische Kalender. Er ist in 338 Tage, 34 Dekaden und 4 Jahreszeiten unterteilt. Das Jahr beginnt am Tag des Wassers, dem Frühlingsan-

fang. Zwei Dekaden bestehen nur aus neun statt aus zehn Tagen: Die Dekade vor dem Tag der Erde und die vor dem Tag des Feuers. Der Tag beginnt mit Sonnenaufgang.
Jeder Tag und jede Dekade trägt einen bestimmten Namen, der ursprünglich religiöser Herkunft war und mit der Verehrung der Göttin Eurydis zusammenhing, deren Botschaft von Moralpriestern bis in die entlegensten Winkel der bekannten Welt getragen wurde. Mit der Zeit bildeten sich an verschiedenen Orten regionale Besonderheiten heraus. So heißt der Tag des Hundes, der im Großen Kaiserreich Goran keine besondere Bedeutung hat, in der Umgebung von Tolenks Tag des Wolfes und ist einer der höchsten Feiertage. Die Dekade des Jahrmarkts, die mit dem Tag des Händlers beginnt, ist in Lorelien von größter Wichtigkeit, in Memissien aber belanglos.
Kaum jemand kennt sämtliche Tage des Kalenders auswendig oder weiß um ihre Bedeutung für die Eurydisverehrung – abgesehen von den Priestern natürlich. Für die Einwohner der Oberen Königreiche ist der Kalender so selbstverständlich wie Sonnenauf- und -untergang. Die meisten wissen nicht einmal, dass er religiösen Ursprungs ist. Es gibt noch andere Kalender in der bekannten Welt, die auf königlichen Erlässen, nicht-eurydischen Religionen oder ganz einfach Stammestraditionen beruhen. Viele orientieren sich an den Mondphasen, wie zum Beispiel der alte romische Kalender, der aus 13 Zyklen zu je 26 Tagen besteht.

KAULANER
Bewohner des Matriarchats von Kaul.

KAULI
Wichtigste Sprache des Matriarchats von Kaul.

KLEINE KÖNIGREICHE
Anderer Name der Fürstentümer.

KONZIL
Versammlung der arkischen Klanchefs.

KURDALENE
Kurdalene war ein lorelischer König, der in die Geschichte einging, weil er gegen die Züu kämpfte. Damals übten die Anhänger der Rachegöttin mit Drohungen, Erpressungen und Morden einen solchen Einfluss auf die Edelleute und Bürger Loreliens aus, dass der König keine Entscheidung treffen konnte, ohne sie vorher von den Mördern im roten Gewand absegnen zu lassen.
Irgendwann riss Kurdalene der Geduldsfaden, und von jenem Tag an tat er alles, um die Religion auszurotten – zumindest in Lorelia. Er überlebte fast zwei Jahre, indem er sich mit einigen ihm treu ergebenen Wachen in einem Flügel seines Palastes verbarrikadierte. Schließlich gelang es den Züu, ihn zu ermorden.

LA HACQUE
Der Legende zufolge wurde die Handelsstadt der Unteren Königreiche von einem lorelischen Edelmann gegründet. Wahrscheinlicher ist jedoch, dass eine Gruppe reicher Reeder am Ufer des Aòn ein Kontor errichteten, wodurch sich ein bereits bestehendes Dorf entwickelte. Jedenfalls finden sich in der Stadt, die oft als die schönste der Unteren Königreiche bezeichnet wird, zahlreiche Gebäude mit lorelischer Architektur. Auch einige Straßen erinnern an die König-Kurdalene-Straße oder an die Bellouvire-Allee in Lorelia.

La Hacque war lange die einzige Stadt, die von den Stammeskriegen verschont blieb, die diesen Teil der Welt heimsuchten. Im Jahre 878 wurde sie von Yussa-Söldnern im Dienste Alebs des Einäugigen erobert, dem König von Griteh und Quesraba. Seither gibt es südlich der Louvelle keine freie Stadt mehr.

LEEM (DIE GLOCKEN VON)

In Leem kam es einst zu einem derartigen Anstieg der Verbrechen, dass man den Eindruck hatte, die Stadt sei in fester Hand von Dieben, Plünderern, Brandstiftern, Mördern und anderen finsteren Gesellen. Vergeblich verdoppelten und verdreifachten die Nachtwächter die Anzahl ihrer Runden; die Schurken waren einfach zu gut organisiert.

Daraufhin hatte der damalige Bürgermeister die Idee, an den Häusern der Honoratioren Glocken anbringen zu lassen. Wenn sich ein Würdenträger bedroht fühlte oder Zeuge eines Verbrechens wurde, läutete er die Glocke, um den Nachtwächter herbeizurufen. Meist war dieser jedoch nicht schnell genug, da die Übeltäter schon beim ersten Glockenschlag die Flucht ergriffen. Dennoch besserte sich die Lage etwas.

Die gemeinen Bürger folgten dem Beispiel, und bald hatte jeder Handwerker und Händler eine Glocke an seiner Werkstatt oder seinem Laden angebracht. Nach einigen Jahren gab es in Leem so viele Glocken, dass kaum noch Verbrechen verübt wurden.

Allerdings nahmen die Schurken Rache, indem sie jedes Haus mit einer Glocke anzündeten.

Heutzutage hängen immer noch an über sechshundert Häusern Leems Glocken, die jedoch nur noch selten geläutet werden, hauptsächlich zu Festtagen.

LERMIAN (DIE KÖNIGE VON)

Vor fünf Jahrhunderten war Lermian die Hauptstadt eines blühenden Königreichs, das dem aufstrebenden Großen Kaiserreich Goran oder dem expandierenden Lorelien in nichts nachstand. Die königliche Familie saß seit elf Generationen auf dem Thron, und die Dynastie drohte nicht auszusterben, da König Oroselem und seine Frau Federis drei Söhne und zwei Töchter hatten.
Lermian hatte romische Invasionen, die itharische Herrschaft und goronische Expansionsgelüste ohne größeren Schaden überstanden. Auch allen Einflussversuchen Bledevons trotzte das Königreich tapfer. Der lorelische König wollte Lermian annektieren, da es wie eine Insel mitten in seinem Reich lag. Doch es war nicht Bledevons Art, die Stadt, die er als Bollwerk gegen Goran brauchte, von seiner Armee stürmen zu lassen. Oroselem wusste das nur zu gut und schmetterte belustigt alle Einschüchterungsversuche, Versprechen und Intrigen des lorelischen Königs ab.
Lermian hätte eine der einflussreichsten Städte der Oberen Königreiche werden können – mehr noch, als sie es heute ist –, wenn seine Herrscher nicht ein grausames Schicksal ereilt hätte. Oroselem starb an einer Lebensmittelvergiftung, nachdem er etwas Verdorbenes gegessen hatte. Sein ältester Sohn saß ganze sechs Tage auf dem Thron, bevor er von der Burgmauer stürzte und seinen Verletzungen erlag. Der mittlere Sohn regierte etwas mehr als acht Dekaden, bis er plötzlich spurlos verschwand. Da der jüngste Sohn noch zu jung war, um den Thron zu besteigen, wurde der Prinzgemahl als Regent eingesetzt, doch er musste nach einem Jahr abdanken, weil er infolge eines Reitunfalls den Verstand verloren hatte. Der Gatte der zweiten Prinzessin verzichtete auf die Ehre, die Geschicke des Königreichs zu len-

ken, und ging mit seiner Frau ins Exil. Königin Federis bat daraufhin ihre Ratgeber, einen Regenten aus ihrer Mitte zu bestimmen. Ein einziger Ratgeber stellte sich zur Wahl, doch er wurde wenige Tage später in der Stadt von einer Räuberbande niedergestochen.

Niemand wollte nun mehr die Regentschaft übernehmen. Die Königin, die sich selbst dazu nicht in der Lage sah, akzeptierte schließlich ein von Bledevon vorgeschlagenes Abkommen. Lermian wurde ein Herzogtum Loreliens, und das Königreich versprach der Stadt im Gegenzug Schutz durch seine Armee.

Der Fluch, der auf Oroselems Dynastie gelastet hatte, schien aufgehoben. Königin Frederis und ihr jüngster Sohn erreichten beide ein hohes Alter.

Böse Zungen munkelten etwas von einer Mordserie und verdächtigten sogar König Bledevon. Doch der lorelische Hoftheoretiker zerstreute alle Zweifel, indem er bewies, dass es der Wille der Götter gewesen sei, beide Königreiche unter einer Krone zu vereinen.

Von diesen tragischen Geschehnissen rührt die volkstümliche Wendung her ›so tot wie die Könige von Lermian sein‹.

LOUVELLE

Grenzfluss zwischen den Fürstentümern und den Unteren Königreichen.

LUREEISCHER GESANG

Im Altitharischen bedeutete ›Lur‹ Späher. Lurée ist aber auch ein beliebter Gott. Übersetzt heißt sein Name ›der Wächter‹. Lurée wacht vor allem über Neugeborene, aber auch über glückliche Familien. Auf diesen beiden Tatsachen beruht vermutlich der Brauch des lureeischen Gesangs.

Es heißt, solange der Gesang irgendwo auf der Welt erklinge, bringe er all jenen Glück, die irgendwann in ihrem Leben eine Strophe gesungen hätten. In Ith wird der Gesang nie unterbrochen: Zahlreiche Freiwillige stehen Tag und Nacht Schlange, um eine der fünf Stimmen im Chor zu übernehmen. Die wenigsten kommen aus Selbstlosigkeit, aber alle erfüllen ihre Aufgabe gewissenhaft, wenn sie an der Reihe sind.
Der Kult des Lurée ist wie die Eurydisverehrung eine Moralreligion, wie der Liedtext eindeutig zeigt. Im Verlauf der Jahrhunderte haben die lureeischen Maz mehr als dreißig Strophen zu den ursprünglichen siebzehn hinzugefügt. In ihnen werden Nächstenliebe, Freundlichkeit, Treue, Bescheidenheit und andere Tugenden gepriesen. Dahinter verbirgt sich die Überzeugung, niemand könne einen Text laut aufsagen, ohne von ihm beeinflusst zu werden: Aus einem Samenkorn im Wind kann ein Baum wachsen …

LUS'AN

Zü. Mystischer Ort der Zuïa-Religion, an dem die Boten nach ihrem Tod von der Göttin empfangen werden. Sie finden dort ewiges Glück und gehen Zuïa bei ihrem Großen Werk zur Hand.
Lus'an ist auch der Name einer kleinen Provinz auf der Heimatinsel der Züu. Dort leben die Judikatoren und ihre Sklaven, Fremden ist der Zutritt verboten. Die wenigen Abenteurer, die es wagten, die Insel zu betreten, sind nie zurückgekehrt.
In den Mooren Lus'ans sind die Geister der untauglichen Boten gefangen und derjenigen, die die Göttin verraten haben. Sie irren dort für alle Ewigkeit in unermesslicher Schwermut umher.

LUSEND RAMA

Der hoch zu Pferd Sitzende. Gott der Reiter und Beschützer aller Nomaden und Boten. Er wird vor allem in den Unteren Königreichen verehrt. Außerdem ist er der Hüter der Stammesgesetze. Sein Urteil wird ebenso gefürchtet wie sein Ehrgefühl bewundert.
Künstler stellen ihn meist auf dem Rücken eines schwarzen Hengsts mit blinden Augen dar. So wird er in der Chronik des Pferdekönigs beim Kampf gegen die zwei Riesen von Irimis beschrieben. Manchmal wird er auch in der Gestalt eines Zentauren gemalt. Dieses Bild stammt aus der Taspriá, der ältesten religiösen Schrift der Unteren Königreiche.

MAÏOK

Arkisch. Mutter.

MARGOLIN

Nagetier von mittlerer Größe. Ausgewachsen kann es bis zu zwei Fuß lang werden. Es gibt mehrere Unterarten: das Kupfermargolin, das Plärrmargolin, das Fressmargolin und andere.
Margoline sind vor allem im Süden und in der Mitte der Oberen Königreiche heimisch und leben in Wiesen, im Wald oder am Ufer von Flüssen. Wegen ihrer hohen Vermehrungsrate, ihrer Bösartigkeit und der Ungenießbarkeit ihres Fleischs gelten sie als Schädlinge. Ihr Fell, aus dem die Handwerker Pelze, Lederbeutel und Kleider herstellen, ist jedoch sehr begehrt.

MASKE

In Itharien ist es üblich, eine Maske zu tragen. Obwohl die Itharier aus religiösen Gründen ansonsten eher schlich-

te Kleidung bevorzugen, ist die Maske eine Art Statussymbol.
Die Maske ist keineswegs Pflicht, und von zehn Ithariern, denen man an einem Tag begegnet, tragen sie vielleicht nur vier. Dennoch gibt fast jeder Bewohner der Heiligen Stadt an, irgendwann in seinem Leben die Maske getragen zu haben oder sie im Alter tragen zu wollen.
Die Erklärung für diesen religiösen Brauch verliert sich in den Tiefen der Vergangenheit. Schon die Ureinwohner der Gegend, die Vorfahren der heutigen Itharier, trugen zu gewissen Anlässen Masken.
Die eurydischen Priester übernahmen die Tradition, weil sie darin ein hervorragendes Mittel sahen, die dritte Tugend der Weisen Eurydis umzusetzen: Toleranz. Das Tragen der Maske ebnet alle Unterschiede ein und stellt die unter einem glücklichen Stern Geborenen mit den weniger Begünstigten auf eine Stufe. Obwohl dieser Gedanke umstritten ist, tragen die Itharier weiterhin ihre Masken.

MAZ

Ehrentitel vor allem in der Eurydisverehrung. Andere Religionen haben ihn übernommen.
Mit einer Ausnahme kann der Titel nur von einem Maz auf einen seiner Novizen übertragen werden, wenn dieser ihn sich durch seine Hingabe verdient. Der Große Tempel muss die Übertragung absegnen. Sie kann sofort in Kraft treten oder erst beim Tod des Maz, je nach Abmachung. Es ist einem Maz streng verboten, den Titel einem Mitglied seiner Familie zu vermachen.
Allerdings kann der Titel einem Novizen auch außer der Reihe verliehen werden, um ihm für ein besonderes Verdienst zu danken. Häufig wird der Titel posthum als Aus-

druck der Dankbarkeit verliehen, wenn jemand sein ganzes Leben der Eurydisverehrung geweiht hat, und in diesem Fall kann er natürlich nicht weitergereicht werden. Eine solche Auszeichnung kann nur ein Emaz vergeben.
Die Rechte und Pflichten eines Maz sind nicht festgelegt und hängen von der persönlichen ›Laufbahn‹ ab. Manche bekleiden wichtige Ämter in den Tempeln, andere unterrichten nur hin und wieder einige Novizen, und wieder andere treten nie einen Dienst an.
Niemand kennt die Anzahl der lebenden Maz, abgesehen von den Archivaren des Großen Tempels, die ihre Liste ständig auf dem neuesten Stand halten. Viele Priester außerhalb Ithariens nennen sich unrechtmäßig Maz, was die Schätzungen nicht gerade erleichtert. Der Legende zufolge gab es ursprünglich 338 Maz, so viele, wie ein Jahr Tage hat, und 34 Emaz, nach der Anzahl der Dekaden.

MÈCHE

Kleiner Fluss im Matriarchat von Kaul. Die Hauptstadt Kaul liegt an seinem Ufer. Zufluss der Gisle.

MEMISSIEN

Eine der fünf Provinzen des Königreichs Romin. Ihre Hauptstadt ist Jidée, ihr Wappenbild ein großer Platinschmetterling.

MERBAL

Merbal war einst der Anführer einer legendären Räuberbande, die für ihre Grausamkeit und Barbarei berüchtigt war. Heute fällt es schwer, bei den Schauergeschichten, die über ihn kursieren, zwischen Wahrheit und Lüge zu unterscheiden. Es gilt jedoch als sicher, dass Merbal die grausa-

me Angewohnheit hatte, von jedem seiner Opfer einen Becher Blut zu trinken.
Der Glaube einer Sekte namens ›die Vampire von Jidée‹ beruht auf dieser Legende.

MISHRA

Die Verehrung Mishras ist mindestens so alt wie der Große Sohonische Bogen. Mishra war die Hauptgöttin der Goroner, bevor die itharische Armee im achten Äon die Stadt Goran einnahm. Nach der Befreiung, als die Itharier die Waffen niederlegten und sich der Religion zuwandten, wurde die Verehrung Mishras wieder populär. Aus der Stadt Goran ging erst das Königrreich Goran und schließlich das Große Kaiserreich Goran hervor, und die Religion breitete sich im Land aus.
Mishra ist die Göttin der Gerechtigkeit und der Freiheit. Ein jeder hat das Recht, sie anzurufen. So kam es vor, dass Völker, die vom Großen Kaiserreich Goron besiegt worden waren, die Göttin ihrer Eroberer um Hilfe anflehten.
Sie ist mit keiner bekannten Gottheit verwandt. Manche Theoretiker behaupten, sie sei die Schwester Hamsas. Zu Mishras Ehren wurden nur wenige Tempel gebaut – eine Ausnahme ist der prachtvolle Palast der Freiheit in Goran. Viele Gläubige verehren Miniaturen der Göttin oder eines Bären, ihres Sinnbilds.

MIT-TAG

Höchststand der Sonne, in unserer Welt 12 Uhr. Allgemein wird das Ende des dritten Dekants als Mit-Tag bezeichnet.

MOÄL

Der Moäl ist ein Baum, der nur in den Wäldern der Kleinen Königreiche wächst. Alle Versuche, ihn anderswo an-

zupflanzen, scheiterten, was die fähigsten Botaniker vor ein Rätsel stellt.
Der Moäl ähnelt der weit verbreiteten Grule sehr, und es fällt häufig schwer, sie auseinanderzuhalten. Der Unterschied ist eigentlich nur zu Beginn der Jahreszeit des Wassers sichtbar, wenn die Zweige des Moäls mehrere Tage lang blassgrüne Blüten austreiben.
Es heißt, wenn man beim Vollmond eine Goldmünze unter einen Moäl legt und nur lange genug zum Nachtgestirn hinaufsieht, erscheint der Kobold, der in dem Baum haust. Wenn ihm der Glanz der Münze gefällt, tauscht er sie gegen einen Wunsch ein.
Selbst diejenigen, die das für einen Aberglauben halten, sind überzeugt, dass es Unglück bringt, den Zweig eines Moäls abzubrechen.

MONARCH
Goldmünze im Königreich Romin.

MONDKÖNIGIN
Kleine Muschel mit glatter Oberfläche und nahezu runder Form, die wegen ihrer Seltenheit äußerst kostbar ist. Es gibt drei Sorten von Mondköniginnen: eine weiße, die am häufigsten vorkommt, eine blaue, die schon weniger gängig ist, und schließlich eine gefleckte, die äußerst selten ist. Eine Zeit lang dienten die blauen und gefleckten Mondmuscheln in einigen entlegenen Orten des Matriarchats von Kaul als Währung, und bei manchen alten Leuten kann man noch heute mit ihnen bezahlen. Die Muschel ist auf alle Münzen geprägt, die von der Schatzkammer des Matriarchats ausgegeben werden. Nach ihr ist auch die offizielle Währung benannt: die Königin. Es gibt Münzen zu einer,

drei, zehn, dreißig und hundert Königinnen. Die Hundert-Königinnen-Münzen sind etwa so groß wie eine Hand und dienen nicht als Zahlungsmittel. Sie fungieren lediglich als Garantie bei Transaktionen zwischen dem Matriarchat und seinen Nachbarn.

MORALIST

Die Moralpriester stützen sich auf religiöse Schriften und Überlieferungen, um die moralischen Werte zu verbreiten, die gemeinhin als die wichtigsten gelten: Mitgefühl, Toleranz, Wissen, Aufrichtigkeit, Achtung, Gerechtigkeit, usw. Häufig sind Moralpriester Lehrer oder Philosophen, die sich aus Bescheidenheit darauf beschränken, eine kleine Gruppe von Schülern zu unterrichten. Die wichtigste Moralreligion ist die Eurydisverehrung.

MORGENLAND

Bezeichnung für die Länder östlich des Rideau.

NAMEN

Die Bedeutung der Namen hängt natürlich vom Geburtsland ab. In Kaul, Romin oder Goran werden seit Jahrhunderten einfach immer dieselben Namen weitergegeben, und niemand macht sich großartig Gedanken über ihre Herkunft. Doch das gilt nicht für alle Völker der bekannten Welt.

In Itharien ist es üblich, ein Neugeborenes auf das erste Wort zu taufen, das es spricht. Da jedes Lallen als Wort gilt, das die Menschen zwar nicht verstehen, für die Götter aber von Bedeutung ist, sind die gängigsten itharischen Namen Nen, Rol, Aga und ähnliche Ein- und Zweisilber. Die Interpretation bleibt den Eltern überlassen, und

es ist auch möglich, mehrere Silben aneinanderzureihen. Itharische Namen sind meist kurz und leicht auszusprechen.
Arkische Namen werden nicht endgültig vergeben. Im Verlauf seines Lebens nimmt ein Arkarier verschiedene Namen an. So heißen die meisten Neugeborenen Gassan (Säugling) oder Gassinuë (Winzling). Arkische Eltern suchen sehr früh nach der Besonderheit ihres Kindes und benennen es entsprechend, bis ein Namenswechsel geboten ist. So bedeutet Prad ›der Neugierige‹, Iulane ›das junge Mädchen‹, Ispen ›die Liebreizende‹, Bowbaq ›der Riese‹, usw. Jeder gibt sich Mühe, sich keinen Namen wie ›der Grausame‹, ›der Geizhals‹, ›der Untreue‹ oder andere Beleidigungen einzuhandeln. Selbstverständlich verbietet es die Höflichkeit der Arkarier, jemanden nach einem körperlichen Makel zu benennen, doch bei Feindschaften wird dieser Grundsatz gern einmal vergessen.
Die Züu, die der Rachegöttin dienen, nehmen am Ende ihres Noviziats einen neuen Namen an. Als Zeichen ihrer Unterwerfung unter Zuïa wählen sie einen Namen mit dem Anfangsbuchstaben ›Z‹, der ihnen zugleich Macht über das gemeine Volk der Züu verleiht.

NIAB
Kauli. Der Niab ist ein Tiefseefisch, der nur nachts an die Oberfläche kommt. Die kaulanischen Fischer spannen ein großes dunkles Tuch kurz über der Wasseroberfläche zwischen mehrere Schiffe, um ihn zu täuschen. Dann müssen sie die Fische nur noch einsammeln, weil sie in eine Art Dämmerzustand verfallen. Als ›Niab‹ bezeichnet man auch jemanden, der allzu leichtgläubig und arglos ist.

OBERE KÖNIGREICHE

Streng genommen sind damit das Königreich Lorelien, das Große Kaiserreich Goran und das Königreich Itharien gemeint, manchmal auch noch das Königreich Romin. In den Unteren Königreichen zählt man jedoch alle Länder nördlich des Mittenmeers dazu, also auch das Matriarchat von Kaul und Arkarien.

ODREL

Odrel ist ein Gott, der vor allem in den Oberen Königreichen verehrt wird. Odrel soll der zweite Sohn Echoras und Olibars sein.

Ein fleißiger Priester sammelte einst mehr als fünfhundertfünfzig Geschichten über den traurigen Gott, wie Odrel manchmal genannt wird. Die bekannteste ist die Geschichte der tragischen Liebe Odrels zu einer Schäferin, die mit dem Tod der Menschenfrau und ihrer drei Kinder endet. Als Odrel seiner Geliebten in den Tod folgen will, muss er qualvoll erfahren, dass dies als Einziges auf der Welt nicht in seiner Macht steht.

Der Priester fasst die Ergebnisse seiner Forschungen wie folgt zusammen: »Niemand hat so viel Unglück erfahren wie Odrel. Aus diesem Grund wenden sich all jene an ihn, die ein Unheil oder einen Schicksalsschlag erlitten haben, die von Trauer, Reue oder bösen Erinnerungen gequält werden, die in Ungnade gefallen sind oder in Armut leben, die Ungerechtigkeiten, Verzweiflung oder andere Prüfungen des Lebens durchstehen müssen. Er ist der einzige Gott, der sie versteht und ihnen Trost spenden kann, da er selbst Mitleid erregt.«

PAÏOK

Arkisch. Vater.

PHRIAS
Der Verfolger. Phrias ist ein Gott, der durch böse Gedanken und finstere Gebete der Menschen beschworen wird. Er macht, dass ein Seil reißt, ein Hund zubeißt, das Feuer aus dem Kamin springt oder der Boden plötzlich rutschig wird. Dieser Dämon nährt sich vom Hass und erfüllt die schwärzesten Wünsche.

PRESDANIEN
Eine der fünf Provinzen des Königreichs Romin. Ihre Hauptstadt ist Mestebien, ihr Wappenbild ein Gyolendelfin.

RAMGRITH
Bewohner des Königreichs Griteh. Wichtigste Sprache dieses Königreichs.

RAT DER MÜTTER
Oberste Versammlung und Regierung des Matriarchats von Kaul.
Jedes Dorf hat einen solchen Rat, deren Vorsitz die Dorfmutter innehat, während die Dorfälteste als ihre Beraterin dient.

RIDEAU
Der Rideau ist ein Gebirge, das im Westen an das Große Kaiserreich Goran und das Königreich Itharien und im Osten an das Morgenland grenzt.

ROCHANE
Fluss, der in den Nebelbergen entspringt und in das romische Meer mündet. Er fließt durch die romischen Provinzen Helanien und Presdanien. An seinen Ufern liegen

zwei der größten Städte des Alten Landes: Mestebien und Trois-Rives.

ROMERIJ

Legendäre Stadt, auf dessen Ruinen Romin gebaut ist.

romisches Alphabet

Das romische Alphabet ist das komplizierteste Alphabet der bekannten Welt, das noch in Gebrauch ist. Es besteht aus einunddreißig Buchstaben, von denen siebzehn einen Akzent tragen können. Diese achtundvierzig möglichen Buchstaben geben jedoch noch keine Laute wieder. Erst aus der Kombination von zwei, drei oder vier Buchstaben entstehen Silben. Die Schreibweise jeder Silbe hängt wiederum davon ab, welche Silben ihr vorausgehen und auf sie folgen.

Selbst die Rominer benutzen im Alltag eine vereinfachte Version. Das ursprüngliche Alphabet wird nur noch für offizielle Schriften verwendet. Musiker nutzen es außerdem für Gesangspartituren, da seine Variationsmöglichkeiten es erlauben, jede noch so kleine Stimmmodulation zu notieren.

Gelehrte aus allen Königreichen studieren das romische Alphabet wegen seines streng mathematischen Aufbaus.

SCHIEBEN

Schieben ist ein Spiel mit großem Körpereinsatz, das vor allem im Alten Land und im Norden der Fürstentümer populär ist. Zwei Gegner stellen sich jeweils auf ein Bein, legen die Handflächen aneinander und verschränken die Finger. Derjenige, der als Erster das zweite Bein auf den Boden stellen muss, hat verloren. Die Hände müssen sich die ganze

Zeit berühren. Wie der Name schon sagt, ist es die beste Taktik, mit aller Kraft zu schieben.

SEMILIA

Unabhängiges Fürstentum, das unter dem Schutz Loreliens steht.

TAL DER KRIEGER

Landstreifen zwischen den nördlichen Ausläufern des Rideau und dem Spiegelozean. Sowohl das Große Kaiserreich Goran als auch das Königreich Thalitt erheben Anspruch auf das Gebiet. Seit Jahrhunderten liefern sie sich im Tal der Krieger erbitterte Gefechte.

TERZ

Die Terz ist die offizielle Währung Loreliens. Es gibt Silberterzen – das gängigste Zahlungsmittel – und Goldterzen, auf die das Konterfei des Königs geprägt ist.
Die lorelischen Goldterzen sind berühmt für den hohen Goldgehalt ihrer Legierung.
Die Untereinheit der Terz ist der Tick. Eine Silberterz ist zwölf Tick wert.
Der Wert einer Goldterz hängt vom jeweiligen Geldwechsler ab, liegt aber bei mindestens fünfundzwanzig Silberterzen.

THEORETIKER

Priesterkaste, die sämtlichen Göttern dient, selten auch nur einigen oder gar einem einzigen Gott. Die Theoretiker versuchen, aus den göttlichen Zeichen den Willen der Allmächtigen herauszulesen. In den Tempeln genießen sie kein hohes Ansehen, aber an den Höfen der Könige und

Fürsten sind sie sehr gefragt. Häufig sind sie auch Astrologen und Ratgeber.
Der bekannteste Theoretiker war Jéron der Zarte, der die Einwohner Romins vor dem Ertrinken rettete, obwohl der König seiner Prophezeiung keinen Glauben schenkte.

UBESE
Fluss, der in den Jezebahöhen entspringt und durch die Kleinen Königreiche fließt. Bis zum Abschluss des ersten Friedensabkommens kämpften die Fürstentümer lange Zeit um die Vorherrschaft über die Ubese.
Die Ubese ist ein breiter, gemächlich dahinfließender Strom und bildet in der Ebene von Junin einen See. Ein bewachtes Wehr am Südeingang des Sees schützt die Hauptstadt der Fürstentümer vor einem Angriff der Unteren Königreiche auf dem Wasserweg.

UNTERE KÖNIGREICHE
Bezeichnung für die Länder südlich der Louvelle. Oft werden jedoch auch die Fürstentümer hinzugezählt.

URAE
Fluss, der in den Brantacken entspringt und ins romische Meer mündet. Die romische Pronvinz Uranien ist nach ihm benannt. Romin, die Hauptstadt des Alten Landes, liegt an seinem Ufer.
Die Urae genießt den traurigen Ruf, der dreckigste Fluss der bekannten Welt zu sein. Man sagt, in seinem schlammigen Grund verberge sich ein größerer Schatz als der des Kaisers von Goran. Aber das ist sicher nur ein Bild, um das Ausmaß der Verschmutzung zu beschreiben. Dennoch hält sich das Gerücht hartnäckig, da immer wieder Flussschiffer

zu plötzlichem Reichtum gelangen und über die Herkunft des Geldes schweigen.

URANIEN

Eine der fünf Provinzen des Königreichs Romin. Ihre Hauptstadt ist Romin, ihr Wappenbild der Kronenadler aus den Nebelbergen.

VELANESE

Lorelischer Fluss. An seiner Quelle liegt die Stadt Le Pont.

DIE WEISE

Die Göttin Eurydis wird auch ›die Weise‹ genannt.

WEISSES LAND

Anderer Name für das Königreich Arkarien.

YÉRIM-INSELN

Die Inselgruppe Yérim besteht nur noch aus zwei Inseln: Yérim selbst und der Insel Nérim. Zwei kleinere Inseln sind beim Ausbruch des Yalma – des größten Vulkans der Inselgruppe – im Meer versunken. Eine fünfte Insel erhob sich aus den Fluten, verschmolz mit Yérim und gab der Hauptinsel ihre heutige Form.

Der Vulkanausbruch geht auf das Jahr 552 zurück. Zwei Jahrhunderte zuvor hatte das Große Kaiserreich die Inselgruppe besiedeln lassen, ohne auf Widerstand zu stoßen, da kein anderes Königreich Anspruch auf diesen trostlosen Fleck Erde erhob. Kaiser Uborre, der die Besiedlung befohlen hatte, wollte von Yérim aus die Unteren Königreiche angreifen, verwarf die Idee aber wieder, als sich herausstellte, dass es zu kostspielig war, den Hafen und das

Fort zu unterhalten, die eilig auf Yérim errichtet worden waren.

Zurück blieben nur eine kleine Garnison und eine Flotte von zehn Galeerenschiffen. Die unfähigsten Soldaten wurden nach Yérim versetzt und unter den Befehl von unfähigen Offizieren gestellt. Bald wurde das Fort zum Gefängnis umgebaut, und immer mehr Verurteilte wurden ohne Hoffnung auf Rückkehr nach Yérim verschifft. Die Ausgestoßenen der goronischen Gesellschaft – Gefangene wie Aufseher – sollen das Wappenbild Yérims entworfen haben: ein schwarzes Stirnband, das Symbol der Verschwörer und Feinde des Kaisers.

Als im Jahre 552 der Vulkan ausbrach, nutzten die dreitausend Gefangenen die Gelegenheit zur Revolte. Die Hälfte der auf Yérim stationierten Soldaten schloss sich ihnen an. Die Gefechte waren rasch beendet, doch bald brachen Kämpfe zwischen den verschiedenen Rädelsführern aus. Inmitten der Unruhen entdeckten die einstigen Gefangenen das reiche Kupfervorkommen der Insel, das bei einem Vulkanausbruch an die Oberfläche gekommen war.

Anstatt von der Insel zu fliehen, beschlossen die Goroner, die Galeeren, die bei der Revolte verschont worden waren, zur Verschiffung des Erzes zu nutzen. So brachten sie Yérim endgültig in ihre Gewalt. Die Bewohner fürchteten einen Gegenangriff Gorans, doch bald stellte sich heraus, dass sich das Große Kaiserreich wenig um den Verlust scherte und nicht noch mehr Kriegsschiffe verlieren wollte.

Als die Kupferminen erschöpft waren, sattelten die Yérimer um und wurden Piraten, Söldner und Schmuggler. Drei Jahrhunderte später wird die Insel immer noch ›Gorans Gefängnis‹ genannt und gilt nach wie vor als äußerst gefährlich.

Wollen Sie mehr
spannende Fantasy lesen?

LESEPROBE

Robert Redick

WINDKÄMPFER

Der Teerjunge

Vaqrin (erster Tag des Sommers) 941
Mitternacht

Wie jede Katastrophe in seinem Leben begann es mit einer Flaute. Hafen und Dorf lagen in tiefem Schlaf. Der Wind, der die ganze Nacht getobt hatte, lag bezwungen vor der Landzunge; der Bootsmann war so schläfrig, dass er nicht mehr herumschrie. Nur Pazel Pathkendle, der in vierzig Fuß Höhe in den Webleinen hing, war so wach wie noch nie.

Zunächst einmal, weil er fror – am Abend hatte eine Riesenwelle den Bug getroffen, acht von den Jungen bis auf die Haut durchnässt und den Schiffshund in den Frachtraum gespült, wo er immer noch um Rettung winselte –, doch was ihm Sorgen machte, war nicht die Kälte. Es war die Unwetterwolke, die, von hohen Winden getragen, die er nicht spürte, mit einem Satz das Küstengebirge übersprungen hatte. Das Schiff hatte, ganz im Gegensatz zu Pazel, keinen Anlass, sie zu fürchten. Ihm trachteten gewisse Menschen nach dem Leben, und das Einzige, was sie abhielt, war der Mond, dieser gesegnete, feurig lodernde Mond, der seinen Schatten wie eine Kohlezeichnung auf das Deck der *Eniel* ätzte.

Nur noch eine Meile, dachte er. *Dann kann es meinetwegen schütten.*

Solange die Flaute anhielt, lief die *Eniel* traumhaft ruhig:

Ihr Kapitän hasste unnötiges Gebrüll, das in seinen Augen mangelnde Führungsstärke verriet, und gab der Achterwache nur einen Wink, als es Zeit war, über Stag zu gehen und auf die Küste zuzuhalten. Als er zu den Großsegeln emporschaute, fiel sein Blick auf Pazel, und eine Weile sahen sie sich schweigend an: der alte Mann, steif und knorrig wie eine Zypresse, und der Junge im zerschlissenen Hemd, den engen Kniehosen und dem nussbraunen, über die Augen fallenden Haar, der sich mit seinen nackten Zehen in die geteerten, salzstarren Seile krallte. Der Junge, dem plötzlich einfiel, dass niemand ihm erlaubt hatte, in die Wanten zu klettern.

Pazel prüfte umständlich die Rahnockklampen und die Knoten an den nächsten Stagen. Der Kapitän beobachtete seine Possen ungerührt. Dann schüttelte er kaum merklich den Kopf.

Pazel rutschte sofort zurück an Deck. Er war wütend auf sich selbst. *Pathkendle, du Dummkopf! Wenn du dir Nestefs Wohlwollen verscherzt, ist alles verloren!*

Kapitän Nestef war von den fünf Seefahrern, unter denen er gedient hatte, der gütigste: Er hatte den Fünfzehnjährigen als Einziger niemals geschlagen oder hungern lassen oder ihn gezwungen, zur Belustigung der Mannschaft den abscheulichen schwarzen Fusel namens *Grehel* zu trinken. Wenn Nestef ihm befohlen hätte, ins Meer zu springen, hätte Pazel auf der Stelle gehorcht. Er war Schuldknecht und konnte wie ein Sklave verhökert werden.

Die anderen Diener an Deck – sie hießen Teerjungen, wegen der Pechflecken an ihren Händen und Füßen – streiften ihn mit verächtlichen Blicken. Sie waren älter und kräftiger als Pazel und hatten nach vielen Prügeleien in fernen Häfen schiefe Nasen, die sie wie Ehrenzeichen zur Schau truen. Jervik, der Älteste, prahlte gar mit einem Loch im rechen Ohr, groß genug, um einen Finger hindurchzustecken. Einem Gerücht zufolge hatte ihn ein gewalttätiger Kapitän dabei ertappt, wie er eine Schüssel Pudding stahl, hatte eine Zange im Küchenherd zur Rotglut erhitzt und ihn damit ins Ohr gekniffen.

Ein anderes Gerücht besagte, Jervik hätte nach einer verlorenen Runde im Pfeilwerfen einem anderen Jungen ein Messer in den Hals gestoßen. Pazel wusste nicht so recht, ob er die Geschichte glauben sollte. Allerdings kannte er das Funkeln, das in Jerviks Augen trat, sobald ein anderer das erste Anzeichen von Schwäche zeigte, und er wusste auch, dass der Junge stets ein Messer bei sich trug.

Ein Bursche aus Jerviks Fußvolk deutete mit dem Kinn auf Pazel. »Der meint wohl, sein Platz ist auf dem Masttopp«, höhnte er. »Wetten, dass du ihm das ausreden kannst, Jervik?«

»Halt's Maul, Nat, du bist zu blöd«, sagte Jervik und fasste Pazel ins Auge.

»Hoho, Pazel Pathkendle, jetzt verteidigt er dich auch noch«, lachte ein anderer. »Willst du dich nicht bedanken? Ich würd's an deiner Stelle tun!«

Jervik sah den Sprecher kalt an, bis dem das Lachen verging. »Ich hab keinen nicht verteidigt«, sagte der große Lümmel.

»'türlich nicht, Jervik, ich mein' ja nur …«

»Wenn einer meine Kumpel piesackt, tret' ich für sie ein. Für meinen guten Namen genauso. Aber ganz bestimmt nicht für so 'nen plärrenden Winzling von Ormalier.«

Jetzt lachten alle: Jervik hatte die Erlaubnis dazu gegeben.

Dann sagte Pazel: »Also für deine Kumpel und für deinen guten Namen. Und was ist mit deiner Ehre, Jervik, und mit deinem Wort?«

»Für die auch«, fauchte Jervik.

»Und mit nassem Feuer?«

»Wie?«

»Mit einem tauchenden Hahn? Einer vierbeinigen Ente?«

Jervik starrte Pazel lange an. Dann glitt er geschmeidig auf ihn zu und versetzte ihm eine schallende Ohrfeige.

»Geniale Antwort, Jervik«, sagte Pazel und wich nicht von der Stelle, obwohl seine Wange wie Feuer brannte.

Jervik hob einen Zipfel seines Hemds an. In seinem Hosenbund steckte ein Schiffermesser mit einem abgenutzten Ledergriff.

»Soll ich dir 'ne andre Antwort geben?«

Sein Gesicht war nur wenige Zoll von Pazels Gesicht entfernt. Seine Lippen waren rot vom Saft minderwertiger Safranwurzel; die Augen waren gelblich verfärbt.

»Gib mir lieber mein Messer zurück«, sagte Pazel.

»Lügner!«, zischte Jervik. »Das Messer gehört mir!«

»Das Messer gehörte meinem Vater. Du bist ein Dieb! Untersteh dich, es zu benützen.«

Jervik schlug wieder zu, diesmal noch fester. »Hoch mit den Fäusten, *Muketsch*«, sagte er.

Pazel ließ die Fäuste unten. Jervik und die anderen kehrten feixend an ihre Arbeit zurück, und Pazel blieb, Tränen der Wut und des Schmerzes in den Augen, allein zurück.

Nach dem Seefahrtsgesetz, an das sich alle Schiffe zu halten hatten, bliebe Kapitän Nestef nichts anderes übrig, als einen Teerjungen kurzerhand zu entlassen, wenn er ihn bei einer Prügelei erwischte. Jervik konnte dieses Risiko eingehen:

r war Bürger des großen arqualischen Reiches, das sich über in Drittel der bekannten Welt erstreckte, und konnte jederzeit auf einem anderen Schiff anheuern. Und obendrein rug er einen Messingring mit seiner im Reichsjungenregister eingetragenen Bürgernummer. Ein solcher Ring kostete eine Monatsheuer, aber das war er auch wert. Ohne ihn konnte ein Junge, wenn er in einer Hafenstadt herumstreunte, jederzeit für einen entlaufenen Schuldknecht oder Ausländer gehalten werden. Aber nur wenige Teerjungen konnten sich den Messingring leisten; die meisten hatten entsprechende Papiere bei sich, und die gingen leicht verloren oder wurden gestohlen.

Pazel hingegen war Schuldknecht *und* Ausländer – und zudem Angehöriger eines unterworfenen Volkes, was noch schlimmer war. Wenn in seinen Papieren der Vermerk ›Wegen Prügelei entlassen‹ auftauchte, könnte er auf keinem Schiff mehr anheuern. Er müsste auf der Straße leben und darauf warten, dass ihn irgendjemand wie ein Geldstück auflas und für den Rest seiner Tage als sein Eigentum betrachtete.

Jervik wusste das genau und legte es offenbar darauf an, Pazel in eine Prügelei zu verwickeln, etwa, indem er den Jüngeren *Muketsch* nannte. So hießen die Schlammkrabben in Ormael, Pazels Heimat, die er seit fünf Jahren nicht mehr gesehen hatte. Ormael war früher eine mächtige Stadtfestung gewesen, die sich auf hohen Klippen über einer herrlichen blauen Hafenbucht erhob. Eine Stadt voller Musik, geprägt von ihren Balkonen, erfüllt vom Duft reifer Pflaumen, eine Stadt, deren Name so viel wie ›Schoß des Morgens‹ bedeutete – aber diese Stadt gab es nicht mehr. Und Pazel kam es so vor, als wäre es den meisten Menschen lieber gewesen, er wäre mit ihr verschwunden. Nachdem Jervik diesen glorreichen Einfall gehabt hatte, waren die anderen Jungen und sogar einige von den Matrosen nun ebenfalls dazu übergegangen, ihn *Muketsch* zu nennen. Immerhin sprachen sie das Wort nicht ohne Respekt, ja mit einer gewissen Vorsicht aus: Die Seeleute hielten die grünen Krabben, von denen Ormaels Sümpfe nur so wimmelten, für verzaubert und hüteten sich, sie zu zertreten, weil sie glaubten, das bringe Unglück.

Dieser Aberglaube hatte Jervik und seine Bande freilich nicht daran gehindert, Pazel hinter dem Rücken des Kapitäns zu schlagen oder ihm ein Bein zu stellen. Und in der letzten Woche war es noch schlimmer geworden: Jetzt fielen sie unter Deck in dunklen Ecken zu zweit und zu dritt mit einer Brutalität über ihn her, wie er sie bisher nicht erlebt hatte.

Die letzte Runde war an Pazel gegangen: Jervik wagte es tatsächlich nicht, vor Zeugen auf ihn einzustechen. Aber was im Dunkeln geschah, war eine andere Sache: Im Dunkeln tat man manchmal Dinge wie in einem Rausch, auf den man sich hinterher hinausreden konnte.

Zum Glück war Jervik nicht besonders hell im Kopf. Früher oder später würde Nestef ihn vom Schiff jagen. Doch bis dahin durfte sich Pazel nicht in die Enge treiben lassen. Das war ein Grund, warum er es gewagt hatte, in die Wanten zu klettern. Der zweite Grund war, dass er die *Chathrand* sehen wollte.